厦门市集美区文艺发展专项资金扶持项目

南薰楼遐思

张桂辉◎著

团结出版社

图书在版编目（CIP）数据

南薰楼遐思 / 张桂辉著. — 北京：团结出版社，2020.12
（风雨送春归 / 张艾子主编）
ISBN 978-7-5126-8499-7

Ⅰ.①南… Ⅱ.①张… Ⅲ.①散文集－中国－当代 Ⅳ.①I267

中国版本图书馆CIP数据核字（2020）第252384号

扫一扫，了解最新图书出版信息

南薰楼遐思

著　者：张桂辉

出　版：	团结出版社
	（北京市东城区东皇城根南街84号　邮编：100006）
电　话：	（010）65228880　65244790
网　址：	www.tjpress.com
E-mail：	65244790@163.com
经　销：	全国新华书店
印　刷：	济南精致印务有限公司
装　订：	济南精致印务有限公司
开　本：	787mm×1092mm　1/16
印　张：	20
字　数：	320千字
版　次：	2020年12月　第1版
印　次：	2021年2月　第1次印刷
书　号：	ISBN 978-7-5126-8499-7
定　价：	58.00元

（版权所属，盗版必究）

序

如果把人的一生看作一部书,那么,不同的阶段,不同的经历,便是不同的章节。我的人生,大抵可以分成这样几个章节:生在沿海,苦难少年;长在山区,耕读兼顾;乐在军营,无悔青春;壮年转业,从事宣传;年近半百,改行党务;到龄退休,三闲生活。

生活就是舞台。过好退休生活,写好退休篇章,既要有明确的"目标",也要有合适的"舞台"。

现实生活中,一些为官者,临近退休,心有二怕:怕生活太寂寞,怕时间难打发。少数原本正常的人,退休之后茫然若失,不久就出现异常了。那年,刚从党委机关退休,我就给自己提出了一个"三闲目标"——踏踏实实做一个闲人,轻轻松松读一点闲书,开开心心写一些闲文。

工作四十年,写作一直是我的业余爱好。退休后,变爱好为"主业",除了偶尔与几位老友聚一聚、乐一乐,玩一玩、喝一喝,多数时间把自己"关"在家里,不是读书,便是写作。

天道酬勤。退休以来,每年在报刊发表的文章,数量更多了、范围更广了——作品散见中央和地方、内地与海外纸质媒体,并先后出版了《怎样聚集正能量》《三闲斋随笔》《庐山偶拾》三本新著。《怎样聚集正能量》2015年10月福建人民出版社出版社后,很快第二次印刷。

读书是学习,写作也是学习,而且是更深层次的学习。实践使我体会到,坚持不懈读书写作,不但可以使精神充实,而且可以让思想活跃。因此,不论什么题材,不管哪种体裁,只要有了创作的灵感,抑或写作的冲动,我就会把自己的所思所想,变成文字,投给报刊;奉献社会,服务读者；丰富生活，充实自己。

退休后，我和老伴来到有"集天下之美"的厦门集美生活，不经意间，扩大了我的创作"舞台"，拓展了我的创作"由头"。在安逸静美的环境中，我坚持以不同的眼光观察，从不同的角度切入，用不同的手法表述，散文、随笔、杂文，多管齐下，兼而有之。

情人眼里出西施。人如此，文亦然。只要用心用情，就会发现，一山一水，一草一木，古人今人，先烈先贤，都有素材可挖，都有文章可做。虽然以他们为"主角"的作品俯拾皆是，但只要精心打磨，就可以写出新意境，写出新鲜感，写出人人心中所有、个个笔下所无的新作，受到媒体的青睐和读者的欢迎。比如，写人的：《陈嘉庚，因尽责而光辉》《生若梅花林巧稚》《陈化成，用生命谱写历史壮歌》《郑成功，融入历史记忆的民族英雄》等；写史的：《古田会议，铸军魂放光芒》《夜访大田"第二集美学村"》等；写文的，《延寿桥畔"闻"书香》《书是人生圆梦的摇篮》等；写景的：《新春游鳌园》《漫步厦门铁路文化公园》《武夷天池醉人心》等，都独具风格，与众不同。

收入本书的81篇散文、随笔，既有山川景色的描绘，又有人文历史的追叙；既有情感的抒发，又有哲理的启迪。这些作品多是近四五年间发表在以爱国爱港为办报宗旨，读者遍及五大洲的香港《文汇报》副刊"文汇园"，以及迄今中国发行时间最长的中文报纸——香港《大公报》副刊"大公园"上，产生较大的外宣效应。

我家住地距离南薰楼很近，且写过一篇《南薰楼遐思》的文章，因此，就以《南薰楼遐思》作为本书的书名了。

2019年7月，我的《庐山偶拾》在华夏文化出版社出版后，《江西日报》发表了该报高级编辑朱晓峰、政文部主任朱雪军合作的书评——《写给庐山的"情书"》。收入本书的篇章，多与福建人文景观、自然景观、历史人物有关，权当"献给八闽的闲书"吧。

张桂辉

2020年7月1日，厦门集美

目录 Contents

001 | 序

001 | 新春游鳌园
005 | 南薰楼遐思
009 | 礼敬集美解放纪念碑
013 | 陈嘉庚,因尽责而光辉
017 | 陈敬贤,可敬的"二校主"
021 | "李林园"中谒李林
025 | 乐育英才陈六使
029 | 走近厦门"大喇叭"
033 | "莫兰蒂"见证厦门人
037 | 漫步厦门铁路文化公园
041 | 饶宗颐"展在"厦门华侨博物馆
045 | 生若梅花林巧稚
049 | "钢琴人"胡友义
052 | 谒保生大帝 会千年名医
056 | 古韵悠悠酱文化
060 | 郑成功,融入历史记忆的民族英雄
064 | 你好!厦门"方特东方神画"

| 068 | 夜访大田"第二集美学村"
| 072 | 林尔嘉,把好事做到庐山的厦门人
| 076 | 陈化成,用生命谱写历史壮歌
| 080 | "皇帝井"与唐宣宗
| 084 | 浪漫海岸放鲎记
| 088 | 双清桥头静思
| 092 | 谷文昌厦门"偷"树种随感
| 096 | 陶醉在厦门摄影博物馆
| 100 | 嘉庚图书馆怀想
| 104 | 且把读书当"社交"
| 107 | 人生有为短也长
| 110 | 诗到用时方恨少
| 114 | 探家的感觉
| 117 | 汤圆中的乡愁
| 120 | 铁骨忠心谢枋得
| 124 | "述古亭"中忆陈襄
| 128 | "笃学清正"卢家元
| 132 | 登临"二七纪念塔"
| 136 | 年货记忆
| 139 | 左宗棠与福州船政
| 143 | 山路不再"十八弯"
| 147 | 陈文龙,一代忠贞垂史传
| 151 | "紫阳羽翼"蔡元定
| 155 | 林逊之和他的"土楼王子"
| 159 | 严羽,四朝诗话第一人
| 163 | 一座老宅的追思
| 167 | 由《中国女排》说"女排精神"
| 171 | "玉湖陈氏祖祠"中的顿悟
| 175 | 童年的电影记忆

| 179 | 武夷天池醉人心
| 183 | 信念如磐瞿秋白
| 187 | 延寿桥畔"闻"书香
| 191 | 古田会议铸军魂放光芒
| 195 | 神奇依旧大竹岚
| 199 | "2019澳新千人游"感怀
| 203 | 领略和平古镇的文化遗存
| 207 | 五星红旗带给我们的……
| 211 | 书是人生圆梦的摇篮
| 215 | 亲其师，信其道
| 218 | 鲁迅书店开业随想
| 222 | 岁月不居，时节如流
| 225 | 亲历"书荒"年代
| 229 | 从"节女堂"想到"女德班"
| 233 | 宛若明镜于成龙
| 237 | "立雪"只因是"程门"
| 241 | 又到中秋赏月时
| 245 | 敬畏影子
| 248 | 库克船长小屋前的联想
| 252 | 且与时间来赛跑
| 255 | 庚子"抗疫"载史册
| 259 | 战"疫"见证医者仁心
| 263 | 听杨成武将军讲故事
| 267 | 威镇海门戚继光
| 271 | 董奉，杏林佳话的"主角"
| 275 | 父亲压在箱底的荣誉
| 278 | 在劳动中绽放美丽
| 281 | 李纲，英灵千古镇湖山
| 285 | 柳永纪念馆中的慨叹

289	孝文化的推手郭居敬
293	百年沧桑余庆桥
297	千里遥祝黄鹤楼
301	考亭书院怀古
305	邂逅完璧楼
309	连长的叮咛

| 312 | 后记 |

新春游鳌园

猴年正月初一,天公成人之美。海滨城市厦门,晴空万里,阳光灿烂。"厦门蓝"伴着习习和风,给当地居民、八方游客,平添了一片好心情、一身喜悦劲。上午九时许,我们全家怀着敬仰的心情,从居住地——集美石鼓路——出发,沿着集源路,直奔嘉庚公园。

进得嘉庚公园,映入眼帘的是,生机盎然的绿树上、雕梁画栋的廊道里,大红灯笼高悬着、轻晃着,好一派新春佳节喜气洋洋的气氛。大抵是来得早的缘故,公园里游客不算熙熙攘攘,却也一拨又一拨,或成群结队在导游的引领下尽情观光,或三三两两有说有笑接踵而至。在向公园一隅的鳌园进发途中,有的游客举着手机(相机)频频拍照,有的竖起耳朵驻足聆听导游解说。我不时混入游客人群里,一边洗耳恭听,一边顺便问讯。得知他们当中,既有来自北京、上海的,也有来自黑龙江、内蒙古的,还有来自郑州、福州等地的。他们有的是到亲戚家过年,有的是专程来厦门旅游的。天南地北,初一就汇聚到这里,嘉庚精神之感人、鳌园意义之特殊,由此可见一斑。

鳌园是"园中之园"。它位于集美学村东南角海滨——嘉庚公园内部。分门廊、集美解放纪念碑、陈嘉庚先生陵墓三个部分,占地面积近9000平方米。耗资65万元,耗时十年整。按照传统的园林布局,融纪念性、文化性和游乐性于一体。1950年开始,由陈嘉庚亲自设计、费心督建而成。此前我曾纳闷过:嘉庚先生一向艰苦朴素、勤俭节约,何以舍得花费巨资修建它?在园中一块碑刻上,我终于找到了"答案"——1949年9月,解放军向集美发起进攻。周恩来指示,保护好陈嘉庚先生创办的集美学校。作战部队令行禁止，始终不用重武器。因而，付出了重大代价——牺牲八十一、负伤超百人。陈嘉庚闻讯后，既感动又激动。经过慎重考虑，他决定在集美修建一座纪念碑，以纪念牺牲的烈士和英雄官兵。

纪念碑正南下方不远处，便是陈嘉庚墓。墓坐子向午，呈寿龟形，墓盖用十三块六边形青斗石镶拼而成，光可鉴人。在纪念碑与嘉庚墓之间，有一堵高7米、宽30米、面南而向的石雕立壁。壁中央上方，"博物观"三个大字分外醒目。陈嘉庚先生赤诚报国的感人事迹，分刻在墓周多幅浮雕上。

鳌园所在地，原是座小岛。形似大海龟，因此而得名。在鳌园那条长50米的中式庑廊两厢墙壁上，镶嵌着58幅历史人物故事的青石镂雕。一幅幅，千姿百态、栩栩如生；一个个，喜怒哀乐、皆形于色。更有漫卷的红旗，薄如纸片；高举的干戈，细如笔箸。实乃巧夺天工，堪称人间奇迹。鳌园石刻，琳琅满目，遍布全园。就连园中的矮墙、栏杆、亭柱等处，也分别镌刻着领袖人物、社会名流题写的诗词和对联，从不同的视角，盛赞嘉庚精神。不论是浮雕沉雕，或者是圆雕镂雕，给我的印象是，完全可与杭州灵隐寺大雄宝殿中的精致木雕媲美。正因此，我每次来鳌园，都被它们所吸引，浮想联翩，流连忘返。

漫步鳌园，最吸引人的，是精雕细琢的作品。653幅石雕，乃鳌园之精华。内容包含古今中外、天文地理、科技文教、工农产业等方方面面，无奇不有、博大精深，堪称名副其实的博物大观园。园中身高28米的"集美解放纪念碑"，正面是毛泽东手书的鎏金大字，背面是陈嘉庚亲自撰写的碑文。读着这篇文字，仿佛在听嘉庚先生声情并茂的叙谈……

陈嘉庚，是著名的爱国华侨领袖，集企业家、教育家、慈善家、社会活动家于一身。1874年10月21日生于福建省泉州府同安县集美社（今厦门市集美区）。17岁离家去了南洋，曾长期侨居新加坡，结缘橡胶，事业有成。他曾说过，"财由我辛苦得来，亦当由我慷慨捐出。"而"该用的钱几千几万都得花，不该用的一分钱也不能浪费"，则是他一以贯之支配财富的理念。1913年，热心兴办文化教育事业的他，回到故乡集美，先后创办了集美小学、集美中学、厦门大学等学校，涵盖师范、水产、航海、商贸、农林等学科。有资料表明，他一生献给文教事业的款项，价值人民币一亿五千万元。老百姓称赞他——倾资办学，千古一人；毛泽东誉之为——华侨旗帜，民族光辉。1961年8月21日，陈嘉庚病逝于北京，享年88岁。1988年，国务院把陈嘉庚陵墓列为全国第三批重点文物保护单位。

陈嘉庚先生一生为辛亥革命、民族教育、抗日战争、解放战争、新中国的建设作出了卓越的贡献。人心所向、众望所归。他曾担任中国人民政治协商会议全国委员会副主席、全国人民代表大会常务委员会委员、中华全国归国华侨联合会主席等职。为启迪后人弘扬陈嘉庚乐善好施、倾资办学的精神，彰显其兴办教育、培养人才，点亮自己、照亮别人的光辉生平，经厦门市人民政府批准，集美人民在园中立起一座高9.9米、象征永远燃烧的火炬——"蜡烛石雕"，造型独特、寓意深刻。

当代诗人臧克家在《有的人》中写道："有的人活着，他已经死了；有的人死了，他还活着。"陈嘉庚离世半个多世纪了，可他还活在世人的心中。鳌园大门两侧，有幅石刻楹联："鳌载定教山尽峙，园居宁与世相忘。"随着时光的推移、国家的发展，人们非但不曾忘记他，对他的怀念与敬仰之情，有增无减、溢于言表。这一点，从南腔北调游客的言谈中，便可得到印证。陈嘉庚生前尽其所能、不遗余力为祖国建设和家乡发展所做的贡献、所洒的心血，至今还在发挥着"后延效应"。近午时分，我们站在鳌园一隅，隔海眺望，绿树红瓦、碧水蓝天，全长8.43公里的集美大桥，宛如一条巨龙，腾空而起，把集美和厦门岛连接起来。就连许多当地居民，也在这里尽情赏景、争相拍照……

无心插柳柳成荫。倾注嘉庚先生心血的集美学村，现已成为厦门集美一张熠熠生辉的名片。寓教于游、寓教于乐，是陈嘉庚先生的一贯思想。2015年，集美区政府顺应民意、集思广益，采纳厦门市政协民盟界的相关提案，对照世界文化遗产申报的相关标准，正式启动了集美学村的"申遗"工作。在加大对嘉庚风格建筑等重要文物保护单位的保护与传承，充分展示华侨爱国报乡的光辉事迹、集美学村百年浓郁的人文积

淀、丰富的文化资源的同时,加大申遗宣传工作力度。现如今,走进集美,大街小巷、公众场所,随处可见宣传嘉庚事迹、弘扬嘉庚精神的标志牌、宣传画。可想而知,如果申报成功,集美学村必将给家乡带来延绵不绝的福祉、给世人带来不可多得的佳音。这不正是爱祖国爱家乡的陈嘉庚生前埋下的可贵的"伏笔"、留下的宝贵"遗产"么?我相信,倘若先生九泉有知,一定会倍感欣慰的。

(原载 2016 年 2 月 15 日《大公报》)

南薰楼遐思

南薰楼，位于厦门市集美学村鳌园路 27 号集美中学校区内。二十世纪五十年代，陈嘉庚先生在家乡兴建这座大楼时，取《诗经·南风歌》"南风之薰兮，可以解吾民之愠兮"中的"南薰"二字作楼名，寄寓他"教育立国，科学兴国"的伟大理想。

陈嘉庚亲自主持兴建的"南薰楼"，楼体呈 Y 字型，主楼高十五层，建筑面积 8105 平方米，左右是两座七层副楼，如鸟翼后展。整座楼用细纹花岗岩建造，绿瓦飞檐。1959 年落成，为当时福建省最高大楼。其建筑设计风格，蕴含着陈嘉庚先生强烈的民族精神和深厚的爱国情怀。"穿西装"、"戴斗笠"的南薰楼，楼身门窗既大又多，是典型的西方模式；楼顶以嘉庚瓦压顶、中华亭榭镇峰，表达了陈嘉庚追求祖国强盛、超越西方的强烈愿望与远大志向。

陈嘉庚（1874—1961），福建省泉州府同安县集美社（今厦门市集美区）人，著名爱国华侨领袖、企业家、教育家、慈善家、社会活动家。生前曾任中国人民政治协商会议全国委员会副主席、中华全国归国华侨联合会主席等职。被毛泽东主席誉为"华侨旗帜，民族光辉"的陈嘉庚先生，所以能够成为一位既受到百姓赞誉，又赢得领袖褒奖的历史人物，不但因为他有一颗炽热的爱国心，而且有一股深厚的家乡情。纵观其一生，为国家所尽的责任，为家乡所做的好事，林林总总，枚不胜举。其中最具代表性的，当属不畏艰辛、不遗余力、倾资办学、培育英才。

今年，是陈嘉庚诞辰 145 周年。感恩节后的一天上午，我从住地出发，迎着略带寒意的海风，信马由缰、不紧不慢，经由石鼓路、嘉庚路，前后不过十多分钟，便来到鳌园路南薰楼下。我对南薰楼，既熟悉又陌生。熟悉，N次光顾过；陌生，不曾入内过。这次，经女儿同事母亲黄丽英女士引介，得以进入南薰楼。在一楼值班室内，热心的何老师告诉我，为了加强对大楼的保护，现在教室只安排在一至四楼。

机不可失。我用委婉的语气，提出想到楼上看看的要求。在何老师指点下，我喜滋滋从大楼西南侧楼梯拾级而上，一股爱悠悠、思悠悠的暖流，随即涌上心头。我边登楼边观察，但见石阶楼梯，宽约一米，每层22级，折成"V"字形两段；一至四楼为初一年段18个班级教室，五楼为年段办公室；登至六楼楼梯口，一扇铁门，封而锁之。"非诚勿扰"。我转身下楼，大楼南面草地里，一横一竖两块石碑映入眼帘。前者刻着："全国重点文物保护单位集美学村和厦门大学早期建筑南薰楼群中华人民共和国国务院二〇〇六年五月二十五日"等红色字样；后者系福建省人民政府所立，上面刻有："陈嘉庚创办校园建筑——南薰楼群经本府于二〇〇五年五月十一日公布为第六批省级文物保护单位"等文字。

南薰楼在集美学村的历史风貌建筑中，无论是建筑风格，抑或是立面装饰，都是最具代表性的。它有几个鲜明特点：彩色出砖入石、梁檩桁柱不油漆、三曲燕尾脊、创新嘉庚瓦。尽人皆知，瓦乃普通建材。殊不知，嘉庚瓦不普通，它是陈嘉庚中西合璧的又一杰出创造。当年，嘉庚先生回家乡办学，大规模的校舍建设需要大量瓦片。不论是从海外进口成品洋瓦（机制水泥瓦），或者说进口洋灰（水泥）再行制作，远涉重洋，运输费用，可想而知。而闽南传统的手制红瓦，轻薄质脆，容易破碎，且抗风力低。南薰楼，楼层高，面积大，不宜使用。陈嘉庚先生作出决定：就地取材，用本土之泥，造自己的瓦。于是，他引进生产洋机瓦的机器设备，选定闽南土质最适宜生产砖瓦的漳州石码作基地，土洋结合开始试制粘土瓦。为了提高瓦片的强度和抗台风能力，嘉庚先生对机瓦模具进行革新，要求每15块瓦片，净重必须达100斤；瓦片底面中部突出一个长3厘米，宽、厚各1厘米的"肚脐"。"肚脐"正中有一小孔。铺瓦时，铜线穿过小孔，将瓦片牢牢系在椽子上，任凭狂风暴雨，我自巍然不动。有志者事竟成。经过苦心革新，就地取材、土洋结合、与众不同的嘉庚瓦，如愿出世，应运而生。如今，"嘉庚瓦制作工艺"，已被列入厦门市首批非物质文化遗产。

历史上，厦门靠摆渡与大陆交通。直至1990年，"拔海而起"的海堤，是厦门对外联系的唯一通道。1950年初春，时任厦门市市长梁灵光先生，多次渡过"高集海峡"到集美拜访陈嘉庚先生。在谈及厦门与集美之间的交通问题时，两人一致认为可在高崎与集美之间修建一条海堤，把厦门与大陆联接起来。1953年2月，陈嘉庚在全国政协第一届第二次代表大会上，再次呼吁修建厦门海堤。当得知毛主席批准修建厦门海堤计划时，他十分高兴："这下好了，厦门发展有希望了！"天随人愿。1955年，高集海堤顺利建成，像一条巨龙横卧在海面上，成为很长时间厦门唯一出岛通道，给厦门的国防建设与经济发展带来巨大贡献。

鹭岛厦门，是中国先行先试的经济特区。新中国成立以来，尤其是改革开放以来，厦门经济社会发生了翻天覆地的巨大变化。其中，最典型、最直观、最精彩的是跨海大桥、海底隧道的"腾空出世"、"入海延伸"：1987年，厦门采用当时世界先进技术兴建厦门大桥，于1991年建成通车，连通了厦门岛与集美。迄今为止，先后建成了海沧大桥、集美大桥、杏林大桥、翔安隧道；厦门第二西通道工程将于2020年底完工，厦门第二东通道业已全面动工。届时，鹭岛将有7条进出通道。交通便利，才能物畅其流；筑就通途，更能助力发展。在我看来，跨江越海筑通途，四桥三隧意义殊——连接的是海岛与陆地，见证的是腾飞与崛起，带来的是荣耀与希冀。

今天的集美，随着新城建设的发展，城区面积迅速扩大，新建、扩建道路不断增加，道路交通的硬件设施不断更新、升级，车流、人流，日益增多。据厦门市路桥管理有限公司提供的数据显示，厦门大桥、杏林大桥、集美大桥，车流量每天都达四五万辆。真可谓，桥下碧波万顷，桥上车流如水。与此同时，厦门市政建设，也发生了翻天覆地的变化。如今，位于厦门市鹭江道、与鼓浪屿隔海相望的厦门国际中心，建筑高度339.88米，地下4层，地上61层；位于杏林湾营运中心的诚毅国际商务中心，楼高56层、262.05米……但特色独具、年过六十的南薰楼，依然是集美乃至厦门的地标性建筑。

  南薰楼，矗立于浔江西岸的制高点上。嘉庚先生选址在这里，当有登高望远之寓意。实践证明，陈嘉庚在企业经营等方面，不但眼光敏锐，而且高瞻远瞩，因而能在剧烈的竞争中屡拔头筹。只是，厦门的快速发展，集美的迅速崛起，大概是嘉庚先生当年不曾预料到的。那天，我置身楼中，放飞思绪：假如嘉庚先生登上南薰楼，坐在顶层的亭子中，一边品茶，一边赏景，海天一色，潮起潮落，厦门大桥、杏林大桥、地铁一号线集美站，以及集美大桥等，尽在眼前，一览无余，端的美不胜收，定然心花怒放。

    （原载2019年12月14日香港《文汇报》副刊）

礼敬集美解放纪念碑

集美解放纪念碑，耸立在厦门市集美学村东南之滨闻名遐迩、三面临海，如同一朵常开不败出水芙蓉的鳌园中央位置。座北朝南、方柱形状的纪念碑，由碑身、碑座、碑基三部分组成，全部以优质花岗岩石材铺砌。碑高28米，象征着中国共产党成立之后，经过28年艰苦卓绝的奋斗，建立了中华人民共和国。

集美与许多地方一样，于新中国成立前夕获得解放。2019年，是集美解放70周年。临近年末，忽然想起，应该专程去看看集美解放纪念碑。于是，我再次走进免费开放的鳌园。集美解放纪念碑高入云霄的碑顶，冠以蓝色琉璃瓦大屋顶，既吸收了西方先进的建筑艺术，又融入了中华民族传统的建筑风格，体现了陈嘉庚先生"采纳古今、中西结合"的理念，以及不忘民族尊严，期望中华腾飞的情怀。碑身正面镌刻着1952年5月16日毛泽东主席应陈嘉庚先生所邀手书的"集美解放纪念碑"7个鎏金大字。上个世纪五十年代初，爱国华侨领袖陈嘉庚回家乡集美定居，欲立"集美解放纪念碑"，遂写信请主席为纪念碑题写碑名，毛泽东欣然命笔。史料表明，这是毛主席仅有的一次为一个镇题写解放纪念碑碑名。

活了大半辈子，瞻仰过天安门前的"人民英雄纪念碑"、南昌市区的"八一起义纪念碑"等诸多造型各异、主题不同的纪念碑。因而，此前站在集美解放纪念牌下，不曾作更多的联想与思考。这次，避开周末和节假日，游客相对少一些。我先是绕着边长约35米的正方形台基，一边转悠，一边欣赏。但见上下两层的纪念碑台基，四周用青石围栏围成，围栏上均雕有牛、羊、狮子、大象、鹦鹉等动物，造形可爱，栩栩如生。围栏的每根栏杆上，分别镌刻着50幅当时党政要人、各界名流的题词或对联；台基的墙上布满了不同主题的青石浮雕，每块浮雕上方的眉批处，刻有"向中国人民解放军致敬"，以及"励行节约"、"创造财富"、"发扬国际主义精神"、"积极完成纳税任务"等上个世纪五六十年代流行的标语口号，生动再现了当年人民群众建设社会主义的高涨热情和精神风貌。

兴致勃勃、感慨多多的我，拾级而上，登了33级台阶，到达纪念碑基座。正方形基座第一层高约一米五，边长约六米，每边各镶有三块精美浮雕，介绍陈嘉庚所办的炼焦工业、石油工业、肥皂工业、造纸工业、火柴工业、玻璃工业、陶瓷器工业、熔铁及熔钢工业等；二层基座，东西两面各两块浮雕，内容分别为"中华人民共和国海军""渔业场""纺织厂""皮革工业"。南北面各三块浮雕，北面为"体育场""畜牧场""农业场"；南面左边一块为1949年10月1日中央人民政府成立时，毛主席在天安门上升旗的场景；右边一块是1949年10月1日朱总司令在天安门前阅兵的场景；中间一块为1949年9月19日人民政协筹委会全体常务委员在"勤政殿"门前的合影，从浮雕上可以清楚地辨认出毛泽东、周恩来、朱德、林伯渠等党和国家领导人，以及陈嘉庚、李济深、黄炎培、张澜等爱国民主人士。纪念碑碑座石栏上，刻有多种珍禽怪兽、奇花异草。我细细品味，慢慢拍照，心中顿有所悟：陈嘉庚先生用心良苦、精心设计的这座建筑，既是纪念碑，也是艺术品。

纪念碑背面，镶嵌着陈嘉庚先生亲笔撰写的284字碑文。纪念碑正面碑座中间，是原国家副主席、知名民主人士李济深于1952年12月亲撰并书写的盛赞陈嘉庚先生136字《集美解放纪念碑题词》。前方几米处，一道屏风式石墙，将纪念碑与陈嘉庚先生陵墓隔开。陵墓之南，建有一座四角亭。我想，这座体现民族尊严、扬我国威的纪念碑，从设计到建造，都倾注了陈嘉庚先生对中国共产党的一片深情。纪念碑南，浔江对面，便是高崎机场、厦门市区。纪念碑北面两三百米，是陈嘉庚纪念馆，远处是天马山。正在四角亭中执勤的老陈告诉我，以前没有高楼遮挡时，那座小山很像一匹卧着的天马，马头、马耳、马尾巴，活灵活现，很是逼真。

解放前，集美只是东南沿海的一个小渔村、小城镇。可是，在解放集美的小小战斗中，我 29 军第 85 师第 253 团却付出了伤亡 200 余人的代价。其中，81 位官兵英勇牺牲、长眠集美。不是敌军火力威猛，而是我军基于保护。集美学村是陈嘉庚先生早年在故乡投资兴办的学校。这里环境恬静优雅，气候宜人。美轮美奂的校园风光，吸引了五湖四海的莘莘学子。1949 年 9 月，国民党为了防卫厦门，利用集美三面临水、易守难攻的地形特点，以镇北高地和学校建筑群构成防御体系。战斗发起前，253 团接到师部转来周恩来副主席的指示："集美学校是爱国华侨领袖陈嘉庚先生创办的，我军在解放集美时，要尽力妥善保护，要严防破坏。宁可多流血，也要避免使用火炮。"团党委立即召开阵前讨论会，一致决定将周副主席的指示传达到部队，坚决贯彻执行，力保集美学校。

为了感谢共产党、感谢毛主席领导的人民军队，为纪念在解放集美战斗中牺牲的我军官兵，以及在历次战争中为祖国献身的革命烈士，陈嘉庚先生决定兴建集美解放纪念碑。这座纪念碑的艺术性与独创性，既体现在毛泽东主席题写的刚劲洒脱碑文上，又体现在它那雄伟壮观、傲然挺立的气势上，还体现在一幅幅真实生动地再现历史场景的精美石雕作品上。触景生思，当年那些不曾留下姓名的石雕艺人精雕细琢，惟妙惟肖地再现了宏伟壮观的历史场面，技法之高超、形象之生动，不可多得，令人惊叹……

时过境迁，今非昔比。70 年来，尤其是改革开放以来，厦门这座被习近平总书记赞誉为"高素质高颜值"的现代化城市，发生了翻天覆地、日新月异的变化。集美则从一个以传统农业为主的郊区"小渔村"，蜕变为宜居宜业宜游的现代新城，并朝着建设"高素质高颜值跨岛发展最美新市区"的目标砥砺奋进。厦门大桥、集美大桥、杏林大桥如彩虹飞架；2018 年开始运营的地铁 1 号线，有 11 个站点服务于集美新城。随着未来地铁 6 号线的开通，集美必将成为厦门重要的交通门户。近日，从集美区有关部门获悉，按照"高起点、高标准、高层次、高水平"的要求,集美新城以跨越山海阻隔的姿态,初步建成集商务营运、信息服务、文化创意、教育科研、交通枢纽、生态旅游和生活居住于一体的"产城融合发展"之城,成为厦门跨岛发展的榜样力量、厦门市首个崛起的岛外新城。软三首个大型体育场馆、大明广场文创街区、集美新城医院等配套设施,拔地而起,应运而生……。在我这个"集美新人"眼里,集美新城,高楼林立,已然成为岛外一个人口聚居区;集美学村,活力四射,继续传承着陈嘉庚先生的教育理想,倾力发挥着文化教育重镇的积极作用。

那天,风轻轻,天蓝蓝,立身灿烂的阳光下,肃立在雄伟的纪念碑前,我思绪万千、浮想联翩:"为有牺牲多壮志,敢教日月换新天。"70年前参加过解放集美的官兵们、为解放集美而牺牲的英烈们,倘若他们健在,差不多都是百岁老人,当他们相邀拄杖逛集美,展现在眼前的是一派不是春光胜似春光、扑面新风满城新风时,一定会喜上眉梢,情不自禁地喝彩;一定会笑逐颜开,发自内心地祝福。想到这些,我这个有着15年军龄的转业军官,以立正的姿势,情深深、意切切向集美解放纪念碑行了个注目礼,而后思悠悠、爱悠悠地缓步离去。

(原载2020年2月12日《党史信息报·镜周刊》)

陈嘉庚，因尽责而光辉

10月25日晚，"不忘初心诚毅前行"嘉庚主题大型原创作品音乐会在厦门嘉庚剧院举行。《嘉庚之梦》《不落的星辰》，以及大型合唱《嘉庚组歌》等原创作品精彩亮相，以史诗的维度和格调，展示陈嘉庚先生一生的光辉历程，使台下的观众备受感动。

陈嘉庚（1874—1961），著名爱国华侨领袖、企业家、教育家、慈善家、社会活动家。曾任中国人民政治协商会议全国委员会副主席、全国人民代表大会常务委员会委员、中华全国归国华侨联合会主席等职。我对陈嘉庚这位"老乡"，一向崇敬有加，曾多次参观过陈嘉庚纪念馆和他的故居。近日，我利用在厦门探望女儿的机会，从集美区石鼓路出发，沿着集源路、浔江路，步行约20分钟，又一次走进陈嘉庚纪念馆。

陈嘉庚纪念馆，位于厦门市集美区嘉庚路24号嘉庚公园内，占地面积104484平方米，建筑面积11000.5平方米，主体建筑三层，设有四个展厅。该纪念馆秉承独具特色的闽南建筑风格，面对由毛泽东题字、高高耸立的"集美解放纪念碑"，与集美鳌园、嘉庚公园临海共处，交相辉映。红瓦白墙、龙脊凤檐的纪念馆正面，二十根直径大于1米的大理石廊柱，忠实履行着支撑与烘衬职责。中间一对廊柱上，刻有一副对联："为故乡兴盛为祖国新生倾资财于教育谁是先驱者，曰民族曰光辉曰华侨旗帜获领袖之褒扬公推第一人"。在纪念馆大厅中央，立着一尊陈嘉庚先生汉白玉雕像，慈眉善目的陈嘉庚，右手拄着拐杖，稳接大地，左手握着礼帽，平贴腰际，背后是茫茫大海，寓意陈先生漂洋过海毅然回国，投身新中国的建设事业。雕像前，一对方形立柱上，毛泽东"华侨旗帜，民族光辉"的题词，引人注目，发人深思。

回顾毛泽东一生，情深深、意浓浓为英雄人物、历史名人的题词不算多。1940年，枣宜会战爆发，骁勇善战的张自忠，带领仅有的千余名官兵与日军血战到最后几人。死神逼近，右臂、右胸中弹的他，从血泊中猛然站起，眼睛死死盯住敌军，满目威严。日寇的子弹射向他，他以站立的身躯完成了一名中国军人的报国使命。毛泽东听闻噩耗，有感于他舍身报国的精神，为他题词："尽忠报国"。1947年，年仅15岁的刘胡兰，因叛徒告密而被捕。在敌人铡刀面前，她昂首挺胸、义正辞严。刘胡兰英勇牺牲后，1947年3月26日，毛泽东怀着既十分敬佩，又非常沉痛的心情，轻声念着她的名字，挥笔疾书题写了："生的伟大，死的光荣"。1962年8月15日，"出差一千里，好事做了一火车"的共产主义战士雷锋，在执行任务时，不幸牺牲。1963年，毛泽东亲笔为他题词："向雷锋同志学习"。上述题词，都是在"当事人"牺牲之后做出的，唯独为陈嘉庚先生的题词例外。1945年11月18日，为了庆贺陈嘉庚先生从印尼避难安全返回新加坡，重庆各界联合召开庆祝大会，毛泽东、周恩来等老一辈革命家和一些知名人士纷纷题词盛赞陈嘉庚先生。其中，毛泽东的题词"华侨旗帜民族光辉"，寥寥数语，字字珠玑，高度评价了陈嘉庚先生对中华民族所作出的伟大贡献。

走出纪念馆的我，怀着崇敬心，顺着鳌园路，来到嘉庚路19号，但见宽约3米的大门左侧一块石碑上，刻着全国人大常委会副委员长廖承志题写的"陈嘉庚先生故居"七个黑底金字。穿过"归来堂"，一座古老而简朴的二层小楼出现在眼前。这，就是始建于民国7年（1918）的陈嘉庚故居。民国27年（1938），它曾被日军飞机炸毁，1955年得以修复。厅堂正中，安放着陈嘉庚的石雕坐像，两侧悬挂和排列着郭沫若撰写的对联，以及全国侨联公祭陈嘉庚的悼词。二楼正中是会客厅，西侧是陈嘉庚晚年的工作室、卧室、餐室，陈设简单，朴实无华。室内陈列着已然老旧的木床、油漆斑驳的桌椅、打着补钉的蚊帐、分不清颜色的破旧毛背心、包头铁皮开裂的手杖，以及补了又补的雨伞等。这些，都是陈嘉庚生前用过的实物……

再次走进陈嘉庚纪念馆和他的故居，我既有新收获，也有新发现——陈嘉庚先生所以能成为"民族光辉"，很大程度上得益于"自觉尽责"。人们常说，责任重于泰山。责任心满满的陈嘉庚，对人生与责任的关系，有着独到而深刻的见解："无是非之人非人也，无责任之心亦非人也。"寥寥数语，掷地有声。陈嘉庚先生是这么说的，更是这么做的——他用毕生的精力，不折不扣、全心全意为国家、为民族、为家乡尽其所能、倾其所有，尽到一个海外赤子的责任。发生在陈嘉庚身上林林总总自觉尽责的往事、故事，需用车装，可用船载。比如：

——倾资兴学，培育英才。陈嘉庚断言："教育为立国之本，兴国乃国民天职。"为此，他一生热心于捐资兴学。继1913年在集美办起第一所小学之后，相继创办了集美中学、师范、水产、航海、商科、农林等校（统称集美学校）和厦门大学。陈嘉庚虽是商业奇才，但他事业达到顶峰时，资产也不过一、二千万元，在当时的华人企业家中，不乏比他更加富有者，但为国家和民族兴学育才，始终如一慷慨解囊，而自己一生却过着十分俭朴生活的，却唯有陈嘉庚。据史料介绍，陈嘉庚一生用于办教育的捐款，累计起来相当于他的全部财产。白手经商起家的陈嘉庚，一贯坚持"国家之富强，全在于国民，国民之发展，全在于教育"的观念，在稍有积蓄后，便开始兴办教育，一生在国内外创办和资助的学校达118所，用于教育事业的投入超过1亿美元。无怪乎，黄炎培先生曾说："发了财的人，而肯全拿出来的，只有陈先生。"

——支援抗战、反对卖国。1938年10月，南洋各地华侨爱国团体在新加坡召开大会，成立南洋华侨筹赈祖国难民总会（简称"南侨总会"），推举陈嘉庚先生为总会主席。在陈嘉庚先生的领导下，华侨总会除了积极捐款，还发动和开展了抵制日货、捐购卡车及飞机、征集机工回国服务等其他救亡工作，有力支援了祖国人民的抗日斗争。可是，深患"恐日病"的汪精卫，对中国抗战前途十分悲观不说，还公然声称：如日本提出议和条件，不妨害中国国家之生存，吾人可接受之。陈嘉庚在严词驳斥汪精卫谬论的同时，以国民参政会参政员的身份，旗帜鲜明的向即将召开的国民参政会发去一个言简意赅、雷霆万钧的"电报提案":"敌未出国土前,言和即汉奸。"这一提案,对投降主义产生了巨大的冲击波、杀伤力,被称为"古今中外最伟大的一个提案"。

——心系桑梓、造福家乡。陈嘉庚先生对爱国与爱乡,有着独到的见解。他认为,"爱国始于爱乡,强国必先强民。"桑梓情深的陈嘉庚,义无反顾、不遗余力为家乡人民办好事、谋福祉。这方面的实例很多,最具代表性的是修建"鹰厦铁路"。在中国政协第一届全体会议上,作为闽籍爱国侨领的陈嘉庚,向大会呈交的提案,便是修建福建铁路,并获得通过。虽因朝鲜战争爆发未能实施,却得到毛泽东的批示:"此事目前虽一时不能兼顾,但福建筑路的正确意见,当为彻底支持。"后来,为了福建的发展,也为了战备的需要,当中央决定投资5亿元修建鹰厦铁路时,年近八旬的陈嘉庚闻讯,兴奋不已,亲赴家乡考察线路……在陈嘉庚纪念馆第一展厅入口处右侧墙上,镶有一块红底金字的长方形牌匾,上面的内容是2014年10月17日,习近平总书记给厦门市集美校友总会的回信。信中写道:"我曾长期在福建工作,对陈嘉庚先生为祖国特别是为家乡福建做出的贡献有切身感受。他爱国兴学,投身救亡斗争,推动华侨团结,争取民族解放,是侨界的一代领袖和楷模。他艰苦创业、自强不息的精神,以国家为重、以民族为重的品格,关心祖国建设、倾心教育事业的诚心,永远值得学习。"

榜样的力量是无穷的。陈嘉庚先生,就是一个恪尽职守、自觉尽责的光辉榜样。他曾说过,"服务社会是吾人应尽之天职","对于国家,当尽国民之责任"。我理解,责任是衡量人生价值的"标尺"。只有忠实履行责任者,才能拓展人生的价值。历史表明,陈嘉庚先生凭着一颗热爱祖国的赤诚之心,凭着一腔报效祖国的沸腾热血,为了多做贡献,为了多尽责任,对个人很是吝啬,对公益十分慷慨。正因为矢志不渝,自觉尽责;不遗余力,终身尽责,从而谱写出壮丽的生命赞歌、铸就了永恒的人生辉煌。

(原载2018年11月6日香港《文汇报》副刊)

陈敬贤，可敬的"二校主"

人民网厦门消息，10月21日上午，集美幼儿园百年庆典大会在厦门举行。集美幼儿园前身为集美幼儿园，始建于1919年，由陈嘉庚先生委托弟弟陈敬贤、弟媳王碧莲开办，校内配备有钢琴、风琴、动植物模型，课程包含体操、故事、手工等，与现今城市幼儿园相差无异。可见，早在百年前，集美幼儿园已经与国际接轨。

陈敬贤（1889—1936），厦门集美人，陈嘉庚先生胞弟、私立厦门大学校董。早年赴新加坡随父兄学商，后多次随陈嘉庚返乡创办集美诸校。1921年，与胞兄共同出资创办厦门大学。陈嘉庚在新加坡经营企业期间，陈敬贤长年主持集美学校、厦门大学校务，为家乡教育事业的发展做出了重要贡献，被当地村民和师生们亲切地尊称为"二校主"。如今，在厦门大学群贤楼后院的敬贤亭上，刻着一幅言简意赅、对仗工整的楹联："敬贤敬业古今事，崇善崇德前后师。"可谓寓意深刻，恰如其分。

史料表明，陈敬贤不仅长期帮助兄长陈嘉庚主持公司业务，使公司在恶劣的环境中获利颇丰，而且与陈嘉庚共同出资创建厦门大学、集美大学等多所学校。因此，师生们都亲切地称陈敬贤先生为"二校主"。今年是陈敬贤先生诞辰130周年。在"敬贤公园"内"敬贤塔"前，不时有人献花祭祀。敬贤公园，位于厦门市集美区石鼓路176号集美大学轮机工程学院大门正对面，占地面积47400平方米，其中，绿化面积占到一半。春夏秋冬，都有不同品种、不同颜色、不同形态的花儿竞相开放，绽放出美美的花容、散发出淡淡的香味；华棕、木棉、腊肠树、羊蹄甲、小叶榕、凤凰木、重阳木、红千层、橡皮树、鸡冠刺桐、印度紫檀、澳洲火焰木、加那利海枣等，勃勃生机，默默竞秀，为整座公园平添了不少生机与魅力。我家住地与敬贤公园南大门距离不过百余米，除非暴雨等恶劣天气，我每天都会到公园里散散步、赏赏景。

圆形的南大门上方，"敬贤公园"四个大字颇为醒目，左右一副对联曰："昆仲合力兴学救国立诚毅／兄弟同心创业济世秉公忠"。"诚毅"，是1918年集美师范、中学开学时，陈嘉庚与陈敬贤共同制定的校训。公园北侧，一座造型颇为雅致的五层六角塔，便是安放陈敬贤夫妇骨灰的"敬贤塔"。公园中央，是一个水体面积约18000平方米、不方不圆不规则的小湖。湖水清清，湖面静静。白天，微风吹过，丝丝涟漪，亮光闪闪；夜晚，湖中倒影，亦真亦幻，如诗如画。每每走进敬贤公园，便也走近一幅美丽画卷、走近一位兴学前辈。

1900年，少年陈敬贤随嘉庚先生南渡新加坡，很快便展现出商业方面的过人才能，不到20岁，就出任嘉庚先生开办的谦益米店经理。步入商界后，陈敬贤与嘉庚先生一道，作为新加坡华侨界的领袖人物，活跃在中国社会发展的诸多领域。1910年，他与陈嘉庚一同加入中国同盟会，并为孙中山的革命事业捐筹钜资。在第一次世界大战期间，陈嘉庚名下的航运业获利颇丰。思乡心切、爱国爱乡的兄弟俩，便想到要回家乡兴办教育。

眼光远大的陈氏兄弟，把兴办学校与经营实业并重齐抓——实业全在新加坡，办学大多在家乡。1913年，陈嘉庚为开发民智、改进社会，始创集美小学，遇到缺乏师资的困难。经过考察，发觉闽南小学师资同样奇缺，陈嘉庚与陈敬贤反复研讨后认为："以救国大计，端赖教育。"于是，决心创办师范学校和中学。1916年10月，陈敬贤从新加坡携带校舍图纸，以及承包建筑人员等回到家乡，选择校址，着手筹建。1917年5月，亲赴直、鲁、鄂、皖、苏、浙、赣等省考察教育，聘请校长和教员。之后，又亲自在厦门地区招收学生。

更为难能可贵的还有，为了打破女子不得入学的封建精神枷锁，不仅增设了集美女子小学，并开办织布厂，使部分妇女得以就业，以利女红，改善生活，而且陈敬贤夫妇不辞辛劳、走村入户进行动员，真心诚意解决少女入学的实际困难。1918年1月，陈敬贤操心劳神、筹划督建的主校舍"居仁楼""尚勇楼"等楼群和其他配套设施，拔地而起，初步形成了集美学校宏大的规模。是年3月10日，陈敬贤亲自督办的集美师范、中学正式开学，首批学生196名。为了减轻家长负担，不单学生膳宿全部免费，就连被褥枕席、书籍用具等，也统统由学校免费供给。

1919年4月，陈敬贤南渡接理陈嘉庚公司重任。1921年12月回国调养的他，继续主持集美、厦大校务。陈敬贤十分重视德育。他特别强调："教育有智育而无德育，如人身之有肉体而无灵魂。"自从参加同盟会后，陈敬贤更加信仰孙中山革命道理。他深感："国弱民贫，振兴实业，培养人才，教育实利赖之"。为此，他一生竭诚发展为提供兴学育才经费的实业。同时，反对任何人利用在学校供职之便，私营与学校有关系之生意，认真查处侵欠公款，贪污资财的职员，并建立必要的制度，"以杜绝因私废公之弊端"。他宁愿将全部资产捐献给教育事业，也不愿私积钜款。当胞兄欲以他的名字在新加坡存款十余万元时，他立即婉言谢绝，明确表示："深明多积私财之为害，足以损智、益过，贻后辈倚赖之性、奢靡之行"，体现了他乐为国家育英才，不为自己谋利益的高尚品德。

1925年5月，陈敬贤支持陈嘉庚创办集美农林学校，以富民强国为宗旨，先后与叶渊校长、建筑部主任王卓生等，实地勘察，择定天马山麓为校址，购置附近久荒田地，筹建校舍、牧舍、试验场等；1926年春，农林学校开学。热心教育的陈敬贤，在侨居地经营实业时，也重视华侨教育。他在胞兄"热诚内向"的激励下，襄助胞兄开拓南洋实业，兴办教育，做出了重大贡献。他以有限的生命，报效社会和国家，实现其"匹夫有责"的夙愿，是一位深受世人敬重的爱国者。

陈敬贤自幼体质虚弱，时常不堪劳累而病倒。但他自强不息，顽强地与病魔作斗争。1936年2月20日，因旧病复发治疗无效，与世长辞，英年早逝。陈敬贤病逝后，集美学校师生、校友、村民和厦门各界人士十分哀恸。分别举行追悼大会，缅怀他毕生奉献教育和社会的功绩。在集美学校举行的追悼会上,收到各界挽联、题词等600余件。其中,有中国近现代政治家、教育家于右任先生的"哀声腾徼外,遗惠溥华南"挽联;有中国近代著名民主人士、社会活动家、政治家、教育家邵力子先生的墨迹:"国尔忘家,公尔忘私……"。

多年来,我每次步入敬贤公园,都会绕着小湖转悠几圈。无论顺时针,还是逆时针,都得从敬贤塔前走过。我注意到,长年累月,不时有人献花。而今年清明节这天,敬贤塔前面积不大、石板铺就的平场上,更是摆满了花篮,每只花篮的缎带上,都写着同一句话:"缅怀二校主陈敬贤先生"。观察发现,横排在墓塔正前方的,有厦门市人民政府、厦门市委统战部、厦门市政协、福建省归国华侨联合会等单位送的花篮。常言道,"送人玫瑰,手有余香。"陈敬贤先生送人的,岂止是玫瑰。因而,他是一位名副其实、可敬可佩的"二校主"!

(原载2019年11月5日香港《文汇报》)

"李林园"中谒李林

李林，2009年中宣部等11个部门联合评选出"100位为新中国成立作出突出贡献的英雄模范人物"之一。从中国共产党诞生之日起，为新中国成立而浴血奋斗、英勇牺牲的革命先烈、仁人志士不计其数。这些有"突出贡献"的英模人物，无疑是先进中的先进、典型中的典型。李林"榜上有名"，其人生之壮丽、事迹之壮烈，由此可见一斑。

李林（1916—1940），女，汉族，原名李秀若，福建省尤溪县人，幼年侨居印度尼西亚。1929年回国后，进入厦门集美学校学习。她在后来《给中央妇委的信》中写道："在我回到中国不到半年功夫……我进了陈嘉庚先生创办的集美学校。"集美学校，图书馆、体育馆、科学馆、音乐室等，应有尽有，这使李林有一种"如鱼得水"的感觉。遗憾的是，适逢乱世。李林在集美学校的三年间，相继发生了"九·一八""一·二八"日寇侵华事件，引起国人愤慨，也为李林注入抗战"基因"。正是豆蔻年华的李林，加入了集美学校抗日救国会和抗日义勇队……

陈嘉庚先生1918年倾资创办集美中学，位于厦门市集美区鳌园路19号，最早定名为"福建省私立集美学校"；1938年，改称"私立集美联合中学"；1962年，更名为"福建省厦门集美中学"。学校依山傍海，景色秀丽，校园内几座典型的陈嘉庚建筑、地标性建筑，均为全国重点文物保护单位。校门口一块横卧的巨石上，刻着郭沫若先生的题词："鳌园博物大观百闻不如一见，鹭江集美中学万人共仰千秋"。集历史悠久与环境优美于一身的集美中学，素有"中国名校"之誉。美国前总统尼克松当年参观集美中学时由衷赞叹：我走过世界很多地方，还没有见过如此美丽的学校。

方形布局的"李林园",就设置在集美中学校园内。此前,我曾多次隔着栅栏往李林园中"扫描"。今年,是李林牺牲80周年,春节前的一天上午,在黄丽英女士的引介下,我从集美中学西大门入内,径直由西向东走进"李林园"中,敬谒这位可敬的抗日女英雄。占地2000多平方米的李林园,位于"延平楼"西面,是座小巧玲珑、翠柏环绕、繁花簇拥的纪念园。李林园中的"主角",是高约2米、坐北朝南的李林塑像。由中国著名雕塑家、书画家潘鹤先生创作的李林塑像,正气凛然、英姿勃发——骑在马上的李林,转头向右后方,做举枪侧击状,好一副巾帼英豪的模样。凝望着李林塑像,心中情不自禁地想起毛泽东的诗句:"飒爽英姿五尺枪,曙光初照演兵场。中华儿女多奇志,不爱红装爱武装。"

我绕着李林塑像转了一圈,这才注意到塑像基座四面,都刻有不同内容的文字。南面,刻着薄一波1987年10月的题词:"李林烈士女中英雄,为国捐躯永垂史册!"西侧,镶嵌一块厦門市教育委员会1989年元旦所撰的《李林园记》:"李林,巾帼英雄也。在中华民族生死存亡的紧急关头,以一女学生毅然从戎,为拯救苦难人民于日冠铁蹄之下,而献出年轻的生命。她是民族的骄傲,华侨的骄傲,妇女的骄傲。在李林烈士牺牲四十八周年之际,厦门市教育委员会倡建李林园,得到海内外集美校交的响应,施学慨先生抗俪慨解义囊,潘鹤教授精塑铜像,于集美中学七十周年校庆落成在延平故垒之畔。听浔江之涛声,仰烈士之雄姿,中华儿女能不为神州之崛起而扬帆策马,竞立功勋!"其余二面分别为"李林"简介,以及集美中学校友、福建省政协委员、厦门市荣誉市民、香港富财投资有限公司董事长施学慨伉俪1989年清明節撰写的献词:"李林烈士,青少年的楷模,集美中学的光荣。四十八年来,一直活在我们心中。她那爱国精神,激励着千百万人为振兴中华而奋起……"

李林园东侧延平楼西头一楼设有李林馆。李林馆门口挂着几块长方形牌匾,分别是福建省人民政府授予的"福建省国防教育基地",中共厦门市委、厦门市人民政府授予的"厦门市爱国主义教育基地"，福建省教育委员会授予的"德育教育基地"。李林园、李林馆开放三十年来，一批又一批外地学生，慕名来到这里参观瞻仰、开展爱国主义教育等相关活动。为加强主题宣传教育，集美中学不单编印了《集美中学义务导游解说词》，而且培训学生当义务导游。参与义务导游活动的学生人数，占全校学生总数的四分之三。而每年4月26日李林烈士殉国日、10月17日厦门解放日，学校都会开展新生入学教育活动，举行新团员入团宣誓仪式、成人宣誓仪式，举办李林事迹知识竞赛、专题讲座，组织少先队员定期打扫李林园，暑期举办"学习嘉庚，学习李林"等活动；此外，在校园网开设专栏介绍李林烈士的生平及先进事迹。

　　飘散着百年书香的集美中学，是李林的初中母校，也是她回国后第一个正式接受教育的地方。集美学校毕业后，李林在杭州女中学习了一年。在杭州，李林多次走近岳飞、敬谒秋瑾。她不但十分倾慕女侠秋瑾"好将十万头颅血，一洗腥膻祖国尘"的英雄情怀，而且专门定制了一套"秋瑾装"。一年后，李林决定转学到上海爱国女中。在学校里，李林将阅读范围由文艺拓展到社会科学和哲学。当时上海四马路的杂志公司，成了她每周必到之地，潜移默化从进步书刊中探寻革命路径，更加坚定了李林抗日救国的愿望。1936年暑假，李林参加上海学联的大中学生暑期抗日宣传团，并成为"旗手"之一。这一年，向往"五四"和"一二·九"运动发祥地北平的李林，与同学贾唯英一道决定转学北平。

　　来到北平不久，李林便考入民国大学政治经济系。大学时代的她，积极投身于中共领导下的学生运动，并引起北平地下党的注意。经由中共地下党员吕光介绍，李林加入了民族解放先锋队，同年加入中国共产党。随即赴太原参加山西牺牲救国同盟会举办的国民师范学校军政训练班，任特委宣传委员兼女子第十一连党支部书记。带着满腔热血和爱国情怀的李林，告别大学校园，来到黄土高原，从此踏上抗日沙场。李林曾在一篇题为《读〈木兰辞〉有感》的作文中，表明了自己效法花木兰杀敌报国的决心。文末以诗明志："木兰替父赴战场，红妆挥戈胜儿郎。卫国何须分男女，誓以我血荐炎黄。"国文老师破例给这篇作文打了105

分。

  1937年抗日战争爆发后，李林坚决要求到前方杀敌，被派到大同，任牺盟会大同中心区委宣传部部长，后随晋绥边区工作委员会到雁北抗日前线，宣传和组织工人、农民、学生参加抗日武装。11月，任雁北抗日游击队第八支队支队长兼政治主任。1938年春，改任整编后的独立支队骑兵营教导员，率部驰骋雁北、绥南与日伪军作战，屡建战功。1940年1月，李林任晋绥边区第11行政专员公署秘书主任，不久当选为边区行政公署行政委员会委员。1940年4月，日伪军集中12万兵力，对晋绥边区进行"扫荡"。晋绥边区特委、第11行政专员公署机关和群众团体等五百余人被包围。为掩护机关和群众突围，她不顾怀有身孕，率骑兵连勇猛冲杀，将日伪军引开，自己却被围困。在腿部和胸部多处负伤后，仍英勇抗击，毙伤日伪军六人。被日伪军包围后，她宁死不屈，将最后一发子弹射向自己，壮烈牺牲，年仅24岁，腹中怀有一个3个多月的胎儿。

  "甘愿征战血染衣，不平倭寇誓不休。"在晋绥抗日前线，李林骁勇善战，创造了天成村夺马、麦胡图破敌、夜袭红砂坝、奇袭岱岳城等赫赫战功，成为晋绥边区文武双全、令敌寇闻风丧胆的巾帼英雄。几十年来，李林的传奇故事在晋绥大地上代代流传，她的英名深深镌刻在国人心中，更是全世界华侨届引为自豪的民族英雄。

（原载2020年4月7日香港《文汇报》副刊）

乐育英才陈六使

"乐育英才",是福建省人民政府一九八四年十二月授予陈六使先生的荣誉证书。纵观陈六使热衷办学的历程,品味这一称谓,不但恰到好处、恰如其分,而且是对陈六使人生的高度概括、精准褒奖。

我"认识"陈六使,是从"陈文确陈六使陈列馆"中开始的。该馆坐落在厦门市集美区浔江路115号。那天上午,我从石鼓路出发,沿着集源路、浔江路,独自徒步来到陈列馆。这座由典型闽南风格小楼变身而成的陈列馆,与陈嘉庚纪念馆一路之隔、近在咫尺。一个上了黑色油漆的栅栏式院门,紧挨着银江路人行道。穿过院门,最先映入眼帘的是面对大门、略大于1∶1的陈文确、陈六使全身石像,似在热情欢迎访客的到来。大门一侧墙上,挂着"嘉庚邮局""南洋大学校友会中国联络处"两块牌子。步入陈列馆,一块牌匾竖书"华族翘楚乡贤楷模"八个大字,字迹遒劲,分外醒目。一楼大厅南面墙上,布有《陈六使生平大事年表》。大概是来得早的缘故,馆内除了一男一女两位志愿者,别无他人。我自由自在,从一楼到二楼,从图片到文字,细细浏览,慢慢领略。陈列馆共有五部分。其中第三部分,以图片形式介绍被誉为"华教勇士南大之父"的陈六使办校历程。

陈六使(1897—1972),福建省同安县集美乡仁德里集美村人,著名南洋企业家、慈善家,兄弟七人,因排行第六,故名"六使"。少时父母染瘟疫双亡,六使随其兄文确,闯荡南洋,白手起家,创立了实力雄厚的企业王国。他们以服务社会为己任,在致力于发展文教公益事业的同时,积极争取和捍卫华侨的合法权益,为居住国和家乡的社会发展、文明进步建立了卓著功勋。

这幢坐北朝南的老宅，由前后两栋三层的主、副楼相连而成，融合了西方建筑和闽南建筑元素。前些年，陈氏兄弟在海外的后人，将这幢楼房托付给家乡人民代为保管。集美区政府用心良苦，本着修旧如旧的理念，将该楼改造成陈列馆，展示陈氏兄弟的生平事迹，并用于接待归来的华侨后裔。2013年10月23日，陈列馆正式开馆。馆内用图文、浮雕、影像等方式，向来访者介绍陈氏兄弟的生平与业绩、创业与贡献。

陈氏兄弟是陈嘉庚先生的族亲、东南亚杰出的华人企业家、华社领袖，抗战期间大力支持陈嘉庚筹款救国，长期资助陈嘉庚在家乡创办文教事业。史料表明，陈氏兄弟和陈嘉庚一样，同是爱国华侨，对中国的教育事业，给予了很大的支援，且在厦门修建了多所学校。1925年，兄弟二人独资经营创办了"益和橡胶公司"后，积极支持陈嘉庚兴办厦门大学，并采取各种形式资助集美学校和厦门大学，其创办的益和橡胶公司承租了陈嘉庚的麻坡橡胶厂，所有盈利全部用作集美学校经费。1934年，陈六使捐助5万元，筹资16万余元，购买胶园400亩，作为厦大基金。1939年，陈六使代购公债券100万元，以每年利息6万元捐作集美学校基金，而他在新加坡集友银行和香港集友银行应得股息、红利，也全数捐献给集美学校。

陈六使还是新加坡知名大学——南洋大学的创办者。南洋大学曾是海外唯一的最高华文学府。1953年，陈六使召集福建会馆理事联席会议，分析了马来西亚和新加坡华文教育状况和华人前途后，提出必须要建立一所华人大学，并捐款五百万元。经过三年多的筹建，海外第一所华人大学——南洋大学在新加坡建成。二楼展厅中，一块蓝底黄字的《南洋大学简介》有这样一段文字："陈六使登高一呼，即获万山回应，新加坡、马来西亚及东南亚各地的华人，上自富商巨贾，下至贩夫走卒，无不热烈捐输，出钱出力。在群策群力的努力下，南洋大学终于创立了，也树立了海外华文教育发展的里程碑。"可是，天有不测风云。自南洋大学成立后，风起云涌，历经波折，在苦难中坚定前行、茁壮成长。无奈，在客观环境以及各种内外因素的影响制约下，1980年，南大终告关闭。虽然只有短短20多年历史，但它却标志着海外华人伟大的办学业绩，展现了南洋大学师生"自强不息，力求上进"的精神，为海外华人历史谱写了辉煌的一页。

陈六使一生执着于兴学育才。除了南洋大学，还兴办或完善了其他五所学校。1912年10月12日，"爱同学校"在新加坡文达街一所卫理公会教堂里开课。1929年，由福建会馆接管后，陈六使秉承陈嘉庚倾资兴学的精神，在着手兴建教舍的同时，规定尽量减低学费，免除一切学生捐款，以减轻家庭负担，推广华文教育；新加坡"南侨女中"，始建于1941年。陈六使任福建会馆主席期间，为满足日益增加的学生人数，使华文教育得以良好发展，多方筹要基金，并带头慷慨捐输，先后为学校兴建了教室、教职员宿舍、图书馆等；新加坡"道南学校"，既是福建会馆的直属学校，也是东南亚历史悠久、规模较大的华文小学。1950年陈六使继任福建会馆主席后，筹募基金为道南学校新建教学大楼，配备教学设施，为新加坡华侨文化的发展添上浓厚的一笔。同年，为筹建光华学校，福建会馆向各界股商募捐筹集建校基金，共筹得近百万元。1951年在基里玛路动工兴建，1953年初学校落成后，陈六使又增建校舍，使学校达到可容纳两千学生的规模，使华侨教育得以普及；"崇福学校"是福建会馆的直属学校，1953年，陈六使自捐20万元，并向闽侨捐募建校资金，于1955年9月18日举行新校舍落成典礼。

在二楼展厅内，一块黑底白字的牌子上写道："陈六使是新马华人领袖，他不计得失，不畏困难倡建海外第一所华文大学，力促新马华文教育的发展，使其形成从小学到大学的完整的教育体系，为居住国培养了大批专门人才，在海外华文教育史上写下了光辉的一页。"而在"书籍楹联陈列室"中，陈列着《陈六使先生周年祭》《纪念陈六使诗文集》《南洋大学史论集》《南洋大学创校史》《南大春秋》等书籍，楹联有"松楸初未拱／桃李早成荫""向荣花竹秀／积善子孙贤""历尽崎岖路／生为坦荡人"等。

参观过程中，我深刻感受到，陈六使倾囊办学，与他心存大志密不可分。展厅中，几条竖排版红底白字的"陈六使语录"，便是最好的注解:"思办一中国式大学,试挽狂澜,冀幸中华文化永如日月星辰之高悬朗照于星马以至全东南亚。""余当倾余之财产与侨众合作,完成吾中华文化在海外继往开来之使命。"

"在家千日好,出门万事难。"陈六使与其兄陈文确,白手起家,在海外创办了实力雄厚的企业王国,个中艰难,可想而知。更为难能可贵的是,他们以服务社会为己任,致力于发展文教公益事业,不但为家乡培育人才,而且在海外创办华人大学,积极争取和捍卫华侨的合法权益,为居住国和家乡的社会发展、文明进步,建立了卓著的功勋。史实表明,陈六使用远大眼光,践行"乐育英才"的人生历程。

走近厦门"大喇叭"

初夏时节,一个艳阳高照的上午,我和家人从集美石鼓路出发,驱车前往大嶝岛,再次走进坐落在厦门市翔安区大嶝镇阳塘村的"英雄三岛战地观光园",走近世界之最的厦门"大喇叭"。

大嶝、小嶝、角屿,并称"厦门三岛"。58年前,这里爆发了著名的"8.23"炮战,三岛军民并肩作战,立下赫赫战功,被中央军委授予"英雄三岛"光荣称号。

"战地观光园"就坐落在风光旖旎的大嶝岛上,占地面积87000多平方米。谁能想象,一派生机勃勃、举目欣欣向荣的大嶝岛,当年曾在狂轰滥炸中经受炮火的洗礼——平均每平方米土地上,落下1.5发炮弹,以致一度成为战争废墟。

上个世纪五十年代,海峡两岸对峙时,我军为开展政治宣传、政治攻心战,在福建沿海建立"海峡之声"广播电台,对彼岸蒋军官兵进行有线广播宣传,播送文档、我军的对台政策,宣传祖国大陆社会主义建设成就和家乡亲人的寻亲启事,播放党中央领导人毛泽东、朱德等起草发布的《告台湾同胞书》等内容。

"大喇叭"便是当时的主要工具之一。整套装置由清华大学力学系研究设计,铅铝合金铸造而成,最大直径2.88米,总长4.74米,重达1588公斤,是名副其实的"世界之最"。它根据仿生学原理,以压缩空气为动力,用语音电讯号控制高压气流,产生并传播很强的语言音乐声波,发音头的最大声功率可达到20000声瓦,有效传声距离12公里。

我们谈笑风生地在"战地观光园"里寻寻觅觅、走走停停,漫步穿越200多米长的战地坑道,如同走过从战争到和平的时空隧道。这里从海岸到陆地,三三两两分布着导弹舰、巡逻艇、歼击机、加榴炮、高射炮,以及其他在炮战中立下功勋的武器装备。如今,它们锈迹斑斑静立于此,令人想起当年硝烟弥漫的战争氛围。那时,它们可都是"武艺高强""身手不凡"的战神啊!

在"战地观光园"岸边,一架安然停放在半掩体内的37高射炮,映入眼帘。有过15年军旅生涯的我,情不自禁的顺着地道,登上炮台,坐在一侧的操作位上,顿时思绪万千、心潮澎湃:炮火连天的场面,早已渐行渐远;硝烟弥漫的情景,早已消失殆尽。"大喇叭"也完成使命而安然"下岗"了。

"时间改变一切"。半个多世纪后的今天,全世界最大的军用喇叭,完成了它特定的历史使命,头顶蓝天、面向大海,成为当年厦门与金门"隔岸过招"的见证者。

"度尽劫波兄弟在,相逢一笑泯恩仇"。昔日的前沿阵地,摇身变成国内唯一的集战地观光、爱国教育、休闲娱乐为一体的教育基地和旅游胜地。

慕名来"战地观光园"的游客,无不对"大喇叭"兴致盎然。我们在"大喇叭"前逗留的短短半小时中,但见一拨又一拨来自天南海北的游客,在导游引领下浏览凝视、左观右察。不论男女老少,不分工农商学,各行各业各阶层人士,但凡到了这一特殊景点,都会乐此不疲地与"大喇叭"亲密接触、合影留念。

耳闻目睹,受到感染。我也忍不住站到"大喇叭"身边,凝视它、抚摸它,不由思绪飞扬、百感交集:如此一个庞然大物,要是"发声"起来,该是何等的够威够力呀。一位操着北京话的老者摸着"大喇叭"感慨道:"活了六十多年,见过不少喇叭,没想到世间还有如此体量的超级大喇叭啊!"

离开之前,我突然想起6年前两位特殊女性在"大喇叭"前相见相聚的一段佳话:那是2010年1月26日上午,来自厦门的、上世纪五十年代做了数十年对台广播的"前线广播员"陈菲菲大姐,和来自台北的、

1975年至1978年在金门负责对厦门"喊话"的许冰莹女士,她俩就在这个"战地观光园"相会,沏一壶香味扑鼻的铁观音,两位曾经唇枪舌剑的播音员,一边品茗,一边聊天。时隔30多年,昔日只闻其声、不见其面的两位"老对手",首次在当年的战地前沿相聚,彼此心中都有千言万语不吐不快的冲动。当年的硝烟早已随风飘散,留在她们心中的,唯有这份割舍不了的血脉情缘。陈菲菲老人忍不住说:"以前'两岸'、'两门'唱的是对台戏,如今一切烟消云散了,两岸同胞相逢都很亲热,真是两岸一家亲,祝福两岸同胞前景更美好!"许冰莹则语带凝噎道:"往事不堪回首。那时,天天晚上都在做噩梦。如今两岸和平了,来之不易啊。这些年,我一直都期盼着、祈祷着,希望两岸关系越来越好,两岸交流越来越融洽,两岸同胞越来越幸福……"如今,这座世界上最大的战地喇叭,已成为当年厦门和金门进行"广播战"的历史见证。许冰莹当年听到的陈菲菲的声音便是从这个喇叭里传出来的。据悉,现在这里每年都要"接待"数以万计的海峡两岸游客,"大喇叭"也成为一道引人注目的风景。

行将走出战地观光园时,我情不自禁地回过头,默默注视着一衣带水、根脉相连的金门岛,心中不由自主的生出些许忐忑不安起来。"九二共识"的核心意涵,是两岸同属一个中国,这个意涵界定了两岸关系的性质。我相信,两岸关系只有在坚持该"共识"的基础上,才能行稳致远。

"我们走吧!"眼见日已中天,在老伴的催促下,我恋恋不舍地与这只年过半百、当年曾被炮弹洞穿180多个孔儿的"大喇叭"默默告别。此时此刻,此情此景,遥望只有6公里外青山绿瓦历历在目的大金门,我心在想:自从马英九执政以来,两岸握手言和、和平发展,给两岸民众带来巨大的福祉,营造出一派"海阔两岸平,风正一帆直"的动人局面,真可谓国家有幸、民族有幸!可叹的是,民进党党魁蔡英文上台后,坚持不承认"九二共识",任台独势力大搞所谓的"去中国化""去孙中山化""去蒋化",使两岸关系重新出现风雨飘摇的情势,真是匪夷所思、情何以堪?

遥望着一衣带水、根脉相连的金门岛,"本是同根生,相煎何太急";"死去元知万事空,但悲不见九州同"等诗句,相继在耳边响起。从物到人,由彼及此,跨越的时空并不长,心中的感慨却很多。心潮汹涌、浮想联翩的我,由此生出几个小小的心愿:愿炎黄子孙和衷共济、和睦相处;愿两岸同胞安居乐业、安享太平;愿"大喇叭"永不发声、永远静默。

3月5日,习近平总书记在参加十二届全国人大四次会议上海代表团审议时,就当前两岸关系发展发表重要讲话时,重申和强调"九二共识"是两岸关系和平发展的政治基础,指出两岸同胞是命运与共的骨肉兄弟,两岸同胞要共同维护和平发展成果。分久必合,以和为贵。这是两岸同胞的共同愿望,这是历史发展的必然规律!

(原载2016年7月18日《大公报》副刊)

"莫兰蒂"见证厦门人

2016年9月15日3时05分,第14号台风莫兰蒂在厦门翔安沿海登陆,正面袭击厦门。据悉,莫兰蒂是今年全球登陆风力最强的台风,也是1949年以来登陆闽南的最强台风。

中秋节前夕,我和妻子前往庐山探亲过节,人在外地,未能亲身感受莫兰蒂的淫威。9月21日中午12时57分,我们从九江乘坐由长春始发的Z103次列车返回厦门,车过厦门北站,眼看就要进厦门岛了,不曾想却因为突然停电,临时停车。原本晚点34分钟的列车,最终晚点约70分钟才抵达终点站。这,多多少少也算是受莫兰蒂"余孽"的影响吧。

在回家的路上,透过车窗和灯光,不时可以看到路边倒地的树木、桩柱,以及折断的公告栏、宣传栏等残败物,还有加班清运路边"飞来物"工人的身影。目睹此情此景,令人触目惊心。

唐代边塞诗人岑参在《白雪歌送武判官归京》中写道:"忽如一夜春风来,千树万树梨花开。"可是,莫兰蒂肆虐之后,美丽厦门非但"俨如一夜妖魔过,千树万树倒下来",而且房屋受损、道路受阻,满目疮痍,遍地狼藉,惨不忍睹,揪心裂肺。面对惨重创伤,厦门人民不屈不挠,众志成城奋起自救-政府,未雨绸缪提前行动,随即驻军行动起来了,师生行动起来了,志愿者行动起来了,全社会行动起来了。岛内岛外,街头巷尾,处处可见争先恐后、齐心协力、开展灾后重建的动人场景。

莫兰蒂是2016年第14号台风,于2016年9月10日14时在西北太平洋洋面上生成,9月12日11时已经加强为超强台风级。14时其中心位于我国台湾花莲东南方向大约 1020 公里的西北太平洋洋面上，就是北纬 18.3 度、东经 129.4 度，中心附近最大风力 17 级（58 米／秒），中心最低气压 925 百帕，七级风圈半径 220-240 公里，十级风圈半径 100 公里，十二级风圈半径 60 公里。9 月 14 日，厦门市区风力增强到 8 级至 9 级、阵风 10 级，夜里继续增强到 9 级至 10 级、阵风 12—14 级。

9 月 19 日 18 时，厦门市政府新闻办召开抗击台风"莫兰蒂"第三次新闻发布会，通报厦门灾后重建情况：台风"莫兰蒂"正面登陆厦门翔安，电力设施遭毁灭性重创、大量广告牌掉落，造成全市交通瘫痪；受灾企业 566 家，特别是太古、ABB、厦工等重点企业受损严重；房屋倒损 17907 间，其中有大量工棚倒塌；农作物受灾面积 10.5 万亩，直接经济损失 102 亿元。由于果断坚决精准转移了 47336 人，有效减少死伤，因灾死亡 1 人、重伤 2 人……

自古以来，灾害常常是几家欢喜几家愁。欢喜者，发财也。

当晚回到家中，但见几瓶尚未开启、净含量为 1.5L 的饮用水，搁在厨房的地面上。这是因为莫兰蒂造成停水后，女婿果断出手买来缓解燃眉之急的。老伴想起以往一些地方因为自然灾害，有人趁机大发不义之财的行为，顺口问了一句："这水一定比平时贵许多吧？"女儿立马回答："一点不贵呀。一瓶三元钱，与平时卖的是一个价。"接着，女儿女婿告诉我们，小区路口一小百货店老板，台风袭来后，电梯停运了，把储存在家里的矿泉水等，用绳索吊放下来，按照正常价格卖给居民。不过，人上一百，形形色色，要说百分之百的厦门人都循规蹈矩，那是假的。换句话说，也有少数商家、个别旅馆借机抬高价格，但大多数商家，宁可自己多付出一些辛劳或成本，也要坚持诚信经营。

女儿女婿都在学校工作。正值开学之初，曾经有过学校工作经历的我，急切地问道："台风给你们学校造成的损失大吗？师生都安全吗？"听了这话，女婿不假思索地回答："损失不小。但我们经受了一次严峻而又难得的磨炼……"的确，超强莫兰蒂对厦门各级各类校园环境造成的破坏和影响是巨大的。为了保障学校尽早开学复课，连日来，厦门市投入大量人力物力，对校园周边道路全力进行疏通，对校园隐患进行清理和排查，力求尽快恢复教学环境、稳定教学秩序。

今年的中秋，被许多老师称为"狂野中秋节"。住在学校宿舍的老师，克服停水停电、食物不足等困难，迅速投入到救援行动中去。台风过后，几乎所有学校，全都满园狼藉。许多老师从家里匆匆赶来，投入清理校园的行动；许多家长和孩子，不仅送来饮用水和食物，而且带来清扫工具，自告奋勇，参与清理；还有一些家长，找来了工程车，帮助运送清理出来的垃圾和杂物；食堂则不遗余力，想方设法为师生们提供餐饮；就连全体物业工作人员，也一直坚守在岗位上。比如，莫兰蒂肆虐之后，鼓浪屿街道四所学校都有不同程度的受灾。在厦门二中门口，当天就有鼓浪屿街道的工作人员、城市志愿者、附近居民，以及该校教师，在挥汗如雨地清理台风造成的地面垃圾。

最让我感慨感动的，是厦门工学院。该校虽属民办，可在与莫兰蒂的斗争中，表现丝毫不比其他高校逊色。9月15日凌晨，莫兰蒂肆虐过后，一夜之间，校园面目全非，各项基础设施遭到严重破坏。广大师生没有慌乱，没有抱怨，没有退缩。相反，灾情发生后，从领导到员工，从教师到学生，纷纷主动挺身而出，积极投身到校园灾后重建中去。年近七旬的田副校长，第一时间出现在灾情严重的现场，带头挽起袖子，既出手又出力。在校、院领导的带领下，各级辅导员、老师与学生们并肩战斗，不辞辛劳，抢救校园。许多老师自己的家都浸泡在雨水中，可他们首先想到的是学校和学生。在他们眼里，这不是任务，而是责任。台风过后的校园，由于停水停电，随之而来的问题和困难可想而知。可是，由于全体师生携手并肩，同舟共济，11,000多人的校园内，没有一点躁动，没有一声怨言，没有一件事故，没有一人受伤。

那天，我在厦门工学院，看到一则该校学生会发布的、既浪漫而又庄严的公告：16级学弟学妹们，这是你们离家后的第一个中秋节，也是你们在"厦工"度过的第一个中秋。台风的恐惧没有吓倒你们，相信经历过风雨的你们，将来的日子会更美好……今晚组织已经感受到了你们热情的"喊楼"……这个中秋节，谁也不孤单。因为我们互相陪伴，因为我们同心同德。我们在"厦工"这个大家庭里共同经历、共同成长！

有道是，事非经过不知难。因为长时间连续停电，许多小区住户一楼的电子门无法开启，年轻力壮者，可以想办法爬出去活动，或者外出解决吃饭等问题。而那些年老体弱、有孕在身者，一困就是六七十个小时，无法出门，宛如坐牢。可是，即便如此，没有一个人做出"撬门"或者"砸门"之类的野蛮之举。

常言道，一滴水可以折射出太阳的光辉。透过这些看似很平常，乃至不起眼的小事，不难从中看到了厦门人的斗志与气质、品德和素养……

莫兰蒂带给厦门的损失是惨重的。可是，厦门人经受的考验和洗礼是无价的。"这次台风，虽心疼，也暖心。这是一次洗涤，也是一次重新开始的机会。人生几多风雨，但风雨终会过去！放心吧，校园会好起来的，我们会依旧按照原来的作息制度，按时吃饭睡觉读书，还有共同守护我们最美的校园！"正所谓，不经历风雨，怎么见彩虹。莫兰蒂见证，在这场没有试卷的大考中，厦门人的成绩是"优秀"的。

（原载 2016 年 10 月 17 日香港《文汇报》副刊）

漫步厦门铁路文化公园

迄今为止，全世界有 7 座由废旧铁路改造而成的最美公园。如法国的绿荫步道，其前身是巴士底地区通往巴黎东部的高架铁路，上个世纪六十年代就已停运，后来这里被改造成长约 4 公里的绿色长廊；如美国，纽约一条被称作"死亡大道"荒废了十多年的铁路，变成了纽约的标志性高空城市公园……。厦门铁路文化公园，跻身其中，榜上有名。

厦门市铁路文化公园建成之前，曾经是鹰厦铁路延伸线废弃铁轨的"安息"地。在厦门交通乃至福建经济社会发展史中，鹰厦铁路既是奉献者，又是见证者。鹰厦铁路来之不易。它的诞生过程颇为曲折，远不止"十月怀胎"。

在 1949 年 9 月召开的中国人民政治协商会议第一届全体会议上，闽籍爱国侨领陈嘉庚先生，向大会郑重提出了修建福建铁路的提案并获得通过。后来，因朝鲜战争爆发，虽未能实施，却得到毛泽东的明确批示："此事目前虽一时不能兼顾，但福建筑路的正确意见，当为彻底支持。"1951 年国庆期间，时任福建省委第一书记张鼎丞，分别向中央和华东局建议，尽快考虑修建鹰潭至南平的铁路，以解决福建出省的通道问题。为了福建的发展和战备的需要，中央决定投资 5 亿元，修建鹰厦铁路。

鹰厦铁路，又称鹰厦线，是中国东南部地区重要的铁路干线。它北起江西鹰潭，在赣闽两省边境地区穿越武夷山地后，沿闽江支流富屯溪谷地延伸，到达南平附近的外洋折向西南，顺着闽江另一条支流沙溪谷地修筑，而后在永安附近改向东南，穿越戴云山脉，进入闽南的九龙江流域，沿江而下，经过集美和厦门两道海堤到达厦门，全长 705 公里（含漳州支线 11 公里）。

鹰厦铁路于 1953 年 1 月，由铁道部中南设计分局着手设计，1954 年由铁道兵和沿网民工连手兴建，1957 年竣工通车。在长达几十年时间里，是进出福建的唯一铁路线。厦门铁路文化公园这段铁路，全长 4.5 公里，宽度在 12 到 18 米之间。因为处于市区中心地带，不仅保持了良好的植被景观，而且蕴含着深厚的历史文化底蕴。沿线串起金榜公园、万石植物园、虎溪岩、鸿山公园等厦门岛主要景区。沿途既有原生态自然景观，又有现代化城市印记，还见证了当年对台军事斗争和厦门港的发展历程。

春夏之交时节的一个星期天上午，我们全家从集美石鼓路住地出发，驱车直奔厦门铁路公园。一番尽兴游览，给我留下深刻印象的是，这座带状铁路公园，按照文化架构分区，从北到南辟为铁路文化区、民情生活区、风情体验区和都市休闲区。四个区段，各有特色、各具魅力。这样设置，游人根据自己的兴趣、时间和体力，既可一鼓作气，全程不间歇逛完，也可分段游览，随心所欲，走到哪里算哪里。一旦疲惫了，抑或饥渴了，随时都可以就近小憩或补给。我们逛荡了两个区段，见到路边一个三十来岁的小伙子，正在售卖"茯苓糕"，一市斤 10 元人民币。未曾品尝一口，就被它那白白嫩嫩的品相吸引了，遂毫不犹豫地让对方切下一快，不多不少一斤半……

厦门铁路文化公园，颇有"文化"色彩。从植物园入口处，往万寿路方向前进，路边一座座雕塑，不时映入眼帘。它们当中，有的如天外寄来的大号信件，有的像出污泥而不染的莲花；有的似一个别有趣味的秤砣，有的是设计考究、视觉舒适的"小站"。还有代表童年，充满童真、妙趣横溢的儿童椅；代表青年，极具活力、结构严谨的办公椅；象征中年，事业有成、宽大舒适的沙发椅，以及寓意老年，收获成功、安享生活的逍遥椅等。这些雕塑或大或小，或圆或方，图文并存，声影兼有，令人触景生情，浮想联翩。

常言道，萝卜青菜各有所爱。置身铁路文化公园，我最感兴趣的是以"思廉明志·清风鹭岛"为主题的廉政法治文化长廊。漫步其间，廉政意念扑面而来。在设计理念上，用心良苦，匠心独具；在运用载体上，形式多样，不拘一格；在表现手法上，力求做到传统文化与现代科技的完美融合。比如，巨幅石雕的约法三章、画地为牢、廷尉罚金、缇萦救父……一个个生动的画面，给人以美感与思索。一个由"廉"字构成的铜雕，借用古代官帽造型，从前到后，从上到下，三顶形似"廉"字的乌纱帽帽翅两端垂下的飘带，分别连着把小椅子，不仅构思新奇，而且寓意深刻。人们坐在上面，既可以小憩，又可以思考；既有所感悟，又有点启迪。

厦门铁路文化公园，不同区段，主题不同、设计不同、功效不同。如，有的在距铁轨一米开外修步道，铁轨保留原来样子，一些游人在铁轨上行走，左右摇摆着、晃悠前行着，借此检验自己身体的平衡能力。老夫见状，顿时聊发少年狂——也试走了两次，最多一次，在铁轨上连续行走了40多步，受到妻子的"表扬"。

我们优哉游哉，边走边逛，行程过半，坐在路边枕木形长椅上休息时，一位青年女性也坐了下来，我借机问道：美女哪里人、缘何来这里？她告诉我，自己是厦门人，在一家大型企业供职，工作忙、压力大，经常独自一人来铁路公园，散散心、减减压。在"风情体验区"，与一家三口擦肩而过。我主动打招呼。男青年说，他是安徽人，妻子是闽北人，在厦门开一家文具店，女儿上小学二年级，周末带她出来逛一逛、玩一玩。在"民情生活区"，路边一位老汉忙着叫卖菠萝。只见他用特制的刀具，顺着菠萝的"纹路"，得心应手地"铲除"菠萝钉。妻子发现，10元一个的菠萝，个头不小，且既新鲜又便宜，便选了一个颜色深黄的。走到一处石头棋盘前，全家分享，香甜可口，原本怕酸的我，连吃了好几块……

漫步厦门铁路公园，我感慨良多、思绪万千。冥冥之中，仿佛触摸到了锈蚀铁轨定格的辉煌。随行的厦门工学院吴庆年老师，即兴在《你散发太多的遐想》中写道："书写了春的画卷，沉淀了冬的苍凉。你用鲜艳的色调，描绘前人华丽的诗章，镌刻年轮前进的印记，交织美好与感伤。是你在默默厚积，用回味填充明天。你在鹭岛的腹地，铸成永恒的风景。"

是啊，曾几何时，多少建设者为了铺就它们，或夜以继日、抡锤挥镐；或栉风沐雨、流汗洒血；多少南来北往的旅客与物资，经由它们输送到达各自的目的地，发挥各自的作用与能量。如今，它们完成了历史使命，静静地躺在原地上，虽然没有了往日的繁忙与风光，但它们却促进并见证了社会的发展与进步。

有道是，人无千日好，花无百日红。殊不知，不论是人，或者是花，只要曾经"好"过，甚或一度"红"过，就没有遗憾，就会谱就动听的交响乐、留下亮丽的风景线。

（原载2017年6月10日香港《文汇报》）

饶宗颐"展在"厦门华侨博物馆

饶宗颐（1917—2018），字固庵，号选堂，广东潮安人，是一位学术范围广博、享誉海内外的学界泰斗和书画大师，在传统经史研究、考古、宗教、哲学、艺术、文献以及近东文科等多个学科领域均有重要贡献。

2月6日凌晨，饶宗颐在香港仙逝，享年101岁。2月7日，中共中央总书记、国家主席习近平对饶宗颐先生的逝世表示悼念，对其家属表示慰问。（见2月9日香港《文汇报》头版）

饶宗颐与厦门颇有缘分，且十分关注福建以及闽南文化。不知是机缘，或者是巧合，几天前，《"丝路行者"饶宗颐教授书画作品展》在厦门华侨博物院隆重开幕。此次展出，从2月1日至3月31日，在丰富人们节日期间文化生活的同时，也为市民提供了一个触摸文化根脉、提升艺术修养的好去处。

元宵节前，一个春风拂面、暖阳高照的下午，我和老伴在女婿的陪同下，专程前往位于厦门市峰巢山西侧的厦门华侨博物院观展。这是我第一次走进华侨博物院，自然要多加观察、多看几眼。进得院内，最先吸引我眼球的，是两大块卧在地面的岩石。正对博物院主楼大门的那块岩石上，刻着"天下为公"四个红色大字；其右侧约10米处，一块"心"型岩石上，刻着康有为题写的"勿忘故国"。端倪须臾，我忽地悟出其背后的潜台词：海外华侨爱国之心坚如盘石、千秋不变。

厦门华侨博物院，面积不大——占地5万平方米、主楼建筑面积4000多平方米；意义不小——既是一座以华侨历史为主题的综合性博物馆,也是迄今为止中国唯一的侨办博物馆。1956年9月,由已故爱国华侨领袖陈嘉庚倡办;1959年5月,正式对公众开放。这座用优质洁白花岗岩砌成的宫殿式大楼,被著名的英籍女作家韩素英誉为"世界上独一无二的华侨历史博物馆"。

这次"丝路行者"书画作品展,展出国内外多位资深藏家贡献的100幅饶宗颐教授书画作品。为方便观众欣赏,作品布展在主楼二楼、三楼两个大展厅内。在进楼之前,我就注意到,慕名前来参观的市民、游客,三五成群,络绎不绝。不说争先恐后,也是步履匆匆。看得出来,都怀有一个共同心态——先睹为快。也难怪,它们已成大师遗墨,更显珍贵。在二楼展厅入口处的《前言》中,有这样一段文字:"饶宗颐教授是一位有着重大国际影响的德高望重的学术大家,其学术研究和艺术实践与海外的华侨华人有着密切联系,特别是饶宗颐教授着力倡导侨批文化的研究,对中外文化交流作出了突出的贡献。"而《羊城晚报》则在《世间已无饶宗颐天上又多文曲星》中写道:钱钟书说他是"旷世奇才",季羡林称他是"心目中的大师",金庸说"有了他,香港就不是文化沙漠",学术界尊他为"整个亚洲文化的骄傲"。可想而知,能够在"家门口"欣赏到这样一个"文曲星"的书画作品,自然是一种幸运。

我原以为,欣赏100幅书画作品,应该用不了太长时间。不想,步入展厅后,人就像置身强力磁场中一般——动得了嘴、迈不开腿。慢慢欣赏,默默思考。直到院方工作人员开始"清场"了,这才恋恋不舍的离开。在我这个"准书法爱好者"看来,此次展出的饶宗颐作品,题材丰富,技法独特。他的书法,从唐代颜真卿入手,受多位名家之熏陶,形成自己独有的风格,在字里行间展露无遗。如,其中一对条幅,"搔痒不着赞何益","入木三分骂亦精",十四个字里,融入了隶书、篆书、行书等多种字体。而"磨剑十载""结交四方"条屏,则折射出先生的钻研精神和为人准则。他的绘画,纵笔自如,堪称"从心所欲不逾矩"。一幅兰花,寥寥数笔,便把兰花的气质风貌勾勒出来,上方的题款为"莫道众芳多芜秽,有根终不若无根。"我发现,在展出的饶宗颐作品中,既有二十世纪六七十年代的,也有年近百岁时创作的。其中,一幅钟馗画,以及巨幅书法,尤为引人注目,折射出其长盛不衰的艺术灵感和创作活力。

有道是,一专多能。但凡专家学者,可以在某一领域,术有专攻、学有所长,而饶宗颐除了书画,在历史学、考古学、人类学、近东文明以及艺术、文献等多个学科领域均有精深研究。60多年间,他先后出版了专著60多部,发表论文近500篇,著述多达数千万言。在许多陌生的领域开荒播种,创造了多个研究领域中的"第一"。饶宗颐生前曾经坦言:"其实我写文章也很辛苦的,靠忍耐,靠长期的积累。我有一个特点,就是写出来的东西不愿意马上发表,先压一压。我有许多文章是几年前写的,有的甚至有十几年、二十几年,都不发表。"浙江大学教授、浙江大学历史文化遗产研究院院长曹锦炎先生,给出的"答案"是:这主要源于他对自己有明确的定位,"在名利诱惑颇多的时代,饶宗颐始终将自己定位为一个学者,并最终成为了多个领域的大家。"我理解,这大概与他"磨剑十载"的意志不无关系。

天道酬勤。2009年,饶宗颐先生成为获聘中央文史研究馆馆员的香港学者。2011年,96岁高龄的他,出任西泠印社第七任社长,更是传为佳话。在三楼展厅入口处,两幅照片引人注目。一幅是,2015年4月27日,国务院总理李克强与饶宗颐教授在中南海紫光阁会面;另一幅是,2010年8月6日,国务院总理温家宝与饶宗颐教授在北京中央文史馆会面。而从展厅中《饶宗颐教授学术年表》上可以看出,用"硕果累累、光环多多"来形容他,是恰如其分、毫不夸张的。

这次书画展,冠以"丝路行者"之名,可谓名副其实。饶教授不单是蜚声海内外的"丝路行者",而且是最早提出"海上丝绸之路"的学者。据《海西晨报》报导,饶宗颐是中国海上交通史、进出口贸易史、海外移民史、文化交流史等诸多研究领域的翘楚。早在1974年,他就在一篇关于"海上丝绸之路"的文章中写道,在西北方向的西域,有一条"丝绸之路",它是中外文化交流的桥梁与纽带。而在海上,还有一条"丝绸之路",那便是"海上丝绸之路",从时间上看,海上的"丝绸之路"或许会更早。

饶宗颐:展在:厦门华侨博物馆

著名侨乡厦门，自古就是中国人走出国门的重要门户，有着深厚的人文历史底蕴，中外文化在这里交融并蓄，造就了厦门开放包容的性格和海纳百川的气度。而饶宗颐先生则是一位艺学兼修、博古通今、学贯中西、蜚声国际的大学者。他生前在介绍自己做学问的方法时说："学问要'接'着做，而不是'照'着做，接着便有所继承，照着仅是沿袭而已。"无论是他丰硕的研究成果，抑或是他严谨的治学态度，都是令人肃然起敬的。他生前最后一次书画作品展在厦门举办，对厦门市民而言，是一件幸事；对饶先生来说，是一件好事。我相信，假如饶宗颐教授九泉有知，一定会感到欣慰的。

（2018年3月13日香港《文汇报》发表时，题为《饶宗颐生前最后的个展》）

生若梅花林巧稚

林巧稚（1901—1983），北京协和医院第一位中国籍妇产科主任、首届中国科学院唯一的女学部委员（院士），在胎儿宫内呼吸、女性盆腔疾病、妇科肿瘤、新生儿溶血症等方面研究做出了贡献，是中国现代妇产科学的奠基人之一。她终身未嫁、孑然一身，从医60多年，亲手接生了5万多名中外婴儿。今年4月22日，是她逝世35周年。四月中旬的一天上午，阳光灿灿、春风徐徐，我特意来到林巧稚纪念馆，追思这位"生命天使""万婴之母"。

林巧稚纪念馆位于鼓浪屿毓园，是一九八四年厦门人民为纪念这位我国当代卓越的人民医学家、著名的妇产科专家而建的。毓园入口处，有一组五个中外儿童的雕像，它寓意林巧稚接生的5万余名中外婴儿。走进毓园，但见花草茂盛、绿树成荫，园中两株当年邓颖超亲手种植的南洋杉，根深叶茂，直立挺拔，象征着林大夫秀逸高洁的品格。纪念馆正前方近百米处立着一尊身穿白大褂，凝视远方、神态安祥的林巧稚大夫汉白玉雕像，展示着她一生洁白无瑕的纯洁形象。雕像两侧的花坛中，种植着洁净的星菊。雕像正前方，是一座建筑面积140多平方米的纪念馆。纪念馆中，展出百余幅林巧稚生前社会活动和日常工作、生活照片、用过的部分实物、所著的部分著作，以及毛泽东同志当年接见林巧稚等医学界人士的巨幅图片，还有李先念、彭真、李鹏等党和国家领导人纪念林巧稚大夫的题词题字等珍贵资料。

我注意到，在林巧稚纪念馆内体积不大的玻璃展柜中，既有她在鼓浪屿"上女学"念书时穿的学生装上衣一件，也有她出国访问接见来宾时穿的衣服，还有她中年时代经常利用夜间值班精心缝绣、赠送给贫寒人家婴儿的罩衣，以及苏联、美国、加拿大等外国友人，柬埔寨元首西哈努克赠送的礼物、礼品等。其中，最令我感兴趣的礼品是：一小盘周总理从国外带回赠送林大夫的咖啡籽、一把长度约10厘米的"袖珍"小提琴、一张邓颖超手术一周后送给林大夫的夫妻合影照。而两把长度约20厘米的折扇，可谓"俗而不凡"。其中一把是老舍所送，上书一首词，落款是："癸卯夏日录杜甫江村词巧稚大医师正字老舍"；另外一把则是曾任全国政协委员、齐白石入室弟子、中国现代著名书画家、老舍夫人胡洁青（1905—2001）所赠，整个扇面画着一幅红梅，落款为：巧稚大夫拂暑五五年絜青。注视着这把扇、这幅画，我琢磨，胡洁青女士当年赠送这件礼物，除了让林巧稚"拂暑"之外，应当还另有一层涵义——暗喻林巧稚生如梅花。

梅花具有高洁、秀逸、坚强的品格，有情有义把芳芳带给人间，无怨无悔将寂寞留给自己。宋代陆游《卜操作数·咏梅》诗云："驿外断桥边，寂寞开无主。已是黄昏独自愁，更着风和雨。无意苦争春，一任群芳妒。零落成泥碾作尘，只有香如故。"林巧稚大夫已经"零落成泥"了，但她虽死犹生。长年累月，春夏秋冬，都有游客前来热情参观、虔诚拜谒，不为别的，只因她的品格如同腊梅一样，永不褪色、芳香如故。林巧稚也是凡人，也有常人心态。她有一句发自内心的话："我一闲下来就会感到寂寞、孤单，生命就会完结。"细细品味这段话，不难看出来，林巧稚生前也有寂寞、孤单的时候，而她驱赶寂寞、孤单的"灵丹妙药"，就是不让自己"闲下来"。这，与傲雪报春的梅花何其相似。

林巧稚说过，"生平最爱听的声音，就是婴儿出生后的第一声啼哭。"她还说过，"我的惟一伴侣，就是床头那部电话。"因为，那是妇产科和她保持联系的"热线电话"——无论哪位医生值夜班，只要遇到处理不了的病情，随时可以给她打电话。一旦电话里说不清楚，她会立马动身赶往医院。对此，她早已习以为常，因而不无幽默地把自己比作"一辈子的值班医生"。中国医学科学院北京协和医院妇产科主任、教授、博导，中国工程院院士郎景和先生，2015年4月出版的《一个医生的故事》中有这样一段文字：林大夫在病人中有一种神奇的魅力。手术前的病人顾虑重重，愁肠百结。林大夫来了，她检查了病情，安慰几句，病人的疑团云消雾散；产妇在待产室折腾不已，林大夫来了，她摸摸胎位，听听胎心，为病人擦擦汗，拉拉手，产妇破涕为笑，产程居然也加快了；遇到疑难重病人，连比较有经验的医生也难决断，林大夫来了，她的几句话会使人顿开茅塞……

"关爱，是医生给病人的第一张处方。"林大夫用对亲人的方式对待她的病人——或直接用耳朵贴在病人肚子上细听，或为病人擦擦汗水、掖掖被角。每当产妇因为阵痛而乱抓的时候，林巧稚总是让对方抓住自己的手，哪怕抓得发紫发疼。她后来道出原因：不能让产妇抓冰凉的铁床栏，那样将来会留下病根的。与之相反，当下少数妇产科医生，既无情，又冷漠。一位朋友曾经告诉我，他媳妇住院分娩时，疼痛难忍，抓着床沿，连叫带喊。医生不是安抚，而是训斥："哪个女人没有生过孩子？哪有生孩子不痛的？怕痛就不要做女人、不要生孩子！"

在毓园入口斜坡一侧，梯次修建有多个长方形花坛，每个花坛中间，斜立着一本翻开的书状石雕，左右两面用中英文对照，刻有简短的文字。其中，既有邓颖超、康克清等已故副国级领导人的，也有林巧稚教授自己的。康克清的一段话是："不论病人是高级干部还是贫苦农民，只要是她的病人，她都同样认真同样负责，处处替病人着想。她是看病，不是看人。"

我之所以对林巧稚由衷景仰，除了她的精湛医术、高尚医德，还有她热热的、满满的爱国情怀。1929 年，林巧稚从协和医科大学毕业并获医学博士学位，被聘为协和医院妇产科大夫。1932 年，她被派往英国伦敦妇产科医院和曼彻斯特医学院进修深造；1933 年，前往奥地利的维也纳进行医学考察；1939 年，到美国芝加哥大学医学院当研究生。在出国学习期间，她几乎用尽了实验室工作之外的所有时间，到数据丰富的图书馆学习。次年，林巧稚被美国聘为"自然科学荣誉委员会"委员。而就在这年，她毅然回国。她的信条是："我是一个中国人，一个中国的大夫。我不能离开灾难深重的祖国，不能离开需要救治的中国病人。科学可以无国界，科学家却不能没有祖国！"

　　走出纪念馆后，我又一次来到林巧稚塑像前。这才发现塑像后方几米处，有一不很醒目的书状石雕，上面刻着林巧稚的遗嘱："毕生积蓄的三万元捐献给首都医院幼儿园、托儿所，遗体献给医院作医学研究用，骨灰撒在故乡——鼓浪屿周围的海面上。"站在林巧稚雕像前，追思林巧稚一生，唐宋八大家之一王安石的《梅花》在脑海中闪现："墙角数枝梅，凌寒独自开。遥知不是雪，为有暗香来。"都说，人死如灯灭。而林巧稚大夫的高超医术、高贵品德，却如同梅花一样，风采依旧，暗香长存。

　　　　　　　　（原载2018年5月5日香港《文汇报》副刊）

"钢琴人"胡友义

胡友义（1936—2013），著名钢琴家、收藏家。祖籍福建永定，生于厦门鼓浪屿的胡友义，从小与音乐结下不解之缘，终其一生呕心沥血传承钢琴文化，且把对钢琴的收藏视同生命的一部分。我无缘结识胡友义，也从不曾见过他。之所以对这位作古5年的华侨心存敬意，既因为他是一位声名远扬的澳大利亚"钢琴人"，更因为他有一颗难能可贵的"爱乡心"，是中国第一个钢琴博物馆——厦门鼓浪屿钢琴博物馆——的缔造者。

鼓浪屿雅称"琴岛"。在方圆1.87平方公里的面积上，先后出现过100多个音乐世家。回顾历史，鸦片战争后，厦门与上海、宁波、福州同被辟为通商口岸，英美等国先后在鼓浪屿岛上设立领事馆。自十九世纪中叶起，伴随着基督教的传播，西方音乐和着鼓浪屿之波，漂洋过海、登岛而来。从胡友义进入少年时代开始，爱好音乐的父亲，便经常带他到教堂听钢琴演奏。耳濡目染，使他从小与音乐结下不解之缘。14岁那年，小有造诣的胡友义，被家人送到上海音乐学院深造；1965年赴比利时布鲁塞尔皇家音乐学院学习。毕业之后，胡友义先在欧洲从教多年，后落户澳大利亚墨尔本。对钢琴情有独钟的他，动用祖产建起湖光山色的"胡氏山庄"，先后收藏了100多架世界各地的古钢琴孤品、绝品、极品。

"乡愁是一湾浅浅的海峡，我在这头，大陆在那头。"随着岁月的流逝、年龄的增长，身在异国的胡友义，心中乡愁与日俱增。上个世纪九十年代开始，年过花甲、思乡心切的胡友义和夫人，经常回到鼓浪屿走一走、看一看。在一次投资贸易促进会上，得知鼓浪屿政府力求打造音乐之岛发展文化时，胡友义喜不自禁。经与夫人协商，决定将自己收藏的钢琴送回祖国，在故乡鼓浪屿小岛上建立一座独一无二的钢琴博物馆。言必行，行必果。1998年，厦门"九·八"贸洽会期间，胡友义夫妇与鼓浪屿区政府正式签订了合同。次年，胡友义收藏的部分钢琴，从万里之遥的墨尔本登船，穿越茫茫大海、搏击滔滔波浪，经由香港运往厦门。

"钢琴就像我的孩子一样。"当最后一架钢琴从胡友义家搬出时，他也曾伤感过。但鼓浪屿是胡友义生命的摇篮，他认定："把珍藏的钢琴放在鼓浪屿，就像是把心爱的东西带回家里一样，总让人放心。"为了让这些凝聚着心血、寄托着情感的钢琴，顺利在鼓浪屿"安家"，海运期间，胡友义夫妇每天关注天气预报，唯恐遭遇台风。在厦门港口卸船的那天，胡友义先生喜气洋洋、精神满满，亲自到场，坐镇指挥。因为鼓浪屿禁止汽车上岛，便用二十多辆板车，装载着钢琴和配件，排成一条蛇阵，浩浩荡荡向鼓浪屿进发。

天遂人愿。在胡友义和鼓浪屿有关方面的密切配合、精心筹划下，2000年1月8日，中国第一、亚洲最大、世界一流的钢琴博物馆——鼓浪屿钢琴博物馆，在风光秀丽的鼓浪屿景区菽庄花园"听涛轩"盛大开展。之后，胡友义与鼓浪屿园林管理所签定了钢琴博物馆二期合同，再度献出30台不同年代的世界名琴。其中，包括他自己平时弹奏、3米长的"吕特纳"名琴。

鼓浪屿钢琴博物馆共有两座楼馆，进入上下两层的主馆，造型各异、品牌不同的钢琴排兵布阵，展示自己，欢迎客人。每一架钢琴，都有着"悠久历史"和"传奇色彩"。它们的主人，或"地位显赫"，或"身手不凡"。其中，既有稀世名贵的镏金钢琴，也有古老的手摇钢琴等。还有多架"世界之最"钢琴。给我留下深刻印象的，有意大利作曲家、钢琴家、指挥家、钢琴乐器开发者和制造商、音乐出版商和钢琴教师穆齐奥·克莱门蒂（1752—1832），19世纪初制造、块头世界最大、音响最为洪亮的四角钢琴。而"舒楠"钢琴，则是钢琴制造大师舒楠1906年制造于德国慕尼黑的古钢琴，它有4套琴弦、8个踏板、两层琴键，且琴键"黑白颠倒"。因该琴厂毁于战争年代，它便成了稀有之最……

我注意到，在馆内众多钢琴中，有一架工艺精湛、音色独特、造型别致的"科勒德"钢琴。它既是19世纪初伦敦制造的英国最古老的品牌,也是琴友施密特老太太的传家之宝。二战期间,施密特历尽千辛万苦,从英国把钢琴带到澳大利亚。1988年,孤单一人、年过八旬的老太太,不想让心爱的钢琴"随风飘逝",后经修琴专家介绍,施密特老人像相亲一般,专程前往"胡氏山庄"考察,并通过多条管道了解胡先生其人。经过半年反复考虑,这才恋恋不舍将钢琴卖给了胡先生。据说,在搬走钢琴的那一天,老太太抚琴痛哭,其情其景使胡先生也受到感染,涕泪俱下。从此,胡友义的大名在澳大利亚不翼而飞、广为流传,同时得到一个颇为响亮的雅号——"钢琴人"。

胡友义先生虽然青年时代就远离了祖国,但他心中那炽热的爱国爱乡情怀,却深深扎根在鼓浪屿这片生他养他的土地上。"听涛轩"内的《前言》中,有这样一段文字:"本馆由原籍鼓浪屿的旅居澳大亚钢琴收藏家胡友义先生提供珍藏的近百台古钢琴,展现世界钢琴发展史,以传播钢琴音乐知识,促进中外文化交流,凸现鼓浪屿音乐之岛,钢琴之乡的形象。"我相信,对很多访客而言,走进鼓浪屿钢琴博物馆,就如同走近世界钢琴发展史。

"送人玫瑰,手有余香。"2003年,爱国华侨胡友义成为"感动厦门十位人物"之一,并被授予"厦门荣誉市民"称号,曾经受到江泽民主席的接见。2003年11月初,受澳大利亚广播电视公司ABC的委托,乔娜·帕克女士跨越重洋,到厦门鼓浪屿为钢琴家胡友义先生拍摄人物纪录片。据悉,这是ABC第一次为华人做纪录片。2013年7月12日,胡友义在澳大利亚因病逝世。如今,在"听涛轩"门前左侧,安放着一尊高80厘米、肩宽60厘米的胡友义先生半身铜像,石质基座上刻有"鼓浪屿钢琴博物馆捐建者胡友义先生"等字样。凝望着这尊塑像,我在想,如果没有胡友义先生,鼓浪屿也就没有这座集涛声、琴声、心声于一体的博物馆;我又想,一个人能力有大小,但只要尽其所能、真心诚意为祖国、为家乡做一两件有意义的事,人们就会由衷感激他、经常怀想他。

(原载《炎黄纵横》2018年第12期)

谒保生大帝　会千年名医

保生大帝本名吴夲（979—1036），又称大道公，吴真人，字华基，为古同安（含厦门岛）历史名人第一人，祖籍泉州安溪县感德镇石门村。保生大帝，是福建历史悠久的民间信仰。清朝康熙年间大臣、理学名臣李光地在《吴真人祠记》中说："吴真人者，石门人也，乡里创庙立祀，子孙聚族山下，奉真人遗容。"

今年是吴夲诞辰1040周年，仲春的一天上午，阳光灿烂，春风和煦，我们一家前往海沧青礁，春游敬谒，一举两得。吴夲，医术高明，著有《吴夲本草》一书；曾任宋代首席御医。后悬壶济世，因其医德高尚，深受人们敬仰，被民间尊为"神医"，称为"吴真人"，乡民建庙奉祀尊为医神。自南宋以来，吴夲受历朝十多次褒封，明永乐十七年，赐封的规格最高："恩主昊天医灵妙惠真君万寿无极保生大帝"。吴夲与妈祖（林默）一样，原本都是北宋的普通百姓，都是真人、凡人，因他们为老百姓作了许多好事——林默死于救助海难，吴夲死于采药滑落山谷，受其恩惠者无数，去世后百姓搭草寮、建小庙奉祀他们。加之口口相传，代代延续，便闻名遐迩，且日渐神化起来。他们的生命之花凋零之后，老百姓不愿意说他们"死了"，而是说他们成仙了。吴夲的"真人"名号，便也由此而来。

供奉"真人"吴夲的青礁慈济祖宫，又称"东宫"，是世界各地保生大帝庙的祖庭，属国家重点文物保护单位，始建于南宋绍兴二十一年（1151）。青礁慈济祖宫景区总面积约1.58平方公里，景区内，宫殿群巍然屹立，错落有致、气势轩昂、林木葱茏、层峦迭翠。景区每年4月

18日举办的海峡两岸保生慈济文化节,以此为契机,逐步将景区建设成为民间信仰朝拜圣地、闽南民俗文化展示窗口、中医药教育园区、旅游休闲胜地和两岸民间交流载体。

端庄凝重、气势宏伟的青礁慈济宫景区主山门,为歇山式五开间、高16米、宽33米,享有"八闽第一山门"的美誉。山门中间石柱上,刻着一副醒目对联:"万千气象揽胜访先踪,百十台阶登山参圣哲",横批"泽惠闽台"。穿过主山门,但见一尊约两米多高的青石上,刻有福建省原省长胡平所题的"普世济民,恩泽慈爱"八个金色大字。其右侧不远,有一口相传为吴真人亲凿的"丹井",直径约1米,深约3米。今井围似倒放的漏底石臼,井口围以铁网。我把脸贴紧铁网往里看,水浅而清,可见沉积井底的泥沙,以及游人丢进的硬币。继续往右行走几步,为纪念吴夲而建的"龙湫庵"便展现在眼前。这是一座20多年前由台湾屏东县万寿宫主任吴传辉先生捐资重建的三檐单层建筑,体量不大,气势不小,大门左右刻着一副对联:"慈怀盛德万民共仰,济世利人两岸同钦。"但见,香客进进出出、说说笑笑,我等了好一会儿,也没拍到"无干扰"照片。

高耸入云的保生大帝雕像,屹立在海拔148米的岐山东鸣岭峰顶,人们在山麓便可看到,若隐若现、亦真亦幻。登上了山顶,近距离仰视,才识得他的"真面目"——保生大帝雕像,由著名雕塑设计师、厦门大学教授利瓦伊祀先生设计,于2007年4月第二届保生慈济文化节前落成。雕像总高为19、8米,其中主像为18米。雕像由近三百块泉州白花岗岩砌成,共享石材三百多立方米、钢筋数十吨、混凝土250余立方。我站在石板铺就、面积约1800平米的平场上,从不同角度观察,但见保生大帝头戴道帽、身披道服,两眼平视,长须斜飘,左手扶着贴于胯部的葫芦,右手托着经卷置于胸前,一副气定神闲、深沉洒脱的神态。

敬谒保生大帝,要登健康步道。健康步道,也叫中医长廊,系景区的中轴线,是一条又高又陡,宽约10米,用通透式护栏隔成三条平行的步道,以喷泉广场为起点,从下到上,距离400余米,台阶980级,每级近二十厘米。一段台阶,一个平台,中间设有花坛,每个平台两侧,分别立着一尊古代名医的青石雕像。半山一座名为"澄心"的六角亭，亭柱上有一伍泽旭先生撰书的对联："水澈丹玄地灵成盛踪；泉澄道悟心正即真人。"健康步道，自下而上攀登，若是一鼓作气、马不停蹄，即便是血气方刚的年轻人，也要喘几口粗气、出些许热汗的。加之环境清幽，空气清新，攀登这样的步道，的确有利于身体健康。我一向喜欢登高。于是，一边登，一边想："健康步道"为什么又叫"中医长廊"呢？

得出的结论是，中医长廊，名副其实。我在攀登过程中观察发现，自下而上，由近至远，按照时间顺序，从十九世纪开始，一直推延到公元前，跨越2000多年历史时空，把三十多位名垂青史的著名中医，按照1：1的比例，用青石雕刻，并在基座刻上姓名及生平简介。我注意到，年代最近的两位分别是，清代医学家吴尚先（1806—1886），医学家、解剖学家王清任（1768—1831）；年代最远的两位分别是：创造望闻问切"四诊法"的春秋战国时期名医扁鹊（约公元前407—前310年）；西汉著名医学家、着有我国历史上第一部医案——《诊籍》的淳于意（约前215年—约前140年）。我对医学发展、医学历史、历代名医等，了解不多，知之甚少，古代名医，有点"熟悉"的有——华佗、张仲景、孙思邈、刘完素、宋慈、李时珍等，更多是完全"陌生"的。他们一个个都神态自若的站在青石基座上，温文尔雅，造像逼真，目光中闪耀着智慧的光芒！

他们当中有：鉴真（688—764），俗姓淳于，唐代佛学大师通晓医学，精通本草。将中国中药鉴别、炮制、配方收藏、应用等技术带至日本，并传授医学，热忱为患者治病，被称为汉方医药始祖、日本之神农；宇陀宁玛·元丹贡布（708—833），曾先后三次求学天竺，返回吐蕃后，行医授徒，成绩卓著，并以早期吐蕃医学为基础，吸收汉地、天竺及各方的医学，撰成医学巨著《四部医典》。被藏族人民尊称为"医圣"和"药王"；刘禹锡（772—842），字梦得，唐代著名文学家、政治家及医学家，对医学颇有研究。治病用药，讲求实效，不固守古法，提出"弭病于将然之先，而以攻治为后"的预防思想；王肯堂（约1552—1638），江苏金坛人，明代医学家。所著《证治准绳》与李时珍《本草纲目》同为明代医药两大名作；叶天士（1667-1746），江苏吴县人，清代著名医学家，四大温病学家之一。着有《温热论》，认为瘟病是"湿邪上受，内入于肺"是瘟病学奠基人之一；等等。

在返回途中，回味着景区山门的另一副对联："古迹与园林兼而有之，参香复揽胜不亦乐乎"，顿觉游览青礁慈济宫景区，不虚此行，不无收获，既敬谒了保生大帝，又拜会了千年名医，大开了一次眼界、增长了一点见识不说，还从中得到一点人生启迪：人活一世，唯有在某个方面有特别造诣，在某个领域有特殊贡献，后人才可能怀想他、历史才可能记住他。

（原载 2019 年 4 月 2 日香港《文汇报》副刊）

古韵悠悠酱文化

中国酱文化，源远流长，古韵悠悠。这是我在古龙酱文化园中细细品味一番后，得出的感悟。

古龙酱文化园，位于厦门市同安区同集中路1666号，园内有植物八卦迷宫、厦门中华奇石馆、海西摄影创作基地、全国十大魅力酒窖拿戈卢酒文化中心等人文景观。长年向公众免费开放、供游客自由参观的古龙酱文化园，既是酱文化发展的一个缩影，也是展示酱文化的一扇窗口，浓缩了千余年来绵延不绝的中国酱文化史。去年正月初五，我们全家从集美学村出发，专程前往酱文化园参观，不单大开眼界，而且美美品味了一顿酱文化"大餐"。

元代剧作家武汉臣，在《玉壶春·第一折》中写道："早晨起来七件事，柴、米、油、盐、酱、醋、茶。"之后口口相传，酱便也成为"居家七件事"之一。我孩提时代，在农村生活时，曾亲眼目睹过母亲自制豆酱，且至今喜吃酱，尤其是豆瓣酱。可是，实话实说，活了大半辈子，此前对"酱文化"却几无所知。

酱不像酒，被常人所念念不忘，为文人所津津乐道。古往今来，单是带"酒"的诗句就不少："葡萄美酒夜光杯，欲饮琵琶马上催。""借问酒家何处有？牧童遥指杏花村。""劝君更尽一杯酒，西出阳关无故人。""遥知湖上一樽酒，能忆天涯万里人。"……即便是大字不识几个的人，也知道"李白斗酒诗百篇""酒好不怕巷子深""酒逢知己千杯少""借酒浇愁愁更愁"之类的说辞。反观带"酱"的诗句，却寥寥无几。唐代王维的"蔗浆菰米饭，蒟酱露葵羹"；杜甫的"藕糟分汁滓，瓮酱落提携";颜真卿的"芜荑酱醋吃煮葵,缝靴蜡线油涂锥",大概称得上代表作了。

那天上午,当我们走出停车场,在酱文化园内一步步踏上木栈长廊,转身向左俯瞰时,但见偌大的晒场上,55559个头戴"斗笠"的传统酱缸,横平竖直,像排兵布阵一般,整整齐齐摆在晒场上。由不同颜色的"斗笠",组成的"古龙"两个巨型大字,分外袭人眼球。

据悉,这个总面积达4.4万平方米的晒场,连同它的五万多个酱缸,曾荣获大世界基尼斯记录。居高临下,触景生情,我立马把它们与猪年春晚播出的、由塔沟武校两万名学员震撼上演、给亿万观众留下深刻印象的武术节目——《少林魂》——联系起来。虽然酱缸不会动作,但同样给人以壮观的视觉。

走过木栈长廊,进入室内参观。我最感兴趣的,是酱文化园中的"历史长廊"。漫步其间,"酱的起源""酱的鼻祖""酱的工艺传承"等专题橱窗,以及"水晶洞"一般——缸内底部形成整片晶莹结晶体的酱缸、早期的制酱工具等,展现在眼前,令我如梦初醒。一边参观,一边欣赏,渐渐地对祖国的酱文化,有了些许肤浅的认识。

"何以解忧,唯有杜康。"据史料记载,杜康是公认的酿酒始祖。酱与酒不同,虽然历史悠久,始祖却有多种说法。

其一,范蠡说。范蠡(公元前536年—公元前448年),春秋末期著名的政治家、军事家、经济学家。相传,范蠡十七岁时,在财主家管理厨房。由于缺少经验,饭菜常常做得不可口,剩余的饭菜时间长了,便会发酸或变馊。为防主人发现,受到严厉惩罚,范蠡将这些食物放在储藏室里。天长日久,长出绿毛白毛,晒干炒熟后,加些许温水,搅拌成糊,让猪享用。一次,一小长工与范蠡开玩笑,将一些"糊"拌进面条。不曾想,面条特有味道。范蠡吃后,寻根问底,小长工道出个中原委。受此启发,范蠡用这种酸馊发毛食物,创制出了美味可口的酱。

其二,刘邦说。刘邦(公元前256年—公元前195年),汉朝开国皇帝,汉民族和汉文化的伟大开拓者之一、中国历史上杰出的政治家、卓越的战略家和指挥家。《史记·淮阴侯列传》中记载,上问曰:"如我,能将几何?"信曰:"陛下不过能将十万。"上曰:"于君何如?"曰:"臣多多而益善耳。"上笑曰:"多多益善,何为为我禽?"信曰:"陛下不能将兵,而善将将,此乃信之所以为陛下禽也。"韩信这里说的"将将",指善于使用和统率将领的意思。因"将将"与"酱酱"谐音,酱园中人便奉刘邦为酱园业的业祖与师神。酱,所以与"将"相提并论,除了谐音,在古代盐、梅、酰、醢等调味品中,酱居于主导地位。古人云:"酱者,百味之将帅。帅百味而行。"《论语》也说:"不是其酱不食"。生活实践表明,酱,就像将军平暴除恶那样,可以抑制各种食物之毒。"酱"的大名,因此而生。

其三,蔡邕说。蔡邕(公元133年—192年),字伯喈。陈留郡圉县(今河南省开封市圉镇)人。东汉时期著名文学家、书法家,才女蔡文姬之父……

虽然,究竟谁是酱园鼻祖,迄今没有统一的说法。但酱的酿造,始于西汉,则是事实。早在汉代,就有"酱,以豆合面而为之"的文字。成书于北魏末年(公元533年—544年)的《齐民要术》中,也有关于制作酱的记载。事物都是发展变化的。在漫长的历史中,制酱工艺,同样并非一成不变。唐末的《四时纂要》一书,就记录了《齐民要术》之后酱品生产工艺的新变化。及至元代,杰出的农学家鲁明善,在《农桑衣食撮要》中,也对制酱工艺做了详细记录。

徜徉在酱文化园中,还有一些实物,看似其貌不扬,却是"凝固"的酱文化。比如,补缸工艺。在我国,制陶历史悠久。考古发现,早在七八千年前,华北、华南等地就大规模生产和使用陶制品。陶制品,好用不耐用,稍有不慎,就会破裂,或者破碎。有道是,"新缸没有旧缸光"。正因此,便衍生出补缸这一行当。在古龙酱文化园内,陈列着几个经过修补、钉入多个大小不等、长短不一"蚂蝗攀"的酱缸,令我过目不忘,留下深刻印象。在技艺高超的补缸师傅手中,补缸如同补衣衫,想怎么补,就怎么补。不单手法不尽相同,就连"补丁"也可"信手拈来"——用甲缸的碎片,补乙缸的破洞。补出了水平,补出了文化。

又如,那个沿用至今、个头最大的酱油桶。木桶前竖着一块中英文对照的标牌："这个获得大世界基尼斯之最的木质酱油桶，系迄今为止世界上最大的木质储油桶。1907年开始使用，已有百余年历史。该桶外高1.45米，内高1.37米，上内径1.77米，下内径1.28米，容积2.57立方米，可存放3.2吨酱油。"站在这个酱油"桶霸"前，我像面对奇珍异宝一样，绕着桶身，慢慢移步，默默欣赏，发现组成酱油桶的每一块木板上，都刻有隐约可见的繁体字。围着木桶，边转边看，原来上面分别刻着"第一"到"五十"的序号。

那天，当我慢慢地、轻轻地走过那条贯古连今的酱文化历史长廊时，心中似有一种穿越时空隧道的感觉。在这里，既了解了酱文化的由来，又领略了酱发展的艰辛，还感悟到酱文化传承的意义。我由此得出一个结论：看似平凡、少被吟诵的酱，却是深厚文化的积淀、先人智慧的结晶。

（原载2020年7月7日香港《文汇报》副刊）

郑成功，融入历史记忆的民族英雄

今年是郑成功诞辰395周年。6月11日，纪念郑成功系列活动在福建南安举行，来自两岸的郑氏宗亲代表、宫庙信众等300多人齐聚"成功故里"。在南安石井郑成功祖庙内，两岸信众、各界人士循古老而传统的仪式共祭郑成功，祈盼两岸和平共进……。读着新华网这则消息，郑成功仿佛就在我眼前。

郑成功（1624—1662），名森，表字明俨、大木，为东宁王朝的开国君王。郑成功是17世纪著名的抗清名将，因蒙隆武帝赐明朝国姓朱，赐名成功，世称"国姓爷"，又因蒙永历帝封延平王。于是，国姓爷郑成功便有了"开台尊王"、"开台圣王"、"郑延平"等称呼。而"延平王"也成了郑氏的世袭爵位。

退休后，随女儿到厦门集美生活，得以有机会"走近"郑成功。明永历十四年（1660），雄据厦门的郑成功，为屯防营寨，在集美镇东南侧海边、集美游泳池东北面兴建集美寨。1922年，陈嘉庚先生在这里建成一座三层楼房，取名"延平楼"。抗日期间，延平楼毁于日本炮火。1953年，陈嘉庚先生重建延平楼，并因地就势，利用山丘坡地，用花岗岩砌成三大层24阶，作为海滨游泳池——"延平池"——的看台。集美寨遗址，今仅存石寨门及两侧石墙。寨门高3.08米、宽1.68米、厚0.65米，寨门后东北侧有两块岩石，石旁有一门铁锈斑驳的古炮；其中一块岩石上，勒刻有隶书"延平故垒"四个字。寨后西北侧一棵"独木成林"的古榕树，四季常青、枝繁叶茂，形成一道古色犹存的自然景观……

明天启四年（1624），荷兰殖民主义者侵占中国台湾。明永历十五年（1661）三月，固守厦门的郑成功，亲率兵将2.5万名，分乘百艘战船从金门出发，凭借海战优势，迎着滔滔波浪，横渡台湾海峡，在澎湖休整几天，准备直取台湾。荷兰侵略军闻讯后不无惊恐，把军队集中在台湾（今台湾东平地区）、赤嵌（今台南）两座城堡，还在港口沉破船阻止郑成功船队登岸。郑军乘海水涨潮将船队驶进鹿耳门内海，主力从禾寮港登陆，从侧背进攻赤嵌城，并切断了与台湾城的联系。战斗中，侵略军以"赫克托"号战舰攻击，郑成功一声令下，把敌军紧紧围住，60多只战船同时开炮，很快将"赫克托"号击沉。与此同时，又击溃了台湾城的援军。赤嵌的荷兰军在水源被切断，外援无望的情况下，向郑军缴械投降。盘踞台湾城的侵略军企图负隅顽抗，郑成功在该城周围修筑土台，围困敌军8个月之后，翌年初下令向台湾城发起强攻。至此，郑成功从荷兰侵略者手里收复了沦陷38年的中国领土台湾。这场战争，结束了荷兰东印度公司在中国台湾的经营，开启了明郑政权对台湾的统治，并大力发展生产。不知是天妒英才，抑或是操劳过度，郑成功不久即病逝了，台湾民间陆续建立庙宇祭祀，其中以台南延平郡王祠最为重要。

1985年8月27日，由福建省人民政府和厦门市人民政府发起建造的郑成功雕像，于郑成功361周年诞辰之日，屹立在鼓浪屿东南端"皓月园"内的"覆鼎岩"上。雕像由625块"泉州白"花岗岩精雕组合而成，覆鼎岩海拔29.5米，但因三面临海，且与海中的剑石、印斗石鼎足而立，给人以傲然峻美、气势磅礴之感。栩栩如生，高15.7米，重1617吨的郑成功像，面朝波澜壮阔的大海，身披盔甲，目视远方，手按宝剑，气定神闲。

"皓月园"位于鼓浪屿东部，占地2万平方米。园中，沙滩、岩石、绿树、亭阁，兼而有之，错落有致，相得益彰，相映成趣。明代特色的建筑，以及飞翔的沙鸥、葱郁的树木、变幻的海景、流动的人群，构成了一幅天然的画卷。登上鼓浪屿轮渡码头，向左前行几分钟，即可到达皓月园。皓月园，园名取自《延平二王集》一诗中"思君寝不寐，皓月透素帷"的"皓月"二字，籍此寄托对英雄的缅怀。园内，既有郑成功巨型石雕、郑成功青铜群雕，还有郑成功碑廊、覆鼎古井、皇帝殿等，构成"皓月雄风"。"皇帝殿"立身鼓浪屿东南端。相传公元1661年郑成功挥师东征前，曾在此临海誓师，传令"拆除军灶，掀锅鼎于海中"，以示破釜沉舟之志。之后，他又掷宝剑于沙滩，沉玉印于海底，誓与厦门父老同在。后来，军锅变成"复鼎岩"，宝剑成了"剑石"，王印变成"印斗石"，虽然郑成功从未称帝，但他誓师的地点，则被后人尊称为"皇帝殿"。皇帝殿，是拍摄覆鼎岩上郑成功巨型石雕的最佳位置。

自从郑成功雕像落成以来，但凡登上鼓浪屿的游客，大都近距离虔诚敬谒过。初夏的一天上午，我从"市民码头"过渡后，头顶骄阳，身迎热风，再次登上鼓浪屿，专程来到皓月园。漫步其间，一组长13米，高4.7米，重18吨的《藤牌驱虏》青铜大型群像浮雕，分外醒目。据史料记载，郑成功一手创立的藤牌军，精悍无比，骁勇善战，在驱荷复台中屡建战功。据说，座落于皓月园中心广场的《藤牌驱虏》，是目前全国最大的历史人物青铜浮雕，再现了当年郑成功挥师东渡、驱荷复台的历史场面。浮雕前景为郑成功横刀立马居中，陈泽、陈广、陈永华、杨朝栋等将军谋士簇拥左右，背景为声势浩大的藤牌军，场面气势恢宏，人物造型栩栩如生，具有很高的艺术性和观赏性。浮雕左右，分别有著名的法学家和教育家谢觉哉"三百年前遗垒在，英灵长共海涛还"，以及革命家、政治家蔡元培"虫沙猿鹤有时尽，正气觥觥不可淘"的诗句。1994年，该浮雕荣获全国城市雕塑优秀奖。

皓月园内，还有南北两组郑成功碑廊。品读郑成功的诗句，不单涌动着炽热的爱国激情和凌云壮志，而且蕴含着可贵的人生哲理。如，"养心莫善寡欲，至乐无如读书。"碑廊里还篆有包括康熙皇帝、台湾巡抚和当代著名诗人郭沫若等人的楹联、诗作10余首。其中，康熙亲书的挽联为："四镇多贰心，两岛屯师，敢向东南争半壁；诸王无寸土，一隅抗志，方知海外有孤忠。"骁勇善战的郑成功，不单注重关爱士兵，而且善于凝聚兵心。这一点，有"博饼"为证。博饼，是清初起源于厦门的中秋传统活动，也是迄今仍在闽南地区广为传播的一种独特的、用于娱乐游戏的"月饼文化"。博饼时，用六颗骰子投掷组合，来决定获得的奖品。传统的奖品，为大小不同的月饼。相传，博饼是郑成功屯兵鼓浪屿时，为解士兵的中秋相思之情、激励鼓舞士气而发明的。因此，便一代一代传承下来。

郑成功忠心耿耿、铁骨铮铮，以赶走荷兰殖民主义者、收复祖国领土台湾的业绩而载入史册——他是中国历史上第一个率领军队杀向大海的人，也是封建时代唯一一个在海上打败了西洋人；他是一位可歌可泣的爱国忠臣、可敬可佩的民族英雄。300多年来，民族英雄郑成功，一直被海峡两岸人民口口相传、念念不忘。我坚信，人们耗资建造巨型雕像也好，开展各类纪念活动也罢，既是对郑成功功绩的缅怀，更是对郑成功精神的传承。我坦言，包括我自己在内，很多人未必知道自己祖父的祖父的大名，但很多人都知道民族英雄郑成功。因为，他的英名早已融入国人的历史记忆中。

（原载2019年6月21日香港《文汇报》副刊）

你好！厦门"方特东方神画"

厦门"方特东方神画"，坐落在厦门市同安区中洲岛上，是迄今为止福建省内唯一一座全新大型高科技主题乐园。

"母亲节"的头一天，女儿对我说，明天是"母亲节"，"方特"推出优惠活动，全价人民币240元，18岁以上女性半价，我们一起陪妈妈去"方特"玩一天。女儿唯恐我这个"坐家"说"不"，便热情有加地介绍起来：厦门方特东方神画，是方特又一全新概念的主题乐园。它与以往的一些乐园有较大区别：着重在VR、MR、AR等现代科技中融合中国优秀传统历史文化，以参与、体验、互动的创新展示方式，讲述华夏五千年文明故事。除了这些，方特东方神画，还包含了全球规模最大的全息ARTheater表演项目"梁山伯与祝英台"、国际顶尖升降式球幕立体影院"牛郎织女"、大型MRRide项目"女娲补天"、特色项目魅力戏曲"梨园游记"等24大主题项目，是一座老少皆宜的主题乐园……

听了女儿的介绍，我的第一反应是，这个提议好，较之逛街、购物有趣多了。可是，转念一想，又有点犹豫起来。不为别的，只为年龄。

有人说，外出游山玩水，要做到"三忘"。即，忘掉性别、忘掉身份、忘掉年龄。否则，会影响旅游的情趣与质量。这话不无一定道理。可是，老夫毕竟六十有四，不说头上"雪海茫茫"，却也"雾都蒙蒙"。这样一个小老头，闯进青少年朋友的领地，不是"鸠占鹊巢"，也是"不自量力"。女儿见我态度暧昧，就鼓励我：老爸，其实你一点也不老。再说了，游逛乐园，并非青少年的"专利"。想想也是，老年人既要有承认老的心理，又要有不服老的心态。于是，当即投了"支持票"。

5月14日，上午八时二十分，由女婿驾车，我们一家从集美出发。一路上，我心里还有点不踏实，老之已至的我，进了游乐园，有没有人取笑。将近九时，到达专用停车场。步行过了一座桥，就进入方特区域。设计新颖的房屋、形态多变的喷泉、造型各异的雕塑、五颜六色的花草，同时进入视线，精神为之一振。乘着女儿去排队购票，我们抓紧时间拍照片。

九点半，我们准点进入乐园。参与的第一个项目是——"情侣飞车"。因为是第一批游客，所以无需排队等候。抵近观察，但见一个倾角15度、直径四五十米的"大转盘"上，零星安装着好几个圆形的彩虹，一个彩虹就是一辆幸福的"旋转车"，在"大转盘"公转的同时，"旋转车"也在不定向、不匀速地"任性"自转着。妻子原本容易晕车，我心里为她捏着一把汗。没转几圈，就有人因为不适而"叫停"。工作人员按下"停车"键后，有六人同时"下车"，妻子却精神抖擞、兴趣盎然。于是，我们继续"飞转"了几圈，这才余兴未尽地向第二个目标进发。

年近六十的老伴，有这样的好状态，我们都为她鼓劲加油。当我们来到第二个项目——"哪吒闹海"时，排队等待者不下四五十。排在我前面的是几位老汉，便主动与其中一位打招呼、问年龄。老先生比我略高一些，清瘦一点。见我也是老头，就友好地回答："我姓林，从福州来，今年七十五。"我听罢，竖起拇指："您比我大十岁。身体挺好的，我向您学习！"此时，等候排队的人越来越多。其中，有位三十多岁女性导游，领着一群老大娘，我又好奇地询问，得知她们来自漳州市长泰县，是集体组织前来游览的。见到有不少老年人参与，我内心的顾虑，这才一扫而光。

哪吒闹海是大型MRRide项目。它通过立体光学影像技术、实景环境及虚拟立体影像的完美结合，把气势恢宏的海底龙宫呈现在人们眼前——戴上园方所发的四D眼镜，漫无边际的大海，一会儿风平浪静，相安无事；一会儿巨浪滔天，扑面而来。我们乘坐的动感特技轨道车，俯冲着进入奇异的海底世界，时而惊心动魄地随着哪吒一起大闹水晶宫，时而心旷神怡地领略海底的瑰丽与神奇。

　　从"海底"出来,我们兴致勃勃地来到"神州塔"。该塔采用雷峰塔作为其外观,里面装有"跳楼机"。据文字资料介绍,国际顶尖升降式太空梭结合多面环绕立体银幕,极速上升途中骤然停止,又猛速上升,忧森恐怖,忽明忽暗,观赏妖魔乱斗,在惊险刺激中将全园景色尽收眼底!低挡不住"诱惑",我决意要去"跳"一回。门口身穿橘红色工作服的值班青年,认真的、反复的对游客宣告:为了各位的安全,凡是有心脏病、高血压,以及年龄未满十四岁,或者超过五十五岁的,不能参与、不要参与。妻子与女儿,因为恐惧,主动放弃。我既没有高血压,也没有心脏病,今日不"跳",更待何时。我是1953年出生的。便灵机一动,对值班员说:"我今年五十三!"值班员听罢,不好强行劝阻。女婿为了陪我,也勇气十足地参与了。在塔内四十米高的空间里,幽森恐怖,忽明忽暗,跳楼机时而在急速上升途中骤然停止,时而重力加速度垂直坠下,将高速升降的刺激体验,与白娘子受禁于雷峰塔中的经历故事情节,巧妙自然地结合在一起。项目结束,女婿问我:"感受如何?"我回答:"三个字,好极了!"

　　在东方美食城用过午餐,我们稍事休息,来到"飞跃河谷"前,老伴被顺流而下的小舟激起几十米高的水花所感染,鼓起勇气,要求参与。于是,我们每人买了一件塑胶雨衣、鞋套,坐上可容纳20余人的小舟后,先是逆流而上,当小舟爬升至最高点后,向右转了一个弯,便飞流直下,直冲河谷。耳边,叫声不绝;眼前,水花四溅。身心顿感畅快淋漓……

　　满满一天下来,除了"摩天轮""梨园游记""狂欢马戏团""丛林飞龙""熊出没剧场"等五六个项目,因时间不足或胆量不够未参与之外,我们先后体验了"情侣飞车""女娲补天""九州神韵""飞跃河谷""缤纷华夏""牛郎织女""梁山伯与祝英台""穿越火焰山"等10多个项目。大开了眼界,见识了新潮。比如,"九州神韵",端的一场视觉美妙盛宴、一部规模空前的中华文明史诗。通过神秘变幻的远古场景,金戈铁马的激烈战争,金碧辉煌的宫廷盛景,歌舞升平的盛世景象，运用巨型环幕立体电影的形式，大气、恢弘地展现出中华文明的独特魅力和气魄。又如，"梁山伯与祝英台"，是当今世界规模最大的全息 ARTheater 表演项目，节目巧妙的跨越时空，将梁祝化蝶亦真亦幻的故事与情景，滋滋有味娓娓道来。我在欣赏过程中，有一种被带着穿越时空，对梁祝浪漫缠绵的壮美爱情，油然生出一种感同身受的感觉……

方特，一个有创意、有故事的，用文化科技支撑起来的乐园。对我而言，除了体验一次"老夫聊发少年狂"，还有另外一点感受与收获，如同做了一次"特别体检"——就连一些年轻游客不敢"试身"的"时空穿梭"，我都安然"穿过"。时空穿梭，时而快速攀升翻滚，时而急剧俯冲直下，时而螺旋前进，风驰电掣、呼啸而行。二十多年前，四十出头的我，在北京坐过一次过山车，只有刺激，没有恐惧。有过一次体验，所以信心满满。随着出发铃响，过山车像离弦之箭一样，射了出去。我们坐在椅子上，尽情领略离心、失重的感觉。短短几十秒，连连心生惊。尤其是从最高点向下俯冲的瞬间，有一种心在下坠的体会。较之"跳楼机"，更有"挑战性"。

人生易老天难老。经过厦门方特东方神画一天的体验，我从中得出一点感悟："心态年轻，至关重要。"那天，告别方特的那一刻，除了依依不舍外，我在心里自言自语：你好！厦门"方特东方神画"，他日有机会，老夫还要来。

（原载《考亭文苑》2017 年第 6 期）

夜访大田"第二集美学村"

大田,别称"岩城",位于福建省中部、戴云山脉西侧,是隶属三明市的一个山区县。此前,我只路过,不曾驻足。己亥初冬,前往大田参加"中国梦·乡村美"音舞诗会暨第四届"大田·集美"山海诗会的头天上午,从集美区文联领导那里得知,抗战时期,为避战火,集美学村搬迁至大田,并在那里写下"第二集美学村"历时八年、历尽艰辛的办学史,激发了我亲近她、了解她的兴趣。

抵达大田的那天晚上,晚餐行将结束时,我贸然提出去看看"第二集美学村"的想法。福建省作协会员、大田县文联主席颜全飚,热情满满的拿起手机与位于城区的均溪镇玉田村党支部书记联系。在颜全飚和县作协连主席等人的陪同下,我们很快来到夜幕下的"第二集美学村"。县二小志愿者解说员陈慧芳老师早早等在那里,介绍了"'第二集美学村'简易导览图",她带我们走过一段石头铺面、宽约1米的曲折小路,最先映入眼帘的,是由集美学校委员会赠送玉田村的陈嘉庚先生全身立像,其后几步,一面墙碑上写着几个红色大字:"第二集美学村旧址"。

名声在外的集美学村,位于厦门集美半岛,是著名爱国华侨领袖陈嘉庚先生始于1913年倾资创办的。而在数百里之外的山城大田,怎么会"冒出"一个"第二集美学村"?事出有因,历史使然。1937年,卢沟桥事变后,日寇侵入金门,厦门随即沦陷。与鹭岛一水之隔的集美学村,厄运临头、危在旦夕。远在南洋的陈嘉庚,审时度势,当机立断:将学村各校就近迁往安溪。不想,日寇猖獗,安溪"不安"。于是,1938年11月,搬迁至大田。彼时,为了防止日寇疯狂入侵,公路已经全部毁坏。

集美高级商业职业学校、高级农林职业学校、高级水产航海职业学校的设备、图书，以及生活用具等，全靠师生肩挑手扛。两个月后，集美职校教师率领14个班614名学生，携带10万册图书、千余件仪器，艰难跋涉，迁至新址。

那天夜访，在"积善堂""集和堂"等展厅内，耳听解说、目视图片，我依稀看到，在崇山峻岭中，一支背着沉重行装、唱着抗战歌曲，忍饥挨饿，负重前行，精神坚毅，艰难跋涉的队伍。一幢老屋前，墙上"培育专才，力挽海权"八个大字，无声胜有声，极具穿透力。陈慧芳告诉我们，当年，这里的正厅是教室，厢房是教师办公室。八十多年过去了，"第二集美学村"包括中庭厅、高平堂、宜书堂、中庸堂等几十座民宅，至今保存完好，它们如同一群历史老人，默默无语地诉说着当年的故事：职校迁入大田文庙和朱子祠等处后不久，日机轰炸县城，学校损失惨重，师生们再次被迫迁往城郊的玉田村……

那时，教学条件简陋，文体设施奇缺。可是，信心十足、积极进取的师生们，充分利用山区优势，因地制宜开展多种形式文娱体育活动。为了适应战时需要，不但统一着制式服装，而且配以军事教员，开设抗战理论课和军事战术课，训练学生的单兵战术、捕俘格斗、侦查谍报、枪械使用、车马驾骑等技能。时任福建省教育厅厅长郑贞文赞赏有加："大田集美师生的战术动作规范，其军事素质胜过一般的部队，可与正规军校媲美……"

灯光下，展板前，年轻的陈慧芳老师声情并茂、不无自豪地告诉我们，"第二集美学村"感人至深的校史，与当地百姓的大力支持是分不开的。1939年9月20日上午，日寇战机轰炸大田，城郊玉田村淳朴善良的村民们，义愤填膺、同仇敌忾，深明大义、鼎力相助。在乡贤郑佐国、范震生等人的发动下，慷慨腾出范氏祖祠、龙兴殿、大保宫、观音堂、严氏祖祠、后池祠、积善堂、宜书堂、前宅、后厝等宗祠和民居，供给集美职校办学。村民们还义务与师生们一起修葺房屋、填池塘平整操场、铺设道路、种植花草，仅用10天时间，教室、宿舍、食堂、医院、操场、仓库、图书馆、实验室就投入使用，集美职校顺利复课。一块《义薄云天》展板上有段文字,生动记载了这些内容:为迎接集美师生入驻,玉田乡亲们将宗祠内先祖的牌位放入箩筐、装进布袋,中断祭祀八年;看到学校没有操场,族长带领族人动手填平宗祠前面的风水池;农林学校的农科所办试验农场没有土地,乡亲们让出了20多亩水田;水产航海学校要搞淡水养殖,乡亲们帮忙物色了地盘、挖掘鱼池;航海训练要搭跳水高台,乡亲们帮忙选定河段,掏筑深池,还从自家山上砍来木材……但凡学校有所求,乡亲们必有所应,学民宛如一家人。

"第二集美学村"能够在山区坚守八年,并取得丰硕办学成果,与陈嘉庚的关心重视密不可分。陈嘉庚先生,既是伟大爱国者、著名的实业家,也是一位毕生热诚为国兴学育才的教育家。他有一句掷地有声的名言:"教育为立国之本,兴学乃国民天职。"1940年3月,陈嘉庚率领"南洋华侨慰问团"回国慰问抗战将士,访问了重庆和延安后,于同年11月回到故乡福建,专程视察大田集美职校。欢迎大会上,陈嘉庚慷慨陈词,发表了《有枝才有花有国才有家》的主题演讲。他还通过谈心、座谈等形式,循循善诱、谆谆教诲青年学子:"天下兴亡,匹夫有责""国家利益至上,民族利益至上""艰难困苦,玉汝于成。你们要立志报国,担当大任……同学们,努力啊,抗战的最后胜利一定属于我们"。

陈嘉庚先生离校之后,集美职校学生更加努力地读书,并深入开展抗日救亡、投笔从戎活动。一方面,主动减低伙食标准,把节省出来的伙食费捐给政府、支持抗战。同时发起"一日一分"认捐,认购救国公债,以及义卖、义捐等系列活动。1943年4月,集美师生将筹集的60万元捐款交到陪都重庆,受到了国民政府最高当局的电谕嘉奖。政府用这笔义款,购买了三架战机,命名为"集美号",投入抗日战场。另一方面,同学们积极响应陈嘉庚"天下兴亡,匹夫有责"的号召,踊跃投笔从戎。仅1944年6月至1945年5月,集美商业、农林、水产航海3所职校就有170名学生报名参加中国远征军,走上抗日前线。

大田集美职校人才济济,被外界誉为抗战时期的福建"西南联大"。据史料记载,战时全国仅存、坚持在内陆山区办学的大田集美航海学校,培养出来的学生一枝独秀，战后成了全国各地航运公司的骨干，有的还担任了万吨远洋轮的船长。著名诗人温伯夏先生在《集美师生内迁征途感怀》中写道："风萧萧兮水潺潺，餐风宿露路漫漫，跋山涉水岂辞艰？复仇血热，许国心丹，待我收拾旧河山！"1946年"第二集美学村"回迁集美。那天，在长达两个小时的参观过程中，我几次热泪盈眶。想当年，在那样艰难困苦条件下，不仅坚持了八年，而且办出了特色，做出了贡献。几番思考，得出答案：从陈嘉庚到校领导，从教师到学生，都有一个共同且坚定的信念——立志报国，爱我中华。

（原载2020年1月4日香港《文汇报》）

林尔嘉，把好事做到庐山的厦门人

林尔嘉（1875—1951），字菽庄，福建龙溪人。生长在商绅家庭的林尔嘉，自幼聪敏好学，怀有经世之志。及长，家财万贯，乐善好施。曾巨款捐助厦门、漳州师范、华侨女校、同文书院、香港大学等，是民国年间在闽台两地负有声望的人物之一。

1924年，林尔嘉因病赴瑞士等国疗养，去国7年，游历欧亚各国。1931年，回国后定居鼓浪屿。林尔嘉的乐善好施，在厦门坊间广为人们所称道。1908年漳州南靖一带水灾，1000多间民房倒塌，百姓死伤200多人，林尔嘉带头捐款10万银元筑高西溪大堤，开沟50里，其后30多年没有洪水，农民受惠多多。他还以厦门商务总会名义发动侨胞、香港同胞募捐到了10万银元、1000多包大米，解了受灾民众的燃眉之急。厦门人广为传颂的，还有林尔嘉致富不忘教育的壮举。林尔嘉向来反对"女子无才便是德"的理论，在鼓浪屿创办了华侨女子学校，并与他人协力在福州创办泉山高等女子学校。史料记载，由他捐资兴建的学校还有：厦门同文书院（现厦门旅游学校）、厦门大同学校、鼓浪屿普育学校和香港大学等。林尔嘉热心做好事，且不受地域限制。在江西庐山五老峰上，至今还能看到他当年做好事的缩影。

五老峰，位于庐山风景区东南部边缘。五座山峰若即若离、连成一体，似五位气定神闲的老人席地而坐，安享湖光山色、祝福国泰民安。青年时代，我在庐山服役期间，就曾攀登过五老峰。今年立秋的这天上午，我从牯岭出发，乘着腿脚尚健，再登一次五老峰。主要目的是去欣赏待晴亭、怀想林尔嘉。在唐代大诗人李白眼里宛如"青天削出金芙蓉"

的五老峰，每座山峰各具特色、各有韵味。其中，二峰之巅那座四柱支撑、边长约三米的石构方亭，成为五老峰上最具传奇性、最有吸引力的景观。它，就是林尔嘉捐建的待晴亭。

庐山云雾，变幻莫测。叶剑英元帅生前有诗曰："庐山云雾弄阴晴"。夏日庐山，往往是上午九时前后，天气放晴，之后因鄱阳湖水气蒸发，导致云遮雾绕，甚至翻云覆雨。这天，我来得早，登至二峰，不到九点，阳光普照，我从容拍了几张待晴亭照片后，站在亭子一侧，请北京来的游客——贺姓大校——帮我拍了两张留影。之后，放胆移至崖沿，举目向南俯瞰，星子（今庐山市）隐约可见，我举起手机，尚未拍够，浓雾骤起，乱云飞渡，把刚才还清晰可见的景色，毫不留情地遮盖住了，眼前惟余一片白茫茫……

庐山五老峰，风景绝胜地。因山峰绝壁千仞，陡不可攀，奇峦秀色，驰誉天下，山水相连，气象万千，为庐山最雄伟奇险之胜景。李白对它倍加赞赏："予行天下，所游览山水甚富，俊伟诡特，鲜有能过之者，真天下之壮观也。"自从李白那首《登庐山五老峰》问世后，五老峰声名远扬，从古到今，无数名人雅士纷至沓来，并留下了许多赞美的诗文，成为庐山宝贵的文化遗存。

五老峰离牯岭街约二十公里，从山下到山上，需沿着山道奋力攀登。即便体力好、速度快的游客，到二峰也得三四十分钟。在这样的荒山野岭上修建亭子，所有建材，要从山下肩扛手提，蚂蚁搬家一般往山上运送，就连搅拌水泥的用水，也得从山下往上挑。成本之高，可想而知。林尔嘉，一个福建人，怎么会突发奇想、慷慨解囊，在这里建亭呢？

原来，林尔嘉与当年在厦门工作的美国人——罗伊·奥尔古德相识，两人十分投缘，而且结为好友。后来，罗伊·奥尔古德应聘去了庐山，担任牯岭美国学校校长，热情邀请林尔嘉前来庐山旅游。1932年，林尔嘉来到庐山后，因景仰李白讴歌五老峰的名篇，想亲临探究一番，便邀约罗伊·奥尔古德先生同登五老峰。一天清晨，他们从牯岭出发，翻过魏巍大月山，再沿着崎岖山道攀上峰顶，刚才还是云雾缭绕，转眼却是晴空万里。近观山峰壁立千仞，白云朵朵，雾气腾腾；远望山下鄱湖如镜，白帆点点，波光粼粼。诗人林尔嘉，触景生情，诗兴大发。他们心无旁骛，一路前行。不成想，就在他们游兴正浓时，天气骤变，乌云密布。没等他们反应过来，暴雨劈头盖脑、倾盆而下。五老峰上，没有建筑物，无处可躲雨，二人被大雨淋得浑身湿透，山风吹来，寒气袭人。回家之后，林尔嘉大病一场。

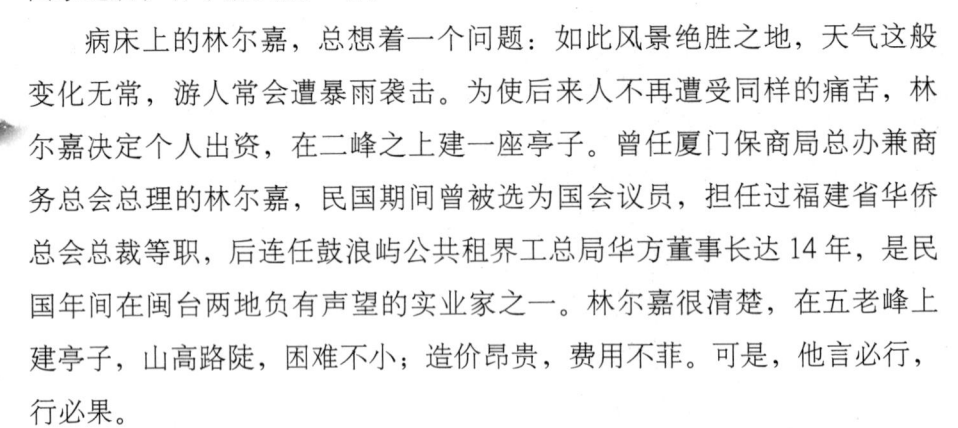

病床上的林尔嘉，总想着一个问题：如此风景绝胜之地，天气这般变化无常，游人常会遭暴雨袭击。为使后来人不再遭受同样的痛苦，林尔嘉决定个人出资，在二峰之上建一座亭子。曾任厦门保商局总办兼商务总会总理的林尔嘉，民国期间曾被选为国会议员，担任过福建省华侨总会总裁等职，后连任鼓浪屿公共租界工总局华方董事长达14年，是民国年间在闽台两地负有声望的实业家之一。林尔嘉很清楚，在五老峰上建亭子，山高路陡，困难不小；造价昂贵，费用不菲。可是，他言必行，行必果。

精诚所至，金石为开。1933年，亭子建成了，林尔嘉给它取名"待晴亭"。亭子虽然不大，却是五老峰上唯一的建筑物。四根粗大的石柱，被石匠雕琢得粗犷而富有野趣，与精致的亭子之顶相映成趣。现代著名历史学、方志学家吴宗慈为之书写"待晴亭"匾额，林尔嘉在庐山的好友，纷纷前来祝贺，还有人为之吟诗唱和。一时间，在牯岭传为佳话。后来，罗伊·奥尔古德特地撰写了《公告》。

那天，我在待晴亭右前方几米处，发现一块斜卧的山石上，并排刻着林尔嘉的两首诗："五老为邻岂偶然，登临览胜自年年，孤亭无恙平台好，别有悬崖小洞天。""杖藜几度拂烟萝，今日重来眷属多，不尽峰头怀古意，诗题白鹤记东坡。"落款："民国二十五年八月二十五日古七夕文后二日记游，尔嘉命孙慰桢书"。紧邻诗刻处，有一方顺着峰顶岩石斜面而雕的英文摩崖石刻。据悉，这是庐山唯一的英文石刻。全文大意是："1933年夏天，我的一位来自中国福建龙溪的好朋友、诗人和慈善家林尔嘉先生，首次浏览狮子峰（即今五老峰），由于没有任何能避风雨之处，结果他遭遇大雨侵袭而染疾病。为避免别的游客再遭受这种不愉快的经历，也为游客能方便、愉快地浏览狮子峰，他建了这个公共方亭，同时它也是该山顶上的一个瞭望建筑。此外，距此山顶不远还有一个山洞，可以躲避风雨。"落款："牯岭美国学校校长：罗伊·奥尔古德（ROYALGOOD）1935"。

我敬佩林尔嘉。他，既有慈善心，更有爱国情。1937年7月，全面抗战爆发。正在庐山避暑的林尔嘉，在《七月七日倭寇侵犯芦沟桥感赋》中写道："卧薪日已久，民若不聊生；背城拼一战，不为城下盟。匹夫知有责，举国欲皆兵。愧我桑榆景，未能事远征。……黄龙待痛饮，啸侣歌太平。"字里行间，流露出他对祖国的耿耿忠心。实业救国、为民服务的林尔嘉，不仅主张坚决抵御日寇的侵犯，"不为城下盟"，而且满怀抗战必胜的信念，期待着"黄龙待痛饮，啸侣歌太平"这一天的到来。是年，林尔嘉从庐山去了香港，抗战胜利后去台湾定居。

当年，为了方便更多的游人避雨，林尔嘉还在五老峰上二峰与三峰接壤低洼处，开凿一个洞穴，取名"五老洞"，一条石道穿洞而过。该洞可容数十人躲雨。洞壁上刻有"天功"、"飞石"等不同字体的大字。洞内还有一方石刻，为道人明悟所书，记录着林尔嘉先生捐资建亭修洞之事。天有不测风云。待晴亭建成不几年，抗战爆发。因其立身制高点上，成了日本人的一颗眼中钉。日军先是从山下用大炮轰，未能命中。继而出动飞机，将待晴亭炸毁。之后很长一段时间，前来五老峰游览的人们，若遇下雨只有躲进林尔嘉开辟的"五老洞"里。

在家乡做好事、善事，是报效父老乡亲题中应有之义，把好事做到千里之外的异地他乡，就非同寻常、难能可贵了。1994年，庐山人民为了纪念林尔嘉，特意在原地重修待晴亭。原中共江西省委书记白栋材，欣然挥毫题写了"待晴亭"匾额。"人生自古谁无死，留取丹心照汗青。"如今，林尔嘉已渐行渐远了。但他当年修建待晴亭折射出的"为他人着想"精神，已化成一份宝贵的文化遗产，必定会被庐山五老峰默默永记，自然会在八方游客中口口相传。

（2018年10月20日香港《文汇报》发表时，
题为《林尔嘉与"待晴亭"》）

陈化成，用生命谱写历史壮歌

2019年年末的一天，不经意间在《人民日报海外版》官网上看到厦门市纪委监委出品的微电影《陈化成》。该片虽短犹长，文史交融，感人肺腑。新年伊始，我先后前往陈化成公园、陈化成故居敬谒参观。陈化成的形象，在我心中更加清晰、高大起来。他，既是一位抗敌殉国的骁将，也是一位治军严明的廉吏。

陈化成（1776—1842），籍贯福建同安。出身行伍，习水性，精武艺。道光十年（1830）升任福建水师提督，驻守厦门。斯人远去，思念永存。如今，厦门既有陈化成故居，又有陈化成公园，人们以多种方式铭记他、怀念他。陈化成公园坐落在厦门市同安区丙洲岛东北部沿岸，总面积43000余平方米。那天，天公作美，万里无云。女婿驾车从集美出发，二十多分钟，抵达目的地。灿烂的阳光洒满海面，海风阵阵，波光粼粼；极目纵览，海天一色。耸立在公园中心位置，由200多块花岗岩巨石组成、高达17.56米的陈化成雕像，面朝波澜壮阔的大海，左手握鞘，右手拔剑，双目炯炯，威风凛凛，一副从容刚毅、泰然自若的神态。

史料记载，陈化成任福建水师提督、驻守金门厦门一带时，面对英国战舰，态度十分强硬。除下令驱逐图谋不轨的外国战舰，还经常带领水师进行巡逻。即便有病在身，也要坚持巡防。用他的话说，"栉风沐雨，军营常事。"一旦发现有走私鸦片的外国船舰，一律收缴查处。道光十九年，钦差大臣林则徐奉命前往广东禁烟。贼心不死的英国人，便把目光转向福建。本以为在福建可以随心所欲，不成想也碰到"硬茬"——

时为福建水师提督的陈化成,以与林则徐一样强硬的态度面对英国走私鸦片的行径。在闽浙总督邓廷桢的支持下,多次击退来犯的英国舰队。

鸦片战争爆发之后,为了加强江南一带防务,陈化成奉命改任江南提督。一来到江南,陈化成便着手整治军务,并在当时的两江总督裕谦支持下,完善了吴淞炮台的防御措施。彼时,东南沿海一带,不时受到英军侵袭,以致军民人心惶惶、士气低落。在入侵之敌面前,反抗之力甚微。一些清朝官员,露出一副彻头彻尾的奴颜媚骨,面对走私鸦片的英国商船,非但不敢攻击,反而为之大开方便之门,从中获取经济利益。在士气低落、腐败堕落的特定时代背景下,陈化成在吴淞口至上海城之间修筑了三道坚固的防御工事,每道工事都配备了雄厚的兵力和充足的大炮。除此之外,周围还有无数座坚固的堡垒,作为抵御英军的阵地,使军气胆壮,"民独晏然"。

纵观陈化成一生,最大贡献当属坚守吴淞。吴淞口,位于黄浦江与吴淞江汇入长江的出口处,是保卫上海和长江门户的首要阵地。道光二十一年(1841)冬,陈化成疏通了宝山顺通河,将挑出之土筑成土城,加高海塘。他还积极倡议在上海开设铸炮厂,自造新炮,以供急用。陈化成之举,深得士卒拥戴,连侵略者都心存畏惧:"不怕江南百万兵,只怕江南陈化成。"道光二十二年(1842)四月初,英国军舰二十七艘,陆续在长江口外的鸡骨礁附近集结,进而闯入吴淞口内测量水道。五月初八清晨,分批驶入沿江,向吴淞进犯。陈化成召集部下,宣布抗敌决心、进行战前动员:"敌人依恃的不过是炮而已,但我们同样可以用炮来制服他。西台发炮,东台回应,敌人顾此失彼,胜利必属于我。"在他的激励之下,将士们一个个斗志昂扬,决心誓死痛击胆敢来犯之敌。翻阅自家藏书中国青年出版社1979年3月出版的《中国近代史常识》,其中有这样几段文字:"陈化成亲自驻守吴淞西炮台,冒着敌人的密集炮火指挥战斗。战斗中,全体官兵英勇杀敌,击毁了敌舰两艘,打死好几百名侵略强盗,狠狠地惩罚了侵略者。"然而,"就在吴淞爱国官兵英勇抗敌的关键时刻,时任两江总督牛鉴临阵逃跑,严重地影响了军心。接着驻守吴淞东炮台的指挥官也跟着逃跑,阵地被敌人占领。陈化成失去了呼应，敌人炮火更加猛烈，形势万分危急。但是，陈化成仍然坚守阵地，寸步不移。他手持红旗，镇静如常地指挥守军作战，连续击伤几只敌舰，打死无数敌人。"

连侵略军也不得不叹服："自从和中国军队交手以来，中国人的炮火就数这次最猛烈了。"67岁的陈化成，抱着誓与阵地共存亡的信念，出帐挥旗发炮，与侵略军对击。在孤立无援的情况下，他不但驰塘督战，而且亲点火药，连开数十门，并指挥抬枪队、鸟枪队，向登岸之敌射击。登陆英军大队拥至后，陈化成身上7处受伤，坚持不下火线、不离阵地，最终英勇牺牲在自己的岗位上。

陈化成作战勇猛、作风俭朴。当年，吴淞一带民间流传这样两句话："官兵都吸民膏髓，陈公但饮吴淞水。"民心是杆秤。陈化成的廉吏形象由此可见一斑。那天上午，当我寻寻觅觅、急急忙忙来到厦门市草埔巷9号陈化成故居前时，最先映入眼帘的，是一个数十平方米的小院。小院门口左右两边分别挂着白底黑字的"厦门市陈化成研究会"牌子，以及"陈化成故居"铜匾，上面用中英文两种文字写道："陈化成（1776—1842年），厦门同安人。中英鸦片战争期间任江南提督，1842年在上海吴淞口抗击英军侵略的战斗中英勇殉国。这座闽南传统民居位于草埔巷9号，系清道光十六年（1836年）陈化成任福建水师提督时所住。现为福建省文物保护单位，厦门市涉台文物古迹。"进得小院，陈化成故居石质门框上，刻着一副言简意赅的对联："廉洁看故居／朴素观门庭"，横批"正气浩然"。陈化成生活俭朴，不修建府第豪宅。这座面积130平方米、穿斗式砖木结构、与普通民居几无差别的故居，整体由西北至东南，依次为天井和厅堂，两侧为卧室与灶间，故居内保存着陈化成当年使用的石板床等。它，如同一位无言的岁月老人，在默默诉说着主人的简朴生活、清廉作风。

陈化成一生，廉洁奉公、忠于职守。在福建水师提督任上，兼辖台澎军务，按惯例每二年出巡台湾一次。以往提督出巡，劳民动众，作威作福，接受送礼，满载而归。陈化成出巡，舟师经过，丝毫不扰，轻装简从，视察军营汛地，凡铺张迎送，按例馈赠者，都被严加拒绝，使台湾军民深受感动，赞曰不愧"廉将"之称。他到上海赴任，同样不居公馆，长期住在兵营，不避溽暑严寒，这在封建社会，可谓凤毛麟角。

  人生自古谁无死。陈化成英勇牺牲170多年了，但他忠贞爱国、慷慨捐躯的浩然正气，克勤克俭、清正廉洁的高风亮节，彪炳千古、与世长存。那天，徜徉在陈化成故居，微电影《陈化成》中"陈化成的赤胆忠魂，依然镇守华夏每一段海域每一寸疆土"的台词又在耳边响起，丙洲岛陈化成巨型雕像又出现在眼前。淘尽黄沙始见金。近两个世纪沉淀的历史表明，陈化成用行动和生命谱写了一曲"天风海涛英雄血，千古忠魂照汗青"的历史壮歌。

（原载 2020 年 1 月 14 日香港《文汇报》）

"皇帝井"与唐宣宗

井为何物，尽人皆知。井之功能，不可小觑。长年累月静默无声，其貌不扬看似寻常的水井，对于人类文明的发展有着重大意义。在水井出现前，人类逐水而居——只能在有地表水或泉水的地方生活。水井的发明，使人类活动范围得以扩大。中国，是世界上开发利用地下水最早的国家之一。我国已发现最早的水井，是距今约5700年、浙江余姚河姆渡古文化遗址水井。

很多人都知道井、见过井，却不曾听说或亲眼见过"皇帝井"。我也一样。上个月底，从厦门市文联副主席、厦门市摄影家协会主席杨景初先生那，得到一本2011年12月中国摄影出版社出版的《中国·集美全国摄影大展作品集》，其中一幅《快乐的童年》吸引了我的眼球。画面上，六个活泼而又淘气的男童，两个穿着背心，一个身子下蹲、向右平视，一个目视前方、做"马步"状；二个身穿短袖T恤，俯身观井，表情各异；另外两个光着膀子，站在井后石栏杆上，单手轻抚直立的石碑，其中一个左手叉腰，背心搭在左肩上，一副既天真又老成的模样。石碑上"皇帝井"三个红色大字分外醒目。我的眼睛为之一亮：天底下竟然还有"皇帝井"？它与哪位皇帝有关联？于是，生出一睹为快、一探究竟的想法。

一番查询，得知"皇帝井"位于集美区后溪镇苏营村。那天，风和日丽，不冷不热，我避开上下班高峰期，怀揣很少使用的"敬老卡"，午时一点半从家中出发，在就近的公交站乘坐929路公交车，由南向北行进，经过19个网站，历时约40分钟，到达苏营村站。下得车后，按照一位环卫女工的指点，向右转入一条宽五六米的水泥村道，自西而东，前行约650米，便到达目的地。正是村民午休时，村中一派清静。我径直走向"皇帝井"。

来到井区，但见两口井——"龙泉井""皇帝井"——相距不远，分列西东，四周以条石栏杆围砌成井区。都说，山不在高，有仙则灵。同样，井不在深，有水就行。水井之所以能出水，不在于挖的多深，而在于地下某个深度有充足的包容地下水的"含水层"。这两口"形体"相同的水井，直径不足一米，深度不过二米，井中之水，清可见底。井口六边形石板井栏，边长0.5米，高约0.4米。井后各立有大小相同、碑额浮雕龙纹的石碑一方，碑高1.47米，宽0.48米。东边一块，上面刻有"古唐""皇帝井""道光庚子年重修"等文字。护碑方形柱石上，各立有一只小石狮。两井之间，是一个石砌半圆形水池，池中之水，轻度浑浊，与两井之水形成鲜明对照。

"皇帝井"碑西侧，立有一方高0.5米，宽0.3米的袖珍诗碑，碑上用楷书镌刻着陈上章的怀古七言诗一首："闲寻佳酿访前皇，好并龙泉次第尝。向日凌云堪比洁，新澜旧井只同芳。千家挹注晨昏闹，百亩耰锄灌溉常，峡水调符终有羡，恩波无限与天长。"井后坪场边沿，立着厦门市人民政府、集美区人民政府一九九八年十二月公布的"文物保护单位"石碑。石碑背面刻着相同的文字："皇帝井又名龙泉井，始建年代不详。重修于清道光年间。相传唐宣宗李忱登基前曾云游入闽，由苏营村附近渡头登岸，在此井汲水烹茗，后人遂称之'皇帝井'并在水井东侧建皇渡庵纪念之。……"

皇帝井北面几十米处，有东西并排、相距二米、造型相似、大小相同的皇渡庵两座。东庵祀吴真人、田祖苏公及陈婆，西庵祀飞天大圣。歇山顶、前出檐；双归燕弧形主脊，两端饰以青琉璃降龙，脊中心是葫芦。垂脊端为粘瓷楼阁人物牌头。门前一对石狮，两侧各有两扇青石镂刻石窗。门额上悬黑底金字匾"皇渡庵"。抬头也有"古唐"二字。落款为道光己丑年重修。据嘉庆三年版《同安县志》记载："皇渡庵在仁德里苏营南，唐宣宗居邸时尝渡于此。里人有苏公陈婆者留宿庵中，具鸡黍。宣宗登基……令为筑陂,自苎溪上流沿山开凿水道至苏营十余里,灌田数百顷。"明末清初,清廷为了切断驻扎台湾郑成功部与大陆的联系,强迫沿海人民内迁。苏氏被迫离开苏营,皇渡庵圮毁。康熙年间,解除海禁,重返苏营的乡民修复了皇渡庵。那天,我留心观察,皇渡庵内外柱子上,刻有多副楹联,其中二副曰:"唐君南巡视察黎民情／皇渡苏府美食珍珠粥","龙舌光芒耀千门而赫濯／泉源踊跃灌万里以涵濡"。

苏营村里"皇帝井",井出有名,有据可查。《同安县志·卷八》记载:"皇帝井在仁德里苏营。相传唐宣宗到此掬饮,因名。泉极甘;酿酒瀹茗俱佳。经时不汲,泉从石缝中出,大旱不涸。"史料记载,唐宣宗李忱登基之前,曾经"云游入闽"。在今厦门市海沧区天竺山国家森林里,有一座千年古寺——真寂寺。《泉州府志》《同安县志》皆有记载真寂寺的文字:"唐宣宗龙潜时与黄檗禅师观瀑吟诗于此。……五代刺史王延彬重建。"真寂寺,原名义安寺,始建于唐玄宗开元(713)年间。唐宣宗李忱曾于公元843年入闽,在义安寺避难三年。李忱即位之后,赐义安寺为真寂寺。

李忱(810－859)是唐宪宗李纯的第13子,于长庆中期(821－824)被封为光王。唐朝自"安史之乱"后,政治腐败,宦官弄权,宫廷内部权力斗争渐趋剧烈。公元820年2月,宦官杀死宪宗李纯,立李恒(李忱之兄)继位,是为唐穆宗;4年后穆宗服长生药病逝,其子敬宗李湛接任,但他只活到18岁,驾崩后由其弟文宗李昂、武宗李炎相继接任。在长达20年的时间里,"三朝皇叔"李忱的地位既微妙又尴尬,尽管他为人低调,不事张扬,且自幼就懂得韬光养晦、示弱自保,但光王的特殊身份,使他仍然难逃被侄儿们猜忌、排斥,乃至挤压的命运。文宗、武宗二帝,更是对他心存芥蒂,非但不以礼相待,还想方设法迫害他。公元841年唐武宗登基时,李忱为避祸保身,免遭陷害,便隐忍不发,"寻请为僧,行游江表间",远离是非之地。李忱做出这样的抉择,实乃无奈的明智之举。

李忱勤于政事,孜孜求治。他在位十三年,既整顿吏治,又限制宗室和宦官。在对外方面，他击败吐蕃、收复河湟，又安定塞北、平定安南。尤以收复河湟之举，为安史之乱后唐对吐蕃的重大军事胜利之一。李忱为人明察沉断，从谏如流，恭谨节俭，且惠爱民物。他在位时，国家相对安定繁荣，史称这一时期为"大中之治"。因而，直至唐朝灭亡，百姓仍思咏不已，称李忱为"小太宗"。

公道自在人心。在"皇帝井"之北，面积不大的水泥坪场东端，立着一面高两米多，长十余米的"芳名碑"。7面青石碑板上，每面刻着约160个义捐者的芳名。名列"榜首"者，陈铭区，2001年，一万元。余者从数千元到几百元不等。从数额不大这点判断，这一千余人中，多为当地村民。很显然，他们之所以一呼百应、乐于义捐，既是为了保护皇帝井，也是为了怀想唐宣宗。

（原载2020年3月21日香港《文汇报》副刊）

浪漫海岸放鲎记

三月春风分外暖。从古到今，诗人多爱吟咏它："三月春风开牡丹""三月春风困柳条""三月春风满瑶水"……阳春三月，草长莺飞，是人们"游春""踏春"的最佳时节。宋代欧阳修有诗曰："红树青山日欲斜，长郊草色绿无涯。游人不管春将老，来往亭前踏落花。"

4月12日，农历三月二十。吃罢早餐，女儿发话："爸妈，今天天气好，我们一起带'石头'去'浪漫海岸'玩玩。""石头"，是我未满周岁外孙的小名；环东海域滨海旅游浪漫线，起于集美大桥、止于官浔溪口，是厦门市政府为民办实事项目之一。

因受新冠肺炎疫情影响，近三个月，我们全家不曾"倾巢而出"。老伴听罢，立马附和。一向好静的我，为了不影响大家的情绪，放下正在赶写的一篇征文，和全家统一行动。在前去的途中，早些年间领略过的莆田湄洲岛黄金沙滩、广西北海涠洲岛黄金海岸，去年十月游览过的、有"南半球的迈阿密"之称、全世界最长沙滩海岸之誉的澳大利亚东部昆士兰州的黄金海岸，以及新西兰最大的港口城市奥克兰郊外因一部《钢琴别恋》电影而名扬天下、世上罕见的黑色沙滩等，接二连三在脑海中闪现。心中遂生疑问：浪漫海岸能有多浪漫？

不到半小时，抵达目的地。下了小车，推着童车，抵近海岸，一条红蓝分明、宽约10米的自行车道、人行步道出现在眼前。女婿说，这条景观步道，融入了部分闽南文化元素，与滨海旅游浪漫线一期串联起来，环绕同安湾，乐迎天下客。

细加观察，果不其然。这条长10公里的浪漫线，犹如一条彩练，系在环东海域,给原本生硬、生机无多的海岸,平添了浪漫气息与别样风情。海岸边,白沙细软,海水湛蓝,微风吹拂,拨动心弦,天高云淡,四顾如画。目睹此景,我啧啧称赞:"这是我所见过的最美丽、最浪漫的海岸。"

放眼沙滩,戴着口罩的游客不多不少。他们有的撑个帐篷静静小憩,有的推着孩子缓缓移动,有的三五成群陶陶嬉戏,有的走向滩涂慢慢寻觅。触景生情,平生爱海的我,不由自主的向海滩走去。

少年时代,我生活在莆田,曾随父亲去拾海,见过可爱的跳跳鱼、机灵的沙滩蟹。一次,在海边发现有人叫卖"怪物"。虽然有壳,却并非螃蟹;长得怪异,却颇为可爱——身上有根"带刺的尾巴",不时左右晃动着。父亲告诉我,这是鲎,生活在深海,它的血是蓝的。父亲当即买了一只。那时,没有"野生动物保护"之说,也没有任何调料,清汤寡水,并不觉得好吃。父亲手巧,用鲎壳做了一只"锥体"水瓢。后来我才知道,鲎甲壳不仅可以做鲎勺,还可以做鲎樽。宋代诗人陆游《近村暮归》诗云:"莫笑山翁雪鬓繁,归休幸出上恩宽。鲎樽恰受三升醖,龟屋新裁二寸冠。"从那以后,鲎便留在我的记忆中。

那天,适逢退潮。我穿着春节前女儿刚刚为我买的皮鞋,小心翼翼走向滩涂。滩涂上,有些地方尚有少量"积水",有些地方表面看去是"干的",可是,一脚下去,海水析出,伴着稀泥,亲吻我的皮鞋。我全然忘了皮鞋会受其腐蚀,只顾俯下身子,寻寻觅觅。发现最多的是小海螺,它们毫无顾忌,我爬我素。寻着寻着,不经意间,一只在积水中爬动的幼鲎进入视线。活了大半辈子,不曾在海里见过鲎呢。实在是出乎意料,真个是踏破铁鞋无觅处,得来全不费工夫。我喜滋滋把它轻轻捉了起来,放在手掌上,但见它背上吸着一颗海螺,立马把可恶的小螺拔去,不忍心让幼鲎过久"脱水",我大步向海滩走去,把它放归大海。

鲎,节肢动物,甲壳类,尾坚硬,状如利剑。其祖先出现在地质历史时期古生代的泥盆纪,原始鱼类刚刚问世。近4亿年过去了,与它同时代的动物,包括最早出现在三叠纪的恐龙,或已进化,或已灭绝。惟独鲎,繁衍至今,旧貌无改。故有"活化石"之称。

1980年，北京农业电影制片厂摄制了一部彩色科教片——《蓝色的血液》，其"主角"便是人们罕见的鲎。这个奇特的水族动物，不仅外貌古怪，而且血液是蓝色的，人们用这种血液制成的"鲎试剂"，可以检测人体内毒素和药品、食物的细菌感染。。因此，这个被称为"丑八怪"的动物，便成了受保护的珍贵动物。《蓝色的血液》获第12届西柏林绿色农业电影节金穗奖。获得1980年文化部颁发的优秀影片奖。还获得了1981年第1届中国电影金鸡奖最佳科教片提名。

鲎生长速度缓慢。要脱十多次壳，方才发育成熟。鲎的栖息地与年龄有关，幼鲎生活于海岸泥滩地，随着年龄的增长，逐渐游向外海生活。自立夏至处暑，是鲎的产卵期。涨潮时，雄鲎抱住雌鲎，成双成对爬到沙滩上挖穴产卵。"家在蚝山蜃气开，鲸潮初定鲎帆来。"鲎背部甲壳可上下翘动，上举时人称鲎帆。

鲎是暖水性的底栖节肢动物，栖息于20—60米水深的砂质底浅海区。主要以小型甲壳动物、小型软体动物、环节动物等为食，有时也吃一些有机碎屑。鲎，有一个值得称道的可贵品格——感情专一。雌雄一旦结为夫妻，便形影不离。肥大的雌鲎，终日驮着瘦小的夫君，蹒跚而行，艰辛觅食。人们只要捉到一只，提起来便是一对。因而，鲎享有"海底鸳鸯"之誉。

鲎，论长相，不如跳跳鱼雅观；论反应，不如沙滩蟹机灵。跳跳鱼，头大而平，眼睛长在头上方，乌溜溜的眼球突出，宛如两个探照灯；沙滩蟹，有着强大的"玩球"爱好与能力，一天下来可以"改造"一片沙滩。我之所以对其貌不扬的鲎念念不忘，不仅因为它们的蓝色血液与众不同，而且因为它们的生存意志坚强如钢。比鲎"年轻"的庞然大物——恐龙——早已从地球上消逝了，而它们非但顽强的存活下来，且默默坚守、生生不息。这是多么执着的生活信念，这是多么坚定的生存意志！

那天回家，女婿把我所拍的视频编辑配乐，附上我写的"今日天晴，欣然触海。不经意间发现一只海底精灵——鲎。如获至宝，喜不自禁。为它拔去一颗吸附在背的小海螺后，不惜湿鞋，将其放归大海"几句后，发到朋友圈，有人"献花"、有人"点赞"，有人"表扬"。老朋友叶志强发来六个字："胜造七级浮屠"。黄金兰女士则在微信中发来一段语音："老张，我外孙说了，鲨是国家二级保护动物，你做了一件好事……"乍一看，这话是对我放鲨之举的夸奖。细思量，实为对野生动物的爱护。

  （2020年4月21日香港《文汇报》发表时，
    题为《阳春三月放鲨记》）

双清桥头静思

双清桥,位于与厦门、金门隔海相望的翔安区新店镇既是风景秀丽的闽南著名海港侨村,又是闽南文化最具代表性的古村落之一的澳头渔村。五年前,厦门市翔安区围绕"美丽厦门,共同缔造"主题,推出一批以"廉政文化园"为代表的廉政文化示范点。澳头渔村双清桥,便是其中的"主角"。

那天下午,女婿驾车,从集美住地出发,特意送我前去参观。半个多小时,抵达目的地。进入廉政文化园,但见慕名而来、戴着口罩的游客,三三两两,优哉游哉,走走停停,说说笑笑。从园门往里走不多远,架在怀远湖湖面上的双清桥便映入眼帘。因为太阳较大,气温较高,一向不爱打伞的我,先是绕着湖畔绿荫掩蔽的人行道信步而行。左右扫描,环顾四周,湖面轻波荡漾,湖中一船停泊;临近湖岸的绿化带,种有木麻黄、鸡蛋花、红千层、映山红、桃树、柳树等植物;蓝天白云、红花绿柳,倒映在湖面上,给人一种如诗如画、如痴如醉的感觉。湖岸周边不远处,古厝新楼,和谐相处,相得益彰,相映成趣。因为湖水较深,岸边立着警示牌、挂有救生圈……我一边拍照,一边向双清桥抵近。

无论是人名地名,都有各自的由来和含义。同样,路名桥名也不例外。据《同安县志》记载,澳头渔村怀远湖,原是一个小港汊,潮涨潮落,如渊如壑。为方便人们进出,横跨港汊建有"乐安""双清"两桥。前者建造时间不详,后者建于清代道光年间。依典籍所载,当年,澳头乡贤苏廷玉喜登进士第,入官之前,为便民行,捐建该桥,并亲书"双清桥"仨字刻于石碑上。所谓"双清",意指"为人清白,为官清廉",

是苏廷玉走马赴任前的自勉。

乱世之下，安有完卵。后来，双清桥不幸被战火所毁。那年，翔安区结合打造廉政文化园，投资新建长81米，宽6.2米，三孔石构的双清桥。横跨怀远湖东西两侧、两端平伸、中部拱起的双清桥，紧贴"清"字做文章、造氛围——以桥、亭、栏、碑为载体，以名人名言、历史人物为内容，营造弘扬清廉、赞颂清廉的意境。双清桥中部西东，各有三层台阶，第一层3级，第二、第三层皆为11级。那天，我先由东向西，之后从西向东折回，时而信步平走，时而上下台阶，缓缓行进，慢慢欣赏。发现新建的双清桥，设计考究，用心良苦，从桥上石板、栏杆，到两侧护板、石柱，分布着浮雕、影雕、地刻、线刻、书法等艺术制作。其中，雕刻历史人物画像与典故12个、名人名言20句、廉政警句12条。名言警句有："大公无私，勤政为民""大道之行，天下为公""德立桥头，廉伴行舟"等；名人典故有：体察民情、兴利除弊，万历二十五年（1597）任同安县知县的洪世俊；为官三十余载，革除陋习、整饬营伍，以廉洁著称的福建水师提督吴必达；鸦片战争爆发，时任福建水师提督的抗英民族英雄陈化成，以及中国宋代天文学家、天文机械制造家、药物学家、官至吏部尚书的苏颂等。

双清桥两头空地上，各建有一座六角亭。亭中各刻有两副不同字体、不同内容的金字楹联。西头的"清风亭"两副对联为："为公德乃大／无私品自高"；"贤能兴家园／廉可旺子孙"。东头的"清水亭"两副楹联是："水流即不腐／官廉则自清"；"一身贯正气／两袖出清风"。从西向东前进，在靠近桥中部第一层台阶处，立着一方书状石刻，上面有苏廷玉的影雕头像和人物简介。苏廷玉（1783—1852），字韫山，号鳌石，晚号退叟，清代泉州府同安县马巷厅翔风里澳头村（今厦门市翔安区新店镇澳头村）人。嘉庆十九年进士，道光至咸丰中，官至兵部侍郎、四川总督。纵观苏廷玉的人生历程、官场生涯，他为人清清白白，为官清正廉洁。

史料记载，1832年，苏廷玉调任山东省按察使。彼时，山东府县一些衙吏私设"老虎洞"。但凡与诉讼案件稍有牵涉、关联的人，都被关押在"老虎洞"中,官吏藉此勒索赎金,以致成为当地一大民患。苏廷玉得知后,亲往"老虎洞"调查,发现"洞"内关押的数百名无辜百姓,个个脸无血色,人人乱发垂肩。于是,他立即将所有被囚禁者释放回家,获释的百姓因此对苏廷玉感激不尽。1837年12月,苏廷玉调任四川总督。到任三个月,遇到一件麻烦事——成都城内米价暴涨。适逢青黄不接,每斗米由五六百文钱猛涨至一千三百文钱,导致城内人心惶恐。苏廷玉了解此事后,随即命令四川各州、县派人到乡里巡查,一方面严捕趁机抢劫粮食的团伙,一方面四处调运粮食,而后在城内增设多个供应点,以比市场价低得多的价格出售给民众。经过两个月的努力,成都城内粮价渐跌。在处理此次成都地区米价暴涨事件中,苏廷玉废寝忘食,救活无数穷苦民众,而他自己却"须发全白"。成都的百姓心存感激,送上匾额以表心意,但都被他婉拒了……

"澳头少年苦贫寒,秉公勤勉巧办案。抵御英夷扶挚友,情系泉厦云水间。"这是甲午初夏,周旻《悼苏廷玉》的诗句。苏廷玉所以能够做到为人清白、为官清廉,与良好家风熏陶密切相关。其祖上留下的《苏氏家训》,短短32句中,有8个"必"、6个"不":"和善心正,处事必公。费用必俭,举动必端。语言必谨,事君必忠。为官必廉,乡里必和。睦人必善,非善不交。非义不取,不近声色。不溺贷利,尊老敬贤。救死扶伤,讦诈勿为。偷盗必忌,不善者劝。不改之斥,凡我子孙,必尊家规,违者责之。"言简意赅,醍醐灌顶。

双清桥东头北侧临湖处,有一石刻《廉政法治文化角后记》,全文为:"清廉是修身正己的明镜,是从政为官的标尺,亲民者民亦亲,爱民者民亦爱,为民者民亦赞。历史走到今天,对政绩的评判,依然体现在对人民辛勤工作的实绩,体现在是否得到人民的认可。为政以德,修己安民。这是中华民族的优秀道德传统,也是治国安邦历史经验的深刻总结。"诚如斯言,为政清廉,事关重大。在整个廉政文化园中,不论是双清桥、清水亭、清风亭,抑或是桥上、亭上所刻的每一条警句,每一副楹联,每一个典故,都紧扣"清"与"廉"。身临其境者,专心欣赏也好,信步漫游也罢,都能感受到廉政文化的熏陶。触景生情的我,先后独坐桥头两座亭内，默默琢磨，静静思考，融古贯今，顿有所悟。雁过留声，人过留名。古往今来，不论是官是民，不管是富是贫，活了一辈子，都想留下好声名。此乃人之常情。

独坐双清桥头，我默默静思，苏廷玉，一个封建官员，非但有清醒清廉意识，而且言行一致，始终如一，既难能可贵，也值得仿效。"白袍点墨，终不可湔。"对为官者来说，只有如履薄冰、慎终如始，战战兢兢、坚守清廉，不因权重而智昏，不因污小而放纵，才可望日后留下清名。

（原载 2020 年 6 月 30 日香港《文汇报》副刊）

谷文昌厦门"偷"树种随感

三月里,随着30集电视连续剧《谷文昌》在央视黄金档的热播,被习近平总书记称赞为"在老百姓心中树起了一座不朽的丰碑"的谷文昌,再一次走进人们的视野,再一次引起人们的热议。该剧故事情节感人,艺术风格质朴,以富有表现力的手段,营造历史氛围,再现历史真实,通过许多看似平常的细节,丰满了主人公的形象。连日来,我怀着崇敬的心情收看《谷文昌》,自然而然想起当地民间流传的一个说法:"先祭谷公,后祭祖宗"。

祖宗,是人们对祖先的尊称。《汉书·张汤传》:"国家承祖宗之业,制诸侯之重,新失大将军,宜宣章盛德以示天下,显明功臣以填藩国。"祭祖,在中国传统文化中,具有特别重要的地位。《荀子·礼论篇》说:"礼有三本:天地者,生之本也;先祖者,类之本也;君师者,治之本也。"是呀,天地是生存的根本,祖先是种族的根本,君长是政治的根本。没有祖先,何来我们?而祭祖,既是为了缅怀与追思,也是为了感恩与传承。几千年来,炎黄二帝所以受到人们的崇拜、祭拜,因为他们是中华儿女的共同祖先。清明时节,东山人民所以要"先祭谷公,后祭祖宗",则是因为谷文昌曾经为官东山、造福东山。

谷文昌(1915—1981),原名程栓,河南省林县石板岩乡郭家庄人。他青少年时代当过长工、学过石匠。1949年1月随军南下。1950年5月东山解放,谷文昌任中共东山县第一区工委书记,后历任中共东山县工委组织部长、县长、县委书记,以及福建省林业厅副厅长、龙溪行政公署副专员等职。他在东山县工作14年间,带领东山人民与风灾、旱灾顽强抗争，植树造林，兴修水利，改善交通，发展生产，把一个风沙肆虐的荒岛，变成生机盎然的绿洲，为当地经济建设和社会发展奠定了坚实的基础，赢得了东山十万民心。谷文昌去世前，向党组织提出的唯一请求是："请把我的骨灰撒在东山""我要和东山的百姓在一起，和东山的大树在一起"。

东山县，简称陵岛。因主岛形似蝴蝶亦称蝶岛，是福建省第二大岛。介于厦门和汕头之间，隶属于福建省漳州市，位于厦、漳、泉闽南三角经济区的南端，东濒台湾海峡，西临诏安湾，与诏安一水之隔；东南是著名的闽南渔场和粤东渔场交汇处；北经八尺门海堤，同云霄县接壤，地理位置，与众不同。东山岛东南部，原有3.5万多亩荒沙滩，狂风起时，黄沙飞扬，不但侵袭村庄，而且吞噬田园，老百姓称之为"沙虎"。史料记载，这里一年四季6级以上大风多达150多天，森林覆盖率仅为0.12%。据解放初《东山县志》记载，东山原本有七个"蔡姓"村，被风沙埋掉的就有三个。"不治服这风沙灾害，东山人民是无法过好日子的。要想治穷，得先除害！"谷文昌主政东山不久，在详细了解了这些情况后，便研究制订出治理风沙方案，他与县委一班人，先后8次组织干部群众筑堤拦沙、挑土压沙、植草固沙、种树防沙⋯⋯可是收效并不大。

1958年春，县委向全县发出号召："上战秃头山，下战飞沙滩，绿化全海岛，建设新东山！"谷文昌一面发动群众挖塘打井、修筑水库、开发利用地下水资源，缓解东山旱情，一面组织发动全县军民，掀起轰轰烈烈的造林运动，很快栽下20万株木麻黄。岂料，天公作祟，气温骤降，持续一个月倒春寒，树苗大都被冻死了。谷文昌掷地有声的发誓："不制服风沙，就让风沙把我埋掉！"为了找到合适的海防林种，他和技术人员翻尽资料，大海寻踪。听说广东电白县成功种活了一种名为木麻黄的树，谷文昌立即派人前去。捧着带回的树苗，他像孩子捧着美食一样兴奋。

在《谷文昌》第24集中，有这样一些情节：木麻黄在东山试种成功后，谷文昌提出大量采购树种，但因县里财政紧缺，没有得到资金支持，谷文昌只得利用各种途径采集树种。一次，在厦门开会期间，听说当地有木麻黄，谷文昌带着朱才盛、沈福海和吴志远立刻动身。几个人急切切直奔厦门植物园踩点，发现植物园不但有保安，而且木麻黄旁边的牌子上，明确写着不许采集树种。一时间众人分成两派，朱才盛和谷文昌主张偷树种，沈福海和吴志远主张先协商。协商未果后，谷文昌决定铤而走险偷树种，结果被警惕性高、责任心强的保安当成盗贼给扣押了下来。东山县长齐武胜得知后，立马联系厦门公安局，讲述一个决心绿化东山、造福百姓县委书记的故事。厦门公安局局长被谷文昌的事迹所打动，当即释放了谷文昌。不仅如此，这位公安局长还答应谷文昌的请求，热情满满地向厦门植物园方面说明情况，帮助东山申请木麻黄树种，得到厦门植物园的大力支持，木麻黄树种问题迎刃而解。

木麻黄，原产澳大利亚和太平洋岛屿，中国引种约有80多年历史，喜高温多湿气候，属常绿乔木，树干通直，姿态优雅，既耐干旱，也耐潮湿，且生长迅速，抗风力强，不怕沙埋，能耐盐碱，适生于海岸疏松沙地，是滨海防风固林的优良树种。1960年夏天，一心为民的谷文昌组成一个由领导干部、林业技术员、当地老农参与的造林实验小组，亲自担任组长，在全县扎扎实实植树造林。苦战四年，全县400多座小山丘、3万多亩荒沙滩基本绿化，在长达141公里的海岸线上筑起一道"绿色长城"。而今东山岛，只要有海堤，就有木麻黄防护林。一排排傲然挺立、搏风击雨的木麻黄，宛如威武雄壮、英勇无畏的哨兵，年复一年，日复一日，护卫着东山人民的繁衍生息、安居乐业。

谷文昌，一个原本与东山非亲非故的外地人，一个在东山县当过县长、书记的人，一个让木麻黄在东山岛落地生根、茁壮成长的人，一个让东山岛从荒漠变为绿洲的人，一个引领东山人民从贫穷走向富裕的人。他的可贵作风，展示了共产党人的昂扬正气；他的高尚精神，照耀人们的内心世界。历史学家范文澜先生说过："历史多么无情而又有情，不遗忘每一个对历史的贡献，也不宽容每一个对历史的障碍。"身为县委书记的谷文昌厦门"偷"树种之类的情节，折射出的正是"为官一任，造福一方"的理念与境界。都说，群众的眼睛最明亮。我说，群众的评价最公正。古往今来，但凡真正能够"为民作主"的官员，老百姓都会记住他、怀念他。相反，极少数不作为、乱作为，甚或胡作非为的贪官，在位时，潇洒的很、风光无限；当他们东窗事发、中箭落马后，声名狼藉、黯然失色不说，老百姓视之如瘟神，自发燃放烟花爆竹以示祝贺。比如，苏荣落马后，南昌市鞭炮声通宵达旦；南京"换季"（季建业）后，市民打横幅、放鞭炮庆祝；吴天君落马的消息一经公布，郑州市民放10万响鞭炮庆祝他滚出郑州；沈培平落马，群众把鞭炮摆成"V"字形燃放……

为官一任，主政一方，是功是过，是好是孬，都要经受历史的沉淀、接受群众的评判。从焦裕禄、谷文昌，到甘祖昌、孔繁森等，都是经过历史"沉淀"，深受群众拥戴的领导干部、初心无改的共产党人。非但不会因为岁月尘封而失色，不会因为时代发展而黯然，反而始终具有巨大的历史震撼力和时空穿透力。2009年，谷文昌继赢得"四有干部"的典范、"县委书记的好榜样"等荣誉称号后，被评为"100位新中国成立以来感动中国人物"。

谷文昌虽已渐行渐远了，但东山人民没齿不忘，没有谷文昌，就没有木麻黄，没有木麻黄，就没有今天东山人的幸福生活。为了感念谷文昌的功德，当地百姓不但亲切地称他为"谷公"，而且把木麻黄称作"谷树"。是呀，在他们的心目中，谷文昌就是一棵扎根于东山岛的木麻黄，一棵根植于百姓心坎的木麻黄。清明时节，"先祭谷公，后祭祖宗"，自然也就顺理成章、相沿成习了。

（2020年4月2日，人民论坛网发表时题为《清明时节，让我们以崇敬之心缅怀谷公》，《党的生活》2020年第5期以《谷文昌，植根东山的"木麻黄"》为题发表）

陶醉在厦门摄影博物馆

厦门摄影博物馆，是一个集老相机陈列、老照片展览，以及摄影体验于一体的公益项目、专业展馆，位于厦门市集美区银江路132号，与集美大学体育学院一路之隔。那天，适逢"彼岸有风情——台湾摄影作品展"在该馆开展，我从住地石鼓路123号住地出发，穿过占地面积47000多平方米的"敬贤公园"，从公园北侧往北抄近路上行，前后不过十分钟，便抵达目的地，观察发现，摄影博物馆门口一字型楼梯两侧，摆满了庆祝影展的花篮。当我拾级而上时，目光立马被墙上挂着的"厦门市摄影家协会创作基地""集大摄影学会创作基地""高雄市摄影学会厦门摄影创作基地""美国奥斯汀华人摄影协会创作基地"等牌匾所吸引。

进了二楼展厅，从影展《前言》中得知，初夏五月，厦门市摄影家协会主席杨景初先生等一行19人，应邀赴台作为期十天的游摄之旅，从台北南投，到屏东高雄，一路向南，且行且摄。本次所展图片，是他们用镜头记录的台湾山水、人文风情。2010年，我有幸参加福建省农学会组织的赴台考察活动，尽情领略了祖国宝岛的旖旎风光。欣赏着图片中的台湾风情，有一种如临其境的感觉，心中泛起对台湾之行美好回忆的涟漪。

厦门摄影博物馆设在三楼。一个多世纪前，厦门沦为"五口通商口岸"之一后，十九世纪末、二十世纪初，就有西方人士带着相机拍厦门，也有爱国华侨桑梓报国兴业，投资厦门的影视行业，使厦门一度跻身全国影视行业领军者行列。参观了摄影展，我从二楼西侧登上三楼，但见馆内几组高大的陈列柜靠墙而立，上面整齐有序地陈列着该馆收藏的德国徕卡、禄来、瑞典哈苏等 300 多部不同品牌、不同年代、不同造型，颇为珍贵的胶片相机。我心想，它们曾经有过各自的荣耀，且为人类做过贡献。如今它们完成了使命，也该静静享受清闲了。据馆内展示的文字资料显示，这些相机，多数是从欧美和日本业界收购来的，也有从国内摄影界收集来的。其数量和门类，基本涵盖了世界相机发展的轨迹。博物馆内还展出不少该馆收藏的 1870—1970 年间，拍摄于厦门的珍贵历史照片。此外，摄影博物馆里还有传统摄影、暗房技术的介绍与体验场所，让参观者和爱好者们，进一步了解摄影的"前世今生"。一番参观下来，不单大开眼界、大长见识，而且感慨万千、令人陶醉。

摄影术的发明，是人类文明史上的一大创举。早在 16 世纪文艺复兴时期，欧洲就出现了供绘画用的"成像暗箱"。1826 年的一天，法国发明家尼埃普斯，在白蜡板上敷上一层薄沥青，利用阳光和原始镜头拍摄窗外的景色，历时八小时曝光，经过薰衣草油冲洗，成功拍摄出世界上第一幅永久性照片——《窗外》。后来，法国美术家、化学家达盖尔，发明了银版摄影法。1839 年 8 月 19 日，法国政府在法兰西学院向世界宣布了"摄影术"这一伟大发明，从而极大地推进了摄影术的普及。在很短的时间里，摄影术不胫而走、不翼而飞，迅速在西方国家风行起来。从此，人类可以用"第三只"眼睛把看到的定格并保存下来，圆了人类数千年之梦。近 200 年来，摄影不仅真实直观地留驻了历史，而且成为平面视觉创作的一种艺术形式。

参观得知，从 1839 年开始，摄影术已经走过了从诞生到成熟的漫长路程，经历了四个发展时期，即，公元前 400 多年—1870 年，摄影术的诞生和初期发展；1870—1914 年，摄影术快速发展期；1914—1960 年，摄影术成熟期；1960 年以后，摄影术电子化高速发展时期。追思摄影发展历史，在之前的几千年间，能够把人们肉眼看到的物体，甚或镜子里所照的东西固定下来，就成为人类孜孜以求的梦想。值得国人骄傲的是，全世界摄影史学家都公认，摄影光学的先驱是墨子。墨子在两千多年前就提出了小孔成像理论。公元前 400 多年，中国哲学家墨子观察到小孔成像现象后，记录在他的著作《墨子·经下》中，成为有史以来对小孔成像最早的研究和论著，为摄影的发明奠定了理论基础。这个理论一直是摄影的基本理论，即便现今的数码摄影，也是根据这个基本理论形成的。墨子之后，古希腊哲学家亚里士多德和数学家欧几里德、春秋时期法家韩非子、西汉淮南王刘安、北宋科学家沈括等中外科学家，都对针孔成像做出过论述。只是，针孔影像，可观察运用，却无法记录。

实践出真知，探索促发展。伴随着摄影技术的发展，摄影器材也不断发展。有人把它划分为以下几个阶段：1839—1924，为相机发展的第一阶段，其间出现了一些新颖的钮扣形、手枪形等照相机；1925—1938，为相机发展的第二阶段，在此阶段，德国的莱兹、罗莱、蔡司等公司研制生产出了小体积、铝合金机身等双镜头及单镜头反光照相机；1939年之后，为照相机发展的第三个阶段。此阶段前半期，黑白、彩色胶片的质量有了进一步的提高，光学工业制成了含有钛、镉等稀有元素的新型光学玻璃，从而更好地校正了摄影镜头的像差，使镜头向大孔径和多种焦距的方向迅速发展。二十世纪六十年代初至今，为第三阶段后期。这期间，光学传递函数理论进入了光学设计领域，出现了成像质量高，色彩还原好，大孔径，低畸变的摄影镜头……

虽然，2000多年前，墨子就提出了"小孔成像"理论，但中国的相机工业，却是建国后才逐渐发展起来的。从20世纪50年代开始，北京照相机厂、天津照相机厂、上海照相机厂、广州照相机厂、哈尔滨照相机厂、杭州照相机厂、南京照相机厂等中国第一批相机生产厂家先后应运而生。这些企业，初期侧重仿制国外相机，生产以120双反相机和小型135相机为主。在后来的岁月里，我国的照相机产业不断发展，及至20世纪70年代末，主要相机生产企业达到19家。20世纪80年代后，随着竞争加剧，多数相机企业，或者倒闭，或被合并，仅有上海照相机厂、江西凤凰照相机厂、北京照相机厂等几家企业生存下来。毋庸讳言，中国并非世界知名的相机生产国家，但有其自身闪光的亮点和历史。

45年前，还是新兵的我，有幸参加江西九江军分区政治部宣传科举办的"新闻通讯员培训班"，除了新闻稿件写作，还有摄影入门培训，第一次接触到海鸥双镜头120相机，掌握了一点"摄影入门"基础知识。从那以后，见到相机，手就发痒。30年前，到福州出差，买了一台柯尼卡（KONICA）相机；10多年前，女儿为我买了一台厦门松下电子信息有限公司生产的莱美（lumix）相机。前者是"傻瓜机"，后者是"数码机"，但都没用过几次，就束之高阁了。不是摄影兴趣"退潮"了，而是摄影设备"简约"了——一般风景照、生活照，一部手机就搞定了。我相信，用不了三五十年，摄影器材一定比现在的更先进、更便捷。到那时，即便是今天的名牌摄影设备，也要"光荣退休"走进摄影博物馆的。

（原载2020年7月28日香港《文汇报》副刊）

嘉庚图书馆怀想

嘉庚图书馆，既是位于厦门市集美区银江路185号集美大学的中心图书馆，也是国家专项基金投资的重点工程项目、国内较大规模的校园图书馆之一，还是福建省高校中规模最大、设备最全、功能最多的大型综合图书馆。集美大学，是集美学村林林总总、各级各类学校中的佼佼者。我家住在集美石鼓路，与集大是"近邻"，步行不过十来分钟即可到达，我曾多次前去漫步观光。

那天下午，我专程去给嘉庚图书馆赠送新出版的散文随笔集。从东大门进入，肃立在面对大门的陈嘉庚先生全身雕像前，行过注目礼，右拐下行，径直向图书馆走去。嘉庚图书馆高5层，占地面积约19000万多平方米，建筑面积13000平方米。由南楼、西楼、北楼三大部分组成。南楼为书刊、电子阅览室；西楼为二线书库、影像厅；北楼为综合书库等。该图书馆现有馆藏纸质图书110余万册、中外文期刊3000多种、超星电子图书26万种，以及维普全文数据库等中外大型数据库20多种。据悉，嘉庚图书馆是集美大学首次以嘉庚先生命名的大型建筑物，融藏、借、阅三位一体，实行全天候开放。置身其中，引发我对陈嘉庚这位历史人物的悠悠追思与绵绵怀想。

陈嘉庚先生笃信："教育为立国之本，兴国乃国民天职。"为此，他一生热心于捐资兴学。继1913年在集美办起第一所小学之后，先后创办了集美中学、师范、水产、航海、商科、农林等校（统称集美学校）和厦门大学。集美大学的前身，正是陈嘉庚先生于1918年创办的上述集美学校。1994年10月，分布在集美学村的原集美航海学院、厦门水产学院、福建体育学院、集美财经高等专科学校、集美师范高等专科学校等五所高校，合并组建为集美大学，1999年完成实质性合并，翻开了学校发展的新篇章。长期以来，集美大学坚持以民族复兴和社会进步为己任，勇立时代潮头，不断开拓创新，秉持"嘉庚精神立校、诚毅品格树人"的办学理念和独特气质，培养造就了一批又一批优秀专业人才，使学校走过悠悠岁月、焕发勃勃生机。

集美大学，是交通运输部与福建省共建高校，福建省一流大学和一流学科建设高校，国家"卓越工程师教育培养计划"试点高校，国家"卓越农林人才教育培养计划"试点高校，应急管理学院建设首批试点学校，以及福建省首批"海外华文教育基地"。学校占地面积2300多亩，校舍面积近100万平方米；下设21个学院，71个本科专业。2008年10月20日，在纪念集美大学创办90周年校庆的喜庆日子里，嘉庚图书馆在集大校部举行隆重的落成剪彩仪式。厦门市、集美区有关领导，新加坡李氏基金代表吴定基，陈嘉庚先生公子、校董陈元济，陈嘉庚先生孙子、校董陈君宝等出席了落成典礼。吴定基先生激动地说："嘉庚先生创办的集美学村，历经几代人的努力，今天终于拥有了一所上规模、上档次的万人大学，实现了嘉庚先生的夙愿。我们身在异国他乡的乡亲也感到非常高兴。"

集美大学校园内，除了足球场、篮球场等体育训练、比赛场所外，绿色草地、红色跑道、碧湖青山、红瓦白墙、飞檐画栋、水榭亭台，交相辉映，相得益彰，构成一道道美轮美奂的校园风景线，已成为集美，乃至厦门的一个重要观光景点。学校建筑融汇中西，且有典型的闽南侨乡建筑风格，极具历史价值，继入选新中国成立60周年"百项经典建设工程"的新校区之后，2016年入选"首批中国20世纪建筑遗产"名录。这里，既有建校之初陈嘉庚先生亲自规划设计的校舍，又有一幢幢后起之秀的"嘉庚建筑"，在闽南、福建乃至全国独树一帜。位于集美大学石鼓校区的尚忠楼，既是集美大学财经学院的标志性建筑，也是陈嘉庚主持兴建的经典欧式建筑。砖木结构、坐北朝南的尚忠楼，与其它"穿西装，戴斗笠"的嘉庚建筑风格不同，直起直止，棱角分明，欧式的石雕栏杆，镂空环绕，清新秀丽，独具特色。抗日战争和解放战争期间，尚忠楼曾两度受损，先后于1946年和1951年进行修复，历经战火洗礼，依旧巍然屹立。

值得一提的是，集美大学校园内，还有一个波光粼粼的"嘉庚湖"。湖上的湖心亭，取名曰"勿忘亭"，一座九曲桥，连接岸与亭。每逢盛事，抑或佳节，湖上喷泉，欢快而喷，水汽弥漫，动静结合，走在九曲桥上，别有一番韵味。嘉庚湖西侧，伫立着集大最高行政楼——尚大楼，楼高24层，既表现出独特的建筑魅力，又折射出爱国爱乡的嘉庚精神，在23层观景平台上，整个集美学村景观尽收眼底。嘉庚湖东侧，有一片郁郁葱葱的灌木林，是白鹭等飞禽的理想栖息地。

陈嘉庚，既是一位伟大光辉的爱国者，也是一位名副其实的教育家。在长期的办学实践中，形成了进步的教育理念：他反对重男轻女，提倡女子教育。大力倡办女子学校，让女孩子也能上学，这在当时历史条件下，是很难能可贵的，可谓开了风气之先河；他强调优待贫寒子弟，反对办学分贫富，尽力帮助贫寒子弟上学。同时，他还积极培养师范生、奖励师范生；他注重教学质量，从办学伊始，就主张"德、智、体"三育并重、全面发展；他笃信"没有好教师，就没有好学校"，强调要确立教师在学校的主导地位，十分重视选择校长和教师；为了振兴实业，培养生产技术型人才，他大力倡办职业技术教育……

陈嘉庚先生一生为集美学村和厦门大学兴建了数十座雄伟壮观的高楼大厦，而自己的住宅却是一栋简朴的二层小楼。他非但不在意，而且怡然自得，大有"室雅何须大，花香不在多"的心怀。他生活俭朴，却竭尽全力倾资兴学，不惜变卖家产、借债甚至破产，不仅在国内创办了规模宏大的集美学村和远近闻名的厦门大学，而且在海外创办和赞助了许多学校。他以实业家的鞠躬尽瘁、教育家的卓识远见、社会活动家的忧国忧民，孜孜以求一个民主富强国家的前进坐标，把心血倾注在创办和资助118所学校的道路上，为祖国和侨居国培养了大批人才。更为难能可贵的是，陈嘉庚先生办学，不只为行善积德。他忧国忧民，把办学看作救亡图存、振兴中华的急迫任务和报效祖国力所能及的事业而坚持不懈、不遗余力。他在 1921 年撰写的《集美小学记》碑文中开宗明义地写道："余侨商星洲，慨祖国之陵夷，悯故乡之哄斗，以为改进国家社会，舍教育莫为功。"

陈嘉庚重视知识、兴办教育的远见卓识，令人钦佩，有口皆碑。1990 年 3 月 11 日，国际小行星中心和国际小行星命名委员会，将中国科学院紫金山天文台于 1964 年发现的一颗编号为 2963 号的小行星命名为"陈嘉庚星"，这是第一颗以中华民族一位爱国侨领名字命名的小行星，以表彰陈嘉庚对教育事业作出的杰出贡献。走出嘉庚图书馆大门，我时而抬头仰望，放飞思绪；时而环顾四周，百感交集：没有陈嘉庚，未必有今天的集大。值得告慰陈嘉庚先生的是，当年他规划把集美学校办成一所与厦门大学优势互补的集美大学的夙愿已成现实。我相信，倘若满腔教育兴国情怀的陈嘉庚英灵有知，一定会由衷高兴、倍感欣慰的。

（原载 2020 年 8 月 1 日香港《文汇报》副刊）

且把读书当"社交"

社交,既是人与人之间交际往来的题中应有之义,也是人们运用一定的方式、通过一定的途径,传递信息、交流思想、增进感情,从而达到某种目的的社会活动。当今时代,随着经济和社会环境的变化,人际交往显得更加重要。有道是,"一个好汉三个帮"。从某种角度讲,人们只有不断地与各类人员进行交往和信息沟通,才能不断地丰富自己、发展自己、扩充自己。

具体到不同年龄段,社交又有不同的意义和价值。"在家靠父母,出门靠朋友",对青壮年朋友来说,必要的社交,有助于扩大"人脉资源"。对老年人而言,适度的社交,有利于精神愉悦。反之,难免影响身心健康。比如,罹患抑郁症什么的。

《北京晚报》此前不久报导,近期由北京大学国家发展研究院发布的中国健康与养老追踪调查项目(CHARLS)研究报告显示,中国老人的健康状况令人担忧。相较身体健康,心理健康的受重视程度不高。60岁以上受访老人中,33.1%有程度较高的抑郁症状;65岁以上受访老人中,农村老人比城市老人抑郁风险更高……该报告分析,造成近三分之一老人有抑郁症状的主要原因之一是——"社交稀少"。

抑郁症(Depression),是以情感低落、思维迟钝,以及言语动作减少、迟缓为典型发作形式的症状。抑郁症不但严重困扰患者的生活和工作,而且给家庭和社会带来沉重的负担。更令人堪忧的是,约有15%的抑郁症患者,最终都选择了自杀。据世界卫生组织、世界银行和哈佛大学的一项联合研究表明,抑郁症已经成为中国疾病负担的第二大病。可以这样说,抑郁症是隐藏在人们身边的"幽灵"。

老年人患抑郁症的三大原因中,"身体隐患""子女疏远",大多是不以个人意志为转移的。而社交的多与少,则是完全可以"掌控"的。社交的途径或方式很多:外出串门是社交,拉呱闲聊也是社交;打牌品茶是社交,唱歌跳舞也是社交……只是,这类社交,是有"前提"或"条件"的。即,得有合适的"伴",要有若干人"陪"。否则,就"孤掌难鸣"了。事实明摆着,你有空闲时,人家未必有时间;你兴趣正浓时,人家未必有情趣。除此之外,此类社交还要受空间、地点、场所、气候等多种因素的制约。

比较起来,闭门读书,也是一种"社交",而且是最简单、最经济、最便捷、最实惠的"社交"——除了准备若干图书、安排一定时间,外加一壶茶、一把椅、一支笔,无需其他附加条件。只要你有读书的欲望,想什么时候读,就什么时候读;想读什么书,就读什么书;想读多长时间,就读多长时间。自由自在,无拘无束。

古人云:书中自有黄金屋,书中自有颜如玉。依我看,书中藏有智多星,书中藏有心理师。且不说"腹有诗书气自华"、"读史使人明智,读诗使人灵秀"之类的大道理,对老年人来说,捧读一本好书,就像穿越时空,可和古人、前人"交朋友",能与哲人、他人"诉情怀"。甚至可以进行无言的探讨、交流,开展坦诚在辩论、对话,不仅可以增长见识、开阔眼界,而且可以从中得到启迪、获得慰藉。既有助于丰富精神生活,又可以驱逐寂寞与抑郁。这一点,我深有体会。

我家有几组书橱。我把个人藏书分为文、史、哲三大类。退休三年多来,书成了我最好的"朋友"。当没有其他事情,或没有必要应酬时,便把目光投向书橱,"扫描"几分钟,看中哪一本,把它取下来,轻轻翻阅,细细品味,不单会遇到良师益友,而且能心旷神怡。有时候,心潮和书中的主人一起"波动"。如,读到李白"孤灯不明思欲绝,卷帷望月空长叹",隐隐约约感受到李白当时的情绪。想想看,大诗人也有寂寞、长叹的时候,何况老夫这样的庸人?有时候,免费跟作者去"旅游",身临其境,触景生情。如,读着北宋文学家王禹偁的《黄冈竹楼记》，我仿佛来到他在山间自盖的竹楼中做客，与被贬黄州，虽然心有不满，却看淡功名利禄、尽得谪居之逍遥自在的主人观光、赏景、饮酒、品茶、聊天、叙谈，心胸立马豁然开朗起来……

收获最大的，当数《岳阳楼记》。范仲淹是北宋著名的思想家、政治家、军事家、文学家。纵观他的一生，为官，政绩卓著；为文，成就突出。《岳阳楼记》，是他于北宋庆历六年（1046）九月十五日创作的一篇美文。联系范仲淹的从政历程，我深切领悟到，"先天下之忧而忧，后天下之乐而乐"，是《岳阳楼记》的"点睛之笔"，千古流传、影响深远。个中一先一后、一忧一乐，折射出范仲淹以天下兴盛为己任、以百姓忧乐为己之忧乐的"仁者"情怀。可以这样说，《岳阳楼记》，既是他情感真切、文笔优美的代表作，也是他任劳任怨、忧国忧民的宣言书。

言为心声。范仲淹能够写出这样的名篇，发出那样的感慨，不是一时心血来潮、信手挥就的，而是一生亲身实践、发自肺腑的。早在他当秀才时，就常以天下为己任，素有敢言之名。曾多次上书，批评当时的宰相，因而三次被贬。1043年（宋仁宗庆历三年），范仲淹对当时朝政的弊病极为痛心，提出"十事疏"，主张建立严密的仕官制度，注意农桑，整顿武备，推行法制，减轻徭役。宋仁宗采纳了他的建议，并陆续推行，史称"庆历新政"。可惜，不久因为保守派的反对而不能实现。范仲淹则因此被贬至陕西四路宣抚使，后来在赴颍州途中病死。

比比范仲淹的崇高情怀与坎坷遭遇，像我这样一个平凡人物，工作了几十年，如今坐在家里，每月享受五六千元退休金，日子过得无忧无虑、有滋有味的，还有什么不满足、不愉快的？还有什么可忧愁、可抑郁的？想到这些，我毫不怀疑，大概只有读书，才能得到这样的启迪。由此可见，社交固然重要，而读书的收获，一点不比"社交"少。

（原载2017年3月15日香港《文汇报》）

人生有为短也长

人生苦短。人的一辈子，较之自然界许多事物，实在很短很短。不要说与亘古不变的名山大川比较，就是与千岁兰、万年柏等花草树木比较起来，也要短得多。1月20日英国《每日邮报》报道，美国摄影师BethMoon，自上世纪90年代以来，拍摄了一系列年代久远的参天大树，其中一些古树，有4000年左右的历史。在她看来，这些至今仍然耸立的古树，不仅是美丽的地标，而且是一个人类与自然、人类和时间连接的方式。

生活常识告诉我们，新陈需代谢，有生必有死。即便是几千岁的古树，最终也都要枯死的，更何况是人。生活常识告诉我们，七老八十也好，长命百岁也罢，生命之树是不会"万古长青"的。然而，只要我们换个思维方法，用辩证的眼光看问题，人生，说短也短，说长也长。关键在于，怎样认识它、如何把握它。

生命无法复制，人生不能重来。常言道，好死不如赖活。正因此，古往今来，谁人不希望自己福如东海、寿比南山。哪怕疾病缠身，也要顽强抗争。尤其是皇帝老儿，巴不得时时刻刻有人喊："吾皇万岁万岁万万岁"。可是，这个"口号"，不知喊了多少年，不知叫过多少遍，有史以来哪一个皇帝活过一百岁？有数据表明，中国正统王朝中，最长寿的皇帝，是清朝的乾隆皇帝爱新觉罗·弘历——1711年9月25日－1799年2月7日。新中国成立后，"毛主席万岁"也不绝于耳。1954年2月10日，陈云在中共七届四中全会说："毛主席万岁"这是一个政治口号，但是毛主席在生理上是不能万岁的。……说毛主席不能万岁，这似乎不太好,但我们是唯物主义者,毛主席是不能万岁的。(《陈云文稿选编(1949—1956)》,218页,人民出版社,1982年版。)殊不知,毛泽东也曾坦坦荡荡地说过:"人都是要死的,这是个概念。"2009年12月15日人民网《毛泽东没有被"万岁"陶醉笑谈自己五种死法》:"第一,有人开枪把我打死。第二,乘火车翻车、撞车难免。第三,我每年都游泳,可能会被水淹死。第四,就是让小小的细菌把我钻死,可不能轻视这些眼睛看不见的小东西。第五,飞机掉下来摔死。"最终,毛泽东的人生,在83岁那年划上句号。

观察发现,随着幸福指数的日渐提升,人们更加渴望延年益寿,恨不能青春永驻、长生不老。于是,坚持体育锻炼、讲究强身健体者与日俱增;注重饮食结构、定期健康体检者比率倍增……无疑,这些都是观念更新、社会进步的表现。殊不知,人生自古谁无死。否则,《庄子·知北游》中,怎么会发出"人生天地之间,若白驹之过隙,忽然而已"的感慨?大文豪苏东坡又怎么会在《赤壁赋》中哀叹:"哀吾生之须臾,羡长江之无穷"的长叹呢?

生命有限。无论是官是民,不管是富是贫,应当珍惜生命,懂得拥抱生命。既要细心培育,更要精心呵护,通过科学调节和合理保养,让生命之树,尽可能长得茂盛些、活得长久些。但以为,生命的长和短,好比物体的大与小、粗与细、高与矮、重与轻一样,是相对而言的。旧时说,人生七十古来稀。现如今,物质生活改善了,医学水平提升了,医疗技术进步了,世界各国人均寿命都有所延长。2015年,世界卫生组织(WHO)发布的2015年版《世界卫生统计》报告指出,从总体上看,全世界人口的寿命,都较以往有所增加。中国在此次报告中的人口平均寿命是:男性74岁,女性77岁。这与古人相比,不是长多了么?

人的生命,所以有短有长,有的英年早逝、来去匆匆,有的老当益壮、益寿延年,除与遗传基因、生存环境有一定关系外,还与生活习惯、生存环境、心情心态、保养保健等密切相关。但以为,寿命的长短,只是人活在世上时间总量的多少不同罢了。19世纪中期俄国批判现实主义作家、文学家、思想家、哲学家列夫·托尔斯泰认为,人生的价值,并不是用时间，而是用深度去衡量的。在我看来，人生在世，还有一个超越寿命自身的"长短"。只不过，衡量这个"长短"的标尺，不是看他活着的时候享受了多少，而是看他死去后留下些什么。

古今中外，有的人虽死犹生、万古流芳，有的人虽生犹死、行尸走肉。其所以然，既是客观条件的功过，更是主观因素的作用。你看那天幕上的流星，虽然转瞬即逝，但却流光溢彩。它们短暂的灿烂，不取决于块头的大小，而取决于燃烧的过程。同样道理，人生是否精彩，不在于他的身份地位，而在于他的奋斗历程。一个人，不论财富多寡、地位高低，不管身体强弱、能力大小，只要朝着既定的人生目标，积极进取、不懈奋斗，即便不能大功告成、光宗耀祖，也必定有所建树、有所成就。即使不能活到天老地荒，也算是"潇洒走一回"。

人生好比旅行。每个人选择的目的地可能有近有远，游览的景点可能有多有少，乘坐的交通工具可能有好有差，行进的速度可能有快有慢，但旅程最终都是要结束的。换句话说，倘若世界上人人都长命百岁，不要说粮食、肉类等供不应求，就连地球怕也不堪重负呢。英国剧作家威廉·莎士比亚说过，人生苦短，若虚度年华，则短暂的人生就太长了。古人云，人到无求品自高。我想说，人生有为便不短。须知，有为是相对而言、因人而异的。工人把活做好，造精品、出佳品，是有为；农民把地种好，多产粮、产好粮，是有为；军人把武练好，能保家、会卫国，是有为；教师把书教好，出人才、育栋梁，同样是有为……

人生之路不平坦，许愿容易遂愿难。生活中的你我他，因为种种原因，或许当不上仁人志士、成不了英雄豪杰，既不能一鸣惊人，更难以青史留名。但我们可以把握今天、驾驭明天，修正行进方向，调准人生坐标，勇往直前、执着追求。成功了，不固步自封；失败了，不灰心泄气。坚持脚踏实地、孜孜以求，做到生命不息、进取不止。这样，纵然不能长命百岁，哪怕不能出类拔萃，人生的意义和价值，也可以在奋斗中，得到拓展与延长。

（原载 2017 年 4 月 2 日《解放日报》、5 月 3 日香港《文汇报》）

诗到用时方恨少

取这个题目，不是别出心裁，而是事出有因。早前，央视播出的《中国诗词大会（第二季）》，已经"落幕"一些时日了。可是，由这档节目引发的话题，至今余音缭绕。

因为播出的时间节点好、节目的制作形式好、选手的临场表现好等因素，加之百人团广闻博记、主持人妙语连珠、评委们画龙点睛，以及沙画等多元艺术对诗歌意境的巧妙渲染、高科技舞美设计的气氛烘托，就连我这个平时不怎么爱看电视的小老头，也喜欢该节目。那些天晚间，只要坐得下来，且适逢播出，就必看无疑。收看过程中，每每主动当"考生"。结果发现，大脑中的古诗词"库存"不多，能够"稳操胜券"的，比例委实不高。

诗，是文学体裁的一种，通过有节奏和韵律的语言反映生活，抒发情感。中国是一个诗的国度。古人云，诗者，天地之心也。以唐诗宋词为代表的中国传统诗词，是中国传统文化的精髓、文学艺术皇冠上的明珠。我不擅长于写诗，更不曾因之而搜肠刮肚，甚或为伊消得人憔悴。但我对古代经典诗词还是情有独锺的。

在我家书橱中，古诗词类图书有好几本。如，上海古籍出版社出版的《全唐诗》（竖排版，上下卷）；中华书局出版的《唐诗三百首》；人民文学出版社出版的《唐诗选》（上下册）；吉林出版集团有限责任公司出版的《唐诗一万首》等。可是，长期以来，买多读少。能背得滚瓜烂熟、呼之即出的则更少。检讨起来，与主观上认识模糊，心理上敬而远之不无关系。

上个世纪七十年代末，我在中国人民解放军江西省庐山人民武装部服役期间，还是快乐的单身汉，业余时间，常逛书店。1979年元旦，发现有上海古籍出版社1978年5月第1版、标有"中国古代文学作品选读"字样的《唐诗一百首》《宋诗一百首》，便喜滋滋各买一本。因为开本小，二者都是32开（787X960），与我巴掌差不多；厚度薄，不足200页，且盖有庐山新华书店蓝色售书印章，尽管很便宜，前者定价0.37元，后者0.36元，近四十年过去了，从庐山到九江，从江西到福建，八九次搬家，始终保留着。前几天找出来，翻了翻，发现我在上面写写画画、圈圈点点的，不足十分之一。

由于历史原因，中国传统诗词一度被打入"冷宫"。"文革"结束后，虽然出版了一些古诗词"选读"本，却如同某些药品一般，在介绍疗效的同时，强调有副作用。因此，人们除非疾病缠身，轻易不会服用它。在上述那本《唐诗一百首》的《前言》中，有这样一段文字："唐诗的作者，大都是封建文人。由于受到时代和阶级地位的种种局限，他们的许多作品都带有明显的封建地主阶级的烙印，即使是一些可以称之为精华的作品，也往往夹杂着不健康、消极的东西。"而《宋诗一百首》中则写道："由于社会的动荡不安，国力的衰弱，政治迫害的严重，使这些主要是封建士大夫的诗人，在心灵深处蒙上了一层灰暗消极的阴影……"想想看，不单是"封建文人"的作品，而且还带有消极、灰暗、不健康的成分，身为革命军人，我生成一种"想说爱你不容易"的矛盾心理。因而，只是偶尔翻翻、随意看看。既不敢认真学习，更不敢深钻细研。用今天的眼光来看，这多少有点"屁股不正怪茅厕歪"的意味。但当年，它却实实在在冲淡，乃至挫伤了我学习古诗词的积极性。我相信，经历过"文革"的人群中，持有这种心态者，大有人在。

也难怪，在破"四旧"（旧思想、旧文化、旧风俗、旧习惯）风暴中，我国文化事业遭遇难以估量的损失。《党员文摘》2006年第6期发表文章披露，十年浩劫，北京市有11.4万多户被抄家，粗略统计，仅被抄走的古旧图书就达235万多册……全国各地散存在民间的珍贵字画、书刊、古籍等，不知有多少在火堆中消失。事实上，那个年代，古典读物，要么难觅踪迹，要么东藏西掖。许多想读古诗词的人，或无书可读，或不敢读之。如今回想起来，倘若不是那段历史，我或许会多学一些包括古诗词在内的东西。

学习的目的，全在于运用。《中国诗词大会》主持人董卿，日前接受媒体记者采访时说："只看诗词储备量，很多选手都有上千首，但最终，最可贵的不是你记住了多少诗词，而是你有没有体会到诗词中的精神与情怀，诗词有没有完善你、滋养你。"我很赞同这个观点。任何一个人，大脑里古诗词储存量大，固然是好事。可是，好比一座仓库，储藏的稻谷也好、大豆也罢，只有把它们播撒到地里，才能开花结果、换来丰收；或者当成粮食，吃进肚里，才能给人以营养，才更有价值。否则，永远是库存，中看不中用。

学习有两个特殊效应——累积效应、后延效应。包括诗词在内，任何知识的学习，都很难"立竿见影"，但可以积少成多、集腋成裘。累积多了，加上善于消化吸收、善于灵活运用，便能从中获取养分，使心灵得到陶冶，心智得以提升。退一步说，正如在《中国诗词大会（第二季）》较量中，表现出色的高二女生姜闻页所言："接受美的熏陶，感受情感的美、事物的美、文化的美，让自己能够诗意地栖居在现实的土地上。"如此这般，何乐不为？

中国古代经典诗词，不仅是中华民族传统文化的重要组成部分，而且蕴含着传统文化的优秀基因。况且，"腹有诗书气自华"。多读一些世代流传、富有营养的古代经典诗词，既可提升人的素养，又能陶冶人的情操。培根说过，"读史使人明智，读诗使人灵秀"，可谓说到点子上了。陈毅有诗云："要知松高洁，待到雪化时。"历史的积雪，已消解融化；传统的诗词，已枯木逢春。伴随着复兴文化发展的时代潮流，如今各类诗词读本，琳琅满目，应有尽有。除了纸质图书，中华诗词网、中国诗歌网、中原诗词网等网站，争奇斗艳、比比皆是。文化传承，借助互联网，迎来新机遇。从某种角度讲，"手机如书库"，"低头可读诗"。

文化是民族的血脉，是人们的精神家园。前不久，中共中央办公厅、国务院办公厅印发了《关于实施中华优秀传统文化传承发展工程的意见》，强调要"形成人人传承发展中华优秀传统文化的生动局面"。机不可失，时不再来。作为过来人，但愿青少年朋友乘着年纪轻、记性好，在学习古典诗词方面，多储备，多用心，善于消化吸收，坚持学以致用。不要像我一样，待到"白了少年头"，这才发现，诗到用时方恨少，那就怪不得别人啰。

（原载 2017 年 5 月 11 日香港《文汇报》）

探家的感觉

很多人都有过探家的经历。只是,时代不一样,过程不一样,感觉也大不一样。

我与探家特有缘。1974年底,从闽北山区——建阳——参军入伍后,在浔阳江头服役、工作了十五六年,且与一位庐山姑娘结成终身伴侣。1990年初,为照顾年迈的父母,夫妻双双调到福建工作。几十年来,在九江——建阳之间,南来又北往,探了N次家。期间一些情景,历历在目,恍如昨日。

1978年底,离开家乡4年整的我,第一次获准回家探亲。为了聊表孝心,也为了展示年轻军官的"风采",我想方设法批条子、东奔西跑逛市场,从紧俏的大前门香烟,到光膀子的玻璃瓶四特酒;从当年颇为畅销的麦乳精,到袋装的葡萄糖粉;从九江特产酥糖、茶饼,到植物油、洗衣皂……,这些今天看来,平常不过的东西,在"凭票供应"的年代,却不是想买就能买到的,哪怕你兜里有的是钱。那时,身为排级军官,月工资52.50元,这与许多工厂工人、企业职工比较起来,算是"高薪"了。因此,第一次探家,但凡能想到,且能批得来、买得到的,我孜孜以求、多多益善。

原以为,能买的都买了,该带的都带了。孰料回到家中,适逢年近七旬的父亲卧病在床。当他老人家有气无力地问道:"桂辉,我想吃水果罐头,你带了没有呀?"我这才后悔,怎么偏偏忘了带几瓶罐头呢。望着父亲期盼的眼神,我赶紧说:"爸,我这就到大队服务社给您买去。""不要去了,在这山沟沟里,哪有罐头等着你去买呀!"听了父亲这话，我抱着碰碰运气的心态，匆匆忙忙向大队部所在地奔去，进了服务社，只见简陋的货架上，商品品种寥寥无几，我迫不及待的问："你好！这里有水果罐头卖吗？"服务社唯一的"服务员"，头摇得更拨浪鼓一样。我很是扫兴、颇为自责地走在回家的路上，心情比压着百多斤的担子还要沉重。

有了这次"教训"，以后每次探家，我都尽量做到早计划、早准备、多打探、多采购。每一次都肩挑手提，唯恐带的东西太少了。印象最深的一次，是1986年春节探家。那时部队已经换装——将65式的解放帽、红五星、红领章，换成85式的大檐帽、领章、肩章。我习惯用左肩膀挑东西，由于担子太重，回到家里，脱下军装时，这才发现，左边肩章上那枚原本略微上突的金属五角星，居然被扁担压平了！

从九江到闽北，探家的担子很沉；从闽北回九江，所带物品同样不轻：笋干、香菇、木耳、墨鱼、紫菜、蛏干等等，所谓的"山珍海味"，装得满满的，唯恐带少了不够分。如此这般，每次探家的感觉是，来也沉甸甸，去也沉甸甸；担子沉甸甸，心情沉甸甸。

不单如此。三四十年前，交通严重滞后。九江是一座具有2200多年历史的文化古城，位于万里长江和五百里鄱阳湖的交汇点上，毗邻湘、鄂、皖三省，号称江西省的"北大门"，可是那时，九江却没有一趟列车可以直达福建，每次往返，都要在南昌站"中转"。头天上午，从九江出发，中午时分到达南昌，先上后下，翻过天桥，出站取票，耐心候车；下午四点多钟，从南昌上车。名曰"快车"，实际不快。一路上，火车喘着粗气哐哐当当，下半夜到达邵武站，在邵武逗留几个小时后，再换车汽车，向建阳县黄坑公社开进。

那时探家，若是只多费些时间倒也罢了，更让人难受的是，很少能买到"座位"，更别想"卧铺"了。常常是在人挤人的车厢里，一站就是好几个小时，只有苦苦挨到了鹰潭站，这才可望找个位子坐下。好多次车厢里座位上坐满了人、过道上塞满了人，弄得虽然带了水，却是一口不敢喝。为什么？没法上厕所，只好"上忍下憋"啰。好在那时年轻体壮，换了现在，真是吃不消、受不了！

记得有年春节赴闽探家后回九江，因买不到车票，在邵武邮局工作的战友马守品，通过关系把我和妻子直接送上"邮车"。"邮车"里，既没灯光，也没广播，火车运行到哪里、停靠多长时间等，全然不知。尽管如此，还是暗自庆幸。孰料，车到鹰潭站，换班时乘务员忘了"交接"，刚接班的乘务员不由分说，把我们赶下"邮车"。昏昏然下车后，这才发现所有车门已经关闭——火车马上要开动了。如果上不了车，"行李"丢失自认倒霉，无法按时归队违反纪律。那天，身高1.68米的我，身上穿着厚厚的军大衣，不知哪来的"勇气"和"本领"，看准一个敞开的窗口，迅捷爬了上去。这时火车已缓缓前进了，在几位热心乘客的帮助下，连拉带拽把妻子弄到车上……

近些年来，我多次陪同妻子前往庐山探亲，"行囊"一次比一次轻。过去那些所谓的山珍海味、土特产品，不要说亲朋好友不希罕了，就连岳父岳母也说，这些东西满街都是，且价格不贵、质量不差，何必大老远的带这带那，多麻烦啊！想想也是，如今不论大城市还是小山村，不管大商场还是小商店，各种商品琳琅满目，应有尽有，不怕买不到，就怕钱不够。带它作甚？现在可以刷卡，或者手机支付，就连钞票都不用带来，带上几件换洗衣物，探家如同出差一般，"说走咱就走"，越来越轻松。

去年底，"武汉——福州"的高铁正式开通了。七月中旬，我们夫妻俩回庐山探亲避暑，从武夷山东站上车，途经江西上饶、婺源、景德镇、鄱阳、都昌五个站，短短两个小时四十分钟，就到达九江站。比较起来，以前探家是"花钱买罪受"。如今探家的心情，恰似"春风得意马蹄疾"。归纳起来两句话：时代的列车快多了，探家的感觉爽多了！

（原载2018年10月15日《中国纪检监察报》副刊）

汤圆中的乡愁

冬至，本是按天文划分的节气之一。可在我的出生地——福建莆田——人们更乐意把冬至当成一个传统的节日来过，对其重视的程度，不亚于新春佳节。一个直观的表现是，临近冬至，但凡离家外出的人们，不论距离远近，都要想方设法赶回家中，与亲人团聚。久而久之，搓汤圆、吃汤圆，便成了莆田独特的冬至节令文化主要内涵之一。

乡愁，就是对家乡眷恋的情感与思绪。眷恋故土，人同此心；怀念家乡，一生一世。尤其是远离故乡的游子、出外打拼的人儿，年复一年，可能会忘掉很多人和事，唯独忘不了对家乡的思与念。

乡愁，虽然看不见摸不着，但却是缠缠绵绵、真真切切的存在。乡愁，既可以依附在某个事件中，也可以寄托在某种实物上。二十世纪六十年代，中共福建省委"开发山区经济、推动山区社会主义建设，解决沿海人多地少、群众生产生活上的困难，并适应今后斗争形势需要"的号召发出后，按照由沿海向山区移民的计划，经当地党政组织发动，莆田县数以万计的人口，有序地向闽北山区农村迁移。1965年，未满12岁的我，随响应政府号召的父母，从福建沿海，移居闽北山区。半个世纪过去了，随着年龄的增长、岁月的流逝，许多往事已日渐模糊，唯独对家乡汤圆记忆犹新。因为，在我的大脑深处，一粒香甜汤圆，一缕缠绵乡愁。

吃汤圆，在当今人们的眼里，是件普普通通、平平常常的事，想吃就吃，爱吃不吃。可是，假如让时光倒流几十年，那情景就大不一样了：许多人，只有在冬至那一天，才能一饱口福，吃到圆滚滚、热乎乎、甜滋滋、香喷喷的汤圆。

冬至，本是按天文划分的节气之一。可在我的出生地——莆田——人们更乐意把冬至当成一个传统的节日来过，对其重视的程度，不亚于新春佳节。一个直观的表现是，临近冬至，但凡离家外出的人们，不论距离远近，都要想方设法赶回家中，与亲人团聚。久而久之，搓汤圆、吃汤圆，便成了莆田独特的冬至节令文化主要内涵之一。

为了过一个"物质加精神"的节日，冬至到来之前，家家户户忙于或舂或磨，备好足够的糯米粉。冬至当天清早，将糯米粉和水揉成团，置于簸箕中央，同时摆上一束红筷子，一排老生姜，经济条件好一些的人家，还要摆上若干个桔子，外加一支用彩色纸剪贴而成的"早春"纸花，俗称"丸子花"。准备就绪，大人先用糯米粉团捏成元宝、银圆等具有象征意义的小"宝物"，而后全家老小一起动手，或实心，或包馅，将糯米团搓成桂圆大小的丸子……待汤圆煮熟后，先捞出三碗，用于祭祖，藉此祈求人丁兴旺、事业发达。

都说，心急吃不成热豆腐。其实，吃汤圆也是这样。用母亲的话说，叫做"爱吃汤圆天不光"。那时年幼，不明就里，以为这是母亲在哄我们。长大后才知道，冬至这天，太阳位于黄经二百七十度，阳光几乎直射南回归线，是北半球一年中白昼最短的一天。想想看，白天短了，夜晚自然就长了嘛。

在莆田，冬至汤圆煮好之后，第一碗捞出来的汤圆，不能马上吃，留着有他用——搁在一边，待凉之后，轻轻地贴在门上或者窗旁，藉此祈求家族团圆、美满、兴旺。这就叫做"贴汤圆"。相传，"贴汤圆"的习俗源于宋朝。当年，莆田山区有位进士，父亲早亡，年迈的母亲，含辛茹苦将他培养成才。他考中进士，当了京官后，因为公务繁忙，三年不曾回乡探亲。但孝心满满的他，每每把薪俸省下一半，叫家丁送回家中。孰料，家丁好酒，且不醉不罢休，醉后把银子丢。因害怕受责罚，谎称悉数送达。家中老母，思儿心切，却多年杳无音讯，便心生误解，一定是儿子"变了心，不认娘。"一年冬至前夕，得知儿子要回家探亲的消息后，耿耿于怀的母亲躲进山中，避而不见。进士不知内情，便到山中寻找。无奈崇山峻岭，恰如大海捞针，始终找不着母亲。眼见寒冬即将来临，进士唯恐母亲在山中挨饿，于是乎，搓了很多汤圆，从自家门口，一路贴到深山老林。母亲饥寒交迫，只得出门寻食。见有贴着的汤圆，便从山里一路走一路吃。不知不觉吃到了自家门口。儿子见到母亲后，当场下跪，一番真情交流，消除彼此误会，母子俩终于再次团圆……

我至今念念不忘的是，汤圆除了好吃，还有别样的情趣、异样的好玩——冬至一大早，翻身起床，洗漱干净，便和长辈们一起围坐在餐桌周围搓汤圆。搓到"尾声"时，父母准许我们兄弟几个，凭借自己的想象，捏若干各自喜欢的动物。于是，我们像玩泥巴一样，乐淘淘地捏几只小狗、小猪、小兔什么的，其实都是"四不像"，而后和汤圆一起放进锅里，煮熟浮起后，捞出滤干水，凉到表面不黏手了，折几段"香脚"或篾条，从后部插进小狗、小猪体内，再逐一插在自家大门门框的缝隙上。

那时，我家居住的是两层连体房，莆田人称之为"集体厝"。墙体是用黄土一层一层"垒"起来的，只有"门框"是用砖头砌的，因为缺钱，不说水泥勾缝，就连白灰也没用上。因而，"门框"上到处都有缝可插。过了两三天，冬至吃的汤圆，早已消化殆尽了，再把门框上的小狗、小猪取下来，放在灶膛里熏烤。烤到表皮发焦了，轻轻吹一吹，随意拍一拍，即可"进口"了。但觉表皮酥酥的，内里糍糍的，吃起来那个香啊……

冬至的汤圆，还可黏上豆粉吃。事前取些黄豆，炒熟磨成粉，拌入一定比例的红糖末，倒进簸箕中。汤圆煮熟后，用笊篱捞起，滤干水倒在豆粉上，端起簸箕，顺时针晃一晃，逆时针晃一晃，原本"裸体"的汤圆，一个个立马披上一件酱红色的"外衣"。这样，即可以一粒一粒夹而食之，也可以用手掌轻轻按压，变成饼状留后食用。外婆最喜欢这样做。

现如今，时代不同了，生活富足了。不论城里，还是乡下，各类商品，应有尽有，琳琅满目。至于汤圆，不管是冬至，抑或是平时，只要你走进超市，纯白的、紫黑的、实心的、包馅的、芝麻的、花生的，不同品种、价廉物美的汤圆应有尽有，任你挑来任你选，自己动手做汤圆的人家，大概已经少之又少了。而我这个当年的少年，已然变成今日的老汉，对汤圆似也失去特殊的兴趣，唯独当年家乡汤圆那香香甜甜的记忆，深深烙在我的脑海里，抹不去，消不掉。因为它，包裹着乡情，夹带着乡愁。

（原载 2016 年 12 月 7 日《上观新闻·朝花时文》）

铁骨忠心谢枋得

谢枋得（1226—1289），字君直，号迭山，信州弋阳（今江西上饶弋阳县）人、南宋末年著名爱国诗人。他的一生，走过了坎坷道路，充满了传奇色彩；他的身上，既有铮铮铁骨，也有赤胆忠心。

谢枋得，学通"六经"、淹贯百家，诗文豪迈、自成一家。他，抱着生是国家人、死是国家鬼的信念，用生命和行动，谱写了一曲爱国的壮丽诗篇。可就是这样一个人，却被战乱逼迫逃到福建，长期流亡在闽北山区建阳一带的荒山野岭之间，一度藏身建阳黄坑镇坳头村境内一块巨石之下避难。前些日子，我回黄坑采风，又一次俯身进入谢枋得的"石屋"。

史料记载，谢枋得自幼由母亲桂氏教养。他天生好学、天性聪颖。《宋史列传》对谢枋得是这样描绘的："为人豪爽，每观书五行俱下，一览终身不忘。"他从小就以"忠义"作为信条。只可惜，忠义之士，生不逢时。宋朝，是民族危机深重的时代。尤其是南宋末期，以理宗为首的南宋封建统治集团，花天酒地、荒淫腐朽。再加上宦官董宋臣和权臣贾似道，居心叵测、祸国殃民，以致南宋的政治，天昏地暗、十分龌龊。

宝佑年间，谢枋得参加进士科考试，与文天祥同科中进士。在考策论时他严厉攻击丞相董槐和宦官董宋臣。原本以为自己能高中进士甲科，结果只中了乙科。被任命为抚州司户参军，他随即放弃而离去。第二年被试任教官，中兼经科，担任建宁府教授。宝佑五年，谢枋得在建宁府主持考试，他以指责贾似道的政事为试卷题目。结果，贾似道以谢枋得犯了处在乡间不守法纪,外加诽谤他人的罪行,追夺了谢枋得的两个官职,贬到兴国军。

咸淳三年(1267),朝廷赦免谢枋得,允准回居乡里,应吴潜征辟,组织民兵抗元。公元1276年正月,元军进攻宋朝江东地区。谢枋得亲自率兵与元军展开血战,终因孤军无援而失败。三月,元军占领南宋首都临安,并将宋恭宗、太后全氏、太皇太后谢氏俘往元朝上都,谢氏曾寄诏书命令南宋臣民降元。爱国的谢枋得,坚决拒绝降元。五月,南宋景炎帝即位,谢枋得被任江东制置使。于是,他再次招集义兵,继续进行抗元斗争,但终因寡不敌众而失败。由于元军的追捕,他被迫逃亡福建,隐遁于"唐石"——黄坑坳头村境内深山老林中的一块巨石之下多年,消灾避难、伺机再起。

黄坑镇,史称"唐石里"。据《建阳县志》记载,"唐石里"之名的由来,与该镇坳头一块神奇的大石头密不可分。这块巨石,位于坳头村泥洋一山涧边。呈长方形,长约15米,宽约10米,平整如截,下面有三块石头,形成三角支点,稳稳当当地支撑着这块巨石,使之成为一个天造地设的天然石屋,足可容纳数十人。只是"屋顶"不平,"层高"不一。高处,人可以直立行走;低处,须低头弯腰通过。

当年,我在建阳宣传部工作时,曾两次进入那块巨石下。这次到坳头,我怀着崇敬的心情,在几位朋友的陪同下,换乘皮卡车,从坳头村村部,朝着泥洋方向,下行七千多米弯弯曲曲的"机耕道",专程再去造访谢枋得的"故居",又一次俯身进入其中的那一刻,我在心里说:这不是向大石头弯腰,而是给谢枋得鞠躬!山雨欲来,乌云密布。举目望去,四周山高林深,似拥若抱,是理想的避乱之所。随行者中,有人感叹:山青青,水潺潺;石当房,地当床,既可避难,又能养身,谢枋得真有眼光呀。我却有不同看法:崇山峻岭、黑灯瞎火,人迹罕至、蛇兽出没,若非迫不得已,谁愿意孤家寡人,年复一年在这里担惊受怕?!

虽然,谢枋得深山避难,完全是无奈选择,但忧国忧民的他,并非心灰意冷,而是关注时势,希望有朝一日东山再起。祥兴二年(1279),文天祥兵败被捕,陆秀夫被幼帝蹈海,张世杰投海殉国,南宋由此灭亡。

噩耗传来，谢枋得悲痛欲绝。后来，谢枋得移居建阳莒口云谷山茶阪，寻找精神上的寄托。再后来，谢枋得辗转来到建阳朝天桥（今水南桥）桥亭为人占卜为生。但凡前来占卜的人，他只收米和鞋，始终谢绝收钱。后来，加深了认识，许多人便请他到家中，给自己的孩子讲学。

至今，建阳城里水南大桥南端西侧，紧靠桥南小学围墙外，还面东竖着一块建阳市人民政府一九九六年四月所立的石碑。那天早上，骄阳初升，我特意徒步来到水南桥头，但见在绿篱之间，一块约1米多高的石碑，中央刻有"宋处士谢迭山先生卖卜处"十一个行书大字。卖卜，指的是以占卜算命为职业谋生的人。而"处士"，是古时候称有德才而隐居不愿做官的人。建阳人民对谢枋得的缅怀与念想之情，由此可见一斑。

话说回头。元朝统一中国后，便开始寻找拉拢汉族士大夫。至元二十三年（1286），谢枋得避难建阳的行踪被元统治者所发现。由于他的文名和威望，集贤学士程文海向元朝推荐南宋旧臣二十二人，把谢枋得排在第一位，他推而辞之；至元二十五年（1288），尚书留梦炎推荐谢枋得，谢枋得在《却聘书》中，义正词严地说："人莫不有一死，或重于泰山，或轻于鸿毛，若逼我降元，我必慷慨赴死，决不失志。"这年冬天，福建行省参政魏天佑奉元帝之命，且为了邀功请赏，设下圈套，将谢枋得拘捕，强迫他北上大都（今北京市）。谢枋得怒不可遏地骂道："魏天佑在福建做官，丝毫没有推广仁义道德的意思，相反，还大兴炼银来残害百姓，难道想要我辈来为他做好看的装饰吗？"在告别流亡十二年的建阳时，形容枯瘦、精神抖擞的谢枋得肃然挥笔，写下《北行别人》一诗，诗中写道："义高便觉生堪舍，礼重方知死甚轻。"

谢枋得从出发北上那天起，就开始绝食。到了大都之后，尚书留梦炎下令把他安排到悯忠寺休养。谢枋得所住的那间屋子中，墙上有一块纪念曹娥的碑。谢枋得读后，痛哭道："一个年轻的女子，尚能为父尽孝，我怎能不为国殉难呢？"从此，滴水不进，彻底绝食。5天后，大义凛然、六十有四的谢枋得，以死殉国，至死未降，真乃"宁为宋朝鬼，不做元朝臣"。

明景泰七年（1456）九月，谢枋得与文天祥同受赐谥。天祥赐忠烈，枋得赐文节。后来，人们在北京法源寺后街、江西会馆谢枋得殉难处建祠，现今院内还有二层小楼一座，原供谢迭山和文天祥像，为宣武区重点文物保护单位。谢枋得是值得后人崇敬与怀念的。他，不单是非分明、"从道不从君"——当皇帝代表民族和国家利益时，他才报以无限的忠诚，而且宁死不屈、初心不改。史料记载，元朝先后曾五次派人前来诱降，都被谢枋得严词拒绝。我想，这样一位铁骨忠心的爱国先贤，是很值得后人深深怀想、默默敬仰的。

（原载2017年9月26日香港《文汇报》）

"述古亭"中忆陈襄

述古亭,位于浙江省台州市仙居县白塔镇国家"5A级"景区——"神仙居"上。神仙居景区,是近年来国内诸多风景名胜区中的"后起之秀",兼具人文的幽深与自然的神奇,有"仙人居住的地方"之传说。神仙居最高海拔不过千余米,却是云遮雾绕,犹抱琵琶,清幽与静谧兼备,神秘与奇特共存。

十月中旬的一天上午,我们8人行"旅游组",早早从下榻的仙居县"小山村农家乐客栈"出发,驱车直奔神仙居北门。买好索道门票后,缆车载着我们,经由长度短、坡度大的北海索道,向上缓慢移动。踏上峰巅,放眼望去,千峰万壑、千姿百态,恰似一幅幅大写意的水墨画,整个风景区,俨如一本浓墨重彩的画册,展现在八方游客的眼前。置身其中,顿生一种"画中游"的愉悦之感。

神仙居上的步道,多为飞架于数百米高悬崖"腰背间"的栈道。游客中,有"恐高"者,战战兢兢、望而却步。最让人唏嘘惊叹的,是那些或近或远、或奇或怪的悬崖峭峰——"菩提道"上,天然生成的如来佛,神形兼备、祥和庄严;"无为道"上,天姥峰兀自挺立,印证了李白《梦游天姥吟留别》中的:"天姥连天向天横,势拔五岳掩赤城"的雄伟气概……。漫步在这些奇峰断崖之间,不得不惊叹大自然的鬼斧神工。而更为神奇的,当属"犁冲夕照"的观音岩,海拔919米、岩高200多米,一峰独秀,宛如一尊双手合十、端坐在莲花宝座上的观音,活灵活现,亦真亦幻。因而,成为神仙居当之无愧的标志。

神仙居是世界上规模最大的火山流纹岩地貌典型,景观丰富而集中。

平坦如砥的栈道，宛如一条轻柔的飘带，把整个景区串联起来。行走在栈道上，十里幽谷，移步换景；万丈悬崖，有惊无险。最让我感动的，是沿途树木身上的"绳圈"——在景区范围内，但凡步道当中或者路旁，游客触手可及的树木，不分是何树种，不论是大是小，全都用小指一般粗的麻绳，细心的、平整的从底部一圈一圈缠绕至近两米高的部位。民谚曰，麻绳见水，活人见鬼。意思是说，麻绳遇水后更结实。保护景区树木，用心如此良苦，此前并不多见。

神仙居上，亭子不多。给我印象较深的有"述古亭""微信亭""九思亭"等。后者是为纪念元朝仙居卓越的书画家、鉴定家、诗人柯九思修建的；前者则是为怀念北宋理学家陈襄而建的，既不是六角亭，也不是圆形亭，而是一座造型独特、与众不同的"连体亭"。亭子前方一侧有块用中、英、日、韩四种文字表述的"简介牌"，其中最后一句是："曾为仙居县令，首播文教，着《劝学文》，影响仙居后世。"大抵是基于保护自然风光的缘故，开发管理部门没在景区为陈襄树碑立像。当我们来到述古亭时，虽然面积不大的亭子里面，已有十多位游客正在小憩，我还是移步其中、坐了下来，触景生情、穿越时空，默默然"追忆"陈襄这位诞生于整整1000年前的先贤。

陈襄（1017—1080），字述古，因居古灵，故号古灵先生；侯官（今福建省福州市）人，从小于村中拜老儒为师；18岁进福州城读书，与陈烈、周希孟、郑穆结为密友，并称"海滨四先生"。进士及第后的陈襄，系仁宗、神宗时期名臣。他不但是福建老乡，而且在闽北任过职。庆历二年（1042），曾任浦城县（今福建省南平市所辖）主簿，代理县令。浦城位于福建省最北端、闽浙赣三省交界处，是福建的"北大门"，自古为中原入闽第一关。当年，浦城多有显贵家族，失窃现象时有发生。一次，有百姓报案财物被盗，捕役抓到几名嫌疑人。陈襄对他们说：有座庙钟能分辨盗贼，小偷触摸时，钟就会发出响声；若不是小偷，钟就没有声音。于是派吏卒押着嫌疑人先行，自己却率领官府中其他官员到庙中祭祷，暗中在钟上涂满墨汁，再用幕帘遮住后，命嫌疑人一一上前摸钟。众人绕钟一圈出来，只一人手上没有墨汁，"扣之，乃为盗者；

盖畏钟有声，故不敢触，遂服罪。"从这个令人拍案叫绝的案例中，不难看出陈襄断案的良苦用心与超凡智慧。

陈襄之所以青史留名，得益于他为官清廉、为民所谋。比如，皇佑三年（1051），陈襄入京任秘书省著作郎，后又外任孟州（今河南孟县）河阳令。得知当地人没有种水稻的经验，陈襄便"割田二百亩"，作为示范田，教民种水稻。又如，嘉佑六年（1061），陈襄出知常州，发动民众开渠引水，使二百里土地受益。再如，熙宁七年（1074），陈襄复知陈州，修"八字沟"，排除城中水潦灾害。

都说，事不过三。陈襄出以公心，在知谏院期间，先后五次上疏，论"青苗法"之害，请求罢免王安石、吕惠卿。神宗虽不采纳，却器重其文才，召试知制诰。陈襄以"言不见听，辞不应试"。翌年，任知制诰，入直学士院。陈襄一生，在多个岗位上任职。说明他经验丰富，才智不凡。熙宁九年（1076），陈襄被召入京，为枢密院直学士，知通进银台司，提举进奏院，后又兼侍读，提举司天监。元丰二年（1079），兼管尚书都省事。

陈襄身上的可贵之处，还在于重视发展教育事业。"襄莅官所至，必务兴学校。"单是在浦城，就建学舍三百楹，并亲临讲课，求学者数百人。熙宁四年（1071），陈襄出知陈州（今河南淮阳），修建范仲淹拟修的学舍，与诸生讲《中庸》。除此之外，陈襄公正廉明、公心耿耿，识人善荐、当好伯乐。在经筵时，受神宗信任，曾举荐司马光、韩维、吕公着、苏颂、范纯仁、苏轼、曾巩、程颢、张载、苏辙、郑侠等33位重臣、名士。经他所荐之人，后来除了林希，皆成硕学名臣……。元丰三年三月三十一日，陈襄病卒于开封。宋廷追赠给事中，谥"忠文"；葬于江苏省常州宜兴县永定乡蒋山之原。陈襄一生着有《古灵先生文集》25卷，另有《易讲义》、《中庸讲义》传世。

述古亭中，八方游客，进进出出。有的儒雅，有的粗俗。我忽地想起"儒者"这个称谓。就陈襄而论，单是一个"儒者"，尚不足以概括其人全貌。孔子说："行己有耻，使于四方不辱君命，可谓士矣。"从这句话分析，"士"包含三层含义。首先，从身份看，"士"是官吏；

其次，在思想上，"士"要"行己有耻"，就是要以道德上的羞耻心来规范自己的行为；再次，"士"应该"使于四方不辱君命"。即，要求在才能上能完成国君所交给的任务。按照孔子对"士"的定义，陈襄当可称为"儒者"的典范。

这天下午，还得赶路。因此，我们走马观花一般，游完神仙居"西罨慈帆、画屏烟云、佛海梵音、千崖滴翠、犁冲夕照、风摇春浪、天书蝌蚪、淡竹听泉"等八大景观，从南天门下山后，这次旅游就算划上了句号。可是，迄今为止，每每回忆起来，述古亭与陈襄，却时不时在我眼前浮现。

（原载 2017 年 11 月 7 日香港《文汇报》）

"笃学清正"卢家元

卢家元（？—1835），字世美，号畏垒，清代福建南平人，出身于贫寒农家，兄弟四人，他排老二，靠耕田养家。卢家元聪明善学，自学成才。清乾隆四十四年（1779）中举人，历任黄安、云梦、来凤、利川、遂安知县，调补宜昌分府。

卢家元官职不大，名气不小，而且是才气加正气。古语有云："三年清知府，十万雪花银。"可是，居官"勤慎清廉，邑人颂之"的卢家元，却"家无中人之产"。在延平区茫荡镇宝珠村的卢氏宗祠殿前，至今还高悬着一块"笃学清正"的牌匾，纪念清道光年间官至宜昌分府知府的卢家元。

山不在高，有仙则名。素有"高山明珠""文化名村"之称的宝珠村，位于国家级自然保护区福建省南平市茫荡山风景区西侧，海拔800多米。村中虽然没有神仙，但却早已名声在外。2002至2012年，我在南平市直机关工作期间，或是参加会议，或因另有公干，曾经多次到过、住过宝珠村，给我留下了深刻的印象。

不久前的一天，我借回南平之机，再次来到宝珠村。虽说是"故地重游"，却也有"意外收获"——和着新农村建设的节拍，这个小山村的村容村貌，业已发生不小变化。短短半天踏访，我对宝珠村，有了一些新印象。原来，这里既有独具特色的自然景观，更有令人赞叹的人文底蕴。这是我以前不曾留心的。

宝珠村为卢氏聚居地，卢家元就出生在这山高皇帝远的地方。在该村所辖范围内，有乔木、灌木混生的原始次生林3万余亩；珍稀野生动植物资源、旅游观光资源颇为丰富。有数据表明，中国的古廊桥，主要分布在闽浙赣交界一带山区，至今保存完好者，已为数不多。而宝珠村现存的就有三座。它们是：三峰桥、凌云桥、接龙桥。央视《走遍中国》节目，曾经播放介绍过这几座至今保留完好的古廊桥。除了古廊桥，村内还有临水宫、越玉亭、赏桂轩、玉带湖、天外天、森林浴等等多处名胜古迹、人文景观。是名副其实的天然大氧吧，探访名胜、休闲避暑的好去处。

宝珠村，全村不到200户。堪称村子不大，历史不短；人口不多，名人不少。据《南平宝珠山卢氏家谱》记载，唐僖宗光启元年（885），河北涿州人、车骑将军卢珙随王潮、王审知率光州、寿州部队自河南入闽，因功封镇闽将军，居闽县（今福州）。闽天德三年（945），南唐灭闽，卢珙裔孙卢甲元迁居宝珠，并在这里繁衍生息、代代相传，迄今已有千年历史。因而，有人提出"先宝珠，后延平"的见解，认为这个村的历史比南平市还长。

民谚曰，十年树木，百年树人。宝珠村自古重视教育，耕读兼顾，人才辈出。自南宋末年卢济仁从宝珠考上进士后，先后出过进士、举人200余人，官职最高的，当属明代尚书卢仲春；还有知府、知县、中书等。而当代宝珠村培养的博士、硕士、教授、高级经济师等近300人，不愧是底蕴深厚的"文化名村"、不可多得的"风水宝地"。而在宝珠村诸多历代名人中，笃学清正的卢家元，更是令我自叹不如、由衷敬佩。

卢家元，"兄弟4人，三人均力耕，家元日俟兄弟往田，始抱书于乡中凌云洞苦读。"清乾隆四十四年（1779）中举人，乾隆六十年（1795），卢家元进京参加会试，被大挑一等分配到湖北任试用知县。因其政绩显著，嘉庆三年（1798）调升知县，历任黄安、云梦、来凤、利川、遂安知县，后又调升宜昌分府。下济苍生——让百姓安居乐业——是卢家元从政的奋斗方向、追求的终极目标。正因此，他深得百姓称颂。

卢家元才气横溢、正气凛然。他居官勤慎清廉，生平以名臣自许。道光八年（1828），湖北举行乡试，卢家元被选任为同考试官（相当于明清的副主考）。之后，被委派监督兴修黄河防汛工程。他以年过花甲之躯,多次带领下属实地勘察,认真审定施工方案,并亲自深入筑堤工地现场,督促工期进展和工程质量,全身心投入到工程建设中。在他精心监管、用心敦促下修筑而成的防洪大堤,质量良好,十分坚固不说,还节省白银几万两。有同事得知他家生活清苦,劝他把这些银子寄回家去,卢家元坚称:"既给月俸,则所余者系国家之物,概解大吏。"遂解缴余金巨万,不料为上司瓜分。道光九年(1829),一身正气的他,三上万言书,举告上司、抨击时弊、慷慨陈词、怒斥贪腐。

位卑未敢忘忧国。卢家元此举,原本是难能可贵的。不料却被朝廷以"位卑言高"为由,革职问罪,贬之出关——谪戍乌鲁木齐。道光十一年(1831),家元座师、大学士朱珪病重,极力推荐,言简意赅:"可惜一御史才谪戍边疆。"道光十三年(1833),道光帝下诏特赦卢家元"位卑言高"之罪,并晋升其为宜昌知府。就在卢家元准备赴任之际,其爱子勉卿不幸去世。卢家元悲痛不已,于是辞官还乡。都说"三年清知府,十万雪花银",可卢家元却是"家无中人之产"。为了生活和传授,他在龙溪、建瓯书院讲学,直到道光十五年(1835)病逝。

位卑言高,指职位低的人议论职位高的人主持的政务。《孟子·万章下》:"位卑而言高,罪也。"卢家元为官期间,笔耕不辍、业余创作。在知县任上,着有《畏垒集疑》(存于家中,未曾付梓);在宜昌府署着有《学庸集疑》《会源绪言》。他的才华,早被被大学士朱珪所赏识。凡此种种,足以证明他是一个学富五车的"文官",不可能不知道位卑言高也是罪的"古训"。他之所以要一而再再而三地向朝廷上书,不是有意犯上,而是有心抗腐。折射出的是,无私无畏的气节、忧国忧民的情怀。

卢家元的一生,从农夫到官员,虽然身份发生了变化,可心灵深处的平民情结却不曾消失。正因此,他为官清正,居安思危,以贫为乐。这一点,从宝珠村现存的、大厅正面悬挂着卢先生画像的卢家元故居——别驾第——可见一斑。别驾又称通判、五品官。因其地位较高,出巡时不与刺史同车,别乘一车而名之。顾名思义,别驾无论哪方面,都应当有别于人。可是卢家元"别驾第",却是一座极为平常的民居,既逼仄,又简陋，算得上是他从政几十年留给后代的一张物化名片。

有道是，"政声人去后"。古往今来，大量事实表明，"民心是杆秤"。卢氏后人为纪念和传颂卢家元，在始建于清康熙三年（1665）的宝珠村"卢氏宗祠"殿堂上，高悬一块"笃学清正"的牌匾。笃学，所指是专心好学的意思。语出《论语·泰伯》："笃信好学，守死善道。"纵观古今，矢志笃学不易，为官清正更难。卢家元都做到了，委实难能可贵。正所谓，金杯银杯不如老百姓的口碑，金奖银奖不如老百姓的夸奖。注视着这块高悬的牌匾，我心里在想：这是众望所归，这是民心所向。对卢家元来说，既是恰如其分的赞誉，更是受之无愧的褒奖。

（原载 2017 年 12 月 30 日香港《文汇报》）

登临"二七纪念塔"

二七纪念塔,位于郑州市二七广场,全称"郑州二七大罢工纪念塔",是专门为纪念发生于1923年2月7日的"二七大罢工"而修建的。

丁酉之夏,应邀前往河南新乡参加一个大型采风活动。活动结束后,我没有选择去其他景区游览,而是直奔河南省会郑州。主要目的,就是想去看看二七纪念塔。说来也巧,女儿在网上为我们预定的宾馆,就在郑州火车站北侧,离二七纪念塔约1公里左右。抵达郑州的当晚,我和夫人办理好住店手续,便迫不及待的前去二七广场。已是晚上九点多钟,纪念塔早已闭门谢客了。偌大的广场,灯火通明、游人如织。我们逗留了半个多小时,从不同角度、不同距离,拍了几张纪念塔照片,步行返回宾馆。

次日中午,我们再次来到二七广场,出示了个人身份证,免费进入塔内参观。钢筋混凝土结构的二七纪念塔,建于1971年,塔身是中国建筑独特的仿古连体双塔;塔高63米,共14层。其中,基座3层、塔身11层。步入其中,最先进入视线的是,圆形大柱上竖排版"全世界无产者联合起来"几个行草红底金字。塔内逐层设有10个展厅,主要陈列展示京汉铁路工人大罢工的历史及起因、经过和结果。展品有实物、图片和文字资料等。2006年,被列为全国重点文物保护单位,成为"最年轻"的全国重点文物保护单位。我猜想,当年只有35岁的二七纪念塔,所以能够跻身全国重点文保单位,除了设计考究、独具特色,大概还与她的特殊用途——纪念京汉铁路工人大罢工——不无关系。

二七纪念塔，现更名为"二七纪念馆"。塔式新颖、独特，每层顶角为仿古挑角飞檐，绿色琉璃瓦覆顶，显得雄伟壮观，极具中国民族建筑特色。塔顶建有钟楼，六面直径2.7米的大钟，整点报时并演奏《东方红》乐曲。钟楼上高矗着一枚红五星。塔平面，为东西相连的两个五边形，从东西方向看为单塔，从南北方向看是双塔。步入其中，这才发现，塔内自下而上，分别设有"序厅"；京汉铁路的修建与早期工人运动；京汉铁路总工会的成立；京汉铁路工人大罢工；工人运动的恢复和再遭摧残；永恒的纪念；二七塔今昔；城市记忆；继往开来等展厅。既是爱国主义教育基地，也是国内外游客必游之地，还是郑州市名副其实的标志性建筑。"没到'二七塔'，就等于没到过郑州。"这句话，在郑州市几乎家喻户晓。

走进二七纪念塔，站在图文并茂的展板前，仿佛穿越时空隧道，把我带到85年前——1923年2月1日，京汉铁路各站工会代表，在郑州召开总工会成立大会。直系军阀吴佩孚闻风丧胆，撕去"保护劳工"的假面具后，非但命令军警用武力加以阻挠和破坏，而且封闭总工会会所。总工会随即组织全路两万工人举行总同盟罢工，并将总工会移至武汉江岸办公。2月4日总罢工开始，全线所有客货车一律停开，长达千余公里的京汉线陷于瘫痪。京汉铁路总工会江岸分会委员长、共产党员林祥谦，纠察队长、共产党员曾玉良，英勇无畏、大义凛然领导工人粉碎了军阀破坏罢工的阴谋。

哪里有压迫，哪里就有反抗。2月6日，湖北工团联合会和京汉铁路总工会法律顾问、共产党员施洋，发动武汉各工团代表两千余人赴江岸慰问，并和铁路工人万余人举行集会，高呼口号，游行示威。北洋军阀与美英等帝国主义国家加紧勾结。2月7日，曹锟、吴佩孚等派大批军警分别在长辛店、郑州和武汉江岸等处进行血腥镇压，工人被杀四十多人，受伤两百多人，被捕六十多人，遭开除一千多人。林祥谦、施洋及京汉铁路总工会委员长、共产党员史文彬等均被逮捕。林祥谦宁死不屈，在敌人屠刀前，拒绝下令复工，慷慨就义，年仅31岁；施洋也在武昌被杀害。这次惨案，一方面，暴露了军阀的丑陋嘴脸和残暴本性；另一方面，则彰显了中国工人阶级的革命坚定性和组织纪律性。

参观过程中，我留心到，不同主题的展厅，其内部布置和展览内容也各不相同。在"继往开来"展厅里，陈列着毛泽东、朱德、江泽民、邓小平、李先念、叶剑英、董必武、陈云等多位党和国家领导人的题词，而何香凝老人为纪念"二·七"大罢工领导人之一、中国工人阶级的杰出代表和中国工人运动的先驱者——林祥谦烈士所画的梅花，独具风格，分外醒目。

在"二七塔今昔"展厅里，陈设有最早的木塔模型，下粗上尖，远看像一枚立着的"子弹"。塔身上有"世界人民大团结万岁"九个浮雕大字；还有二十世纪二十年代郑州火车站的图片，以及《追悼"二七"死难同志》歌曲影印件等。依稀记得，半个多世纪前，我读小学时，就曾读过林祥谦与二七大罢工的相关文章，但这首歌却不曾听过。虽然没有词曲作者的姓名，我还是认认真真的把歌词抄了下来："你们为了战斗而牺牲了，开劳动阶级斗争第一幕！你们将你们一切的交与国民了，生命幸福和自由！你们长眠在地狱的坟墓中了，万恶的军阀和帝国主义！我们踏着这条血路前进，继你们的志以慰你们。"塔内展厅里，还陈列着一些百年前的实物。如，"山"字形的"三头汽笛"；四方形的"信号灯"；"T"字形的"水泵芯"等。它们虽然都静静地安卧在展柜内，但在我看来，此时无声胜有声——它们似在默默诉说着那个时代中国积贫积弱的落后景象。

那天，虽然热气袭人，且又临近中午，六十有四的我，还是坚持拾级而上，一个展厅一个展厅的参观。最后，我来到纪念塔顶层观光。为了确保人身安全，观光厅四周是密封玻璃墙。我怀着既沉重又释然的心情，放眼远眺，俯瞰周遭，但见高楼林立、宏伟壮观；东西南北，几条宽敞的道路，人流如潮、车水马龙，一派繁荣景象；开阔的广场上，除了匆匆过客，不时有人驻足，或拍照，或注视。触景生情，不由得想起中国铁路的发展史——始建于清朝末年的中国铁路，经过一个多世纪的建设和发展，现已拥有全世界最大规模以及最高运营速度的高速铁路网。有资料表明，2016年中国高铁运营里程超过2.2万公里，占全球高铁运营里程的65%，稳居世界高铁里程榜首。高铁，给中国人民生活、经济发展等带来的便捷与改变是有目共睹的。

郑州，是京汉铁路工人运动的中心和策源地之一，京汉铁路总工会曾两度设立在郑州。立身于"二七"烈士殉难地的二七纪念塔，作为全国爱国主义教育基地，正发挥着弘扬红色文化、传承革命精神的作用。登临纪念塔顶层的那一刻，京汉铁路工人当年传唱的歌谣："成年累月做马牛，吃喝如猪穿如柳；军阀刀鞭沾满血，工人何时能出头！"若隐若现，在耳边响起。今非昔比，不论是铁路工人，抑或是其他工人，既是国家的主人翁，也是建设的主力军。不仅当家又作主，而且创造着未来。我想，假如林祥谦等壮烈牺牲的工人领袖，以及在"二七大罢工"中牺牲的普通工人等前辈，得知这些，一定会含笑九泉的。

（原载2018年2月3日香港《文汇报》）

年货记忆

小年的头天晚上,在厦门金帝中洲滨海城女儿、女婿新家吃过晚饭,刚收拾完毕,老伴就一本正经地建议:明天开车出去厦门岛内买年货。听了这话,女儿笑着说:都什么年代了,物产丰富,市场繁荣,东西随时都有的买,何必急着买年货呀。女儿话音刚落,我也"帮腔"几句:如今好日子,天天都过年。很多东西,以前有钱买不到,而今就怕没有钱。话虽这么说,可还是勾起我对年货的丝丝记忆……

年货,顾名思义,就是在过年之前,慷慨解囊、想方设法购买的某些平常时候买不到、难得买的物品。我理解,但凡与过年有关的物品,都可以称之为年货,或者说都算是年货。

年货如同社会,也在"与时俱进"。五六十年前,年货很简单。记忆中,小时候在出生地莆田,每到春节前,父母除了为我们兄弟几个做一身廉价新衣、买一双便宜新鞋,便是想方设法,准备若干黄豆、糯米、红糖等,以便做豆腐、包红团。父母可谓"心灵手巧"。就拿做豆腐来说,黄豆浸泡一个晚上后,父亲扶住"丁"字形磨推子,双手一屈一伸,持续推磨;母亲不时往转动的磨盘"洞眼"里添加豆子。当经过浸泡的黄豆磨成液态粉浆后,吊上一个约80厘米的木质十字架,用密度较大的白色纱布与之紧接,形成柔软"过滤包",把粉浆倒入"包"中,连摇带晃,进行过滤,使豆渣和浆汁分离。尔后,把浆汁倒进大锅里。父亲在灶下续火,母亲在灶上操作,我们在一旁观看。当浆汁猛火烧开后,"停火"一段时间。随着温度下降,锅里烧开的豆浆表面开始结皮,结到有点皱褶时,母亲先是用嘴吹一吹,继而以拇指、食指、中指三指配合,在皮面上轻轻"捉拿"一下,如果皮不破裂,说明厚度适中,便用一支筷子,从皮下穿过,把整张皮从锅里提起来,插到一边晾干后,就成了"豆腐皮",留着正月里来了客人"煮点心"用。"提取"过几张"豆腐皮",便将豆浆从锅里舀到缸里,稍微凉一凉,点上适量卤水。只见母亲一边小心翼翼点卤水,一边用水瓢轻轻搅动。同时,睁大眼睛观察豆浆的变化。当豆浆变"脑",生成一朵一朵豆腐花,与清水"互不兼容"时,在桌上摆好压豆腐的正方形木框、铺上洗净打湿的布块,将豆腐花舀到木框里,水会往下流出来,而豆腐花则沉积其中,待水流的差不多了,将布块平平包住,先压上一块与木框内径相同的木板,再加压几块石头。等到没水流出来了,揭开木板和布包,用刀切割成块状或片状,又白又嫩的豆腐就做成了。做好的豆腐,根据需要,或炸或煎,或炖或煮,悉听尊便……

　　除了这些,临近年边,父母还得七拼八凑一点钱,买上一两斤猪肉,有时还会买点带鱼之类,就可以高高兴兴、团团圆圆过大年了。

　　那时,国家物产匮乏,我家极度贫困。别说山珍海味,即便今天看来,十分普通的水果,也可望不可即。我是12岁那年,跟随响应政府号召的父母移民闽北山区建阳的。依稀记得,在莆田时,有一年春节,按莆田的风俗习惯,正月初一我们优哉游哉、又蹦又跳出门"游春"。当我和两个双胞胎弟弟来到同村一个少年朋友家中时,但见他家厅堂正中一张"八仙桌"上,摆满了各种各样的"供品"。记忆犹新、没齿难忘的是,其中一盘金黄金黄的橘子,不单吸引眼球,而且令人垂涎。我担心弟弟嘴馋,让人笑话,不敢多做停留,借口要去其他朋友家串门,拽住两个弟弟的手,赶紧从他家厅堂退了出去。其实,我自己嘴里也溢满了口水……

　　在与父母一起生活的日子里,我不曾买过任何年货。我第一次买年货,是40年前的事。1977年6月,我由连队文书提拔为排级军官。1978年春节前夕,分得几张购买年货的票证。当年,商品供应极度匮乏,国家为了保障供需平衡,对城乡居民的生活必需品,实行计划供应——按人口定量发行粮票、布票、油票、鱼票、肉票、糖票等专用购买凭证,这些凭证通称为"票证"。任何公民,没有相关票证,就算你有钱,啥也买不到。那时的我，虽然是个快乐的单身汉，但还是很珍惜这些定量供应的年货票证。

当我按照票证上指定的日期，从九江市大校场营区来到九江军分区"军人服务社"时，出现在眼前的是一大群排队购买年货的军人或家属。凭票供应的年货，从品种到数量都不多。记得其中有两瓶四特酒、几包大前门香烟、一斤白砂糖，外加几两黄花菜、金钱菇等。参军入伍前，我在闽北山区生活了几年，上山采过香菇，质量好的香菇，"脚"短而"肉"厚。可是，当时供应的金钱菇，直径及厚度，都与当下流通的一元硬币差不多，而"脚"却细长细长的。看到这样的金钱菇，我嘴上没说什么，心理却在嘀咕：这样的香菇，能有多"香"？！

后来，我成了家。平常时候，采买之类的事，多由妻子负责。不过，每逢春节，我也少不了为年货发愁——不是兜里没钱，而是物品匮乏，就连一些今天看来，十分普通、很是平常的食品，在当年，也不是想买就能买到的。

1990年初，我和妻子同时从江西九江调回福建建阳工作。那时，票证时代虽然结束了，但物产还不够丰富。因为临近春节，考虑到储存"年货"需要，一台于1987年底用我转业费购买的、售价1660元的旧冰箱，也舍不得送人，而是千里迢迢，随车运回福建。晚上八九点钟到了建阳，刚刚住进战友老吕帮助在建阳军分区大院内租到的房子，顾不上整理房间及其他家务，第二天上午第一件"大事"，就是夫妻双双走上街头，多多益善购买年货——从冰冻鸡、冰冻鸭，到冰冻墨鱼、冰冻猪蹄等，买了不老少，把整个冰箱塞得满满的。似乎这样，心里才踏实，才算是丰盛。

时代不同了，经济发展了。随着国家步入初步小康社会，城乡居民物质生活水平不断提升，一个最为直观的现象，就是从城市到乡村，从平时到年节，各类商品，应有尽有，琳琅满目，任意挑选。不论是官是民，只要不差钱，除了法律禁止的，比如国家保护的野生动物之类，想买什么，就买什么，要买多少，就买多少。不仅如此，消费者真正成了"上帝"，春夏秋冬，逢年过节，不怕买不到东西，就怕你不想买呢。

（原载2018年2月21日《朝花时文》、2月24日香港《文汇报》副刊）

左宗棠与福州船政

1月27日,"中国工业遗产保护名录"发布会,在中国科技会堂举行。福州船政,入选中国工业遗产保护名录(第一批)名单。"吃水不忘挖井人"。身为福建人,得知这一消息,我立马想起福州船政的奠基人——左宗棠。

在中国近代历史上,福州船政知名度很大、影响力不小。上周,我到福州办事,特意冒雨赶到福州市马尾区昭忠路马限山东麓,前去参观中国船政文化博物馆。但见正面造型为两艘乘风破浪的战舰、建筑面积4100平方米的船政博物馆,创意新颖、气势磅礴,颇具现代建筑风格,是中国首个以船政为主题的博物馆。整个博物馆依山而建、楼高五层。我们自下而上,一层一层参观。第一层为序厅,以浮雕和圆雕组合,展示船政总体概况;第二层为"船政概览",图文并茂的展板,以洋务运动兴起为背景,着重介绍左宗棠、沈葆桢创立船政之功,集中反映船政之最;三至五层,分别是船政教育厅、船政工业与科技、海军根基厅等。博物馆内有大量珍贵文物、图片和模型。如,中国第一艘军舰"扬武号"模型,中国第一架水上飞机模型等。在参观过程中,身边有人啧啧赞叹:这些模型十分逼真,简直就是古迹,就是历史再现,给人一种穿越时空的感觉。参观了船政文化博物馆,一股对"船政元老"左宗棠的崇敬之情,油然而生、经久不散。

左宗棠(1812—1885),字季高,湖南湘阴人(今湖南湘阴县界头铺镇),是我国近代杰出的政治家、军事家、思想家,同时也是一位活在半封建半殖民地时代中国而不奴颜媚骨、敢于抵御外侮的杰出爱国者。

左宗棠年轻时，即注重经世致用之学，后成为清朝后期著名大臣。他的一生经历了湘军平定太平天国运动、洋务运动、平叛陕甘同治回变和收复新疆等重要历史事件，在中国近代史上写下了浓墨重彩的一笔。审视左宗棠的一生，他不愧为中国近代化的先驱者、近代中国国家主权完整的捍卫者、中国优秀传统文化的发展者、传承者。

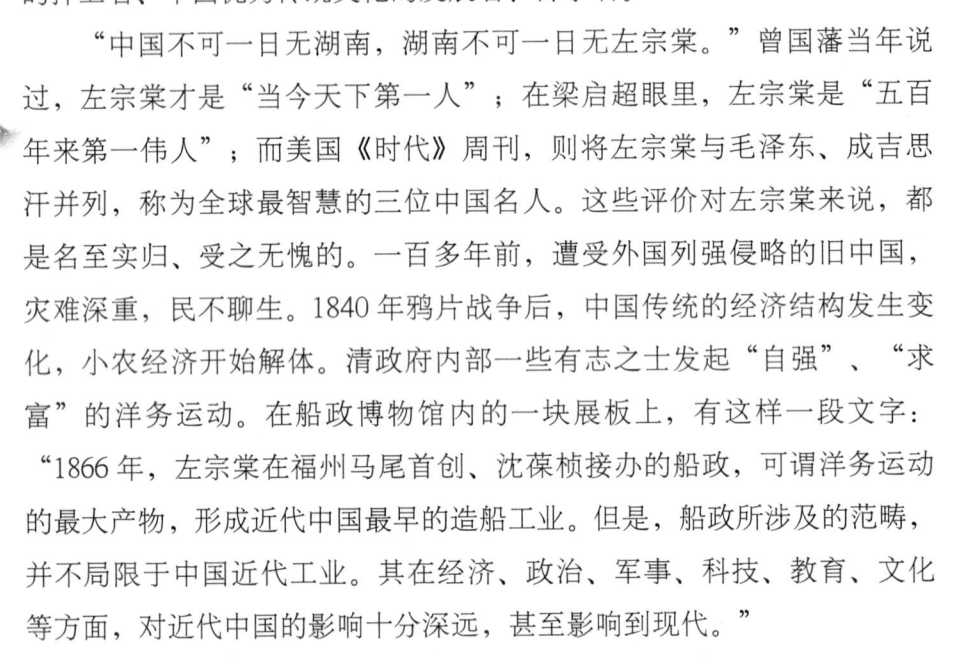

"中国不可一日无湖南，湖南不可一日无左宗棠。"曾国藩当年说过，左宗棠才是"当今天下第一人"；在梁启超眼里，左宗棠是"五百年来第一伟人"；而美国《时代》周刊，则将左宗棠与毛泽东、成吉思汗并列，称为全球最智慧的三位中国名人。这些评价对左宗棠来说，都是名至实归、受之无愧的。一百多年前，遭受外国列强侵略的旧中国，灾难深重，民不聊生。1840年鸦片战争后，中国传统的经济结构发生变化，小农经济开始解体。清政府内部一些有志之士发起"自强"、"求富"的洋务运动。在船政博物馆内的一块展板上，有这样一段文字："1866年，左宗棠在福州马尾首创、沈葆桢接办的船政，可谓洋务运动的最大产物，形成近代中国最早的造船工业。但是，船政所涉及的范畴，并不局限于中国近代工业。其在经济、政治、军事、科技、教育、文化等方面，对近代中国的影响十分深远，甚至影响到现代。"

清同治五年（1866）六月二十五日，左宗棠郑重其事地向清政府呈上创办福州船政局的奏折，提出要抵御外来侵略，必须建立一支新式的海军，要建立海军就得自己造船。同年七月十四日，清政府批准了此份奏折。左宗棠雷厉风行，一边选定在马尾建造船厂，一边做好相关计划。十一月十七日，福州船政局动工兴建，这便是在中国近代史上有着深远影响的"马尾船政"。随即，一场轰轰烈烈的"富国强兵"活动，相继有序开展。在福州船政局从创办到停办的40多年时间里，先后建造了44艘大小兵船和商船，为中华之冠，远远超过了同时期的江南制造局。左宗棠也因此获得了"船政之父"的美誉，成为"晚清四大名臣"之一。

历史证明，在中国近代造船史上，左宗棠是个功不可没、声名远扬的人物。福州船政在建船厂、造兵舰、制飞机、办学堂、引人才等的同时，造就了一批优秀的中国近代工业技术人才和杰出的海军将士。他们曾先后活跃在近代中国的军事、文化、科技、外交、经济等各个领域，紧跟当时世界先进国家的步伐，推动了中国造船、电灯、电信、铁路交通、飞机制造等近代工业的诞生与发展。他们引进西方先进科技，传播中西文化，在中国近代史上，留下了一笔宝贵的精神财富和文化遗产，其产生的影响和历史地位是世人有目共睹的。

长期以来，史家对左宗棠的功过是非，争论不休。左宗棠已经渐行渐远了，究竟是功大于过，还是过大于功，历史自有公正评价。但以为，人非圣贤孰能无过。王震将军曾经说过这样一段话：左宗棠在帝国主义瓜分中国的历史情况下，立排投降派的非议，毅然率部西征，收复新疆，符合中华民族的长远利益，是爱国主义的表现，左公的爱国主义精神，是值得我们后人发扬的。除了爱国，为官清廉、克己奉公，是左宗棠一生所推崇和践行的理念。当年为了兴办船政，他不但费心劳神，而且"私款公用"——当福州船政经费吃紧时，毅然将自己六万两廉银，倾囊而出，充斥公用。正是因为为官清廉，作为当时著名的"官场怒汉"，左宗棠一直遭到同僚的非议与弹劾，但却始终岿然不动。熟悉大清官场的美国人贝尔斯曾经感慨地说："对他的指控中，唯独没有贪污公款这一条。左宗棠最强硬的对手，从来也未能指责他从公款中攫取一个铜板据为己有。"历史表明，在崇尚奢靡享受、动辄满汉全席的大清朝，左宗棠绝对是一股清流。

150多年前，福州船政局创造了多个"中国第一"——中国第一艘千吨级轮船（万年清号）、中国第一艘钢质军舰（平远号），中国第一架水上飞机，中国近代第一支军舰队。船政学堂是中国近代最早的军事学校，中国近代海军五分之三的军官出自马尾。严复、邓世昌、詹天佑等一大批英才，都是从这里成长起来的。因此，福建船政成为中国近代军事工业的先驱。无怪乎，孙中山先生当年曾经赞誉："福建船政足为海军根基。"而毛泽东主席一次在接见船政学生时则称赞："1866年，马尾船政创办以来，中国算是有了近代海军，现代海军。"

《晏子春秋·内篇问上》中说："进不失廉，退不失行。"左宗棠严于律己、甘于淡泊，忠于民族、孝于国家，折射出的是鲜明的政治品格、超凡的政治智慧；左宗棠惩贪倡廉、赏罚分明、不徇私情、秉公办事，展现出的是崇高的爱国思想、高尚的道德境界、不凡的人格气节。1984年11月13日至16日，由苏州大学历史系和江苏省史学会发起召开的全国首届左宗棠历史评价学术讨论会，在苏州大学历史系举行。这次会议在左宗棠的评价上取得了突破——代表们一致认为左宗棠功大于过。的确，左宗棠一生，有功也有过。然而，回顾历史，可以断言，没有左宗棠，就未必有福州船政。换言之，作为福州船政奠基人，左宗棠的功绩，是有口皆碑、永载史册的。

（原载2018年4月10日香港《文汇报》副刊）

山路不再"十八弯"

有一首歌中唱道:"这里的山路十八弯,这里水路九连环……"曾几何时,我的第二故乡——闽北——山路岂止十八弯。

闽北,即面积占福建省五分之一的南平市,在历史上素有"闽邦邹鲁"、"道南理窟"之称。勤劳智慧的闽北人民,不但发明了中国印刷史上最早的顺昌竹纸和先进的麻沙雕版印刷技术,而且制造了在中国瓷业史上占有重要地位的建窑黑釉瓷器……。抗日战争和解放战争时期,福建地下党省委一直坚持战斗在闽北,被中央誉为"红旗不倒"的红色土地。

闽北,山川秀丽,林茂粮丰。正所谓,"闽北收一收,有米下福州。"可是,闽北山岭耸峙,低丘起伏,河谷与山间小盆地错综其间,形成以丘陵山地为主的低山区地貌特征。直到上个世纪末,因为受到交通瓶颈的制约,拉大了山区与沿海的距离,阻碍了当地经济社会的发展。这一点,我有切身感受。

改革开放前,闽北因为交通不畅、物产难流,纵有优质山珍,也难卖得出去。曾经,发生过这样一个悲催故事:满满一车柑橘,从建瓯出发,汽车喘着粗气、开足马力,几天后到达上海,原本令人垂涎的水果,要卖相没卖相,要身价无身价,一车柑橘所卖的钱,居然不够付运费。

郁达夫先生当年在他的《闽游滴沥之二》一文中,先是大加赞叹:"福建的山水,实在也真美丽;北崎仙霞,西耸武夷,蜿蜒东南直下,便分成无数的山区。地气温暖,微雨时行,以故山间草木,一年中无枯萎的时候。"继而发出感慨,"我想最大的原因,总还是在古代交通的不便。因为交通不便之故，所以外省的人士，很少有得到福建来的"。

"蜀道难，难于上青天。"想当年，闽北山区路，堪比蜀道难。1993年9月，在建阳宣传部工作的我，与建阳市邮政局何全生局长一道，前往南平参加党报党刊发行工作会议。返回途中，遇到一场大雨，小车陷在泥泞中，油门加得再大，它也无动于衷。无奈，我们只好下去推车。因为缺少经验，我站在车尾发力。"一二……"，不等"三"字喊出口，驾驶员挂上前进档，车轮飞速转动，车子纹丝不动。车轮卷起的黄泥浆，瞬间把我打成"泥人"。

还有一次，遭遇更惨。那年8月底，我到福州开会。会后从省城乘火车于下午4点多抵达南平。那时，"横南铁路"尚未建成，建阳不通火车，便从南平换乘大巴。孰料，汽车进入建瓯路段不久，一场暴雨倾盆而下。须臾之间，被许多驾驶员戏称为"难舞路"的"南（平）武（夷山）路"，变成"泥水路"，在一处塌方路段前，我们乘坐的汽车，俨如乌龟爬在门槛上——进退两难。就这样，我和二十多位"乘友"在车上熬了整整一夜，直到第二天早上7点，才回到建阳。120公里路程，花了近14个小时。这，大概够得上"吉尼斯纪录"了。

闽北地处北承长三角、西联中部区域的通道要地。山区地质条件，既复杂又恶劣，故而早有"闽道更比蜀道难"之说。也难怪，闽北"八山一水一分田"，加之山高水低，曾几何时，修建高速公路，是闽北人做梦也不敢想的事呀！

乘着改革开放的东风，随着思想观念的转变，2001年11月，闽北第一条高速公路——三福高速南平段一期工程开工建设。经过3年努力，2004年12月28日建成通车，把山与海之间的距离拉近了许多，把闽北与外界的联系改善了许多。首条高速公路的建成，为闽北承东启西、沟通南北、迎接八面来风铺就了快捷通道。尝到甜头的300万闽北老区人民，乘着海峡西岸经济区建设的东风，亮出大武夷这张金色名片奋起直追，抓住机遇、卯足干劲、迎难而上、协力奋斗，打了一场高速公路建设"持久战"。

南平地处北承长三角、西联中部区域的通道要地，但山区地质条件复杂恶劣，多少年来有"闽道更比蜀道难"之称。长期以来交通瓶颈制约了南平的发展，经济综合实力在全省滞后。可喜的是，这一状况正在发生改变。2012年10月，经过三年的鏖战，宁武高速公路建成通车，26公里长的路段，有23公里是隧道；203公里长的路段，有160多座桥梁；路面海拔最高达900多米……这是宁（宁德）武（武夷山）高速南平市政和县路段的几个数据。透过这些数据，闽北山路之险峻，由此可见一斑。然而，在闽北崇山峻岭间，这样的高速公路并不鲜见。

宁武高速东端穿过鹫峰山脉，北端分水关也是高山深谷，被称为福建省高速公路地形最复杂、工程最艰巨、施工难度最大的建设项目。一些合同路段甚至连施工设备也得拆散了靠人力扛进山去，再组装起来。"许多合同路段开一条施工便道，挖山炸石，就要花三五个月。据悉，这一项目路线总里程达203公里，是福建省迄今为止建设里程最长的高速公路单项目。这个项目，单是土石方就有6540万立方米；若是堆成一米见方的长堤，可以绕地球1.64圈。继宁武高速之后，是松（松溪）建（建阳）高速公路全线开通……

10多年来，南平市差不多每年建成一条高速公路。迄今为止，闽北已建成高速公路项目9个，通车里程达932公里，居全省第一。畅通南下北上的闽北，在未来建设中，迎来跨越发展新机遇。

更为可喜的是，在高速公路快速发展的同时，闽北高速铁路建设突飞猛进。近日，笔者从有关部门了解到，随着2015年6月合福高铁的开通运营，南平进入了高铁时代。迄今为止，闽北整个路网已日趋成熟。浦南高速，通往浙江衢州；松建高速，通往浙江庆元；龙浦高速，通往浙江龙泉；宁武高速，通往江西上饶。眼下，南三龙、衢宁铁路正在加紧建设。建成、在建和列入国家中长期路网规划的铁路总里程，不久将突破一千公里。

都说，要致富，先修路。忆往昔，闽北发展最大的制约，是交通等基础设施的严重滞后。看今朝，四通八达的现代立体交通网络，为闽北的快速发展插上腾飞的翅膀。"忽如一夜春风来，千树万树梨花开。"现在，八方来客光临闽北，都有如入仙境之感——映入眼帘的不单是一座座如诗如画的滴翠碧山，还有那一条条宛如玉带的高速公路、高速铁路，一种"春色满园""换了人间"的美感，便会油然而生。

漫漫闽北路，从此不再"弯"。在一条条宛如彩练、活力涌动的高速公路、高速铁路背后，既是思想观念的转变，更是交通条件的涅槃，预示着闽北即将步入提速发展的新时代。这些，都是改革开放带给闽北的永久"红利"！

（原载 2018 年 6 月 3 日《福建日报》、
6 月 25 日《中国纪检监察报》副刊）

陈文龙，一代忠贞垂史传

陈文龙（1232—1277），字德刚，南宋参知政事、著名抗元英雄，宋名相陈俊卿第五代从孙。原名子龙，生于福建莆田，逝于浙江杭州，是继岳飞之后，与文天祥等忠烈齐名的爱国民族英雄。据人民网报导，6月9日上午，首届杭州西湖陈文龙文化节，在陈忠肃公墓附近的杭州西湖青少年活动中心广场举行。消息传来，激活了我对这位故乡古贤的追思。

老家莆田，历史悠久，人才辈出，曾被誉为"海滨邹鲁"、"文献名邦"。据史料记载，自唐以来1200多年间，莆田先后涌现出2370多名进士、12名状元、14名宰相，有98人在中国二十四史中立传。那年，在莆田参加全国杂文学会联谊会年会，会后在战友老黄、老陈的陪同下，专程前往距市区西郊约1公里处的凤凰山公园游览，公园北部竖立着"文献名邦"等九座牌坊，以图文形式展示莆田历代状元、进士的风采。陈文龙，便是其中的一位。

陈文龙身后数百年，赞誉他的诗文、佳联不老少。我最欣赏清代政治家、思想家、民族英雄林则徐的那副。清道光三十年（1850），林则徐在去福州台江"万寿尚书庙"祭祀陈文龙时，特意题写一联："节镇守乡邦，纵景炎残局难支，一代忠贞垂史传；英灵昭海澨，与信国隆名并峙，十洲清晏仗神庥。"短短38个字，既把陈文龙与文天祥相提并论，又对陈文龙爱国精神予以充分肯定。

老家莆田，有句民间祖训——地瘦栽松柏，家贫子读书。陈文龙是莆田古人中，践行这一地方风尚和传统的标杆。据《兴化府志》记载，陈文龙受其高叔祖陈俊卿的影响，"幼颖悟，苦学不厌，年未弱冠，即以精于声律而驰名郡庠。20岁入乡学，25岁入太学。咸淳四年（公元1268年）夏五月，廷对第一，状元及第，初名子龙，度宗以其文章擅天下，御笔改名文龙。"并赐字"君贲"，意思是皇帝的股肱、卫士。

学而优则仕。按理说，陈文龙这位廷对第一的才子，走上仕途之后，可望宏图大展。遗憾的是，适逢南宋王朝风雨飘摇的危难之秋。陈文龙任职的越州（今浙江省绍兴市），既是鱼米之乡，又是皇亲国戚聚居之地，历任官员到了这里，免不了遭遇权势人物干扰，以致很难秉公处理政务。陈文龙到任后，一方面，不随波逐流，不趋炎附势；另一方面，公开声言，为官"不可以干以私"。他言必行，行必果——革除弊政，秉公执法，不徇私情，关心民瘼。因为政声卓著，所以"人皆惮之"。因而深得镇东军元帅刘良贵的器重，"政无大小，悉以询之"，成为刘的得力助手。

陈文龙才华闻名天下，连大奸臣贾似道，也很赏识他，且以礼相待。《宋史》："丞相贾似道爱其文，雅礼重之。"从理宗开始当权，到度宗时权倾朝野的贾似道，为了扩大自己的势力，极力培植党羽。用今天的话说，就是拉山头、划圈子。他察觉到"文章魁天下"的陈文龙受皇帝赏识后，便想把他纳入小圈子、为自己所利用。于是，接连上奏朝廷举荐陈文龙。短短几年功夫，陈文龙禄星高照、步步高升，从校书郎、著作郎、礼部员外郎等职，一步一步走上监察御史的职位。平心而论，与贾似道的举荐不无关系。

可是，道不同不相为谋。为人正直公道、为官光明磊落，在大是大非面前，一向正直耿介，且以为国为民为准则的陈文龙，始终保持清醒头脑，不受其蒙蔽，不违背原则。相反，对贾似道弄权误国的行径，义正词严予以抨击和揭露。一个典型的例子是：浙西转运使洪起畏，在贾似道授意下，上奏请求实施"公田法"，一时之间，"吏缘为奸，争以多买为功"，致使浙西一带"六郡之民，破家者多"，导致民愤四起、民怨沸腾。陈文龙上疏陈述得失，据理力争，并要求严惩洪起畏。"公田法"轩然大波得以平息后，百姓拍手称快，赞扬陈文龙"乃朝阳之鸣凤也"。

"朝中有人好做官"。古往今来，多少官员为了实现飞黄腾达的梦想，削尖脑袋、踏破铁鞋，唯恐没有门路拉关系、没有机会找靠山。一旦拉上关系，只要找准靠山，大都可以好梦成真、平步青云。正因此，紧抱大腿者有之，甘当犬马者有之，卑躬屈膝者有之，出卖人格者有之。作风正派、刚直不阿的陈文龙，敢于同有恩于己的权奸贾似道公开唱反调、坚决作斗争，赢得群众好评，堪称官员楷模。今天看来，单是这一点，就足以"垂史传"了。

纵观陈文龙一生，足以"垂史传"的，还有很多。度宗三年（1267），元军长驱直下，围攻南宋国防重镇襄阳、樊城。贾似道的女婿范文虎率兵驰援，却临阵逃遁。守将吕文焕降元，襄、樊重镇相继陷落。朝野震动，舆论哗然。贾似道蒲鞭罚罪、掩饰其咎，对范文虎只作降职一级、出任安庆知府的"处理"。同时，任命"曾多献宝玉"的小人赵晋任建康知府，又让卖身投靠的无耻之徒黄万石出任临安知府。陈文龙对贾氏结党营私的丑恶行径极为愤慨，毅然上疏度宗，力陈贾之过失，并提出弹劾范文虎、赵晋和黄万石三人。于是，触怒了贾似道，被贬职到抚州。

在抚州任上，陈文龙初衷不改，清廉为官，深得民心。贾似道找不到借口，就以官爵收买监察御史李可，以陈文龙"催科峻急"的莫须有罪名，于1275年11月将其罢官，他只好返回兴化军故里。这位洁身自爱、不移操守的名臣，却因为忤逆权贵而被逐出官场，这既是他个人的不幸，更是南宋朝廷的悲哀。疾风知劲草，国危见忠臣。居心叵测的贾似道兵败之后，朝廷这才后悔当初没有采纳陈文龙的意见。于是，诏令宣召他进京。

可叹朝廷虽然罢黜了贾似道，却又起用投降派陈宜中为宰相。不久，元军攻下了临安北面文天祥据守的独松关，附近的郡守县令风声鹤唳，争相弃官逃亡。12月28日，陈文龙与文天祥、陈宜中等文臣武将商议，陈文龙主张背城一战，陈宜中却力赞议和。最后，谢太后采纳了陈的意见，遂于德祐二年（1276）正月，派人向元军奉表称臣。痛心疾首却又回天无力的陈文龙,便以母老乞求归养为辞,无限惆怅地回到了故乡莆田。元兵陷福州后,派人劝降陈文龙,遭到严辞拒绝。陈文龙痛斩招降使的同时,倾尽家财募兵,打出"生为宋臣,死为宋鬼"旗帜,坚守兴化城。后因叛将开城降元被捕。元军见劝降无望,便把陈文龙押往杭州。

"国亡我当速死!"从离开兴化之日起,陈文龙就开始绝食。途中曾写诗与子诀别,表达了视死如归、尽忠报国的强烈心声。诗中写道:"一门白指沦胥尽,惟有丹衷天地知。"景炎二年(1277)4月25日,被囚禁的陈文龙,要求拜谒岳飞庙。当他以孱弱之躯蹒跚进入岳庙时,失声痛哭,哀恸悲绝,当晚死于庙中,年仅46岁,遗骨葬在西湖智果寺的翠竹园里,后人誉之为"福建的岳飞"。陈文龙的爱国情操、英烈气概在海内外广为传颂,奉祀陈文龙的尚书庙,福州有十几座、台湾有两百多座。"千淘万漉虽辛苦,吹尽黄沙始到金。"对陈文龙而言,可谓"岁月尘埃遮不住,久经沉淀垂史传。"

(原载2018年6月16日香港《文汇报》副刊)

"紫阳羽翼"蔡元定

蔡元定（1135—1198），字季通，学者称"西山先生"，建宁府建阳县（今建阳区）人。南宋著名理学家、律吕学家、堪舆学家，朱熹理学的主要创建者之一，有"朱门领袖"、"闽学干城"之誉。

我初闻蔡元定，是二十多年前。1990年初，我从江西九江调回福建建阳，因从事宣传工作，与文化部门及相关机构接触的机会相对多一些。一天下午，一位个头不高、脸带微笑的长者来到我办公室，落座之后，自报家门。原来，他叫蔡古初，是蔡氏后人、"蔡氏九儒学术研究会"成员之一。接着，便如数家珍一般，向我简要介绍蔡氏九儒称谓的"由来"。

建阳蔡氏九儒，包括蔡元定父子祖孙一门，四代九人。按辈分为：第一代，蔡元定之父蔡发；第二代，蔡元定；第三代，蔡元定之子蔡渊、蔡沆、蔡沈；第四代，蔡渊之子蔡格，蔡沈之子蔡模、蔡杭、蔡权。除蔡元定是程朱理学"四书五经"的主要创建者外，蔡元定一家四代还先后完成了"五经"（《易经》《诗经》《书经》《礼经》《春秋》）集注里的《易经》《书经》《春秋》三部经典的集注，故有"五经三注第，四世九儒家"的殊荣。

八年前，在建阳城南蔡元定广场，耸立起一尊蔡元定石雕像。今年，是蔡元定逝世820周年。上个周末的下午，赤日炎炎，热风阵阵，我独自一人，前去瞻仰。到得公园，但见采用整块优质花岗岩雕刻而成的蔡元定石雕立像素冠布袍，左手握书置于胸前，右手握拳贴于后腰，目视前方，仪态安详，造型精美，气定神闲。整座雕像由台阶、基座、雕像三部分组成，通高十一点六米。其中，三层基座，高五点六米；像高六米，重二十六吨，以坐北朝南尊放于基座之上、耸立在山水之间，其东侧为波光粼粼的崇阳溪，西侧为车流滚滚的民主路。

在雕像一层基座西面，有一长方形、黑底金字竖排版《蔡元定石雕像工程记》，其中有这样一段文字："蔡元定乃建阳地方历史名人，为缅怀其弘扬中华文化、教化故里功绩，2010年1月20日，建阳市委员会下发《关于城市建设重点项目工作》，决定在城南崇阳溪畔建蔡元定广场，立蔡元定石雕像"；在二层基座南北两面，镶有四幅大字石刻，内容分别是："紫阳羽翼"、"闽学干城"，"五经三注"、"四世九儒"。身临其境，触景生情，我的思绪如同崇阳溪水，缓缓流淌，久久不息……

绍兴五年，蔡元定出生于南宋时期号称"图书之府"的福建建阳麻沙镇蔡氏书宦世家。其父蔡发，字神与，号牧堂，系南宋理学家、天文学家、地理学家。蔡元定天资聪颖，自幼就跟父亲学习。史料记载，蔡元定八岁能赋诗，十岁可日记数千言。元定承父教精研三氏（程、邵、张）之学说，幼时能深涵义理象数之学理，十九岁秉承父志，登建阳莒口西山绝顶，构筑书屋，忍饥吞野，刻意读书，对天文、地理、兵制、礼乐、度数无所不通，凡古书奇辞奥句，学者不能分句，元定过目，即能梳理剖析，无不畅达。用朱熹的话说："人读易书难，季通读难书易"。二十五岁那年，蔡元定前往武夷山五夫向朱熹问易。朱扣其学识，见其谈吐非凡，即惊奇地说："此吾老友也，不当在弟子之列"，凡四方来学者，朱必让元定考询方能入学。朱、蔡二人师友相称，研究学问，著书讲学，长达四十年，在学术上，蔡元定成为朱熹的左肱右臂。他曾协助朱熹著书立说。"熹疏释四书及为《易》、《诗传》、《通鉴纲目》，皆与元定往复参订；《启蒙》一书，则属元定起稿。"（《宋史·蔡元定传》）其平生问学，多寓于朱熹书集之中。

正所谓，以文会友。蔡元定与朱熹，情投意合，亦师亦友。干道六年（1169），蔡元定重上西山设"疑难堂"，与朱熹在云谷的"晦庵草堂"遥遥相对。为了及时联络问学，故在两山悬灯相望，夜间相约为号，灯暗表明学有难处，翌日往来解难。元定每到朱处，朱必留他数日，论学经常通宵达旦。庆元三年（1197），权臣韩侂胄擅政，制造"伪学之禁"，诬奏伪党五十九人，朱熹被打成"伪学魁首"，去职罢祠；诬蔡元定为朱熹的左右羽翼之罪，贬为湖南道州编管。蔡元定得讯后，未向家人告别，即往府治报到。三子蔡沈、学生邱崇相随，行至建阳考亭瀛州桥头，朱熹与从学者百余人饯行，许多人感伤而泪下，蔡元定却泰然自若，不异平常，赋诗抒怀："执手笑相别，毋为儿女悲，轻醇壮行色，扶摇动征衣，断不负所学，此心天可知。"

一路跋涉，千般磨难。到了湖南道州，由于奔波劳累，加上气候不适，蔡元定常年抱病，百方医治难愈，心想解易、春秋未竟，又有洪范之数，学者久失其传，唯元定独心得之。只可惜，他的生命进入"倒计时"，没来得及形成论着。正所谓，知子莫若父。蔡元定一番思考后，给三个儿子"分配任务"。嘱子成书、吩咐蔡沈："渊宜绍吾易学，沉宜演吾皇极数（洪范之数），而春秋则以属沆。"后来，蔡渊、蔡沆、蔡沈三兄弟，果然不负父亲嘱托，遂了父亲遗愿。

庆元四年八月初九（1198年9月11日），蔡元定病逝于湖南道州寓所。守臣上奏，旨许归葬。随父在外的蔡沈，护送父亲的灵柩，徒步三千里，跋涉几十天，才回到建阳。途中，赠以银两者众，蔡沈一一跪谢，坚决不受。是年十一月初六，蔡沈葬父于建阳莒口。蔡元定去世，使得朱熹如伤手足，痛心疾首，三撰祭文以哭，亲笔大书"有宋蔡季通之墓"碑文，并编写两人数十年往返讲论的书札《翁季录》，以此纪念40年学术同趣、互为师友之手足情。

公道自在人心。开熹三年（1207），诛侂胄，枉者皆伸，朝廷对蔡元定平反昭雪，初赠迪功郎，宝佑四年赠太子太傅谥文节。宝佑三年（1255），理宗皇帝敕建"庐峰书院"和"西山精舍"，御书"西山"、"庐峰"四个大字，由其孙宰相蔡杭分别摹刻于建阳崇泰里（莒口）镇的西山和庐峰。"庐峰书院"由蔡杭精心设计布局，设尊道堂、思敬堂、传心堂。明嘉靖九年（1530），诏元定崇祀启圣祠。清康熙四十四年（1705），圣祖仁皇帝颁赐宋儒蔡元定"紫阳羽翼"金匾。

蔡元定一生，不涉仕途，不干利禄，穷研理学，著作颇丰，尤其是在音律学方面有独到见解。其音律学专着——《律吕新书》——名扬古今。在建阳麻沙水南村，有一条古朴典雅的老民居"蔡家巷"，蔡氏大宗祠就坐落在这里，宗祠里的蔡元定纪念馆，默默传颂着这位造诣精纯、历久弥新的历史名人。作为朱熹的高足与挚友，蔡元定对朱熹理学的创建，做出了巨大的理论贡献。朱熹生前曾将蔡元定与著名学者张栻相提并论，并给予高度评价："风月平生意，江湖自在身。年华供转徙，眼界得清新。试问西山雨，何如湘水春？悠然一长啸，绝妙两无伦。"朱熹是儒学集大成者、宋代理学家，有"紫阳先生"、"考亭先生"等雅号，称蔡元定为"紫阳羽翼"，是恰如其分、当之无愧的。

（原载2018年6月30日香港《文汇报》）

林逊之和他的"土楼王子"

从人民网上获悉，漳州市南靖县从7月开始，举办系列活动，庆祝"福建土楼"申遗成功十周年。由此想起林逊之（1880—1953）和他精心设计的"土楼王子"。

"福建土楼"属于集体性建筑，始建于宋元，成熟于明末。堪称历史悠久、源远流长。"黄"，是土楼的肤色；"大"，是土楼的特点。无论远观，还是近看，土楼都以其庞大的单体式建筑，吸人眼球，令人震撼。2008年7月7日，在加拿大魁北克城举行的第32届世界遗产大会上，来自全球41个国家的47个候选项目展开激烈角逐。蕴含着浓厚客家文化信息的中国"福建土楼"建筑群光耀夺目，倾倒与会评委。最终，毫无悬念地被正式列入《世界遗产名录》。

"福建土楼"申遗成功，"土楼王子"功不可没。论资历——与年龄近600岁的"集庆楼"相比，"土楼王子"当属后起之秀；论质量——从规模、结构，到艺术、气质，"土楼王子"可谓略胜一筹。去年初夏的一个周末，应女婿好友叶建辉、柯海山的热情邀请，我们一家吃过早饭，从厦门集美"自驾"出发，一路上汽车在车水马龙的高速公路上欢快而谨慎地开进。或许是想着一睹为快的缘故，平日里容易晕车的老伴，这天却兴致勃勃、精神满满。中午时分，到达"永定土楼民俗文化村"村口。导游小林带领我们用毕午餐，第一站便来到坐落在龙岩市永定区湖坑镇洪坑村的振成楼。尽管热浪袭人，但却游人如织。我等了好一阵子，才拍下一张画面"清静"的图片。导游小林，身材娇小，口齿伶俐。当我们来到振成楼跟前时，她用带着自豪的语气娓娓道来：这座圆形土楼的主人林逊之，原名鸿超，号超庐，既是一位商人，又是一位秀才，学问渊博，为人厚道，曾参加过辛亥革命，晚年隐退乡间，潜心于诗书画。他还乐善好施、热心公益，深得邻里乡亲的敬重……

造型各异的土楼，不分年代，不论规模，从外观看，不是圆的，便是方的。圆形结构的振成楼，坐北朝南，占地面积5000平方米，由外环楼和内环楼组成。外环楼高4层16米，共208个房间，自成一个院落，彼此间有拱门相通相隔。林逊之一生研究《易经》，故而楼房也按八卦理念设计，空间配置妙不可言：以一个圆心为起始，层层向外伸展，环环互为相接，"楼中有楼"为内通廊，"楼外有楼"呈园林布局，而整体造型依稀可见古希腊建筑艺术遗风，堪称中西合璧的建筑典范。楼内左右两边的水井，象征着八卦中的阴阳两极。整幢楼内一厅二井三门四梯，布局对称合理，居住安全舒适。主楼外两边几十米处，各有一座"耳房"遥相呼应。远观全楼，既像一顶旧时的"官帽"，又像一个庞大的"罗盘"。2001年，振成楼列为全国重点文物保护单位。1985年，在美国洛杉矶世界建筑模型展览会上，永定的振成楼与北京的雍和宫、天坛，相得益彰，令金发碧眼的西洋人大开眼界、叹为天物。联合国教科文组织顾问史蒂文斯·安德烈，当年曾经惊叹：振成楼"是世界上独一无二的居民住宅，也是世界住宅史上一个值得研究的重大课题"。

气势恢宏的振城楼，由洪坑林氏21世孙林逊之设计，于1912年破土动工，历时五年，方才建成。清末秀才林逊之，民国初年当选过全国参议员，曾与孙中山、黎元洪等共过事。林逊之不但精于建筑设计，而且工于书画诗联。他创作的不少诗画，广为当地文人所收藏。据导游介绍，振成楼中的对联，多出自林逊之之手。我们在参观过程中，有幸看到几副他亲笔题写的楹联。如，振成楼大门两侧石质门框上，刻着一副开宗名义的藏头对联："振纲立纪，成德达材"。而当我们步入振成楼，正门一幅对联映入眼帘："干国家事，积圣贤书"，横批"里党观型"。对联内容好理解，横批的意思是说，在乡亲邻里间起到榜样、表帅的作用。随即，一种刮目相看的感觉涌上心头——土楼不"土"，土楼有"文"！在厅堂两侧，一副藏头联更是饱含哲思："振作哪有闲时，少时壮时老年时,时时须努力;成名原非易事,家事国事天下事,事事要关心。"品味着这副对联的内涵,一股对林逊之的敬佩之情油然而生。值得一提的是,振成楼还附设书院,在楼外村中建有一所日新学堂。透过这些,我依稀看到了客家人崇文重教的优良传统、高瞻远瞩的家国情怀。

"一楼一世界,一户一乾坤"的土楼,主要分布在福建、江西、广东等三省的客家地区。"福建土楼",主要分布在福建省龙岩市永定、漳州市南靖、华安等地。包括永定区的高北土楼群、洪坑土楼群、初溪土楼群等,南靖县的田螺坑土楼群、河坑土楼群、华安县的大地土楼群等。史料记载,"福建土楼"的形成,与历史上中原汉人几次著名大迁徙相关。西晋永嘉年间,即公元4世纪,北方战祸频频,天灾肆虐,当地民众被迫大举南迁,拉开了千百年来中原汉人举族迁徙入闽的序幕。因是客家文化的象征,故又称为"客家土楼"。

那天下午,在振成楼小憩时,导游小林告诉我们,这里现在共住有80多人,她家就在里面。耳闻目睹,给我的印象是,如今的土楼,"人气"不算旺盛,"文气"依旧浓厚。这一点,从佳联字画中便可见一斑。在振成楼的中堂,一副四字联云:"言法行则,福果善根。"其意为:说话的规范,就是行为的规范,怎么说就应该怎么做,言行必须一致;幸福的果实,由行善的根系培育出来,要幸福必先做好人、行好事。言简意赅、寓意深刻。振成楼中,至今还高挂着一副中国历史上唯一一个两任大总统、三任副总统的黎元洪亲笔赠联:"从来人品恭能寿,自古文章正乃奇。"意在教导后人:为人恭谨宽厚,才能健康长寿;做文带有正气,才能出奇制胜……

一番参观,几番思考,我相信,把振成楼誉为"土楼王子",是名副其实、当之无愧的。其首功,非林逊之莫属。建成100多年来,它以感观富丽堂皇、内部空间设计精致多变而成为土楼中的佼佼者。其局部建筑风格,以及大门、内墙、祖堂、花墙等所用的颜色,大胆采用了西方建筑美学所强调的多样统一原则,达到了极高的审美境界,堪称中西合璧、生土民居建筑的杰作。是呀,包括振成楼在内、客家人引为自豪的土楼，揉进了诸多人文因素，堪称"天、地、人"三结合的缩影，数十户人家、几百号人口，聚族而居、和睦相处，同往一座楼，共享一方福。正因此，一部土楼史，就是一部乡村家族史。据悉，土楼的子孙，往往无须族谱，便能侃侃道出家族的源流。

从历史学与建筑学角度看，土楼独特的建筑方式、坚固的防护外墙，无疑是基于族群安全和自卫需要而设计的。我相信，林逊之先生当年大手笔、大气派设计"土楼王子"，其目的无非是为了让族人安居乐业，并没有想到日后会成为客家土楼的一张"名片"，并戴上"世界文化遗产"的桂冠，从而青史留名、流芳百世。这，大概也是"无心插柳柳成荫"吧。

（原载2018年7月10日香港《文汇报》、
8月21日《福州晚报》）

严羽,四朝诗话第一人

严羽,南宋诗论家、诗人。字丹丘,一字仪卿,自号沧浪逋客,世称严沧浪。邵武莒溪(今福建邵武莒溪)人。古往今来,邵武城里有两个纪念严羽的处所:沧浪阁、严羽广场。

严羽因为长年避世隐居,所以自号"沧浪逋客"。严羽早年就学于邻近的福建光泽县学教授包恢(1182—1268)门下。包恢,宋建昌南城(今属江西)人,生于书香门第,先求学于陆九渊,后又从朱熹游学;官至刑部尚书。常言道,名师出高徒。按理说,严羽有个当刑部尚书的名师,迟早也要"沾光"做个一官半职。可是,他一生未曾出仕,大都隐居在家乡,与同宗严仁、严参(二者约公元 1200 年前后在世)齐名,号"三严";又与严肃、严参等 8 人,号"九严"。可以说,"三严"也好,"九严"也罢,能够得到这样称谓的人,不是出类拔萃,亦非等闲之辈。

据史料记载,严羽论诗推重汉魏盛唐、号召学古。其成书于南宋理宗绍定、淳佑年间的《沧浪诗话》,是宋代最负盛名、对后世影响最大的一部诗话,也是中国著名的、极为重要的诗歌理论著作。这部不可多得的诗歌理论和诗歌美学著作,系统性、理论性较强。全书分为《诗辨》《诗体》《诗法》《诗评》《考证》等五册。我国当代著名的教育家、古典文学家、复旦大学教授、中国科学院学部委员郭绍虞(1893—1984)有《沧浪诗话校释》,为各家注中最详备者。凭借名重于世的《沧浪诗话》,严羽赢得宋、元、明、清"四朝诗话第一人"之誉。

历史表明,《沧浪诗话》不仅影响了明代著名文学批评家、福建长乐人、闽中十才子之一的高棅（1350—1423），而且影响了明代中后期的"前后七子"。前七子——明弘治、正德年间（1488—1521）的文学流派。成员包括李梦阳、何景明、徐祯卿、边贡、康海、王九思和王廷相七人；后七子——明嘉靖、隆庆年间（1522—1566）的文学流派。成员包括李攀龙、王世贞、谢榛、宗臣、梁有誉、徐中行和吴国伦。《沧浪诗话》沉甸甸的分量、实在在的价值，由此可见一斑。

严羽虽然长年隐居乡下，算是地地道道的"乡下人"。可他却关心时事国事，在元军入侵、国势垂危之际，其爱国思想在诗中时有流露，对朝政弊端也颇有不满之词。严羽大致生于1192—1197年间，这正是宋向金屈辱求和的时候；卒于1241—1245年间，距1279年元灭宋，仅三十余年。因此，他在临死之前，口嘱他人所写的遗书，全文都是忧君爱国、备边养民之事，无一字言及家事，令阅者无不深受感动。南宋著名江湖诗派诗人戴复古（1167－约1248）有诗曰："飘零忧国杜陵老，感寓伤时陈子昂。"另据坊间传说，南宋末年，文天祥镇守福建南平，严羽以其年迈之躯离家投军。抗元彻底失败后，他初衷不改，不肯投降元人。他在《满江红？送廖叔仁赴阙》中写道："丈夫儿、富贵等浮云，看名节。天下事，吾能说；今老矣，空凝绝。"慨叹自己关心国事，且有政治抱负，虽年老而不变，无奈生不逢时。最后，发出内心的伤感——"空凝绝"。

严羽的七言歌行仿效李白，五律除学李外，还学杜甫、韦应物。但主要倾向仍为王（维）、孟（浩然）冲淡空灵一路。严羽，既是一位杰出的理论家和诗人，又是一位爱国忧民的仁人志士。这样的古贤，是很值得后人学习和尊崇的。有鉴于此，十月里的一天上午，风和日丽，气候宜人，我专程乘车北上邵武市，探访与这位可歌可敬古人的有关故事和痕迹。我先来到位于邵武市熙春公园入口不远处的"沧浪阁"。沧浪阁始建于明万历年间（1573—1620），原为闽江中源富屯溪上"万年桥"南端的桥堡。清雍正初年（1723），邵武知府周伟，为纪念南宋诗论家严羽，将其更名为"沧浪阁"。乾隆五年（1740），重建石桥，原阁随毁。乾隆十四年（1749）复建。

金灿灿的阳光，为沧浪阁增添一抹生机与亮彩。我站在这座朱门斑驳、略显苍老的建筑物前仔细观察，但见占地面积约150平方米的沧浪阁，背临清流滚滚的富屯溪，坐北向南，由牌楼和楼阁组成。牌楼砖石结构，四柱单门三窗式；楼阁木构，双层，攒尖顶；底层面阔、进深均为三间，周以花窗隔扇，左右施圆月形落地罩，外廓周以栏杆，剔透玲珑。就在我拍照、欣赏时，沧浪阁幻化成一位时光老人，向我诉说它的来龙去脉。我静静地听、默默地想，触景生情，睹物思人，一股肃然起敬的心情随即涌上心头。

严羽一生最重要的成就，在于诗歌理论。其诗集《沧浪先生吟卷》，共收入古、近体诗146首。世人公认，其诗歌创作成就，远逊于理论贡献。《四库全书总目》说他的创作"志在天宝以前，而格实不能超大历之上"，"止能摹王孟之余响，不能追李杜之巨观也"。换句话说，严羽的历史贡献，在于他的诗歌理论开创了一个新时代——启迪了元代诗人，影响覆盖了明代文艺理论界，深刻影响了清代和近代。这是其他任何一个理论家都不曾有过的殊荣。从宏观上看，严羽的影响，可以分为生前和身后两大阶段。生前，他主盟诗坛诗社，直接指导了一批文坛后进，从而形成了一个诗派。身后，他的历史作用则表现为思想影响。正是在这方面，展现出一个思想家的本质和他对历史、对文明、对文化的贡献。

那天，我徘徊在沧浪阁前久久不忍离去。一位比我年长些许的老汉，见我如此尊崇严羽，便友好的告诉我，前几年，邵武政府和人民，修建了一座严羽公园，虽然配套设施等尚未全部到位，你不妨也去走一走、看一看。得到这一信息，我喜出望外。依依不舍离开沧浪阁后，急切切乘坐6路公交车，直奔严羽公园而去。2010年12月28日启动建设的严羽公园，位于邵武市城南新区中心，占地面积84.5亩。当地政府把它当成邵武市重点建设项目之一，经过一年建设，建成主1个广场、3个休闲小广场、景观步道等；园内堆置点缀着456块大小不同、长相各异的景观石；种植有银杏、紫薇、樟树、红枫、竹柏、华棕、含笑、栾树、茶梅、鸡爪槭、紫玉兰等数十个品种园林植物。据悉，下一步还将启动二期工程建设，实施公园亮化、彩化、美化工程，拟建严羽纪念馆、奇石馆、休闲亭、浮雕景墙、艺术假山、完善书法地刻、景观石诗刻等。严羽公园的建成，既彰显了严羽的历史贡献，也提升邵武整座城市的文化品位。

　　文化是一个国家、一个民族的灵魂。文化兴，则国运兴；文化强，则民族强。习近平在中国文联第十次全国代表大会、中国作协第九次全国代表大会开幕式上指出："历史和现实都表明，一个抛弃了或者背叛了自己历史文化的民族，不仅不可能发展起来，而且很可能上演一场历史悲剧。"从700多年前严羽去世，到雍正初年修建沧浪阁；从乾隆十四年复建沧浪阁，再到今人用心打造严羽广场，其间穿越了几百年历史时空，严羽非但没有被世人所忘却，反而更加受到人们的尊崇。窥一斑而知全豹。我想说，这，既是严羽的福气，更是文化的魅力；既是个人的骄傲，更是民族的福音。

（原载2018年10月27日香港《文汇报》、
12月11日《福州晚报》副刊）

一座老宅的追思

年底前,因胞弟家有喜事,我回到阔别已久的"第二故乡"——闽北一个群山环抱、名不见经传的小山村。小住期间,目睹一幢幢新楼拔地而起,耳闻一家家生活富足有余,我从内心为农民的幸福、农村的振兴,感到由衷的高兴。与此同时,隐隐约约发觉某些人为造成的流失,不免生出几分莫名的惋惜。比如,我记忆犹新的那幢老宅,已不知所踪了……

上个世纪六十年代中期,少年的我随同父母,从莆田沿海,移民闽北山区,是一幢颇有特色的老宅,给了我们这些背井离乡"移民人"重新起航的"温馨岛"。移民现象,古已有之。据史料记载,在东汉末年至三国末年的前后九十年间,中原地区战乱频仍,该地区人民纷纷向相对安定的南方逃亡,使"中原户口,十不存一"。但凡移民,一是纯自发的,二是有组织的。新中国建立后,我国人口迁移,多与经济发展密切相关。从二十世纪五十年代开始,便启动了从沿海地区、特别是从沿海城市,有计划、有组织地向西部地区、内地山区的人口迁移。如,1965年,中共福建省委发出"开发山区经济、推动山区社会主义建设,解决沿海人多地少、群众生产生活上的困难,并适应今后斗争形势需要"的号召,按照由沿海向山区移民的计划,经当地党政组织发动,莆田县数以万计的人口,有序地向闽北山区农村迁移,我家便是其中之一。

我们六户移民,被分到一个总人口不足千人的偏远大队——鹅峰——队部所在地,且全都安排住在同一幢老宅子里。直到高中毕业后应征入伍,我在那幢老宅子里头尾生活了十年,印象之深,没齿难忘——这是一栋砖木结构的、大户人家的两层老斋,楼上楼下,大大小小,十多个房间。外墙是清一色的青砖,内里是木柱木梁木壁板。老宅坐北朝南,正南是一堵高约五米左右的"风火墙"。面对"风火墙"的大厅,有高高的门坎、厚厚的大门,大门东西两边,两扇离地面一人多高的窗户上,有精美的雕花窗格。大厅屏风后面有个面积不大的天井。那时,山村尚未通电,没有照明电灯,更没有热水器之类,我多次在天井边上冲澡"淋浴",一来年纪尚小,二来能见度低,他人就算听得见,也未必看得清,所以就无所顾忌、随心所"浴"了。天井左右,纵横有序分布着各家做饭、炒菜的土灶台;大厅不同位置上,摆放着几张"八仙桌",外加长条凳,一日三餐,差不多同时开饭,各家都在大厅中用餐,虽然饭菜简单,但却香味扑鼻;虽然有点拥挤,但却其乐融融。尤其是晚餐,当年山村尚未通电,家家户户点上篾光,如同举办"篝火晚会"一般;大厅前是一个逾百平米的院子,上山砍回的柴火,都堆放在小院里。院子东面,有一个进出老宅的大门,西墙中部和后部,各有一个宽约一米的小门。每到夜晚,把三个外门一关,老宅俨如一幢"城堡",既安静,又安全。

　　庭院西面,有几间"偏房"。"偏房"楼上,安放着一部用来吹去那些貌似谷子、实则只有壳没有米、俗称"冇谷"的鼓风车,以及一台去掉稻壳、形状像石磨的工具——土砻。土砻的砻墩,是用竹篾编成的、直径约六十厘米圆柱体,中间用黄泥土填实,留出一个谷子进入的小圆孔。土砻和石臼、石碓等一样,都是我国南方水稻地区最主要的粮食加工工具。据现有数据记载,最少已存在了几百年。土砻比磨更大更重,只有大人才能让它言听计从的转动,我曾经试过几次,因心有余力不足,无论如何都推不动……

　　鹅峰大队位于建阳黄坑西南角,距离集镇近10公里,与邵武市接壤。村中地形复杂,开门见高山,峡谷细流淙淙,山上大树葱葱。形象地说,如同一口锅,周边连绵起伏的群山恰如"锅壁",而人们则在"锅底"生活。虽说早在半个多世纪前,就修建了一条沙土公路,却是那种只有拖拉机、大货车,偶尔从哪里进来,还得原道从哪里出去的"断头公路"。偏僻程度，可想而知。据史料记载，1932年9月，红十军再度入闽，红军闽北独立师部分官兵（约七八十人），第三次占领黄坑。次年初，恢复苏维埃政权，革命据点就建立在鹅峰村陈家坪，同时成立游击队组织……。1935年，时任中共福建省委负责人的曾镜冰，曾经领导福建省委驻扎在鹅峰。这是过往的历史，这是山村的光荣。我还清楚的记得，我们居住的老宅，除了靠山的北墙，其余三面外墙上，都有红军留下的朱红色标语。我想，或许当年红军也曾在这幢老宅里住过。可是，如今老宅却消失的无影无踪了。我的心中，生出几多惋叹，徒留一缕怀想。

农村，是中国的"大后方"。我国的传统文化，不少保存在农村。比如那些历经沧桑、各有奥妙、各具特色的历史文化村寨，那些貌不惊人的传统乡土建筑等，不但蕴含着大量的文化信息，而且是中华文化不可或缺的可贵根基。遗憾的是，有人认为老宅，已经"过时"，甚或有点"土气"。因此，近年来在一些农村，老宅之类乡土建筑，成了被廉价售卖的"旧物"、被随意拆除的"废物"。这，是无意的糟蹋、无知的毁坏。要知道，乡土建筑、古老民宅等，是祖先留给我们的宝贵遗产。可是，当它们存在的时候，人们往往不知道珍惜它、爱护它。一旦失去之后，这才觉得珍贵，无奈已不复存在、不能再生。

"让居民望得见山、看得见水、记得住乡愁"，这是习近平总书记在2013年12月举行的中央城镇化工作会议上发出的号召。如何让人记得住乡愁，要靠那山、那水和那些乡土建筑、古老民宅等。山、水是大自然的馈赠，乡土建筑、古老民宅则是祖先留给我们的宝贵遗产。可是，当它们存在的时候，人们往往不知道珍惜它、爱护它。一旦失去之后，才觉得珍贵，无奈已不复存在、不能再生；即便幡然悔悟，进行复建，那不过是缺少文化韵味的空壳而已。

农村的发展，离不开"立新"。问题是，"立新"一定要以"破旧"为代价吗？由此想起位于伊万诺沃市东北43公里、被称为"伏尔加河畔的珍珠"的普廖斯。120多年前，著名风景画大师列维坦游船至此的一次"邂逅"，为世人留下诸如《雨后的普廖斯》《寂静的乡村》等大批名作。此后，慕名前来普廖斯的游人访客与日俱增，旅游开发的呼声始终强烈。而普廖斯的治理者们似乎不愿破坏这份"寂静"，仍保持着"不急不躁"的姿态。今日的普廖斯，那山、那水、那树、那雨，一如百年前的风景画作。正是"百年不变"的守护，让资源在岁月的沉淀中彰显价值——不仅每年迎来40万人次的游客，还是不少政商名流青睐的度假之地。据悉，对普廖斯的守护，在俄罗斯引发诸多关注和思考：俄罗斯的农村、农业要走出困境，任重道远。既是产业的振兴、农村的振兴，也是生态的保护、文化的守护。

离开那个小山村有一些时日了。可对那幢老宅的怀想与追思，犹存于心，经久不退。当年在农村时，因为年少无知，不曾向当地长辈们了解它的主人与背景、历史与由来。但我相信，像这样的老宅，在农村是不同寻常、不可多得的。在它身上，潜藏着某些特殊元素，倘若能够保护下来，无疑是有特殊价值的——除了从中获得某些文化信息，或许还是可贵的乡村旅游资源呢。

（原载 2019 年 1 月 22 日香港《文汇报》副刊，2019 年 1 月 7 日《人民政协报》以《一座老宅的怀想》为题发表）

由《中国女排》说"女排精神"

4月16日,电影《中国女排》在福建漳州女排训练基地中国女排训练馆旧馆举行了名为"不忘初心,共同出发"的启动仪式。导演陈可辛透露,《中国女排》时间跨度长达40年,讲述几代女排的热血故事,影片将于2020年大年初一正式上映。欣闻这一消息,心中浮想联翩。[注:《中国女排》后更名为《夺冠》,且未能按原定日期上映。]

据悉,当有记者问陈可辛先生:"为什么要拍摄一部名为《中国女排》的影片"时,陈导的回答是:"中国女排1978年参加泰国曼谷亚运会时,正在上高一的我第一次在现场看到比赛,她们在赛场上的拼搏场面,让我至今记忆犹新,这是我愿意接下《中国女排》拍摄工作的原因,我认为这是传承女排精神的好办法,女排精神不是非要每场球都能赢,而是哪怕无法取胜也会一拼到底,这让我很佩服。"这话,引起很多人的共鸣。

1978年12月,第八届亚运会在泰国首都曼谷举行。那时,我还是快乐的"单身狗"。吃在食堂,没有家务。忙完一天工作,每到夜幕降临,不是闭门读书,便是坐在单位电视机前。本届亚运会上,中国女排姑娘顽强拼搏的精彩比赛,使我如临其境、备受感动。从那以后,学生时代音乐与体育成绩最差的我,却爱上了体育节目,尤其爱看中国女排比赛。久而久之,但凡与中国女排有关的内容,都会引起我的兴趣。前年五一期间,应朋友之邀,我们全家前往漳州游玩。上午在"荔枝海"观光赏景,下午到女排训练基地参观。在江泽民题写馆名的"中国女排腾飞馆"前,我们拍下几张照片后,走进中国女排训练馆,一群姑娘正在国内一隅训练。但见有人抱着重量大、弹性小的训练用排球，使劲往墙上击去，反弹回来后双手接住，继续往墙上击打。如此这般，周而复始。看了一阵子，老伴发话了："走吧！这有啥好看的？"我不置可否，边看边想：真是"台上一分钟，台下十年功"啊。进而，自然而然联想起中国女排的腾飞之路与女排精神。

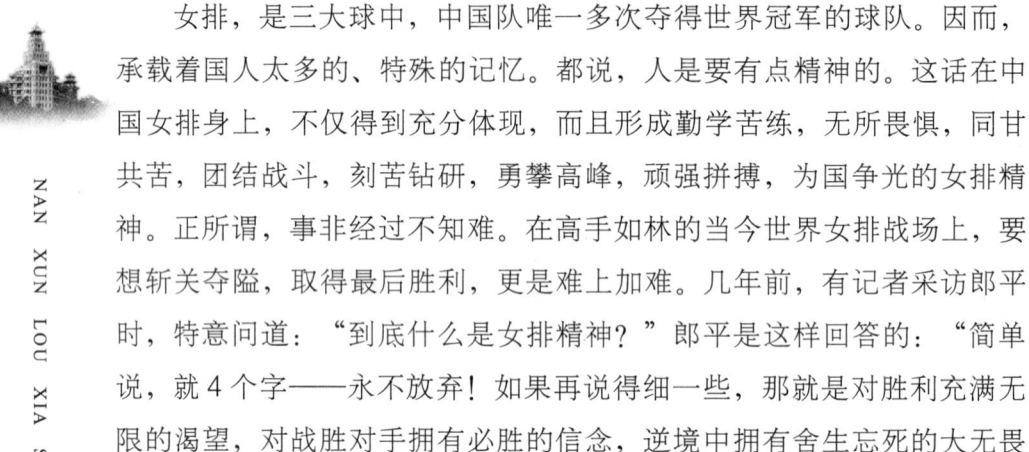

女排，是三大球中，中国队唯一多次夺得世界冠军的球队。因而，承载着国人太多的、特殊的记忆。都说，人是要有点精神的。这话在中国女排身上，不仅得到充分体现，而且形成勤学苦练，无所畏惧，同甘共苦，团结战斗，刻苦钻研，勇攀高峰，顽强拼搏，为国争光的女排精神。正所谓，事非经过不知难。在高手如林的当今世界女排战场上，要想斩关夺隘，取得最后胜利，更是难上加难。几年前，有记者采访郎平时，特意问道："到底什么是女排精神？"郎平是这样回答的："简单说，就4个字——永不放弃！如果再说得细一些，那就是对胜利充满无限的渴望，对战胜对手拥有必胜的信念，逆境中拥有舍生忘死的大无畏精神。"回顾中国女排成长史，郎平这话丝毫不夸张。

曾记否，1981年11月16日，大阪，夜晚。第三届女排世界杯最后一战，与中国女排争夺冠军的是东道主日本女排。根据比赛规则，中国女排在这场比赛中只要拿下两局，便可夺得冠军。开赛后，中国女排连下两局，世界冠军实际已经到手。孰料，已没有任何悬念和心理压力的日本队，放开一搏，将比分扳成2比2平。进入决胜局，中国女排开始反击，最终，以17比15拿下决胜局，并以7战全胜的战绩，首夺世界冠军！谱写了中国体育历史的新篇章！是夜，北京沸腾了！中国沸腾了！"振兴中华"的口号声、呐喊声直冲云霄。之后，中国女排再接再厉，以"五连冠"的辉煌战果，铸就了一个属于中国女排的传奇时代。"女排精神"，更是极大地增强了刚刚踏上改革开放之路中国人的民族自信。同时，增添了国人对女排的喜爱与崇敬。

事有凑巧。1982年，由央视引进，在全国首播，且风靡一时的日本电视连续剧——《排球女将》，我不仅领略了剧中一句台词——"晴空霹雳"，而且从内心深处生发出对中国女排的期待与祝福。同时，也记住了从著名解说员宋世雄先生在为中国女排比赛解说时说出的诸如"背飞"呀、"短平快"呀、"探头求"呀之类此前不曾听说的新名词,对中国女排的关注度,有增无减,经久不衰。

中国女排的腾飞、女排精神的诞生,不是一朝一夕、一蹴而就的。从1951年11月新中国第一支女排国家队组建算起,中国女排姑娘,前赴后继、代代相传,用了整整30年时间,创造了属于中国女排的历史殊荣与精神财富。而从1981年至今的三十多年间,中国女排队员换了一茬又一茬,对女排精神的呵护与坚守,一时一刻也不曾淡忘过、松懈过。从18岁随中国女排出征,之后当选感动中国2015年度人物,或评2016感动中国十大年度人物,2018年12月18日,被党中央、国务院授予改革先锋称号,颁授改革先锋奖章的郎平,到当年的女排队长、最佳二传手孙晋芳,从获得2017年全国向上向善好青年称号的惠若琪、中共十九大代表魏秋月、到2016、2017、2018年,连续三年蝉联WorldofVolley年度最佳女排运动员奖项的现任女排队长朱婷,一代又一代女排姑娘们,团结协作、无私奉献,自强不息、顽强拼搏,以实际行动诠释着女排精神、延续着女排精神。在我这个外行人眼里,女排精神是中国女排创造的历史遗产。如今,时代不同了,但女排精神非但丝毫没有褪色,反而愈发折射出耀眼的光芒。

在群星闪烁的中国女排中,给我留下最深印象的有两位。其一是,中国女排在20世纪70年代末和80年代初,冲出亚洲、走向世界团队中的核心队员——中国前女排国手,第六届全国人大代表,曾立一等功、两次获国家体育运动荣誉奖章、为1979年中国女排首获亚洲冠军,1981年首获世界杯冠军,1982年首获世锦赛冠军做出了重要贡献的"断臂将军"——陈招娣(1955~2013)。其二是,福建老乡侯玉珠。在1984年洛杉矶第23届奥运会女排决赛时,中美双方棋逢对手、鏖战激烈。当第3局比分打成14∶14时,中国女排教练袁伟民果断请求换人,"秘密武器"侯玉珠,信心十足地登场亮相,随即发出了力度很大的上手勾飘球,球过网后即下沉。对方接球队员尚未摸清中国队套路,心里没底,连"吃"两球。中国队乘胜进击,直落三局夺得冠军,实现"三连冠"

的夙愿……

　　从中国女排首获世界杯冠军之日开始，女排精神不仅持续激励着国人，而且成为体育健儿为民族争光的精神动力。时光流逝，征程坎坷。中国女排虽然也曾经历过沉浮，但她们在关键时刻，站得出来、挺得上去，韧劲十足、顽强拼搏的精神，历久弥新、闪闪发光。我在为《中国女排》正式启动击掌叫好的同时，生出一点体会：无论是实现两个一百年奋斗目标，抑或是圆我中华民族伟大复兴的中国梦，都需要学习和弘扬胜不骄、败不馁、永不放弃、爱拼会赢的女排精神。末了，我期待《中国女排》拍摄成功、闪亮上映，我祝愿"女排精神"弘扬光大、再铸辉煌。

（原载 2019 年 4 月 30 日《福建日报》、
5 月 1 日香港《文汇报》）

"玉湖陈氏祖祠"中的顿悟

暮春时节，全国各地杂文学会第33届联席会在"文献名邦"——福建莆田召开。这天下午，近百名与会代表乘车穿过刻有"庆历肇基名邦丞相第，蟾宫折桂文献状元坊"对联的"陈丞相里第"牌坊，在玉湖祖祠广场古朴庄重的"玉湖大戏台"上座谈。之后，参观"玉湖陈氏祖祠"与"城隍庙"。

位于莆田市荔园路1026号的玉湖陈氏祖祠，原为南宋干道年间宰相陈俊卿的故居。现祖祠除主殿与拜亭仿原样重建外，后座增建主殿，两侧二厅堂东厅为正献纪念堂，西厅为源流馆，拜亭两边增建壁廊。前座扩建大门庭，两厢分别为奉祀陈文龙的"昭忠庙"、奉祀陈瓒的"城隍庙"。1990年10月，原全国政协副主席屈武来闽视察时，题写了"玉湖陈氏祖祠"门匾与"民族英雄"匾额，彰显玉湖祖祠之品位与风采。1991年，仁公三十二世孙、印度尼西亚华侨德发宗亲慨然捐资，重修"陈丞相里第"门坊、祖祠大厅、拜亭及祠前石板道等，明代之前石刻——"泓澄"、"状元里"，以及"地瘦栽松柏，家贫子读书"、"文章魁天下，节义愧当时"等石柱楹联，得以保存。26年前，被列为市级文物保护单位。

立身风景秀丽玉湖公园内的陈氏祖祠，占地总面积1080平方米，建筑面积560平方米。玉湖陈氏始祖陈仁（1015—1064），于宋庆历元年（1041）卜居玉湖，其四世孙俊卿（1113—1186），以榜眼及第，官至左相。他为官清廉、忠义直谏、不畏权势、任人唯贤，是宋代著名的忠臣贤相，卒后谥"正献"。因之，其曾祖父陈仁、祖父陈贵、父陈铣都赠"太师"、"国公"。玉湖八世陈文龙（1232—1276），系南宋状元，拜参知政事（副宰相）。以身殉国，诏赠"太师"，谥"忠肃"。因之，陈文龙的曾祖父陈钦绍、祖父陈衮、父陈粢都赠"太师"、"国公"。这样，玉湖陈氏便有"一门两丞相，九代八太师"之美誉，成为莆阳的名门望族。

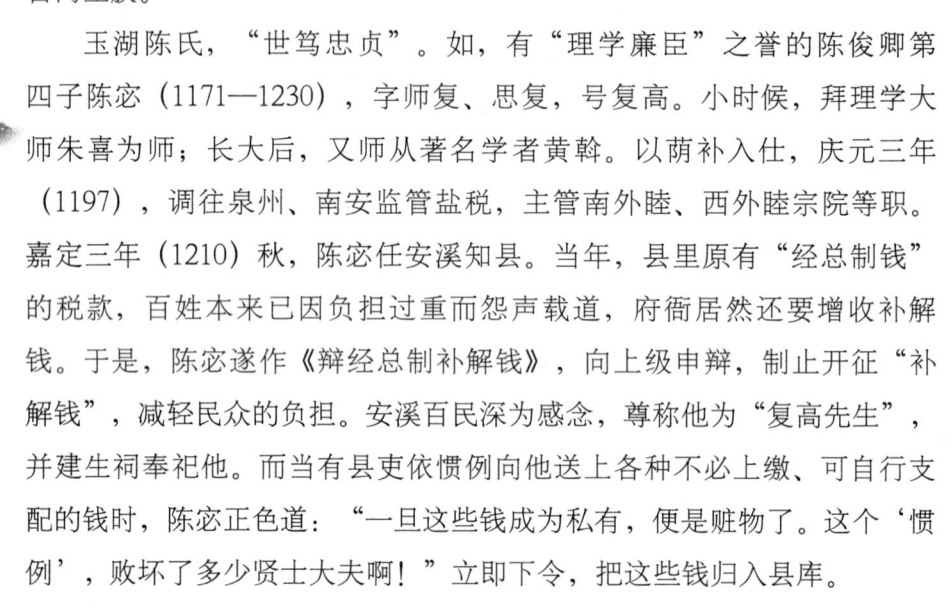

玉湖陈氏，"世笃忠贞"。如，有"理学廉臣"之誉的陈俊卿第四子陈宓（1171—1230），字师复、思复，号复高。小时候，拜理学大师朱熹为师；长大后，又师从著名学者黄榦。以荫补入仕，庆元三年（1197），调往泉州、南安监管盐税，主管南外睦、西外睦宗院等职。嘉定三年（1210）秋，陈宓任安溪知县。当年，县里原有"经总制钱"的税款，百姓本来已因负担过重而怨声载道，府衙居然还要增收补解钱。于是，陈宓遂作《辩经总制补解钱》，向上级申辩，制止开征"补解钱"，减轻民众的负担。安溪百民深为感念，尊称他为"复高先生"，并建生祠奉祀他。而当有县吏依惯例向他送上各种不必上缴、可自行支配的钱时，陈宓正色道："一旦这些钱成为私有，便是赃物了。这个'惯例'，败坏了多少贤士大夫啊！"立即下令，把这些钱归入县库。

在玉湖祖祠内，陈文龙无疑是群星中最为耀眼的一颗。陈文龙原名子龙，字刚中、德刚，赐字君贲，俊卿公五世重侄孙。咸淳四年（1268）高中状元，深受南宋朝廷器重。陈文龙仕途的"第一站"，是在今浙江绍兴的越州任镇东节度使判官。上任伊始，他发现这里虽是鱼米之乡，却也是皇亲国戚聚居之地，历任官员到此，在秉公处理政务时，总会遇到皇亲国戚的干扰。对此，忠肝义胆的陈文龙，毫不犹豫地举起革除政弊之剑、挥动反腐惩奸之斧，公开声言，为官"不可以干以私"。后来，陈文龙官至监察御史。心中只有黎民与社稷的他，不负监察官的重要使命，屡屡弹劾曾经极力举荐他、又想利用他的权臣贾似道。咸淳八年（1272），临安知府洪起畏，在贾似道的授意下，推行"类田法"。即，用劣等公田强行更换肥腴良田，导致"六郡之民，破家者多"。陈文龙上疏慷慨陈述，终于逼迫贾似道废除此法，黎民百姓称赞陈文龙"乃朝阳之鸣凤也"。宋末，深深爱国的陈文龙戮力抗元，居兵兴化，竖起"生为宋臣""死为宋鬼"两面大旗。因林华叛变，陈文龙被执北上。经杭州，谒岳王庙，大恸殉国，御赐"忠肃"。明永乐六年（1409），朝廷封陈文龙为"水部尚书"；清乾隆四十六年（1782）皇帝加封陈文龙为"镇海王"。

活动期间，这次年会主办方莆田市杂文学会会长、玉湖陈氏理事会会长陈天宇先生，微笑着告诉我们，这些青史留名的玉湖陈氏，所以忠贞节义、爱国清廉，与其优良家风，密不可分。以陈文龙之叔陈瓒（1232—1277）为例，与陈文龙同年出生的他，虽是一介平民，却身在莆阳，心怀天下。德佑元年（1275）春，元朝大军沿长江东下，南宋政权濒临崩溃，朝廷重新起用陈文龙为侍御史。景炎元年（1276）十二月二十四日，兴化城陷落。文龙被俘，陈瓒义愤填膺："侄不负国家，吾当不负侄。"于是，他秘密部署，招募义军，誓死抗元。景炎二年（1277）二月三十日，陈瓒趁元军主力调离兴化的时机，倾家财助张世杰，又集义军把叛变求荣的守将林华等人活捉，收复了兴化军。斩首林华，告祭祖庙，为死难烈士报仇雪恨。九月间，元将唆都率兵一万多人，再次攻打兴化城。陈瓒率领众人坚守，誓死守城。景炎二年十月十五日，元兵攻破兴化府城墙后，拒不归降、年仅45岁的陈瓒，被唆都下令五马分尸。端宗嘉其忠义，谥"忠武"。陈瓒与陈文龙，史称"抗元二忠"。

宋末，政治腐败，元军侵扰，天下大乱。据史料记载，家有遗风的陈瓒，时常散发粮米，以济饥寒百姓。他说："吾家世受国恩，当为国收民心耳。"正是玉湖陈氏的优秀家风家训，养育出了陈文龙陈瓒这样的民族英雄。事实上，玉湖陈氏始祖陈仁，甫从钱塘择居玉湖，便为子孙立下了以"忠义孝慈，诗礼经书"为业的祖训，四世祖陈俊卿为子孙制定了名闻遐迩的"陈俊卿家训"，五世祖陈宓制定的"仰止堂规约"等，世代相传，春风化雨，养育劝率出一代代信奉"人才当以气节为先"的俊彦后昆。

离开玉湖陈氏祖祠多日了，玉湖陈氏祖祠门廊两侧，当地有关部门悬挂的"爱国主义教育基地"、"廉政文化教育基地"标牌，不时出现在眼前。联系到陈文龙、陈瓒等民族英雄的壮举廉举，心中感慨良多，顿有所悟：爱国与廉政，并非相互孤立的，而是有内在联系的——真心爱国，必须廉政；唯有廉者，方真爱国。白居易有诗曰："惟向天竺山，取得两片石。此抵有千金，无乃伤清白。"由此推论，贪污受贿，不论数额大小，都在挖国家、地方的墙脚。以"百名红通人员"为例，他们不论职务高低、身份如何，哪个不曾接受过爱国主义教育、哪个不知为政清廉的要义？可是，当他们狐狸尾巴行将暴露时，一个个如丧家之犬，惶惶然逃到国外。假如不是国家反腐追赃力度大，不是这些外逃贪官成了"无人可靠"、"无钱可花"、"无路可走"的三无人员，说不定他们至今还心甘情愿寄人篱下呢。试问，如此这般，哪里配得上说"爱国"？！

（原载 2019 年 5 月 7 日香港《文汇报》副刊）

童年的电影记忆

1895年12月28日，法国摄影师路易·卢米埃尔在巴黎卡布辛路的大咖啡馆，用活动电影机举行首次放映，获得了巨大的成功，这被认为标志着电影的诞生。十年后，即，1905年，北京丰泰照相馆创办人任庆泰拍摄了由谭鑫培主演的《定军山》片段，成为中国人自己摄制的第一部影片……

半个世纪前，看电影对很多人而言，并非一件易事。城市居民，要排队碰运气买票；农村观众，则只能看露天电影。现如今，坐在家里，打开电视，不单可以看电影，而且可以选片看。前提是，你有时间和兴趣。五月一日，看到一条朋友圈："送你300部国产老电影"，分别是50、60、70、80年代摄制的。喜不自禁的我，赶紧收藏，心生感慨：手机如同"电影库"。近日，抽空看了《英雄岛》《长虹号起义》两部五十年代电影。前者不够清晰，不时有"闪电"出现；后者画面很干净、图像很清晰。因是"手机播放"，时而坐着看，时而站着看，时而走动着看，自由自在，悠哉悠哉。

由此唤醒童年的电影记忆。我出生于上个世纪五十年代前期。想当年，偶尔看一次电影，对许多孩子而言，就像过年一样高兴。那时，不论放映什么片子，总是看得乐陶陶、喜滋滋的，一个个脸上写满了愉悦。有的片子因为播放次数多了，划痕不老少，银幕上就像"下暴雨"一样，无数线条，不停跳动，即便如此，人们照样看得有滋有味。

当年，在放映"正片"之前，通常先播放一两个《新闻简报》。伴随着新中国一起诞生的《新闻简报》，每周一期，每期片长约十分钟左右，内容涵盖政治、经济、领袖、外交、生活、百姓、民生、城市、科教、文化、体育等方方面面。在电视机尚未进入城乡居民家庭之前的历史阶段，在电影院里，在露天广场，《新闻简报》是"正餐"前先上的"小菜"，是国人集体收看的"新闻联播"——从南国粮食的丰收、东北工厂的投产，到西部铁路的铺通、外国友人的来访；从泼水节的欢乐有多么浓烈、全运会上谁打破了纪录，到全聚德的烤鸭如何美味、英雄牌金笔质量多么优良……应有尽有。当年，有两个版本不同、广为流传的顺口溜："中国电影新闻简报，朝鲜电影哭哭笑笑，越南电影飞机大炮，阿尔巴尼亚电影莫名其妙"；"朝鲜电影哭哭笑笑，罗马尼亚电影搂搂抱抱，越南电影飞机大炮，中国电影新闻简报。"虽然，轮到农村，"新闻"早已成了"旧闻"，人们还是巴不得多上几个"小菜"，反正后面的"正餐"跑不了。

当年观看的电影，多为八一电影制片厂、上海电影制片厂、北京电影制片厂、长春电影制片厂拍摄的。最为难忘的是八一电影制片厂拍摄的故事片。片头一出现在屏幕上，中间是"八一"二字的五角星，周边星光闪烁，加上特有的配乐，不等人物"出场"，心情随之跌宕起伏、激动跳跃。现在回想起来，一部电影，一场震撼；一本胶片，一串记忆，一个人物，一段故事。比如，八一电影制片厂摄制的《英雄虎胆》，讲述的是解放军侦察科长曾泰（于洋饰）化装潜伏到国民党残匪的老巢，协助大部队将匪徒一网打尽的故事。那位先是深入虎穴，继而虎口拔牙的"侦察科长"，成了我心目中的大英雄。而上海电影制片厂摄制的《女篮5号》，则围绕篮球运动员田振华一生的经历和林洁、林小洁母女的不同境遇，揭示了解放前后体育运动员的不同命运，也给我留下深刻的印象……

12岁以前，我在福建省莆田县（今秀屿区）农村生活。从得到大队部晚上放电影的广播通知那一刻起，心情就开始兴奋起来，恨不得夜幕早点降临。我家所在的小队，与大队距离二华里开外，大都是父亲领着我们兄弟仨，每每扛上木板凳，早早前去占位子。露天广场看电影，以放映机位置附近为佳。反之，与屏幕距离太远，或者太近，观看效果都会差一些。尽管我们天不黑就到场，可是，"莫道君行早，更有早行人"，有时去的稍微晚了些，占领不到"有利地形"，就只好不论远近，凑合着看了。还有几次，正面已无"立凳之地"，只好到背面找地方观看。好在屏幕悬空而挂、无遮无挡，影像能"透"到背面，除了人物、景物都是"反向"之外，其他并无太大区别。

记忆犹新的还有，电影现场的管理。莆田人多。偌大的广场上，每次都是满满当当、密密麻麻的。观看过程中，有人不自觉，或者不经意，站起身来，影响他人。为了维护秩序，广场前后左右，不同位置各有一个手握一根细长细长竹竿的维护员，一旦发现有人"冒尖"了，竹竿立马伸了过去，在他或她的头上，轻轻弹打几下，"违规者"便会知趣的坐了下来。省力且有效，也算是"发明"。根据安排，有时需要"跑片"——两个相邻的大队，同日播映同一部电影。常常出现这边一本胶片播放完了，那边送来的下一本胶片还在路上。遇到这种情况，就只好亮起电灯、全场就地恭候了。

除了这些，我还记得，每逢大队放电影，母亲听到用普通话、莆田话广播的通知后，总会为我们用心准备晚餐。莆田地多田少，大米"稀缺"。长年累月，稀饭吃不饱、地瓜当粮草。只有逢年过节，才可望吃到大锅焖的干饭。每次看电影，都是人山人海的，不说寸步难行，也是走动困难。为了避免我们观看中途尿急遭罪，母亲特意煮点干饭，遇到实在无米可煮，便煮一锅地瓜干。有时，还会用韭菜或者西红柿炒鸡蛋。不年不节的，算是奢侈了。母亲患有下肢溃疡，因为没钱治疗，偶尔买回几小包每包单价一角三分钱的"磺胺结晶"，就算是最好的外敷药了。记得不止一次，我希望母亲和我们一道前去看电影，母亲都以"不喜欢"为借口，留在家中陪祖母。其实是，因为"老烂脚"不时折磨着她，在家尚且疼痛难忍，哪里还敢轻易外出！

1965年秋，我们全家响应政府号召，告别故土，移民闽北。山区地多人少，我们移居的大队，总人口不足一千。有的小队离大队五六里，且要翻山越岭，前来观看的人更少。因此，电影都安排在大队礼堂放映。我家出了大门几十米，就是大礼堂。既不用搬凳子，也无需抢位子，常常可以坐在放映机周边，不但观看效果较之室外好许多，而且近距离观察放映员操作。但见换胶片，动作既熟练又麻利，不用开电灯，须臾便搞定。心中默默为之喝彩。母亲每每会和我们一道观看，虽然影片中的人物对话，她不完全听得懂，但她善于"观颜察色"，主要故事情节，也能说个八九不离十。我这才知道，母亲原来也爱看电影。九年前，母亲随父亲而去了，我把父母生前唯一的一张合影，摆放在客厅的橱柜上。这样，父母就可以经常和我们一道看电影了。

（原载2019年5月28日香港《文汇报》副刊、8月6日《朝花时文》以《童年露天电影记忆》为题发表）

武夷天池醉人心

　　天池，比喻仙界之池，也指山顶之池。唐韩愈《漫作》诗之一："玄圃珠为树，天池玉作砂"；杜甫《天池》诗曰："天池马不到，岚壁鸟纔通。"中国名扬四海的天池，不下十几二十个。迄今为止，我只在新疆天山、吉林长白山、河南万仙山等地，领略过天池的风采。她们如同仙女一般，长相与身材，千差万别，各有秀色；风韵和气质，不分伯仲，令人陶醉。

　　天山天池，传说很美丽——王母娘娘十分疼爱自己的七个女儿，为满足她们在博格达山下修建一个洗澡池的要求，命令雷神挖池、雨神下雨。雷神花了七天时间，将池挖好；雨神连下四十天大雨，终于汇成了一座清澈的大湖；长白山天池，可望不可即——池水表面海拔二千一百九十二米，是中国最高、最深的火山湖。但却宛如一位浓妆淡抹、纯洁羞涩的少女，静静仰卧在游客脚下约五百米的位置上；万仙山天池，小巧且玲珑——蓄水量仅19万立方米，位于辉县"郭亮村"村口南端、大峡谷"绝壁长廊"上方，由喊泉和瑶池等涓涓细流汇聚而成，红崖绿树、碧水银瀑、色彩斑斓、玲珑秀美……

　　爱美之心，人皆有之。人们对美丽、美好、美妙的东西，不论是人物，或者是景物，都铭刻于心，历久弥深。上述几个天池中，天山天池是二十年前去过的，至今仿佛就在眼前，依然令我如痴如醉。同样令我陶醉的，还有独具特色的武夷天池。

　　群山环抱，四季常青的武夷天池，位于临近武夷山的建阳区黄坑镇五福洋。海拔近千米，是福建省海拔最高的两座水库之一。库区面积630

亩，平均水深 20 米、总蓄水量 666 万立方米。早在十多年前，我在建阳宣传部工作时就去过一次。只是来去匆匆，俨如蜻蜓点水。不久前，心存恋意的我，乘坐猎豹越野车，从黄坑镇上出发，再次向武夷天池挺进。过了新峰桥，一路都爬坡。13 公里路程，猎豹"如同驯服的"小猫"，虽摇摇晃晃，却稳稳当当，在绿色海洋间穿越。一路上，映入眼帘的，除了傲然挺立的毛竹，还有遮天蔽日的树木。持续颠簸了半小时，终于到达目的地。

甫一下车，放眼望去，郁郁葱葱的树木，如同忠于职守的士兵，默默无语，静静肃立，为天池站岗放哨、祈福护佑。在靠近"坝头"的左侧，一棵独立库岸的松树傲然挺拔。随行者告诉我："这是武夷天池的'迎客松'！"听了这话，我仔细观察，但见它树梢朝南北两个方向伸张，茂密的松针，如同披上一件绿色的风衣。"迎客松"下，有栋面积三十平方米的砖瓦平房，年近六十的管理者老梁，用略带自豪的语气说：我来这里快二十年了。开始一段时间，不是太习惯，到了夜晚，静悄悄的。现在习惯了，舍不得离开。

其实，来这里的游客，都舍不得离开。因为，她的美，不寻常——可以从"外貌"与"内涵"两个层面来鉴赏。品味内涵，湖水清清、波光粼粼的武夷天池，宛如一颗晶莹剔透的翡翠，镶嵌在五福洋的腹地，豁然平卧在人们的眼前。抵近湖畔，但见湖面碧波轻漾，周边群山环抱，头顶白云蓝天，交相辉映，多姿多彩，引人入胜，美不胜收。欣赏外貌，她又像一个构造特殊、常年滴翠的"聚宝盆"。四周高耸的群山，把上天所赐的雨水，无私的、慷慨的汇入到"聚宝盆"中来。武夷天池，有五个"隐形手指"，或者说五个"隐形触角"。老梁对她们了如指掌。当他得知我对此颇感兴趣时，便像背诵课文一样"背"了出来：大东坑，朝东，长约 1400 米；小东坑，朝北，长约 1550 米；北坑，长约 1500 米；牛尾窠，朝西，长约 1350 米；黄界坳，朝南，长约 800 米。

我们在"坝头"岸边欣赏一阵后，继续向前走去，一道不算很长的钢性斜墙直线型石坝出现在眼前。四男两女六个年轻游客，在水坝上赏景拍照，看他们一副喜不自禁的样子，我上前轻声而友好地问道："年轻人，你们是哪来的？"其中一个小帅哥回答："我们是从邵武骑摩托车上来的。"邵武是建阳的"邻居"。从这话里，听得出来，他们对武夷天池"一往情深"。要不，赤日炎炎，百多里路，骑摩托车来，吃饱了撑的。

武夷天池，与前文几个我光顾过的天池，一个最大的区别是：大坝如同"检阅台"。大坝内侧，有堵高约1.2米的"挡墙"。游客既可以在坝上观光赏景、拍照留念，也可以在坝上游荡嬉戏、放飞思绪。这里气温比山下低了好几度，站在树荫下，凉风习习，像"过滤"了的空气，让人心生贪婪。就连老之已至的我，也生出"让我一次吸个够"的"邪念"。

天池周边，群山蜿蜒。植被，除了少数毛竹，多为常青针叶林，间或些许阔叶林。这天下午，我们站在坝上，一边联想，一边欣赏：眼前，绿树成荫，淌绿滴翠，山罩着水，水连着山；头顶，蓝天白云，动静结合，天衬着云，云陪着天；耳边，知了歌唱，声情并茂，仿佛一支隐形的乐队，在情真意切地欢迎八方游客的到来。

漫步在坝上，貌似"土八路"的老梁，如同赞美自己的孩子一般，情不自禁、妙语连珠地对我说：有的地方，四季如春，武夷天池，四季如画。春天，天池周边，红色的、紫色的映山红，竞相开放，争奇斗艳，真个是"万绿丛中点点红"；继而开放的，是"白花"，像白银一样，洒在翠竹绿树间。"白花"，有五个雪白的大花瓣，学名叫"金樱子"，别名叫"刺榆子"等。因为它结出的果子有点像橄榄，也有人管它叫"刺橄榄"。到了盛夏，冬瓜胖（学名：拟赤杨）开花，山间好比挂着白色锦缎一样；秋天的武夷天池，天高云淡，秋风习习，各种野果，比比皆是，绿的、红的、晶莹剔透，挂满枝头。严冬时节，一旦下雪，银装素裹，层林尽染，远远看去，好一个白玉般的世界，使人思绪万千，情不自禁地想起"山舞银蛇，原驰蜡象"的北国风光……

游览武夷天池，还有一个"额外"收获——从黄坑出发，如果时间允许，加上体力充沛，你可以在中途下车，走一走新峰通往崇安（武夷山）的那条茶马古道，领略古人的艰辛，检索历史的遗篇。一棵在黄坑镇上用肉眼就能望见的、需六七个人才能合而抱之的古老柳杉，便是那条茶马古道久远的、活着的"路标"。

　　夏日的武夷天池，进入视野的，荡漾心中的，全是一个字——绿。碧绿的湖水、翠绿的植被、染绿的情思。眼看日已偏西，游客渐行渐少，我们只得依依别离。"打开车窗，关掉空调。"为了多吸几口有钱难买到的武夷天池空气，我不无"专断"地发话。返回途中，耳边忽地响起几句老歌："明镜似的西海，海中虽然没有龙，碧绿的海水已够我喜欢"，顿时，一股陶醉的心情，悄然在心头弥漫。那感觉，不单是人醉了，就连心也醉了……

　　　　　　　　（原载2019年6月8日香港《文汇报》副刊）

信念如磐瞿秋白

瞿秋白（1899—1935），生于江苏常州。中国共产党早期主要领导人之一，伟大的马克思主义者，卓越的无产阶级革命家、理论家和宣传家，中国革命文学事业的重要奠基者之一。八十四年前，信念如磐、意志如钢的瞿秋白，英勇就义在长汀罗汉岭下。6月中旬，央视综合频道"朝闻天下"专栏，连续两天报导中央广播电视总台"记者再走长征路"来到福建长汀的所见所闻、所思所想。收看过后，唤醒我对敬谒瞿秋白烈士往事的记忆。

长汀县，位于福建省西部、武夷山南麓，南邻广东、西接江西；自古为闽、粤、赣三省边陲要冲，被誉为"福建省西大门"。第二次国内革命战争时期，长汀有2万多名优秀儿女参加了红军，锤炼成长了13位将军。1929年3月，毛泽东、朱德率领中国工农红军第四军主力离开井冈山首次入闽，在长岭寨一举消灭了国民党福建省防军第二混成旅郭凤鸣部两千余人，解放了长汀县城，并建立了长汀县革命委员会，成为闽西、赣南第一个红色县级政权。是年秋，毛泽东欣然挥笔，喜不自禁的在《清平乐·蒋桂战争》中写道："红旗跃过汀江，直下龙岩上杭。收拾金瓯一片，分田分地真忙。"

全国著名革命老区长汀，既是红军故乡、红色土地、红旗不倒的地方，也是当年中央苏区的经济中心，为长征提供了大量的物资保障。这里，物产丰富，富商云集，手工作坊遍布城乡，有很好的经济基础，当时有"红色小上海"之称。1932年，第一个福建省苏维埃政府、中共福建省委、福建军区等机构在长汀成立，长汀遂成为福建革命运动的政治、军事中心。长汀,还是中央红军长征的四个出发地之一,中央红军长征前,在这里打响了保卫中央苏区的最后一战——血战七天七夜的松毛岭阻击战。1934年9月30日,红九军团从这里开始了二万五千里长征。中央红军离开苏区后,瞿秋白因为有病在身,留在江西瑞金坚持游击战争。1935年2月,中央决定派人护送瞿秋白转道香港前往上海就医。孰料,在福建长汀被当地反动武装保安团发现,突围失败,不幸被捕。之后,中共中央虽然组织了一系列营救活动,但均未能成功。四个月后,瞿秋白在长汀英勇就义。

中国成立后,当地政府在罗汉岭下修建了一座棱角分明、造型厚实的瞿秋白烈士纪念碑。2006年,瞿秋白烈士纪念馆,在纪念碑西侧拔地而起。现如今,包括"长汀瞿秋白纪念馆""长汀瞿秋白烈士纪念园""长汀罗汉岭瞿秋白就义处"等在内,长汀全县共有全国重点保护革命遗址7处,省级文物保护单位与省级革命建筑物3处,构成长汀红色文化的亮丽品牌。

历史,是一面厚实的镜子;先烈,是一面鲜艳的旗帜。那年十月,我和几位设区市机关党务干部一道,怀着诚挚的情感,走进长汀瞿秋白烈士纪念园、纪念馆,走进古朴端庄的汀州试院。是瞻仰,也是怀念;是思考,也是洗礼。汀州试院,建于宋代,曾是汀州府八县生员应试的地方。1935年,院内那棵老石榴,见证了在这里上演的那段惊天地、泣鬼神的壮烈历史。

1935年,瞿秋白被国民党拘捕后,鉴于他的特殊身份和实际影响力,时任国民党中央党部秘书长陈立夫,指派特工总部行动科的王杰夫、陈建中,专程从南京赶到长汀,用尽各种手段逼迫瞿秋白投降。为了达到目的,他们不惜破例在劝降条件上做了妥协,对瞿秋白的"要求"是:不必发表反共声明和自首书,只要答应到南京政府下属机关担任翻译即可。瞿秋白慷慨陈词:"我青年时期已走上马克思主义道路,无从改变。中国共产党的胜利,就是国家前途的光明。"义正词严,断然拒绝敌人的劝降、拒绝出卖信仰和灵魂。

在长汀那座古时遗留的试院一角,有一间小屋子,成了瞿秋白失去自由的囚禁之所、人生最后的居留之所。在这间囚室中，瞿秋白度过了生命最后的四十一天。期间，面对囚室外小院里的那棵石榴树，他写下许多诗词、刻下许多印章，还有那篇自我解剖的长文——《多余的话》。史料表明，瞿秋白在狱中，始终表现出一个共产党员的高风亮节和顽强意志。在他被囚禁的那段时间里，敌人使出利诱、劝降、威逼、严刑等一切卑鄙残忍手段，却丝毫不能动摇瞿秋白坚贞不屈的革命气节。一天，当敌人展示蒋介石"劝降不成，就地枪决"的电报时，瞿秋白看罢淡然一笑："为革命而死，是人生最大的快乐"，"我们共产党人的哲学，就是鞠躬尽瘁，死而后已。"

1935年6月18日，瞿秋白在那间囚室里写下一首绝笔诗："夕阳明灭乱山中，落叶寒泉听不穷，已忍伶俜十年事，心持半偈万缘空"。写完此诗，他昂首迈出囚室，踩着行进的节拍，用俄语、汉语交替高歌："英特纳雄纳尔，一定要实现！"沿途，百姓在驻足聆听；周遭，树木也肃然起敬……伪善的敌人在长汀公园设一席刑餐，瞿秋白吃罢，坦坦然脸不改色走向刑场。行刑前，瞿秋白先到中山公园中山亭留影，尔后，泰然自若、闲庭信步一般走向刑场，继续高唱《国际歌》《红军之歌》，喊着"共产主义万岁""中国共产党万岁""中国革命胜利万岁"等口号，从容不迫，毫无惧色。到达刑场后，监刑官在瞿秋白面前得意忘形地说："杀尽了共产党人，革命便成功了。"瞿秋白掷地有声的反驳："共产党人是杀不尽的。没有共产党人，革命不会成功！"说完走到罗汉岭下蛇王宫侧的一块草坪上，他盘膝而坐，对刽子手说："此地正好，开枪吧！"一声罪恶的枪声，震惊了林间的飞鸟。年仅三十六岁的瞿秋白，饮弹洒血，壮烈牺牲。

瞿秋白把短暂的一生，献给了革命事业，直到流尽最后一滴血，为中国革命作出了积极贡献。毛泽东曾经这样高度赞扬他："在革命困难的年月里坚持了英雄的立场，宁愿向刽子手的屠刀走去，不愿屈服。他这种为人民工作的精神，这种临难不屈的意志和他在文字中保存下来的思想，将永远活着，不会死去。"八十多年过去了，红色长汀，与时俱进；老区长汀，持续发展。如今，罗汉岭下、闹市街头，连片的居民楼、热闹的商业楼，勾画出长汀经济社会发展的秀丽图，倘若瞿秋白英灵有知，一定会含笑九泉的。

　　古往今来，谁不知道生命有贵千金；芸芸众生，谁不知道人死不能复生。30多岁，正是血气方刚的青春年华，况且，敌人的"条件"并不苛刻，不要发表什么反共声明，只要答应前往南京工作。而他，却果敢的选择了"人生的最大快乐"——"为革命而死"。这是何等壮烈的"革命情怀"，这是多么可贵的"秋白精神"。那天，我在离开瞿秋白烈士纪念园的瞬间，忽然觉得，那块刻有"瞿秋白同志就义地"字样的青石，默默在作证，无声胜有声，向人们诉说着瞿秋白烈士坚定的意志、不改的初心、如磐的信念……

（原载2019年6月29日香港《文汇报》副刊）

延寿桥畔"闻"书香

延寿桥,一座飞架于福建省莆田市荔城区龙桥街道延寿村延寿溪(亦称"绶溪")之上的平梁桥。己亥初夏,在莆田参加"全国各地杂文学会第33届联席会议"。这天下午,各项议程进行完毕,距离晚餐还有较长一段时间。《杂文月刊》总编武立敏女士说,这附近有座延寿桥,报到当天我去过了,有点历史,值得一看。于是,我等跟随武总编直奔古桥去。

不到十分钟,便来到延寿桥前。但见桥头南端一座简易石构"牌坊",左右两根高出牌坊横梁的石柱顶端,各雄踞着一只石狮,门梁上悬挂着两串大红灯笼,在清风吹拂下,欢快地、洒脱地飘动,仿佛代表延寿桥,迎接我们的到来。近百位杂文人,怀着访古的心情,兴冲冲走上桥去。展现在我们眼前、历经沧桑的延寿桥,古香古色、古韵犹存。桥面两侧石栏立柱上,都刻有生动威武、神态各异、栩栩如生的石狮,与古桥风雨相守、相知相伴。当我从它们身边走过时,顿生一种"石狮在作证,无声胜有声"的感觉。

宋建炎二年(1128),邑人李富,在溪南延寿村,发动群众捐资兴建延寿桥。明宣德四年(1429)圮塌,正统五年(1440)重建,清光绪六年(1880)重修。现存这座青石板桥长93.5米,宽2.6米,高8.5米,跨径7.5米。我注意到,不很平整的石板,有的表面分布着若干大小不等、深浅不一、缘由不明的"小坑";有的刻有若干文字,可惜久经岁月洗礼,已经看不太清。10座桥墩东西两头,均有"分水尖"。桥头一块石碣,是宋绍定二年(1229)兴化知军林清元所立的,邑人龙图阁学士陈宓题写了"延寿桥"三字。

　　桥北端遮天蔽日的古榕树，为古桥增添许多生机与秀色。历史不短、其貌不扬的延寿桥，所以小有名气，盖因沾了"书香"之光。"壶公山下千钟粟，延寿桥头万卷书。"打从徐寅在延寿村建起"书楼"之后，便有了"延寿溪畔好读书"之说。徐寅（849—921），也称徐夤，字昭梦，福建莆田人。博学多才，尤擅作赋。为唐末至五代间较著名的文学家。徐夤的赋被当时文坛誉为"锦绣堆"。他的不少诗篇收入《全唐诗》。他在《不把渔竿》中自我解嘲曰："何人买我安贫趣，百万黄金未可论。"

　　徐寅命不逢时，处于安史之乱的唐朝后期，土地兼并严重，农民起义频发，社会剧烈动荡，藩镇（地方军阀）分裂割据。曾为黄巢部下后降唐的同华节度使朱全忠，于唐天佑元年（904）勾结宰相崔胤，杀了唐昭宗，想篡唐夺权。徐寅鄙视他奸诈残暴的人格，毅然弃官返乡，回到莆田延寿村。延寿村地处九华山下，木兰溪五大支流之一的寿溪，蜿蜒而过，青山绿水，令人心旷神怡。胸有大志的徐寅，为了造福后代，萌发建座藏书楼的想法，让莆仙学子有个好去处。于是，选址在延寿桥头南侧，倾注所有积蓄，建成一座书楼，并亲题"延寿万卷书楼"匾额，藏书达万卷。书楼不仅借书给学子阅读，还定期举行讲学，成为书院前身。徐寅之后，延寿徐氏以诗书传家，历代科甲鼎盛，曾经出现过"兄弟五刺史、祖孙三状元"的兴旺景象。

　　北宋熙宁九年（1076），福建兴化军（今莆田市）的徐铎和薛奕，分别高中文武状元，成为古代史上，唯一一次同年出文武状元的地方。宋神宗得知大魁天下的文武状元乃是同乡时，不由龙颜大悦，特赐诗曰："一方文武魁天下，四海英雄入彀中"，一时成为佳话。徐铎，系徐寅的七世孙。在今延寿桥西边，有一口八角水井，人称"状元井"。这口千年不枯、保存完好的状元井，在通自来水之前的很长历史阶段中，一直是延寿村全村的饮水源。

　　"地瘦栽松柏，家贫子读书"。很多人都知道这句流传千年励志古训的故事。南宋绍兴八年（1138），福建兴化（莆田）一批举子带着梦想，离乡前往京师临安赴考。经过省试、殿试，中进士者竟达14人，且状元黄公度、榜眼陈俊卿，皆为莆田学子。莆田偏处闽中沿海，何以一次就有14人"鱼跃龙门"？高宗皇帝甚感惊奇，遂问状元和榜眼："为何兴化军'扮榆未五里，魁亚占双标'？"状元黄公度答曰："披锦黄雀美，通印子鱼肥。"榜眼陈俊卿则答："地瘦栽松柏，家贫子读书。"高宗听罢，当即点评："公度不如卿！"果不其然，陈俊卿后来官至宰相。

史料记载，在封建社会，从隋朝至清末的整个科举时代，全国各地进士达千名以上的进士县，只有18个，其中福建省占4个，而莆田雄踞福建进士县榜首，历代进士达1700多人。这一数据，并不包括移民在外莆田人中所出现的人才。不仅如此，单是在宋代，莆仙人中状元、榜眼、探花以及中赋魁、别试第一名的人数，也位居福建之首。"书山有路勤为径，学海无涯苦作舟。"古代莆田考生，所以取得佳绩，与刻苦读书、勤奋学习，密不可分。

迄今为止，莆田人爱读书、好学习这一传统，仍在延续。这次联席会间，得知去年以来，莆田市区新增几家"莆阳书房"。隶属于市图书馆的莆阳书房，以全民阅读为核心，旨在重振莆田千年文脉风采、再扬海滨邹鲁文献名邦风范，打造集公共阅读、书籍流通、美学生活、文创产品、文化讲座、文娱休闲、开放式展览于一体的公共文化空间。事有凑巧，那天下午，我们有幸参观了与延寿村遥相呼应、位于莆田市荔城区西天尾溪白村企溪291号的"莆阳书房"。门口右侧挂着"莆田市非遗文创交流中心"黑底金字牌子的"莆阳书房"，外观不显山不露水，内里有规划有条理。步入其中，但见因地制宜、布局合理的"书房"，面积不大，图书不少。几组高大的书橱，整齐有序摆满了各类图书；几张简易的书桌，自然随意摆放着一些书籍。入内参观的"会友"们，有的啧啧称赞，有的频频拍照。

当天晚上，热情好客的东道主，在延寿桥南不远处的"绶溪公园美食城"为我们举行晚宴。席间，冷不防一中年男子"闯进"我们的包厢。事发突然，我的第一反应是：遇到"商品推销员"了。不成想，该男子站在我们身后，彬彬有礼的展示手中浅红色的《"万卷书堂"图书征集启事》。听他说明来意后，我当即拍下《启事》。其中写道：兴化自古藏书、读书之风兴盛，宋代在延寿桥畔建"万卷书楼"，成就"壶公山下千钟粟，延寿桥头万卷书"的美誉。可惜，由于历史原因"万卷书楼"销声匿迹。近几年，莆田市积极倡导全民阅读理念，引导市民的阅读行为，唱响"读书的城市最美丽"之旋律，让市民重拾阅读的乐趣。在手机阅读流行的今天，让纸质书回到人们的生活中。在优美静谧的绶溪河畔，修史堂内恢复"万卷书堂"的筹备工作正在进行中……

离开莆田多日了，延寿桥还会时不时出现在我眼前。然而，比延寿桥更令我难以忘怀的，是莆田延续至今、清新可闻的幽幽"书香"。

（原载2019年8月6日香港《文汇报》副刊）

古田会议铸军魂放光芒

古田会议，是 90 年前红四军在福建省龙岩市上杭县古田召开的第九次党的代表大会。因为会址在上杭县古田村，所以史称"古田会议"。

那年，油菜花开时节，身为退役军官的我，又一次怀着景仰的心情来到古田参观。会址前方，大片金灿灿的油菜花，俨如一幅镶在大地之上的金黄色画卷。我激情满满、兴致勃勃地站在其间，面对会址远远眺望，高出屋顶的"古田会议永放光芒"几个黑体红字，催生我一连串的思考：从中国共产党、中国人民解放军成立至今，近百年奋斗历程中，我党、我军召开过多少次重要的会议，为什么唯独古田会议，非但与众不同，而且永放光芒？

古田会议会址，是一幢建于清末，由前后厅和左右厢房组成的砖木结构祠堂，座落在上杭县古田村采眉岭笔架山下。民国以后，祠堂改为和声小学校址。当年，古田会议就是在这里举行的。从祠堂前放眼望去，白墙青瓦的古田会议会址庄重古朴；不高的后山之上，森林茂密，古树参天。在绿色屏幕衬托下，"古田会议永放光芒" 8 个红色大字，犹如熊熊烈焰，穿越历史时空，照耀无尽前程。我怀着崇敬的心情，顺着鹅卵石铺面的前院，跨过木门进入"古田会议"会场。但见恢复了原样的会场正上方，悬挂着一条"中国共产党红军第九次代表大会"横幅，下方一张简易的桌子，便是端庄的讲台；一块简陋的小黑板，演示过当年的风云。墙上，挂着马克思和列宁的画像；台下，是一排排老旧的长桌椅。当我目光往墙上扫描时，一幅幅生动的画图映入眼帘。其中，最吸引眼球的，是那幅描绘当年古田会议情景的大幅油画。除了这些，墙上还挂着中国共产党党旗；墙柱上，遗留着几条当年用毛边纸书写的"中国共产党万岁""反对机会主义""反对盲动主义""反对冒险主义"标语。触景生情，仿佛把我带到了那次非同寻常的会议。

参观了会址会场，我们来到与会址近邻的古田会议纪念馆，发现馆内展品中，有不少珍贵的革命文物。如今，无语的它们，已然成了历史的见证者，向人们诉说着当年烽火岁月红军官兵的艰苦生活、顽强斗争，以及无私无畏、不屈不挠的革命精神……

1928年4月，毛泽东率领的工农革命军与朱德、陈毅率领的湘南起义部队，在井冈山胜利会师后，合编为工农革命军第四军；5月，改编为中国工农红军第四军，简称红四军。朱德任军长，毛泽东任党代表，陈毅任政治部主任。11月，红四军前敌委员会成立，毛泽东任书记。随后，红四军在朱德、毛泽东、陈毅等同志的领导下，打破了敌人对井冈山革命根据地的多次围攻，并于1929年1月，向赣南、闽西进军，开创了赣南、闽西革命根据地，奠定了之后中央革命根据地的基础。与此同时，随着形势的发展和革命队伍的扩大，红四军及其党组织内，加入了许多农民和其他小资产阶级出身的同志，加上险恶的环境，频繁的战斗，艰苦的生活，部队得不到及时有效的教育与整训，以致极端民主化、重军事轻政治、不重视建立巩固的根据地、流寇思想和军阀主义等非无产阶级思想，在红四军内蔓延滋长，产生不可忽视的潜在危害。毛泽东身为红四军党的前委书记，曾力图纠正这些错误的思想倾向。

可是，由于当时的历史条件，红四军党内，特别是领导层内，在创建根据地、在红军中实行民主集中等重大原则问题上，存在着认识上的分歧，导致毛泽东的正确主张没能为红四军领导层的大多数同志所接受。1929年8月下旬，陈毅奉命前往上海，向党中央汇报红四军的工作。29日，中央政治局专门召开会议，听取陈毅关于红四军情况的详细汇报，决定由周恩来、李立三、陈毅3人组成专门委员会，深入研究讨论红四军的问题。经过1个月的讨论，形成陈毅起草、周恩来审定的《中共中央给红四军前委的指示信》。即，著名的九月来信。"来信"肯定了红四军建立以来所取得的成绩和经验，要求红四军前委和全体干部战士维护朱德、毛泽东的领导，明确指出毛泽东"应仍为前委书记"。

为了加强党对军队的领导、强化军队思想政治工作，为了克服和纠正红四军内部存在的错误思想，1929年12月28日至29日，红四军党的第九次代表大会在福建上杭县古田庄严召开。红四军各级党代表、士兵代表和地方党组织代表、妇女代表等120多人出席了会议。经过热烈讨论，一致通过了毛泽东代表前委起草的约3万余字的8个决议案，总称《中国共产党红军第四军第九次代表大会决议案》，即古田会议决议。大会改选了红四军前委，遵照中央的指示，选出了以毛泽东为书记，毛泽东、朱德、陈毅等11人为委员，杨岳彬等3人为候补委员的红四军新的前敌委员会。

古田会议决议的中心内容，强调要重视加强思想政治建设，要坚持以无产阶级思想进行党的建设和军队建设，即在经济文化落后的半殖民地半封建的中国社会，在农村革命战争的环境中，在党和军队的主要成分是农民的条件下，如何克服来自农民和小资产阶级及其他非无产阶级的思想影响，把党建设成为无产阶级先锋队，把军队建设成为无产阶级领导的新型人民军队。会议认真总结了南昌起义以来建军建党的经验，确立了人民军队建设的基本原则，重申了党对红军实行绝对领导，反对以任何借口削弱共产党对红军的领导，强调必须使共产党成为军队中的坚强领导和团结核心。同时，会议还规定了红军的性质、宗旨和任务等事关党的事业兴衰成败的根本性问题。

古田会议，虽然只有短短两天时间，但却统一了思想认识，解决了党和军队建设的根本原则问题。《古田会议决议》，成为建党建军的纲领性文献；古田会议会址，因此被誉为人民解放军的"军魂"所在地。这次会议，认真总结了中国红军建立两年多来的丰富经验，奠定了我军政治工作的基础，使我军同一切旧式军队划清了界线，成为一支新型的人民军队。1961年3月，国务院将古田会议旧址列为国家重点文物保护单位。

党的十八大以来，军队政治工作取得了很大的成绩，但也存在一些亟待解决的问题。2014年10月，全军政治工作会议在古田召开。习近平主席出席会议，并做了重要讲话。会议着眼强国强军，进行政治整训，强调军队政治工作的时代主题是，紧紧围绕实现中华民族伟大复兴的中国梦，为实现党在新形势下的强军目标提供坚强政治保证，谱写了新形势下政治建军的时代篇章。

"没有文化的军队，是愚蠢的军队。"军魂，是人民军队文化的精髓。时代不同了，军魂不能变——军队必须无条件服从党的绝对领导。正如习近平所说的那样："党对军队的绝对领导是我军的军魂和命根子，永远不能变，永远不能丢。"由此推论，铸就军魂、载入史册的古田会议，必将与日同辉、永放光芒。

（原载2019年7月30日香港《文汇报》副刊）

神奇依旧大竹岚

大竹岚，海拔约 1200 米，位于福建省建阳区、武夷山市、邵武市、光泽县四邑结合部的先锋岭西南侧，四面是高山，中间是盆地，古代有出省官道横贯其间。历史上，这里曾是人口稠密的村庄。解放战争时期，人口大量流散，余下数户人家，在中华人民共和国成立初期迁出合并于今建阳区黄坑镇坳头村。

事出有因。大竹岚之神奇，与标本有关系。1837 年，法国神父戴维（DaVia）深入大竹岚挂墩，在这里采集了第一批珍贵的生物标本。翌年，他发表了学术论文——挂墩鸟类若干新种。"挂墩"的名字，不翼而飞，闻名于世。大竹岚也如同王洛宾先生笔下的姑娘一般，掀起美丽的盖头，揭开神秘的面纱。前年初夏时节，我又一次走进大竹岚。人到心到，发现 180 多年过去了，名声在外的大竹岚，依旧保存着她的神秘与神奇。

大竹岚，竹涛林海碧波荡漾，云蒸霞蔚白雾缭绕，加之动植物种类繁多，更具鲜活魅力，令人流连忘返。说到"大竹岚"或"挂墩"，国内外生物界，几乎没有不知道的。十九世纪初，法国神父戴维，跟随一些西方生物学者来到武夷山。他先是在挂墩建起一座天主教堂，之后一边传教，一边采集动植物标本。慢慢的，这里丰富的生物资源，开始为少数外国生物学家所知晓。一百多年间，他们从这里采集走多少动植物标本，无据可查、无从考证。只是，他们在发表论文或者模式标本时，一个个心照不宣，神秘秘惜墨如金——在"采集地"一项中，既不写省份、地区，也不标注东西南北，只是简单的填上"中国"二字，外加"挂墩"或"大竹岚"字样。结果是，"挂墩"在哪里？"大竹岚"在何处？成了国内外生物界人士追寻的"雾中宝地"、"梦中情人"。为了找到它们，多少人揣着中国地图，走遍千山万水，最终抱憾而归。

大竹岚，盛产毛竹，是名副其实的林山竹海。这里不但四季风景如画，而且有许多珍禽异兽，以及各种稀有而美丽的植物。境内还有观音坑、十八跳、斗米岭等遗址，至今还流传着许多美丽而动人的神话传说。那天上午，我在黄坑镇文明办温副主任的陪同下，乘车从集镇出发，一路北上。山路十八弯，弯弯景不同。不知绕了多少弯、跃过多少旋，到了坳头村后，换乘村委小邱的私家车，继续往北前进，向大竹岚腹地开拔。

在大竹岚茂盛的植被中，"家族成员"最多的，自然是毛竹。这里的毛竹，叶茂杆壮、滴绿吐翠。不断扩展、持续蔓延的竹林，汇成漫无边际、碧波荡漾的绿海，声势浩大、波澜壮阔。投入大竹岚怀抱，先是有一种走进画卷中、忘了我是谁的感觉，继而从肉体到神情，都会慢慢陶醉起来。机会难得，各自为阵，或开心寻觅，或随心拍照。一番尽情领略下来，顿觉心旷神怡，端的绿海览胜。

大竹岚，堪称植物"联合国"。成千上万种植物，在这里安然存活、幸福生长。大树也好，小草也罢；名贵也好，普通也罢；阔叶也好，针叶也罢，它们汇集在这里，既争奇斗艳，又和谐相处。不单品种繁多，而且名字奇异。我少年时代移民黄坑，在山沟里生活了近十年，接触过的花草树木不在少数。可是，当我走进大竹岚，立马成了"睁眼瞎"——多数花草素不相识，很多植物不曾谋面，就连竹子，也品种繁多。

自古以来，竹就是文人墨客吟诵作画的对象。人们搜肠刮肚、慷慨有加，赞美它们虚心坚节，歌颂它们刚正不阿。"雪压竹头低，低下欲沾泥；一轮红日起，依旧与天齐。"这是革命家、政治家、军事家方志敏的《咏竹》；而清代画家、文学家郑板桥在《竹》一诗中，则这样描写："一节复一节，千枝攒万叶。我自不开花，免撩蜂与蝶。"事实上，文人骚客、大家凡人，溢美竹的诗文，汗牛充栋、俯拾皆是。可当你真正投身大竹岚那浩瀚无边的竹海时，所有的名篇佳作，都会显得"稍逊风骚"——大竹岚以它庞大的阵容、旺盛的生命,展示了独特的气质,超越了人们的想象。那天,面对茫茫竹海,我频频拍照,久久凝望,默默遐思。刹那间,心中只剩下强烈的震撼与无言的敬畏。

大竹岚,因竹而得名,因竹而闻名。这里的竹林,一望无际,苍苍茫茫。走进竹林深处,深浅协调的绿,扑面而来,热情拥抱。竹跟人一样,可以从外貌判断年龄与心态。表皮斑驳的,是久经岁月洗礼的老竹,它们刚毅挺拔,虽饱受风霜雨雪的侵袭,却初心不改、傲然挺立,任尔东南西北风,悠然自得地摆动;肌肤光滑的,是破土不几年的嫩竹,它们枝繁叶茂、浑身碧绿,洒脱地挺立着,恰似整装待发、听从召唤的勇士,随时准备着,义无反顾、服从需要,走出大山、贡献身躯。

事出有因,山也一样。大竹岚属"中山地貌",由燕山早期的花岗岩和南园组火山岩构造经侵蚀而成。随着造山运动的进行,在隆起的过程中,其岩崖地貌形成。得益于此,其山地内分布着红壤、黄壤、草甸,加之诸母岗山顶的沼泽,使大竹岚拥有与众不同、不可多得的自然环境。境内山脉多呈北东走向,诸母岗、洋岭岗、先锋岭、九龙岗、望天堂诸峰环峙,形成天然屏障。境内沟谷发育完善,沟壑纵横,地形多样,呈温润、潮湿、多雨多雾气候,年平均气温在 12—18℃之间,降水在 1486—2153 毫米之间,且常年气候变化不大,被认为未受第四纪冰川侵害,所以能保留其生物多样性特征。

大竹岚共有林地 179400 亩,森林覆盖率 91%。其八种植被类型 30 个群系近 100 个群落,主要建群种类有杉松、各类楠、栲、木荷、拟赤杨、厚皮香樟、细柄蕈树等数十个种群。在大竹岚山地内部,垂直分布带明显,随着海拔升高,依次为常绿阔叶林、毛竹林、常绿与落叶阔叶混交林、针叶林、灌丛矮林、黄山松、草甸。而南方铁杉林、亚热带地苔矮林,为大竹岚所独有。除此之外,大竹岚还有种群繁多的维管束植物。维管束植物,是植物的一个类群。在大竹岚方圆 19 平方公里区域内,有维管束植物近 1800 种。其中,属国家二三级保护的有:钟萼木、香果树、杜仲、银杏、水松、观光木、黄山木兰、红豆杉、闽楠、南方铁杉等 19 种;属省级保护的珍稀濒危物种有南方油杉、方竹、福建冬青、棣堂花、台湾林檎、鸦头梨、亮叶水青冈、三桠乌药、青钱柳、巴东栎等23种。

　　老子说，"人法地，地法天，天法道，道法自然。"如今，大竹岚已划归国家级自然保护区。人们开始懂得自然的深奥、珍惜自然的神圣，实现了人与自然真正的和谐相处。这里的生灵，在林海竹乡中翩翩起舞、悄悄游走，悠然自在、随心所欲栖居在人类保护的天堂，静静的等待来自异地他乡、五湖四海人们的朝拜……告别大竹岚多日了，每每翻阅那天所拍的照片，就有一种重返其间、如临其境的感觉。真是——绝佳大竹岚，绿海泛波澜。生物添情趣，神奇不夸张。

　　　　　（原载2019年9月17日香港《文汇报》副刊）

"2019澳新千人游"感怀

活了大半辈子，不曾出过国门。金秋十月，应友人之邀，欣然报名参加"2019澳新千人游"。

出发当日，因MF801航班晚点两个半小时，子夜0：30从厦门高崎机场起飞，约7400公里航程，只用了九个多小时，于当地时间12：10抵达悉尼。从厦门出发，是北半球的秋末，到达悉尼，是南半球的春末。有道是，一日不见，如隔三秋。我们是，一夜之间，穿越春秋。

这次出国游，先后在澳大利亚、新西兰的六座城市、两个州相关景点、景区游览。虽是跑马观花、蜻蜓点水，可是悉尼歌剧院、布里斯班蓝山国家公园、墨尔本圣帕克大教堂、皇家植物园、维多利亚国家美术馆、印度洋一隅的十二门徒石，以及新西兰罗托鲁瓦毛利文化村、奥克兰红木森林等独具特色的自然、文化景观，都给我留下美好而深刻的印记。

澳大利亚与新西兰，都是发达国家，可是他们的路不宽，车不美，楼不高，城不亮——没有明亮的广告牌、霓虹灯，更没有新潮耀眼的夜景工程。公路，多为水泥路面，且路面都不宽，即便是"高速公路"，也没有行使在中国各地高速公路上那种平稳、飞驰的感觉。今日中国，不要说一线、二线城市，就连三线、四线城市，也是高楼林立，雄伟壮观。就连农村居民住宅，也不乏四五层的小别墅。反观澳大利亚多数地方，房子没有树木高，端的一副不城不乡的模样。即便城市，既没有几幢高楼大厦，也没有几条繁华街道，除了几处面积不大的"CBD"，其他怎么看都像原生态大农庄。我们在悉尼活动了两天，不知繁华市区在何处。新西兰也一样,居民住房,多为单层或两层,极少三层。

因为没有重工业,汽车多为原装进口。整个游程期间,除了一天乘坐的中巴宽敞一些,其余几天,连同导游20人,所乘中巴,没有"窗帘布",强烈的阳光,穿入车厢内,晒得人难受;没有"行李架",都带"小拖斗"。所有行李,全挤在"斗"里。车上座椅,间距很小。身高168厘米的我,膝盖常顶到前排座椅,且座椅无法调整角度。不论路程远近、时间长短,始终被动式保持"坐如钟"姿态。

根据游程安排,一天换一住处。所有下榻宾馆,房间有大有小,设施有新有旧,但水开关,统统冷热分开。为了节约用水,我养成一个习惯:身上涂过沐浴露,随手关掉水开关。放水冲洗时,左右调整,方便的很。在澳大利亚、新西兰,两个水开关,水温很难调。不是过热,便是偏凉。结果是,既费时,又费水。有的宾馆,浴缸底部已经生锈、洗脸盆小如"养鸡槽",有的玻璃围成的"浴室",仅有75厘米见方,再怎么小心,都难免"碰壁"……

不论是澳大利亚,或者是新西兰;不论是沙滩上,亦或是公园里,不时可以看到不同性别、不同年龄的人,若无其事、旁若无人在享受"阳光浴"。他们或三五成群,坐而论道;或成双成对,谈情说爱;或独自一人,安然静卧。男的身穿一条短裤,女的比基尼裹身。团友中有人疑问:气温十几二十度,他们怎么就不怕感冒?我却想,那些"老外"很懂得享受生活。

开头几天,我心纳闷:什么发达国家?不过如此而已。后来,我调整心态,用理性的眼光去欣赏和观察,发现人家其实也有长处。

敬畏自然。从居民住房,到市政建设,不是连挖带填,刻意追求平整宽敞,而是顺其自然,即便是小小的土包,也是原封不动,随坡就势建设。比如,被国际公认为全世界大型公共广场之一、维多利亚州最精密、最庞大建设项目之一的"联邦广场",是一个开放式的多功能广场,虽名声在外,却高低不平。不单有斜坡,而且有台阶,但当地很多社会活动都在这里开展。

注重环保。在墨尔本市费兹洛依公园,不少不同品种的大树,在离地面约1米高处，都"戴着"一条一米多宽的深灰色铁皮"围巾"。好奇的我，询问导游。答曰：这样做，是为了防止树木受到袋貂的伤害。那天，车辆行使在维多利亚南部海岸线长270余公里、沿途景色秀丽的大洋路上，中途休息时，我发现路边有的空地上，立着一些高约50厘米高、边长约15厘米的浅绿色三角形"套筒"，里面各有一棵不知是草本还是木本的幼小植物。"套筒"壁上，分布着若干两厘米大小的圆孔。可想而知，这是为了保护幼小植物，不受大风侵袭。后来留心观察，大洋路沿途路旁，不时可以看到立有这样的"套筒"。植绿用心之良苦，由此可见一斑。曾经，听过这样一说："树木死了，烂在山上，也是文化。"在旅游途中，除了悉尼、布里斯班有些"戈壁滩"，其他地区映入眼帘的，多是一望无际的绿色。在淌绿吐翠的植被间，少量老死树木，树皮早已脱光，它们就那样"毛发无存""赤身裸体"的立在地面上，如同红花衬绿叶一般，使枝繁叶茂的树木，更显得生机盎然。

热爱学习。一天上午，阳光灿烂，我们来到布里斯班南岸公园，头顶蓝天白云，眼前水青草绿。在高仅两层、雕工精致、极具特色的"尼泊尔木塔"附近树荫下，一位老妪旁若无人、专心致志看著书。触景生思：莫非老外也讲"活到老，学到老。"于是，我径直走上前去，冒昧用半生不熟的"英语"问她的名字。大概见我是面带善意的"白头翁"，她非但不介意，反而面带微笑在我递上的小本本上，写下她的名字"Jenny"。我"得寸进尺"："Howoldareyou？"她立马写下"66"两个阿拉伯数字。原来，她与我同龄。类似的户外"捧读"现象，在奥克兰候机厅里，在墨尔本飞厦门的MF804航班上，不止一次映入我的眼帘。

…… ……

随着中国经济社会的发展，出国旅游的中国人，与日俱增，有增无减。在大开眼界，尽情欣赏异国他乡独特景观的同时，也给世界各国带去滚滚财源。因而，中国游客受欢迎的程度，日渐提升。在澳大利亚、新西兰的机场、景区、酒店，甚至介绍景观的小册子上，随处可见方方正正的中国字。

实话实说说,澳大利亚、新西兰,很多硬件比中国差了一大截。在国外八天游,先后有四位华人导游为我们服务。他们都很关注中国,为中国的发展喝彩。用墨尔本女导游、祖籍江苏小徐的话说,这里的硬件,已被中国甩了好几条街。而祖籍台湾的奥克兰男导游老郑,也有同样的表述。只不过,人家几十年前,就是这个样子的。

　　中国地大物博,旅游资源丰富。名山大川游不尽,秀丽风光看不完。纵然是有着"南半球的迈阿密"之称、全世界最长的沙滩海岸——位于澳大利亚东部的黄金海岸,也与北海涠洲岛的黄金海岸、莆田湄洲岛的黄金沙滩不相上下。可是,三人行必有我师焉。人如此,国亦然。任何一个国家,多少有些值得学习借鉴的东西。出国旅游,带着理性的眼光,既不要崇洋媚外、妄自菲薄,也不要孤芳自赏、夜郎自大。只有这样,才能在欣赏世界美景的同时,领略到其他国家的长处。

　　回顾这次澳新游,感慨之余,赋诗一首:首开眼界澳新行,跑马观花印象平。毛利村中寻文化,黑沙滩上摄游禽[①]。情人港畔歌剧院,印度洋边门徒形[②]。难忘驾车看袋鼠,淡然回味异国情。

【注:①游禽,指塘鹅;②门徒,指十二门徒岩。】

（2019年11月11日《人民政协报》、2020年1月7日《福建日报》以《带着理性眼光出国游》为题发表）

领略和平古镇的文化遗存

和平镇，位于邵武市西南部，面积192平方公里，建置始于唐朝，既是福建省历史最悠久的古镇之一，也是一个全国罕见的城堡式大村镇，其众多古建筑是中国迄今保留最具特色的古民居建筑群之一。2002年4月8日，时任福建省省长习近平考察和平时指出："全国古城镇很多，和平是最具代表性的，值得好好地保护和开发。"

古称"禾坪"，寓意地势平坦、盛产粮食的和平镇，历史文化悠久。十多年前，我在南平市直机关工作时，曾与几位同事一道参观过。那时，它给我的感觉是，有资历，缺活力，依然处于"沉寂"状态中。十多年后的秋日，当我再次光顾时，发现古镇已然今非昔比。随行的邵武朋友告诉我，2011年，和平被确定为福建省第二批小城镇综合改革建设试点镇后，镇里抓住机遇，树立在保护中开发，在开发中保护的理念，坚持"修旧如旧、修旧如初"原则，先后投资数亿元，对古镇进行保护和修缮。现已修缮和平书院、县丞署、东门谯楼等文物保护单位10余处，并建成东门、南门及太极三个广场。朋友见我一副洗耳恭听的模样，改用略带自豪的语气说，如今这座"老当益壮"的小镇，好比逢春枯木，抖落历史尘埃，凭借古朴的文化底蕴，散发出独具特色的魅力……

这话不假。和平古镇既有大量的明清建筑，又有完整的古老街巷。那条贯穿古镇南北的旧市街，因保留了完整的古街巷风貌，被誉为"福建第一街"。该街全长600余米，宽约6至8米不等，因北高南低的地形关系，街道顺其自然形成"九曲十三弯"，宛如一条跃跃欲飞的青龙。古街两旁，分布着近百条纵横交错呈网状的、卵石簇拥石板的巷道，或

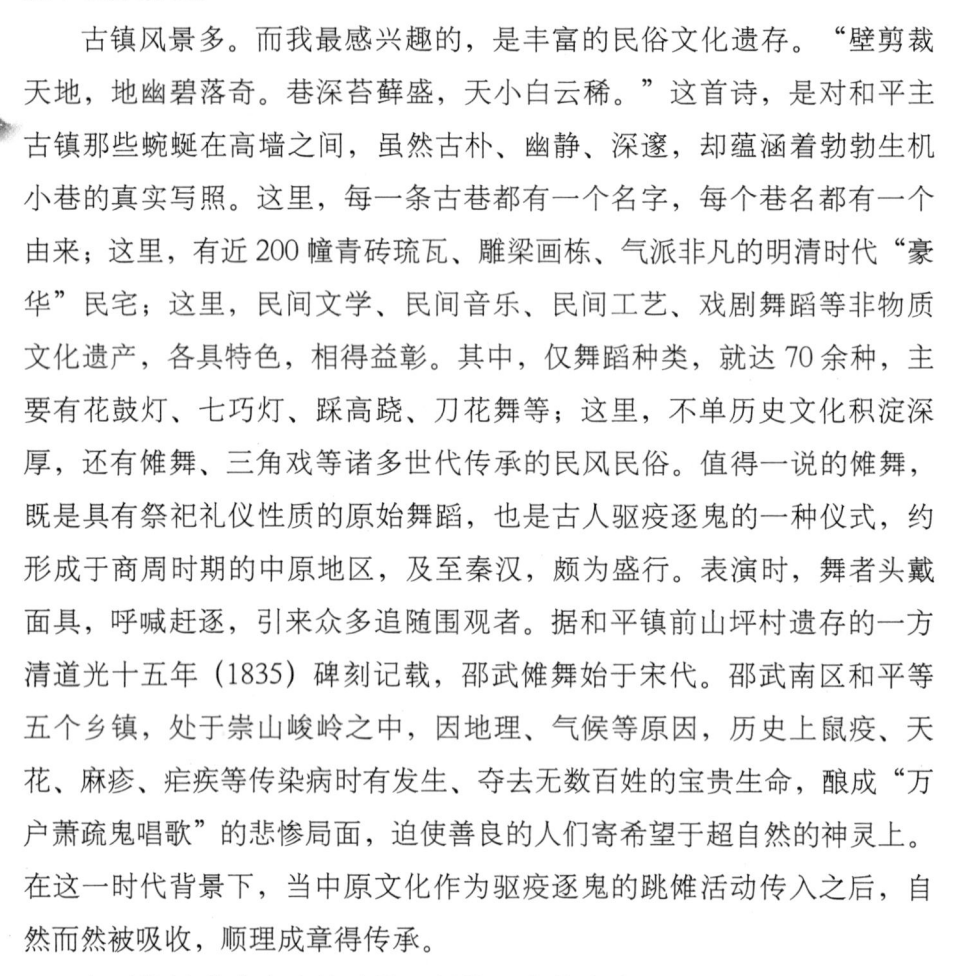

长或短，或宽或窄，高墙窄巷，古朴清幽。鳞次栉比的古民居，既有中原古风，又具地方特色，堪称古民居的瑰宝。我注意到，街面中间的石板，质地有别，表面一样——一块块油光发亮，似镜非镜，如诗如画。有诗赞曰："江南冷雨北吹斜，人影百姿映在街。洁石镜明非打锉，但凭千载万家鞋。"

古镇风景多。而我最感兴趣的，是丰富的民俗文化遗存。"壁剪裁天地，地幽碧落奇。巷深苔藓盛，天小白云稀。"这首诗，是对和平主古镇那些蜿蜒在高墙之间，虽然古朴、幽静、深邃，却蕴涵着勃勃生机小巷的真实写照。这里，每一条古巷都有一个名字，每个巷名都有一个由来；这里，有近200幢青砖琉瓦、雕梁画栋、气派非凡的明清时代"豪华"民宅；这里，民间文学、民间音乐、民间工艺、戏剧舞蹈等非物质文化遗产，各具特色，相得益彰。其中，仅舞蹈种类，就达70余种，主要有花鼓灯、七巧灯、踩高跷、刀花舞等；这里，不单历史文化积淀深厚，还有傩舞、三角戏等诸多世代传承的民风民俗。值得一说的傩舞，既是具有祭祀礼仪性质的原始舞蹈，也是古人驱疫逐鬼的一种仪式，约形成于商周时期的中原地区，及至秦汉，颇为盛行。表演时，舞者头戴面具，呼喊赶逐，引来众多追随围观者。据和平镇前山坪村遗存的一方清道光十五年（1835）碑刻记载，邵武傩舞始于宋代。邵武南区和平等五个乡镇，处于崇山峻岭之中，因地理、气候等原因，历史上鼠疫、天花、麻疹、疟疾等传染病时有发生，夺去无数百姓的宝贵生命，酿成"万户萧疏鬼唱歌"的悲惨局面，迫使善良的人们寄希望于超自然的神灵上。在这一时代背景下，当中原文化作为驱疫逐鬼的跳傩活动传入之后，自然而然被吸收，顺理成章得传承。

和平镇是邵武南片的政治、经济、文化中心。因而，于乾隆三十四年（1769）设和平分县，置"分县署"和"把总署"，派有驻兵防守，隶属邵武府治。得益于深厚的历史文化积淀，和平镇人才辈出，先后出了137名进士，被誉为"进士之乡"。他们当中有：宋代大理丞黄通、司农卿黄伸、榜眼龙阁侍制上官均，元代国史编修、文学家黄清老等。其所以然，与和平书院、北胜书院的教化密不可分。北胜书院，位于和平镇坎下村。虽然，它的规模、它的名气，不能与白鹿洞书院、岳麓书院、嵩阳书院、应天书院相提并论，但它在教化一方子弟方面，却毫不含糊，不打折扣。山水有意，岁月无情。北胜书院早已荡然无存，但透过迄今民居中遗存的"忠孝持家远，诗书处世长"、"世间只两样事耕田读书，天下第一等人忠臣孝子"之类的竹木楹联，仍可闻到儒家文化散发的芬芳。

较之北胜书院，和平书院更为幸运，至今仍屹立在古镇之西的深巷间。古朴苍老的它，是后唐工部侍郎黄峭归隐故里时创办的。东面门上有朱熹题写的"和平书院"四字。黄峭（872—953），字峭山，又名岳，字仁静，号青岗，后裔尊称为峭公或峭山公，远祖自河南光州固始入闽。自幼聪颖，颇有智略。黄峭在朝做官时，最大的抱负是"复唐"。当"复唐"无望时，便弃官归隐，并创办了和平书院。与众不同的是，和平书院的北大门，别具一格、颇为讲究：顶部形如一顶官帽，折射出"学而优则仕"的理念；三扇院门，形成了一个"品"字，意味着要当有品级的高官。进入书院大厅，须登十三级台阶，前六级意为勤奋读书，从第七级开始，借喻七品至一品，寓意"步步高升"。大门上方的木雕月梁，呈打开书卷样，象征"开卷有益"。史料表明，和平书院初创时，是黄氏宗族的自办学堂，专供族中子弟就学，开创了和平宗族办学的先河。然其一脉书香，至今仍氤氲在古镇各条街巷、各个角落。

同样极具文化气息的黄氏"大夫第"，坐落在古镇北门，共有三座院落，分别位于和平主街东西两面，占地面积2000余平方米，南侧还建有"护厝"。黄氏"大夫第"，是黄峭第三房郑氏第十九世孙黄映璧的宅第。该门黄氏自雍正至嘉庆年间，祖孙三代均诰封为大夫，故谓"一门三大夫"。黄映璧为清嘉庆十七年（1812）奉直大夫、直隶州五品知州。观察发现，该"大夫第"主院落砖石结构牌坊式八字门楼，砖雕精美，富丽堂皇。四幅主画面，采用粗犷的写意技法，分别雕刻有松、竹、梅、锦鸡、仙鹤等，谐喻"松鹤延年"、"竹报平安"、"富贵长留"、"锦绣美满"。既有深刻的文化内涵，又有浓郁的地方特色。另外还有，房子为穿斗式构架，大式作法，木构件小巧细致，瓜柱、月梁、雀替、花窗、隔扇的雕饰精美,栩栩如生。花窗除了雕刻精美的花草,还雕刻有蝙蝠与鹿。象征"福""鹿"。主人的美好心愿、文化理念,由此可见一般。就连天井,也用心良苦,采取暗沟排水,水漏设计成铜钱状,且雕凿精细,蕴含"肥水不流外人田"之意。

漫步在和平镇千年古街,尽情领略古代建筑,伸手触摸历史文脉,沁入心脾的,是小镇醉人醉心的浓浓古味;扑面而来的,是小镇亦真亦幻的悠悠古韵。

(原载 2019 年 10 月 22 日香港《文汇报》副刊)

五星红旗带给我们的……

五星红旗，中华人民共和国国旗；五星红旗，中国人民心中神圣的旗。在迎接中华人民共和国成立70周年的喜庆日子里，深情凝望迎风招展的五星红旗，心潮澎湃，感慨万千。抚今追昔，思前想后，我情不自禁地回味着五星红旗带给我们的诸多特殊感受。

五星红旗带给我们绵绵的喜悦感。1949年10月1日，下午3时，天安门城楼上，中央人民政府秘书长林伯渠宣布中华人民共和国成立典礼开始，毛泽东精神焕发地走到麦克风前，先是以高亢有力的声音，向全世界庄严宣告："中华人民共和国中央人民政府今天成立了！"继而用他那指挥千军万马之手按动电钮，新中国第一面五星红旗，在《义勇军进行曲》的激昂旋律中，如同一轮红日，冉冉升起，熠熠生辉。中国历史，从此开启了一个崭新而伟大的时代。弹指一挥间。70年风雨兼程，70年桑田巨变。70年来，五星红旗那抹鲜艳的红色，在每一个中国人的血液中澎湃激荡，演绎成最浓厚、最炽热的爱国深情。一个甲子前，我上小学的时候，美术老师上的第一堂绘画课，就是教同学们画五星红旗。从那一天开始，五星红旗就在我心中打下深深的烙印。"线儿长，针儿密，含着热泪绣红旗……"无论是经历炮火硝烟的革命前辈，或者是筚路蓝缕的祖国建设者；不管是凡夫俗子，抑或是先模人物，每一个中国人，面对五星红旗，心中都会油然升起绵绵的喜悦感。

五星红旗带给我们满满的自豪感。上个世纪20年代初，在中国遭受帝国主义列强欺凌瓜分，国内各军阀和政治势力争相抢夺，劳苦大众深受三座大山压迫的时代背景下，历史把拯救国家、实现民族独立和人民解放的重任，放到了刚刚诞生的中国共产党肩上。中国共产党不辱使命、不负众望，带领中国人民开始了救国救民、实现中华民族伟大复兴的艰苦探索、英勇斗争。1927年10月，当革命处于低潮时，毛泽东、朱德等老一辈无产阶级革命家，率领中国工农红军来到井冈山，在这里开展了历时两年零四个月艰苦卓绝的斗争，开辟了农村包围城市、武装夺取政权的革命道路，点燃中国革命成功的"星星之火"。震惊世界的二万五千里长征，创造了前无古人的人间奇迹；浴血奋斗的八年抗战，推翻蒋家王朝的解放战争……这一幕幕可歌可泣、史诗般的战斗历程，都是在中国共产党领导下，人民军队和中国人民取得的伟大胜利。这些胜利的迭加，为新中国诞生奠定了坚实的基础。而五星红旗，就是伟大胜利的象征。70年来，五星红旗指引中国革命从胜利走向胜利；70年来，五星红旗迎风招展、高高飘扬，带给中国人民满满的自豪感。

　　五星红旗带给我们浓浓的幸福感。"她为人民谋幸福，她是人民大救星……"这首发自肺腑、人人会唱的《东方红》，既是歌颂毛主席、共产党，也是抒发成就感、幸福感。那年八月，我到西藏旅游观光，不论是从拉萨市区前往纳木错湖，抑或是直奔日喀则，不时看到沿途公路两侧一幢幢富有民族特色房屋的屋顶上，都竖立着一面五星红旗。藏族导游笑道："西藏和平解放以来，尤其是改革开放以来，全国各地鼎力支持西藏建设，如今藏民的生活更加红火、更加幸福了，纯朴的藏民们就用升国旗的方式，表达感恩之情，抒发幸福之意。"爱美之心，人皆有之。追求幸福，人同此心。古往今来，人们对福与寿一向是相提并论的："福如东海，寿比南山。"实现人的健康长寿，是国家富强、民族振兴、生活幸福的重要标志。对每个公民而言，健康长寿是幸福的前提和基础。曾记否，新中国成立之初，由于经济萧条，传染病、寄生虫疾病、营养不良等疾病肆虐，加之缺少全国性的预防计划和体系，全国人口平均预期寿命只有35岁。70年过去，"人生七十古来稀"，已经变成"人生七十不稀奇。"8月22日，国家统计局发布报告显示，中国人口平均预期寿命达到77岁。无怪乎，现如今逢年过节、喜庆日子，各地城乡许多居民都会自发的在自家楼院升起或者挂出一面鲜艳的五星红旗，表达心中那股浓浓的幸福感。

五星红旗带给我们美美的安全感。安全无小事，人命大于天。新中国成立以来，尤其是改革开放以来，随着经济社会的持续发展、幸福指数的不断提升，城乡居民对身体健康、生命安全，看得比过去任何时候都更重。业已步入法治轨道的中国，人们的法制观念不断提高，安全系数也不断提高。五星红旗下，无论城市还是农村，不管白天还是晚上，人们外出，即便是独自一人，哪怕是三更半夜，也如同在家里一样自由、一样安全。这一点，就连很多到过中国的外国朋友都有真切的感受。不久前，"中国有多安全"，成为某全球知名网络问答小区的焦点话题。在刷屏的网友留言中，"深夜敢独自出门""没有枪支泛滥"被频频提及，点赞最多的，是"非常非常安全"。有人表示："中国犯罪率是世界最低的"，"在中国，不论什么时候出门，都不用在意安全问题"，"我是纽约人，对中国的安全感到震惊。不用担心疯子绑架或者伤害我的孩子。从我的经验来看，中国晚上是非常安全的。"而国际救援中心日前发布的《2018旅行风险地图》也显示，中国已被视为全球最安全的旅游国家之一。是的，五星红旗下，哪里都安全。

五星红旗带给我们甜甜的归属感。1943年，美国著名心理学家马斯洛提出一个全新理论——"需要层次理论"。他认为，"归属和爱的需要"，是人的重要心理需要，只有满足了这一需要，人们才有可能"自我实现"。无论是发达国家，或者是发展中国家，公民的国家认同，集中表现为公民对其所属国的归属感。"洋装虽然穿在身，我心依然是中国心，我的祖先早已把我的一切烙上中国印"，当年，香港歌手张明敏的那首爱国主义歌曲《我的中国心》，朗朗上口的歌词，唱出了天下炎黄子孙对祖国的挚爱深情，唱出了全球华人对祖国的深情赞美和无限向往，令海外游子心潮澎湃、热血沸腾，更唱出了中国人民自信自豪的归属感。人们常说，家是快乐的天堂、家是幸福的港湾。我理解，这个"家"，既是小家，又是国家。但凡在外漂泊，或者打拼的人，不论时间长短、距离远近，不管是否成功、收获大小，只有回到家中，心里才踏实，才有归属感。近年来，许多留学青年表示，出了国才发现，只有祖国才能给自己归属感。

　　五星红旗，每一个中国人心中最生动、最精彩的"中国红"。"五星红旗迎风飘扬，胜利歌声多么嘹亮"；"五星红旗，你的名字，比我生命更重要"；"五星红旗，我为你骄傲；五星红旗，我为你自豪"……。我相信，地不分东南西北，人不分男女老少，只要生活在共和国蓝天下，都会从内心为五星红旗衷情歌唱，都能从心底领略到五星红旗带来的特殊而甜美的感受。

（原载 2019 年 10 月 1 日香港《文汇报》、
《上观新闻》，10 月 4 日《福建日报》）

书是人生圆梦的摇篮

哲人说,书是人类进步的阶梯。我感悟,书是人生圆梦的摇篮。有人放言,人活一辈子,只做两件事:一是做梦,二是圆梦。是呀,梦里乾坤大,人生当有梦。芸芸众生,皆因有梦,才会孜孜以求;无论何人,为了圆梦,才会默默打拼。

古人云,书中自有黄金屋。我认定,读书有助人圆梦。可是,不管何许人,无论哪种梦,要让好梦成真,要想美梦早圆,都不是一件轻而易举、唾手可得的事。其中,一个重要前提是——多读书、读好书。有道是,宁可食无肉,不可读无书;无肉使人瘦,无书使人俗。想想看,一个"俗人",能有什么好梦?一个"瘦人",凭借什么圆梦?

人生圆梦,既要凭本事奋斗,更要靠智慧拼搏。反之,只能事与愿违,徒有幽梦一帘。现实生活中,有的人既希望美梦早圆,又不愿意刻苦读书。观察发现,当今中国,业余时间经常自己把自己"关"起来,平心静气地读一些书的人,不说凤毛麟角,却也为数不多。这,实在有点可叹复可惜。西汉大学者刘向说过:"书犹药也,善读之可以医愚。"在知识经济时代,唯有自觉读书、坚持读书的人,才可望给自己插上一对腾飞的翅膀、找到一个圆梦的摇篮。

善于读书,如同点燃火炬;乐于读书,好比积聚能量。"自信人生二百年,会当水击三千里",这是少年毛泽东之梦。毛泽东早在少年时代读私塾期间,就读了《三字经》、《千字文》、《增广贤文》、《幼学琼林》等读物和"四书"、"五经"等儒学经典著作。从此,读书伴随他一生,即便是戎马倥偬的战争年代,乃至极其艰苦的长征岁月里,都不曾中断过读书。一次，在回忆青少年时代酷爱读书的情景时，毛泽东曾形象地说：那时进了图书馆，就像饿牛闯进了菜园子，尝到了菜的味道，就拼命的吃。为了多读书，他借遍韶山冲所有有书人家里的书，还觉得不够过瘾；为了多读书，他用被单遮住卧室的窗户，夜读到黎明时分。

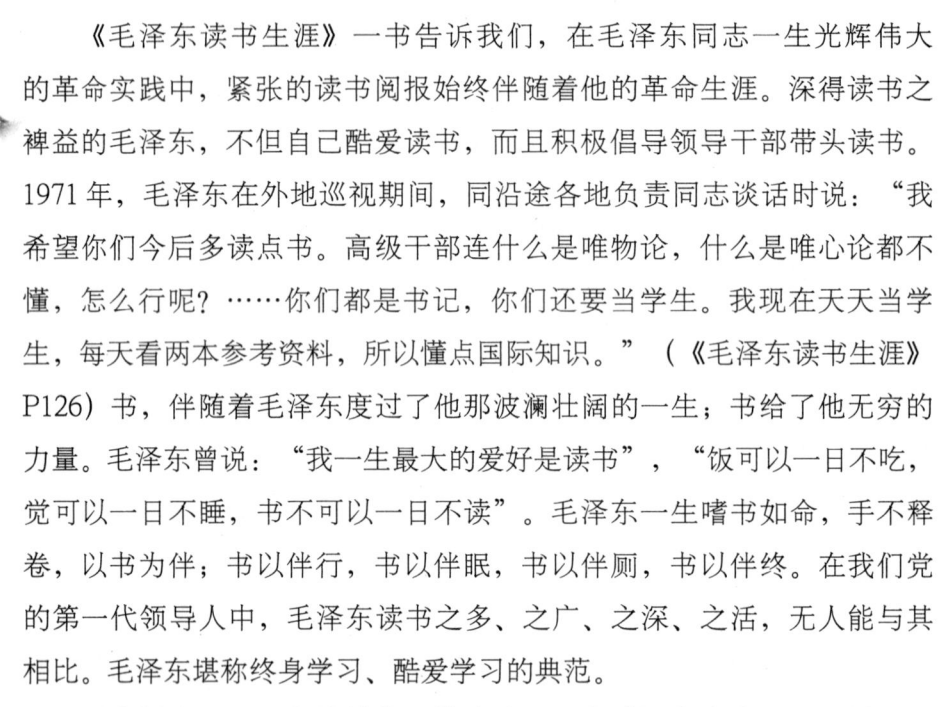

《毛泽东读书生涯》一书告诉我们，在毛泽东同志一生光辉伟大的革命实践中，紧张的读书阅报始终伴随着他的革命生涯。深得读书之裨益的毛泽东，不但自己酷爱读书，而且积极倡导领导干部带头读书。1971年，毛泽东在外地巡视期间，同沿途各地负责同志谈话时说："我希望你们今后多读点书。高级干部连什么是唯物论，什么是唯心论都不懂，怎么行呢？……你们都是书记，你们还要当学生。我现在天天当学生，每天看两本参考资料，所以懂点国际知识。"（《毛泽东读书生涯》P126）书，伴随着毛泽东度过了他那波澜壮阔的一生；书给了他无穷的力量。毛泽东曾说："我一生最大的爱好是读书"，"饭可以一日不吃，觉可以一日不睡，书不可以一日不读"。毛泽东一生嗜书如命，手不释卷，以书为伴；书以伴行，书以伴眠，书以伴厕，书以伴终。在我们党的第一代领导人中，毛泽东读书之多、之广、之深、之活，无人能与其相比。毛泽东堪称终身学习、酷爱学习的典范。

历史证明，正是广读博览、善读妙用，为毛泽东成为开国领袖、一代伟人奠定了坚实的基础。领袖人物如此，平民百姓亦然。人活一辈子，成功也好，圆梦也罢，个中因素不是单一的。喜欢读书、热爱读书的人，未必能好梦成真；不想读书、不爱读书的人，必定难圆美梦。这是因为，读书的多少，决定着一个人修养的好坏、素质的高低。可想而知，一个修养不好、素质不高的人，纵有三头六臂，也无法出人头地，更难以好梦成真。毫无疑问，闭门读书，挑灯夜读，远不如抚琴饮酒、唱歌跳舞那样轻松愉快。可是，酷爱读书、发奋读书的人，成功的希望才会大一点，圆梦的概率就会高一些。

古往今来，读书历来被视为修身之术、成功之要。常言道，三百六十行，行行出状元。很多人都希望，有朝一日自己也能够成为某个领域、某个行业的状元，回报社会、感恩他人。这，无疑是个好梦。不过，应当明白，无论是想圆行业状元梦，还是要圆人生理想梦，都要坚持勤读书，就得自觉多读书。1月15日《解放日报》报导，数据显示，2018年中国用户每人平均多读了一本书，人均购买纸质书达到5.5本。同时，资料描绘出一幅中国"读书地图"，显示出沿海发达省市仍是中国读书人口占比最高的地区，其中上海图书成交人数仍然最多，是全国阅读人口最高的城市。2018年也是二手书、闲置书流转的大年。在闲鱼上，读书爱好者们以转让、免费赠阅等形式交换二手书。过去一年，上海人以人均交易、赠送1.11本书，位列全国第二。广东人、北京人分别以1.59本／年、1.08本／年的成绩分列第一、三位。值得一提的是，数据也显示出年轻人的阅读热情不低，其中"90后"是读书人群的绝对主力。2018年，"90后"在天猫、淘宝上购书人口占全网读者的37%，与占比为38%的"80后"不相上下。在购书、读书方面，女性的热情似乎比男性高涨，占比约为60%……

宋朝著名的理学家、思想家、哲学家、教育家、诗人，闽学派的代表人物，儒学集大成者朱熹，有几句关于"家"与"本"二者关系的名言——"读书起家之本，循理保家之本，和顺齐家之本，勤俭治家之本。"在他的出生地——福建省尤溪县博物馆里，至今存有这几句话的朱熹手迹板联。"本"者，根本、资本是也。朱熹把"读书"摆在四者之首，是有理由和讲究的。古往今来，任何个人，热爱读书，未必能够"起家"；不爱读书，定然很难"起家"。即便勉强"起家"了，也难以持久，更难以发达。

2014年2月7日，国家主席习近平在俄罗斯索契接受俄罗斯电视台专访时说："读书可以让人保持思想活力，让人得到智慧启发，让人滋养浩然之气。"近些年来，习近平不但多次在国内外不同场合，回忆起他读书的故事，而且常在演讲中引经据典、信手拈来，古为今用、令人叹服。习近平在自身热爱读书的同时，还号召社会各界，尤其是各级领导干部，要"爱读书、读好书、善读书"，做学习型社会的引领者。我坚信，热爱读书，有助圆梦。

我们正在致力实现的"中国梦",是国家之梦、民族之梦和人民之梦,事关民族的复兴与富强、人民的幸福与安宁。古人云,"书中自有黄金屋";我以为,"书中孕育着希望"。诚然,读书不能使人飞黄腾达、富贵荣华,但却可以使人提升素养、拓展本领。香港电台知名主持人梁继璋在《与儿书》中写道:"虽然很多有成就的人没有受过太多的教育,但并不等于不用功读书,也可以成功。你学到的知识,就是你拥有的武器。人可以白手起家,但不可以手无寸铁。"我相信,只要我们养成自觉读书的习惯、培育热爱读书的兴趣,持之以恒、日积月累,就能通过读书,增添大智慧、集聚正能量,助推美丽中国梦、早圆美妙人生梦。

(原载2019年4月23日香港《文汇报》副刊,5月14日《今晚报》以《读书与圆梦》为题发表)

亲其师，信其道

2019年3月18日，中共中央总书记、国家主席、中央军委主席习近平在北京主持召开学校思想政治理论课教师座谈会上发表重要讲话时强调指出："亲其师，才能信其道。要有堂堂正正的人格，用高尚的人格感染学生、赢得学生，用真理的力量感召学生，以深厚的理论功底赢得学生，自觉做为学为人的表率，做让学生喜爱的人。"当年，我在一所卫生学校任职期间，曾经"自加压力"，在做好本职工作的同时，主动给几个班级的学生上过语文课和医德课。几年的实践，使我对"亲其师，信其道"有较为深刻的理解与体悟。

"亲其师，信其道"，出自西汉官员、学者、礼学家戴圣编纂的《礼记·学记》，它不仅是中国古代也是世界最早的一篇专门论述教育和教学问题的著作。原文为："夫然，故安其学而亲其师，乐其友而信其道，是以虽离师辅而不反也。"一语道破良好的师生关系对于学生的重要影响。

十年树木，百年树人。历史表明，只有注重培养人才，才能确保后继有人。近年来，习近平总书记围绕培养什么人、怎样培养人、为谁培养人这一问题，以高远的历史站位、宽广的国际视野、深邃的战略眼光，将中国特色社会主义事业后继有人作为一项重大战略任务，作出一系列重要部署。前不久，习近平总书记在北京主持召开学校思想政治理论课教师座谈会，为新时代学校思想政治理论课，指明了发展方向、提出了明确要求，并对广大思政课教师寄予殷切期望。

得人才者得天下。正所谓，国以才立，政以才治，业以才兴。换句话说，人才是关乎国家发展、民族振兴、社会进步的重要资源。今天，无论是实现"中国梦"，还是持续推进"一带一路"建设，都离不开人才的支撑。然而，人才应该是有一定标准的。古人云："德为才之帅，才为德之资。"今人说："有德无才是庸才，有才无德是歪才，有德有才是人才。"我们需要的人才，是德智体美劳全面发展的社会主义建设者和接班人。这样的人才，不会从天而降，需要用心培养。大量历史事实表明，一个政党能否政通人和，一个国家能否长治久安，都与人才队伍建设密切相关。

教师，是人类灵魂的工程师。唐代文学家韩愈在《师说》开篇写道："古之学者必有师。师者，所以传道受业解惑也。"古往今来，任何一个人的成长成才，都与老师的教育教导有关。今日世界，竞争尤为激烈。各类竞争，归根到底，是人才的竞争。而办好中国的事情，关键在党，关键在人，关键在人才。常言道，严师出高徒。北宋政治家、文学家欧阳修说："古之学者必严其师，师严然后道尊。"要使中华民族人才辈出，首先要持之以恒、卓有成效地加强对学生的思想政治教育、马克思主义理论教育，用"马列之道"，给学生心灵播下积极向上的种子，为学生成长成才奠定坚实的思想基础。

"学高为师，身正为范。"实践证明，让有理想的人讲理想，让有信仰的人讲信仰，才能收到"润物细无声"的效果。这就要求各级各类学校的广大教师，不但要以丰富的知识教育学生、以深厚的理论功底赢得学生，而且要具备堂堂正正的人格，用高尚的人格、良好的品德感染学生，做学生喜爱的人、亲近的人。

1000多年前，宋代理学家游酢、杨时，为了找洛阳著名学者程颐拜师求学，冒着严寒，从福建前往河南，置风侵雪打于不顾，在"程门"前站立了很长时间，直到积雪达一尺之厚。游、杨二人尊师重道、诚心求学的精神和举止，令人敬佩。但话又说回来，倘若不是因为程颐，游、杨二人或许不会千里迢迢拜师。据史料记载，程颐年轻时在太学一举成名，20余岁就开始接纳门生，教授儒学。后来，与其兄程颢一道成为一代儒学大师，受到各地士人的尊崇，纷纷拜师于其门下。

程颐修养有道、德才兼备。司马光等人在推荐书中写道：河南隐逸之士程颐，博学好古，安于贫贱，恪守节操，言必忠信，动遵礼义，希望朝廷让他出来做官，委以重任。程颐虽然没有接受朝廷的任命，但次年入京，受命为崇政殿说书，其职务是教皇帝读书。其操守之可贵、学识之渊博，由此可见一斑。众学生追随，也是情理之中。

都说，想给学生一杯水，老师要有一桶水。教师，只有做到"德学"兼备、两者皆高，才能赢得学生由衷的敬佩与尊重。这就要求教师要加强学习、注重研修，不断给自己注入"新水""活水"。才可望成为一个当之无愧、名副其实的人类灵魂的工程师。作为教师，如若忽视学习，得过且过，放任自己，必定会误人子弟。当下少数教师经常连备课程式都省去了，授课照本宣科，毫无感染力，缺乏启迪性……如此这般，怎样培育学生的学习兴趣，何以激发学生的学习热情，学生又怎么能"亲其师，信其道"？

教育家夏丏尊先生曾说过这样一段话：教育上的水是什么？就是情，就是爱。教育没有了情爱，就成了无水的池，任你四方形也罢，圆形也罢，总逃不了一个空虚。时至今日，这段话依然发人深省。

教师，是知识的传播者、灵魂的塑造者。一方面，教师的言行举止，对学生成长的影响是潜移默化、不可低估的。另一方面，教师的一言一行，都在学生的观察与检验中。大量事实表明，唯有知识渊博、道德高尚、行为规范、忠于职守的教师，才能赢得学生，值得学生追随。中国近代思想家、政治家、教育家梁启超先生认定："少年智则国智""少年强则国强"。我相信，一旦"亲其师，信其道"成为一种风气、一种常态，我们就定能培养出更多新时代社会主义事业的建设者和接班人。

（原载2019年4月19日《中国纪检监察报》）

鲁迅书店开业随想

2018年年末，媒体传来一条令我精神为之一振，眼睛为之一亮的消息：由中原传媒北京分公司与鲁迅博物馆合作开办的鲁迅书店，在北京鲁迅博物馆院内正式开业。据鲁迅书店经理石云先生介绍，目前，在该书店的1000余册藏书中，既有为书迷所熟知的《呐喊》《彷徨》等鲁迅小说作品，也有其杂文集《坟》《野草》《且介亭杂文》等，还有出版于20世纪20年代的鲁迅学术著述的代表作《中国小说史略》，多册藏书已有百年历史……

得知这一消息，我在为之击掌喝彩之余，联想起三年前全国政协副秘书长、致公党中央常务副主席蒋作君先生在全国政协十二届四次会议上谈及着力培育少年儿童创新能力、动手能力、健康素质，着力教育少年儿童牢固树立社会主义核心价值观话题时，发出的感慨——"现在的少年儿童'知道周迅的人多，知道鲁迅的人少；知道比尔的人多，知道保尔的人少'。"心中隐隐生出一股五味杂陈的思绪。虽然，我对周迅等文艺明星没有偏见，但联想到在当下一些青少年心目中，"重周迅轻鲁迅"的现象，还是有点茫茫然、戚戚然的感觉。

鲁迅，是伟大的文学家、思想家、革命家，是中国现代文学的奠基人。他对于五四运动以后的中国社会思想文化发展，具有重大影响。不但在中国，就是在韩国、日本思想文化领域，也有极其重要的地位，而且蜚声世界文坛，被誉为"二十世纪东亚文化地图上占最大领土的作家"。1940年1月，毛泽东在延安《中国文化》创刊号上发表了著名的《新民主主义论》，其中对鲁迅作出高度的评价："鲁迅的骨头是最硬的，他没有丝毫的奴颜和媚骨,这是殖民地半殖民地人民最可宝贵的性格。鲁迅是在文化战线上,代表全民族的大多数,向着敌人冲锋陷阵的最正确、最勇敢、最坚决、最忠实、最热忱的空前的民族英雄。鲁迅的方向,就是中华民族新文化的方向。"

2014年10月15日,习近平总书记在文艺工作座谈会上的重要讲话中,先后6次提及鲁迅。如,"鲁迅如果不熟悉辛亥革命前后底层民众的处境和心情,就不可能塑造出祥林嫂、闰土、阿Q、孔乙己等那些栩栩如生的人物。""如果不爱人民,那就谈不上为人民创作。鲁迅就对人民充满了热爱,表露他这一心迹最有名的诗句就是'横眉冷对千夫指,俯首甘为孺子牛'。"1999年4月16日,《光明日报》发表的一篇文章中,有这样几段文字:"读点鲁迅,我们可以少些肤浅,少些小家子气,少些庸俗和丑陋。读点鲁迅,我们才能逐步地成熟,正视人生,直面社会,热爱我们的国家和人民。""读点鲁迅,在你孤独无助时,那是一根神奇的拐杖;在你彷徨无奈时,那是一盏不灭的明灯;在你空虚单调时,那是一餐无价的精神食粮;在你沉沉入睡时,那是你枕下的宝典!"

很可惜,现如今作为"民族英雄""文化方向"的鲁迅,已渐行渐远,甚或离开了人们尤其是青少年的视线,自觉读点鲁迅的人,坚持走近鲁迅的人,不是与日俱增,而是与日俱减,以致鲁迅的"知名度"不如周迅们高,"影响力"不及明星们大。这是鲁迅的不幸,这是文学的悲哀。可是,这能怪孩子们么?

有句成语,叫做"耳濡目染"。耳朵与眼睛,同属人体的感觉器官。不过,先得有"音"或"像",后才有"濡"和"染"。然而,时下的状况是,一方面,住房条件大为改善的城乡居民中,有藏书的家庭很少,有鲁迅文集的更少;另一方面,网络上诸如文艺明星、娱乐明星的新闻绯闻,铺天盖地、连篇累牍,占据了半壁江山。只要你打开网站,诸如婚外恋、闹离婚、生孩子之类捕风捉影、添油加醋、胡编乱造的"星闻",充斥荧幕、充塞耳目,却对鲁迅毫无兴趣,难得一见鲁迅的影子。

鲁迅一生,以笔代戈,生命不息,战斗不止,被誉为"民族魂"。他的文章和他的精神,一直为世人所称道。可是,近些年来,总有那么一些人，摆出一副道貌岸然的架势，声色俱厉的向鲁迅叫板，理直气壮的泼鲁迅污水。一个直观的表象是，让"鲁迅文章退出语文教材"的呼声，连绵不绝、此起彼伏。以致对入选教材的鲁迅文章，删了又删、改了又改，无论是其"投枪"的锋芒，抑或是其"匕首"的风采，都被打了折扣。进入世纪以来，曾经写在旗帜上的鲁迅，其"地位"似乎越来越微妙。一个直观的现象是，学者、家长对鲁迅淡出教材的惋惜情，与在中学生中流传的顺口溜——"一怕周树人，二怕文言文，三怕写作文"——不说截然对立，也是鲜明反差。就连一些中小学语文教师，也对鲁迅的作品也持有偏见。五六年前，曾看到上海某重点大学附属中学一位语文特级教师的高论："鲁迅闻名于他针砭时弊的文风，但他的作品表述方式比较迂回，文字较为艰涩，有些确实不适合中小学生阅读。"对此，本人实在不敢苟同。就算鲁迅表述"比较迂回"，当老师的若能深入浅出，化"艰涩"为"明畅"，为什么不适合中小学生阅读呢？换句话说，假如每一篇文章，从表述到内容，都十分的明了，学生一看便懂，甚至像吃冰淇淋一样，连看都不用看，只需含在口里就消而融之，冰冰凉凉、甜甜爽爽，还要老师干嘛呢？

我的中学时代，是"文革"后期在闽北山区一所农村中学度过的。记忆犹新的是，那时教材不规范、不完善，高度近视、高度敬业的语文老师郑洪通，经常会用他那带着浓重莆仙"乡音"的普通话，振振有词、津津有味地给我们讲课本之外的鲁迅。比如，"运交华盖欲何求？未敢翻身已碰头。破帽遮颜过闹市，漏船载酒泛中流"、"万家墨面没蒿莱，敢有歌吟动地哀。心事浩茫连广宇，于无声处听惊雷"等鲁迅诗句，就是从郑老师那里听来的。虽然，当时只是听听而已、似懂非懂，但慢慢的，我对鲁迅有了点朦胧印象。高中毕业应征入伍后，我用每月6元的津贴费购买的第一套图书，便是上海人民出版社1973年5月出版的"青年自学丛书"——《鲁迅杂文选》（上下册），每当有点闲暇，便要读上几篇，从中得到启蒙、获得营养。

习近平总书记在中国文联十大、中国作协九大开幕式上的讲话中指出："文运同国运相牵，文脉同国脉相连。"历史表明，鲁迅是一面精神旗帜,这在实现振兴中华中国梦的进程中,显得尤为重要。用中国社会科学院研究员黄侯兴先生的话说:"鲁迅精神必将进一步激发全民族的觉醒与崛起,使这个古老的民族从此更加振作起来,在强手如林的世界舞台上成为一个'尚可以有为'的民族。"现在,北京的鲁迅书店开业了,倘若其他地方的国有书店也能给鲁迅作品开一个哪怕小小的"专柜",不但是鲁迅的幸运,而且是民族的佳音。

(原载2019年3月5日香港《文汇报》副刊、
《杂文月刊》2019年第4期)

岁月不居，时节如流

习近平主席在二〇一九年新年贺词中，以一句"岁月不居，时节如流"开篇，寓意深刻，发人深思。习主席在总结辉煌2018，展望壮美2019的同时，表达了时光飞逝之意，以此鼓励和期望全国人民，继续保持时不我待、争分夺秒的精神状态，以坚不可摧的信念、勇往直前的毅力，踏石留印，抓铁有痕，一步一个脚印，把实现中华民族伟大复兴的事业推向前进。

"岁月不居，时节如流"出自东汉末年文学家、"建安七子"之一孔融的《论盛孝章书》。原文是："岁月不居，时节如流，五十之年，忽焉已至。"这句话的意思是说，光阴不能停留，就像流水一样匆匆而逝，且一去不复返。古往今来，多少文人墨客、帝王将相，对岁月如梭、人生苦短，发出忧伤的怨叹、无奈的感慨。2001年中国大陆拍摄的50集大型历史电视连续剧《康熙王朝》主题曲中一句"我真的还想再活五百年"，便是无可奈何的、极具代表性的"有感而发"。

"宝剑锋从磨砺出，梅花香自苦寒来。"2018年，我们所取得的所有光辉业绩，都是全国人民在中国共产党领导下，同心同德干出来的、克勤克俭拼出来的。站在新时代的新坐标上，忆往昔，峥嵘岁月稠；看今朝，万马战犹酣。生机勃勃，充满挑战和希望的新时代，正展现在我们面前，等待我们去谱写属于中华民族的新篇章。新时代，属于每一个人。换言之，每一个人都是新时代的见证者、开创者、建设者。从这个角度讲，每一个人都应当努力拼搏奋进，自觉珍惜时光。

"少壮不努力，老大徒伤悲。"唐代颜真卿则以一首"三更灯火五更鸡,正是男儿读书时。黑发不知勤学早,白首方悔读书迟"的《劝学诗》,劝勉青少年要珍惜青春年华,发愤读书,勤奋学习,储备能量,有所作为。反之,等到老了再想努力读书就悔之晚矣。颜真卿3岁丧父,家道中落,母亲殷氏对他寄予厚望,实行严格的家庭教育,并亲自督学。颜真卿在良好家教下,格外勤奋好学,每日苦读。这首诗,正是颜真卿为了勉励后人而作的。

征程漫漫,岁月匆匆,容不得人们有半点懈怠。八百多年前,朱熹与恩师刘勉之的女儿刘清四喜结连理后,为了不因新婚蜜月耽误学业,特意写下的一首自勉诗:"少年易老学难成,一寸光阴不可轻。未觉池塘春草梦,阶前梧叶已秋声。"包括我自己在内,很多人在这个年龄段,懵懵懂懂,压根不知道、从来没想过"老"的问题。即便而立之年,甚至年届不惑,依然觉得与"老"的距离还遥远得很呢。朱熹不愧为古代圣贤,十八九岁,恰如初升的太阳,血气方刚,正是青春好年华,就懂得把"少"与"老"联系起来思考,勉励自己,莫负青春年华,自觉发愤读书。

"一寸光阴一寸金,寸金难买寸光阴。"近年来,习近平总书记多次谈到珍惜时光、只争朝夕话题。2018年1月5日,在新进中央委员会的委员、候补委员和省部级主要领导干部学习贯彻习近平新时代中国特色社会主义思想和党的十九大精神研讨班开班仪式上,习近平总书记强调以"时不我待、只争朝夕"的精神投入工作,推动全党全国各族人民把思想统一到党的十九大精神上来,把力量凝聚到实现党的十九大确定的目标任务上来,不断开创新时代中国特色社会主义事业新局面。青少年是祖国的未来,是中华民族的希望。2018年5月30日,在"六一"国际儿童节来临之际,中共中央总书记、国家主席、中央军委主席习近平给陕西照金北梁红军小学的学生回信,在祝愿他们和全国各族少年儿童节日快乐的同时,热情洋溢寄托对少年儿童的殷切厚望。习近平在信中写道:"希望你们怀着一颗感恩的心,珍惜时光,努力学习,将来做对国家、对人民、对社会有用的人。"

"国家好,民族好,大家才会好。"国家繁荣了,人们才有施展聪明才智的平台、获得幸福生活的源泉；国家强大了，人们才能拥有和谐温馨的小家，才有永久的幸福可言。幸福都是奋斗出来的。一年之计在于春。新年伊始，我们要以只争朝夕的精神、以不懈奋斗的作风，在以习近平同志为核心的党中央领导下，在习近平新时代中国特色社会主义思想指引下，让时钟成为砥砺奋进的冲锋号，让奋斗成为高歌前行的主旋律，我们就一定能够创造出一个又一个新的、光彩夺目的人间奇迹，为发展中国家探索现代化提供更多借鉴，为人类发展定义一个新的未来。

习近平在二〇一九年新年贺词中说，"新征程上，不管乱云飞渡、风吹浪打，我们都要紧紧依靠人民，坚持自力更生、艰苦奋斗，以坚如盘石的信心、只争朝夕的劲头、坚韧不拔的毅力，一步一个脚印把前无古人的伟大事业推向前进。"机不可失，时不再来。老一辈革命家董必武有诗云："逆水行舟用力撑，一篙松劲退千寻。古云此日足可惜，吾辈更应惜秒阴。"寻，是古代的长度单位。千寻，用来形容很远的距离。指逆水行舟的时候，用竹篙撑船，稍微一松劲，就会后退很远的距离，所以一定要加倍努力撑船。气可鼓而不可泄。读书学习是这样，圆梦奋斗也是这样，不进则退，不可松懈。

"2019年，有机遇也有挑战，大家还要一起拼搏、一起奋斗。"人勤春早。每一个真心希望中华民族早日实现伟大复兴的中华儿女，无论自己处在什么岗位，不管个人能量是大是小，都要找准奋斗的坐标，既要不遗余力为家庭幸福而拼搏，更要尽我所能为国家富强而奋斗。以不用扬鞭自奋蹄，惜时争春同奋斗的姿态，投入到新征程的壮丽事业中去，在圆我"中国梦"的伟大实践中，充分施展聪明才干，努力谱写人生辉煌。

（原载2019年1月30日香港《文汇报》副刊）

亲历"书荒"年代

"经过十年'文革'的读书禁锢，人们长期压抑的读书热情瞬息爆发……"这是此前不久《作家文摘》一版"纪念改革开放40周年"专栏刊发的《这四十年，中国人的阅读轨迹》中的一句话，掩卷沉思，唤醒我对亲历书荒年代的点滴回忆。在出版市场繁荣、图书供大于求的今天，对当今广大青年朋友而言，不说100%，至少99%的人，不是不以为然，便是心生质疑：何为书荒年代、哪有这等怪事？也难怪，事未经过，焉知其详。

翻开共和国历史，有两个沉甸甸的灾荒年代。其一，1959年至1961年，可谓名副其实的粮荒年代。当时，由于"大跃进"运动，以及牺牲农业发展工业的政策，导致全国性的粮食和副食品短缺危机。史称，"三年自然灾害"，或"三年困难时期"。其二，1967年至1979年，则是地地道道的书荒年代。1969年，随着"上山下乡"运动进入高潮，大批文化人、出版人也被下放到"广阔天地"或者"五七干校"接受再教育，各地出版机构大量撤销，出版市场出现一派萧条景象。不仅如此，在之后的10年里，除领袖语录、著作外，几乎所有图书都被禁绝了，就连1949至1966年出版的绝大部分作品，都被打成"毒草"，即便是《红日》《刘志丹》《红旗谱》《保卫延安》《青春之歌》《暴风骤雨》《铜墙铁壁》之类作品，也不能幸免、难逃厄运。

比如，作家冯德英创作于上世纪50年代中期的长篇小说《苦菜花》，围绕着八个妇女形象展开，通过讲述那个特定历史时期女性的故事，构成一组女性群像图，并借此反映革命历史时期阶级斗争的残酷性、复杂性和艰巨性。这本是一部革命历史题材的文学作品，1965年，搬上银幕后曾经红极一时。可是，后来也被打入"禁书"之列。记得中学时代，老师曾经一本正经、十分严肃地告诫我们：《苦菜花》里面有男女两性关系的描写，据一些强奸犯供述，其犯罪的根源，是读了《红楼梦》、《苦菜花》等色情小说。有鉴于此，当年同学当中，是否有人"偷看"《苦菜花》《红楼梦》等，说不清楚，老实巴交的我，是信以为真、敬而远之的。

有道是，"宁可食无肉，不可读无书。"那个年代，书店里买不到文学书，图书馆借不到文学书，家中不敢收藏文学书。人们除了读领袖著作外，再读不到其他图书，以致精神极度空虚。好在"天无绝人之路"。为了战胜书荒，应对"精神缺粮"，《第二次握手》《一只绣花鞋》等手抄本，便应运而生，在地下流行……

我出生于上个世纪五十年代前期，中学时代正是身体发育、思想发育阶段，可是，不单粮食紧张，就连图书也紧缺的很。在我记忆中，中学阶段，家里除了几本红宝书、小人书，再无其他图书。不是不想买书，而是买不到书。1973年，我买了一本商务印书馆1972年出版的《汉语成语小词典（第三次修订本）》。那时，我在一所公社中学读高二。一天，听说公社供销社进了一批新书，便喜滋滋、急切切前去"选购"。可是，当我来到供销社时，被告知只有《汉语小词典》。我二话不说，从干瘪的口袋里掏出钱来买下一本——64开，6印张，4插页，260千字，0.70元。因为它是我此生购买的第一本图书，且伴我度过书荒年代，所以如同初恋情人一般，不离不弃，转战南北。几十年来，先是从农村到城市，从福建到江西，继而从部队到地方，从江西到福建，远远近近搬了十来次家，我放弃了部分家庭藏书，可这本小词典却一直保存着。如今，它墨绿色的塑料封皮已经老化、内页业已发黄，我依旧把它珍藏在书柜里。

1978年3月，为了迅速缓解巨大的社会文化阅读需求与书店无书可售的矛盾，国家出版局召集北京、上海、天津等13个省市的出版局（社）和部分中央出版社，要求对"文革"前出版的图书进行审读、修订，紧急重印35种中外文学名著，一次投放1500万册，瞬间告罄。"书荒"

局面的破解，促成了一次历史性的反弹。据史料记载，那年"五一节"期间，读者在北京、上海等大中城市的新华书店门前排起了长队，《家》《春》《秋》《子夜》《悲惨世界》《哈姆雷特》等曾遭封禁的文学名著，从此再度走进寻常百姓家。

那时，我在江西庐山人民武装部服役，还是一个快乐的单身汉，闲来无事时，经常逛书店。1978年底，发现书店里有售上海古籍出版社1978年5月第1版、标有"中国古代文学作品选读"字样的《唐诗一百首》《宋诗一百首》，便立马各买一本。因为开本小，二者都是787X960；厚度薄，不足200页；价格低，前者0.37元，后者0.36元。然而，尽管"不值钱"，整整四十年过去了，多次搬家，我始终保留着。近日取出来，信手翻了翻，随意看一看，发现它们可以从一个侧面充当书荒的见证者。

那些年，中国传统诗词也一度被打入"冷宫"。"文革"结束后，虽然出版了一些古诗词"选读"本，却言之凿凿、苦口婆心的提醒读者：保持警惕、谨慎阅读。如，在上述那本《唐诗一百首·前言》中，有这样一段文字："唐诗的作者，大都是封建文人。由于受到时代和阶级地位的种种局限，他们的许多作品都带有明显的封建地主阶级的烙印，即使是一些可以称之为精华的作品，也往往夹杂着不健康、消极的东西。因此，我们要接受这份遗产，就必须用马列主义、毛泽东思想加以认真的分析和批判。"言外之意，希望读者保持清醒头脑、提高革命警惕，不要被书中某些"不健康、消极的东西"所影响，以免因此而"中毒"。

而《宋诗一百首·前言》则掷地有声的说："由于社会的动荡不安，国力的衰弱，政治迫害的严重，使这些主要是封建士大夫的诗人，在心灵深处蒙上了一层灰暗消极的阴影。因此，他们表现思想感情的方式是复杂曲折的，诗歌的调子也显得深幽沉郁……"如此这般，书是买回来了，每每想起这些"忠告"，无形中挫伤了我的阅读热情。想想看，它们不单是"封建文人"的作品，而且还带有消极的、不健康的成分，身为革命军人，我难免有一种"想说爱你不容易"的警觉心理。尤其是想起它们都出自"封建文人"之手，且"蒙上一层灰暗消极的阴影"，阅读的热情便悄然降温——既不敢认真学习,更不敢深钻细研。用今天的眼光来看,这多少有点"谨小慎微"的意味。可在当年,它却实实在在给我泼了一盆冷水。于是乎,在保持头脑清醒的同时,也冲淡了我学习古诗词的兴趣。

"书籍是人类进步的阶梯"。《中国文化报》此前报道:2017年,全国图书零售市场动销品种数达189.36万种,比2016年增长了8.19%。新书品种数为20.40万种,从2012年到2016年,始终在20万种至21万种之间,已经连续6年保持稳定。图书市场的繁荣,既是读者的幸事,更是国家的幸事。古人云,"以史为鉴,可以知兴替。"我相信,有着上下五千年文明史的中华民族,一定会自觉吸取历史教训,不让诸如书荒这样的怪事再度发生。

(原载2018年10月2日香港《文汇报》、
10月7日《中老年时报》副刊)

从"节女堂"想到"女德班"

"节女堂",不知是罕见的缘故,抑或是残酷的原因,翻阅我家书橱中《辞海》《新华字典》《现代汉语词典》等工具书,都找不到节女堂的踪影,甚至连"节女"一词,只有上海文艺出版社2000年出版的《语海》中,有条"节女怕情郎"的谚语。其释义是:"封建礼教指保持节操的妇女,怕遇到多情的男子,使之不能终节。"我是四年前收看电视连续剧《刀客家族的女人》后,才知道节女堂的。

事有凑巧。去年暮春,我在闽北山区采风时,"意外"发现一处"节女堂"遗址。当我们在实地踏看期间,我发现节女堂早已被无情的岁月"洗劫一空",只有满地的野草、葱茏的树木。几堵石砌的残墙断壁,以及坚实的石头地基,依然在各自的"岗位"上默默坚守着,折射出忠诚背后的凄惨。透过它们,不难想象当年节女堂的规模和情景,应该有一群管理人员与不少所谓的"节女",在这座面积不小的建筑物里生活生存过。

那天上午,6年前退休返乡安度晚年的福建省建阳市农业局原局长彭利荣先生,用遗憾夹杂亲切的语气告诉我们,靠南一排是房间,66年前,他就是在"节女堂"破屋里出生的。接着,他用手比划着说,这边是厨房,那边是猪圈。他还告诉我们,厨房里原来还有几口用来装饮用水的方形大石缸,如今全都不翼而飞了。只剩下三个一半埋在地里,一半裸露在外的石雕构件。在老彭指引下,我们把三个石构件挖出来,组合在一起后,发现其高约1.3米,上部的香炉长约80厘米、宽约50厘米,厚约30厘米。当我们用水把它们洗刷干净后,但见香炉正面雕刻的腾龙图案,栩栩如生,清晰可见。可惜,文字较小,且已风化,不易识别,只能看出"乾隆"等少量几个字。即便如此,我亦释然——虽说一时无法弄清这处遗址的"来龙去脉",但由此可以推断出,这座节女堂,至少有200多年历史了……

地处新历村下保自然村的"节女堂",背后是几百上千米高的崇山峻岭,俨如重重屏障;前面是一条几十米宽的河流,夜以继日,湍流不息。穿越"节女堂"遗址,我依稀看到,在远去的年代,这里实实在在、真真切切有一群又一群、一批又一批的女性,从四面八方押送到这里,愤愤然生存,默默然抗争。古代,这里没有公路和桥梁,交通闭塞,进出两难。可想而知,"节女"们即便逃出这座高墙大院,也逃不出大山、越不过河流——不是被活活饿死,就是被活活淹死。换句话说,任何一个"节女",不论年龄大小、身体好坏,一旦被"送"到这荒山野岭中,无异于关进天然大牢,除了老老实实服从管教,其他任何念头,都是痴心幻想,只能叫天天不应,叫地地不灵。

"节女堂"的性质,与"贞洁牌坊"差不多,是古代为了鼓励寡妇为亡夫守节而专门设立的祠堂。修建、创办"节女堂"的根本目的,是要让那些所谓不守妇道、不守规矩的女人,通过入"堂"管教,懂得"规矩"、恪守"妇道"。当我带着对早已消失的"节女堂",以及那些曾经在这里生活过的节女们缕缕怀想,告别这个特殊的遗址后,对旧时节女的同情、对封建礼教的愤慨,久久萦绕在我的脑海里——封建时代,除了"节女",还有"节妇"什么的。所谓"节妇",指坚守贞节,丈夫死去后坚持不改嫁的妇女;而"节女",乃封建礼教上指妇女守节或殉节。

在"吃人"的封建社会,妇女死了丈夫,只有立志不嫁,坚守贞操,直到老死,才有"女德",才是"守节"。唐代诗人张籍在《节妇吟·寄东平李司空师道》中写道:"君知妾有夫,赠妾双明珠。感君缠绵意,系在红罗襦。妾家高楼连苑起,良人执戟明光里。知君用心如日月,事夫誓拟同生死。还君明珠双泪垂,何不相逢未嫁时。"品读这首诗,不难看出一个"节妇"即向往爱情,又坚守贞节的矛盾心理。

千百年来，在儒家礼教中，妇女必须"从一而终"——不但丈夫生前要贞节，死后还得守节，抚养幼孤，侍奉公婆。据史料记载，表彰节妇之举，一直延续到民国初期。它在给相关家族带来荣誉的同时，给当事妇女带来巨大的痛苦。这是何等的荒唐，这是何等的不公！

一九一八年七月，鲁迅先生在《我之节烈观》中，旗帜鲜明地对"节烈论"痛加批判。他一针见血地指出："道德这事，必须普遍，人人应做，人人能行，又于自他两利，才有存在的价值。现在所谓节烈，不特除开男子……，所以决不能认为道德"，"节烈这两个字，从前也算是男子的美德，所以有过'节士'，'烈士'的名称。"现在"表彰'节烈'，却是专指女子，并无男子在内。"同时，掷地有声的质疑："节烈是否道德？""多妻主义的男子，有无表彰节烈的资格？"

由此联想到前不久辽宁抚顺市传统文化学校开设"女德班"一事引发社会关注、网友热议的奇闻。在一段网传视频中，有的"女德班"学员泪流满面，跪地、磕头、忏悔自己的"罪过"。而授课老师却振振有词："无论丈夫说啥，都要说是，好，马上"，"女人就不应该往上走，做什么女强人，就应该在最底层，女强人下场都不好。"而某"女德班"的"著名语录"是，"打不还手，骂不还口，逆来顺受，绝不离婚"，"如果要做女强人，你就得切掉身体的女性特征，放弃所有女性特点"。这样奇葩的"女德班"并不是个例。

如此"女德班"，这等培训法，哪里是传统文化教育，分明是变相扭曲心灵。不过，开设"女德班"并非什么新鲜事，媒体早就报导过，只是未能引起社会和舆论关注罢了：2013年9月28日，在孔子诞辰2564年这天，"以儒家思想为办学特色"的重庆信息技术职业学院举办的"首届中华女德班开学典礼"，吸引了人们的眼球。首期女德班限收的43名学生中，有三分之二为在校女生，其余则是学校的女教职员工；2014年9月21日，中国之声《新闻晚高峰》报导，"打不还手，骂不还口，逆来顺受，绝不离婚"，这16个字，被形容为学堂倡导的"女德"四项基本原则。目前这类"女德班"正在全国遍地开花：从北京、山东、河北，一直绵延到陕西、广东和海南……

早在 1954 年，我国就将"男女平等"写进了宪法，60 多年过去了，为什么还有人热衷于举办歧视女性的"女德班"？"女德班"的性质，与女子师范、女子学校等截然不同，它灌输的是"守妇道"之类的"德"。单从这一点，就不难看出带有明显的男尊女卑成分。现在，辽宁的"女德班"被"叫停"了，其他地方的"女德班"是否还冠冕堂皇地照办不误？

不错，传统文化应当弘扬。然而，时代不同了，社会进步了，对儒家理学等"历史遗产"，既不能盲目拿来，更不能全盘照搬，而要"取其精华，去其糟粕"，在批判的基础上继承和吸收。可是，近年来偏偏有人打着弘扬传统文化的旗号，干着为封建思想招魂的事情。听任其回潮、蔓延下去，后果要比兴办"女德班"严重得多。

（原载 2018 年 3 月 3 日香港《文汇报》、3 月 8 日《上观新闻》以《鲁迅先生说"节烈"》为题发表）

宛若明镜于成龙

在灿若繁星的历史名人中，能够接二连三拍成电视、排成戏曲，并备受广大观众欢迎的，不说凤毛麟角，也是屈指可数，于成龙便是其中之一。2000年，电视连续剧《天下第一廉吏于成龙》在央视一套播出后，轰动全国，成为人们茶余饭后、街头巷尾谈论的焦点；2014年，廉政文化教育精品剧目《廉吏于成龙》闪亮登场，当年12月30日晚，七常委与首都近千名群众一起观看新年戏曲晚会，其中便有该剧目；2017新年伊始，40集电视剧《于成龙》，经由央视综合频道，又与广大观众见面了。于成龙的芳名，再度不胫而走，广为流传。都说"明镜高悬"，于成龙就是一面活生生、亮闪闪的明镜。

于成龙，字北溟，别号子山。明万历四十五年（1617），生于山西永宁（今山西方山县北武当镇来堡村），其先祖和父亲，都在明朝做过官。其父在乡里倡导孝义之道，有长者之风。受优良家庭环境的熏陶，于成龙性格沉稳、不卑不亢，才智过人、克勤克俭，并养成脚踏实地、不尚空谈的作风。

于成龙是名副其实的大器晚成。顺治十八年（1661），44岁的于成龙，步入仕途，任广西罗城知县。罗城新隶于清廷统治不到两年，局势动荡不安，两任知县，一死一逃。加之崇山峻岭、瘴疠流行，从外地到罗城为官的，"百无一归"。为了报效国家，于成龙不顾家人和亲朋的阻拦，怀着"此行绝不以温饱为志，誓勿昧天理良心"的抱负，抛妻别子，只带着简单的行装和几个仆从，骑驴上路，前往赴任。彼时的罗城县城，仅有6户人家、10余间草屋，一派萧条，满目荒芜，以至"豺虎昼行于市，野狼嗥噪不已"。环境之险恶、条件之艰苦，超乎想象。于成龙和随从们，只得寄居在关帝庙中，"插篱棘为门牖"，垒土台作几案，每天蹲在地上吃饭。不久，随从者中，有的染病而死，有的离他而去，只剩于成龙孤身一人。他曾在给友人的信中写道："万里惟余一身，生死莫能自主，夜枕刀卧，床头竖二枪以自防。"

　　古人云，人在做，天在看。我想说，官在做，民在看。罗城是多民族杂居地区，匪盗猖獗、械斗频发。于成龙到任后，费尽心思，设计捉拿盗匪；不遗余力，调解民族矛盾；废寝忘食，致力公正断案。不到一年，社会稳定，风气好转。当地百姓看在眼里，喜在心头。当他们发现于成龙生活清苦后，便主动给他送些土特产。于成龙一概婉言谢绝。康熙了解了于成龙的品行与政绩后，委任他为四川合川知府。当他启程赴任时，罗城百姓涌上街头，大呼："公今去，我侪无天矣！"这与当下个别地方主官离任或落马后，人们自发燃放鞭炮以示庆贺的现象，形成鲜明对照。

　　之后的于成龙，仕途平坦、官运亨通。先后任湖北黄州同知、武昌知府、黄州知府、江防道员、福建按察使、布政使、直隶巡抚、两江总督（辖江苏、浙江地区）等职。于成龙长于词讼与断狱，常常微服私访，先后处理了许多地方上的疑案、悬案、错案，使之得到平反，从而赢得"于青天"的美名。蒲松龄在《聊斋志异·于中丞》中，就描述了于成龙两破疑案的故事。于成龙三次荣膺"卓异"、屡屡得到重用，与康熙皇帝慧眼识珠、知人善任密切相关。据史书记载，康熙的外甥喀礼，因横行不法，被于成龙下令斩首。他不但没有受到掣肘与打击，反而被一再提拔和重用。

　　旧时官场上，馈送、请托盛行，成为各级官吏之间狼狈为奸、结党营私的手段之一。对此，于成龙深恶痛绝。他升任直隶巡抚后，严禁州县增收火耗、勒索民众、馈送上官。大名知县不听劝戒，一意孤行，暗里向于成龙"呈送中秋节礼"，于成龙不仅严辞拒收，而且专门发了《严禁馈送檄》，予以通报批评。为了刹住这股歪风，他还在大堂上张贴对联："累万盈千尽是朝庭正赋，倘有侵欺谁替你披枷带索；一丝半粒无非百姓膏脂，不加珍惜怎晓得男盗女娼。"

说于成龙是一面明镜，不单是廉政勤政，还在于爱民如子、敢于担当。一年，黄州发生严重饥荒，他冒着杀头的风险，在未得朝廷恩准之前开仓放赈，"救活饥民无数"，并多次如实奏报灾情，得到康熙的高度赞誉。于成龙之所以被誉为"天下第一廉吏"，得益于他的"生活习惯"。步步高升的于成龙，生活却始终"涛声依旧"。为了扼止统治阶级的奢侈腐化，他带头实践"为民上者，务须躬先俭朴"。去直隶，他"屑糠杂米为粥，与同仆共吃"，在江南，他"日食粗粝一盂，粥糜一匙，佐以青菜，终年不知肉味。"百姓亲切地称他为"于青菜"。总督衙门的官吏，在他的影响与约束下，"无从得蔬茗，则日采衙后槐叶啖之，树为之秃。"

民心是杆秤。康熙二十三年（1684）农历四月十八日，六十八岁的于成龙病逝于两江总督任上。南京男女老幼，商贩僧侣，无不如丧考妣、痛哭流涕。出殡当日，出现"江宁守及门下诸生合士民数万人，步行二十里外，伏地哭，江涛声殆不闻"的动人情景。事实上，古往今来，但凡清官好官，在位时，百姓真心拥护、热情支持；人死了，依然念念不忘、赞不绝口。于成龙去世后，人们发现他的木箱内，只有一套官服，别无余物，市民遂自发塑建雕像祭祀。康熙帝则破例亲笔撰写碑文，对他廉洁刻苦的一生予以高度褒奖。

于成龙难能可贵之处，还在于——善于敢于把对上负责与对下负责统一起来。61岁那年，于成龙升任福建按察史。当时，清廷严格实行"海禁"政策，福州犯"通海罪"者，多达6000人。于成龙把个人名利得失置之度外，坚持重新审理"通海案"。最终设假案者被斩，无罪渔民被释放；康亲王率10万八旗兵驻扎福建，为解决粮草问题，要征集3万名莝夫（铡草的民夫）。于成龙调查后发现，当时福建全省男丁不过6万来人，且平日征集民夫不断，倘若再征3万莝夫，等于十家九空。于是，他从百姓生计考虑，冒死上书，提出罢免莝夫令，并据理力争，赢得了支持。

雁过留声，人过留名。封建官吏也好，人民公仆也罢，谁人不希望在自己离任甚或辞世之后，留下一个好名声。此乃人之常情。殊不知，好的名声不是随心所欲，想要就要，想有就有的。只有像于成龙那样在任时廉洁奉公、勤政为民者，才能在群众心中树起一座无形的丰碑。

"以人为镜，可以知得失。"每一个为官者，不论职务高低、权力大小，想做出一流业绩也好，要留下一个好名也罢，都应当经常地、自觉地照照于成龙这面明镜。

（原载 2017 年 2 月 17 日香港《文汇报》副刊）

"立雪"只因是"程门"

"程门立雪"这个成语，出自宋代著名理学家——建州建阳人游酢、南剑将乐人杨时孜孜求学的故事。游、杨都是北宋著名的理学家和大学问家，二人都生于1053年，比我大了整整900岁，且又都是"福建老乡"。因此，长期以来，我对与这个典故有关的话题或新闻，尤为关注，颇感兴趣。

三个月前，从新华网等媒体获悉，2017年4月3日，由中华文化促进会、河南省中华文化促进会、河南省华夏文化发展基金会联合主办，兴亚控股集团和伊川县委、县政府联合承办的"程颢程颐文化园"开园庆典仪式，在河南省洛阳市伊川县举行。这就意味着，伊川又打出一张以"二程"为主题的文化品牌。六月中旬，到河南新乡参加一个采风活动，很想会后去伊川县踏访"二程文化园"，后因时间所限，未能如愿，留下一缕遗憾。

近日，在香港《文汇报》上读到多拉先生的佳作《程门立雪地》，唤起我对程门立雪的再思考。近千年来，程门立雪，家喻户晓、广为流传。只是，人们对"立雪"之举，津津乐道、赞誉有加，而对"程门"之重，却点到为止、淡淡而谈。在我看来，这实在有点"厚此薄彼"的味道。

游酢、杨时为了拜师求学，冒着严寒前往程家，置风侵雪打于不顾，在"程门"前站立了很长时间，以致积雪达到一尺之厚。从这个角度讲，游、杨尊师重道、诚心求学的精神和举止，是感人至深、可敬可佩的。不过，倘若不是名声在外、学识厚重的"程门"，有谁吃饱了撑得，愿意大冷天骑着毛驴，抑或坐着马车，大老远的跑到程颐家门前去"立雪"呢？

关于这个典故最早的史料记载有两个。一是《宋史》中的《杨时传》：杨时和游酢"一日见颐，颐偶瞑坐，时与游酢侍立不去，颐既觉，则门外雪深一尺矣。"一是《二程语录·侯子雅言》："游、杨初见伊川，伊川瞑目而坐，二人侍立，既觉，顾谓曰：'贤辈尚在此乎？日既晚，且休矣。'及出门，门外之雪深一尺。"

程颐（1033—1107），字正叔，汉族，洛阳伊川（今河南洛阳伊川县）人，出生于湖北黄陂，北宋理学家和教育家，世称伊川先生。《侯子雅言》作者侯仲良，是程颐的内弟，亦即"小舅子"，对谁是尊师重道、立雪程门的第一人，无疑更清楚、更知情。所以，他把游酢放在前面。这就足以证明，游酢是"程门立雪"的第一人。

长期以来，关于程门立雪"第一人"的说法，不尽一致。其实，在我看来，谁一谁二，并不重要。重要的是，确有其事，以及游、杨二人重道尊师、虔诚求学的精神。熙宁五年（1072），刚满20岁的游酢，从福建赴京师（开封）预考，慕名拜见程颐。了解游酢后，程赞曰："其资可以适道"。同年八月，程颐之兄程颢任扶沟县（今属河南）知县。经程颐举荐，游酢到扶沟任管理全县教育工作的"县学教授"（相当于县教育局长）。他一边做好本职工作，一边向程颢虚心学习。前后三年，学识大有长进。元丰四年（1081），杨时与游酢相见。在游酢的引荐下，一起到颖昌（许昌）向程颢求教……二人南归时，程颢目送他们，并深有感触地说："吾道南矣！"1093年，程颢去世12年后，游酢又偕同杨时前往洛阳拜见程颐。这才演绎了这个世代流传的故事。

可见，游酢、杨时"立雪"，是41岁的事。老大不小，且颇有建树的人，为什么还要在瑟瑟寒风中，专程前去拜程颐为师呢？答案是唯一的：程门如"宝库"——只有从程颐那里，才可以学到他们想要的东西。据史料记载，程颐年轻时在太学一举成名，20余岁就开始接纳门生，教授儒学。后来，与其兄程颢一道成为一代儒学大师，受到各地士人的尊崇，纷纷拜师于其门下。程颐修养有道、德才兼备。司马光等人在当年的推荐书中写道：河南隐逸之士程颐，博学好古，安于贫贱，恪守节操，言必忠信，动遵礼义，希望朝廷让他出来做官，委以重任。程颐虽然没有接受朝廷的任命，但次年即应诏入京，受命为崇政殿说书——教皇帝小儿读书。由此可见，游、杨结伴虔诚敬拜程颐为师，不是一时的冲动，而是慎重之选择。

　　古人说，学高为师，德高为范。今人讲，要给学生半桶水，老师要有一桶水。教师，只有做到"德学"兼备、两者皆高，才能赢得学生的敬佩与尊重，才能使学生"亲其师，信其道"。这就要求教师要加强学习、注重研修，不断给自己注入"新水"、"活水"。才可望成为一个当之无愧、名副其实的"园丁"。遗憾的是，现今一些教师的"水"，原本就不"高"，甚或只有"半桶水"，却忽视学习，得过且过；放任自己，误人子弟。学生在校，首要任务就是刻苦学习，取得良好成绩。可是，当下内地一些学校学生读书热情不高、学习成绩不好。"补考一族"，频现校园；"挂科现象"，颇为普遍。其所以然，学生学习目的不明确、学习方法不正确，无疑是主要原因。但是，与一些教师教不得法、授不给力，密切相关。君不见，少数教师往往连备课程式都省去了，授课"照着课文讲"，没有"自己的东西"。所讲内容，既不是个人的钻研成果，又不是自身的学习体会，没有感染力，缺乏启迪性。如此这般，怎样培育学生的学习兴趣、何以激发学生的学习热情？这等教师，各级各类学校，或多或少都有。

　　文学家、语文学家、出版家和翻译家夏丏尊先生在翻译《爱的教育》时，说过这样一段一针见血、入木三分的话："教育之没有情感，没有爱，如同池塘没有水一样。没有水，就不成其池塘，没有爱就没有教育。"教师，是知识的传播者、灵魂的塑造者。一方面，教师的言行举止，对学生成长的影响是潜移默化、不可低估的。另一方面，教师的一言一行，都在学生的观察与品评中。学生信服、尊重某个教师，往往是由喜爱、敬佩"派生"的。这种敬佩和喜爱，不是由他人慷慨赠送或刻意吹捧的，而是由教师自身良好素质与修养决定的。古往今来，大量事实表明，唯有知识渊博、道德高尚、行为规范、忠于职守的教师，才能赢得学生的尊敬，才是值得学生去追随的。

　　常言道，名师出高徒。但凡想成为"高徒"的人，必定会想方设法追寻"名师"。程门立雪的典故，所以口口相传、妇孺皆知，旨在倡导学生尊重老师、恭敬受教。这是无可厚非、理所应当的。但前提是，教师即便学识不如"二程"那样丰富渊博，也要树立明确目标，着力提升综合素质。反之，纵然游酢、杨时再世，怕也不会真心诚意、心甘情愿前去"立雪"的。

（原载2017年7月22日香港《文汇报》、《杂文月刊》2017年第9期、2017年9月26日《北京日报》）

又到中秋赏月时

一年一度的中秋佳节到了，忽然想起欢度中秋的一个重要环节——赏月。史料记载，民间中秋赏月活动，始于魏晋时期，盛于唐宋。传说，嫦娥被逢蒙所逼，无奈之下，吃了西王母赐给丈夫后羿的两粒不死之药后飞到了月宫。这天，恰值八月十五，其夫后羿和百姓，思念心切，便在是夜赏月、吃月饼，祈盼她早日归来。

中秋赏月的习俗，所以世代相传，乃至成为一种传统文化，得益于文化名人不经意间的"助推"。比如，杜甫。干元二年（759）九月，安禄山、史思明从范阳引兵南下，攻陷汴州，西进洛阳，山东、河南都处于战乱之中。史称"安史之乱"。当时，杜甫的几个弟弟正分散在这一带，由于战事阻隔，音信不通，引起他强烈的忧虑和思念。是年秋，身在秦州的杜甫，创作了《月夜忆舍弟》一诗："戍鼓断人行，秋边一雁声。露从今夜白，月是故乡明。有弟皆分散，无家问死生。寄书长不避，况乃未休兵。"

《月夜忆舍弟》，是杜甫当时思想感情的真实记录。其中，"月是故乡明"一句，表达了杜甫对几个"失联"兄弟的思念之情。以往，兄弟同在故乡，不说朝夕相处，也是经常联系。如今，兄弟因战乱而离散，生死不明，牵肠挂肚。这首诗，反映了颠沛流离的杜甫，在异乡的戍鼓和孤雁声中观赏秋夜之月，倍加思念生死不明的兄弟，以及痛惜国家山河破碎的心情。

千百年来，一句"月是故乡明"，成了人们中秋佳节思念故乡的"共同心声"。于是，在中秋这个传统佳节期间，除了吃月饼，还得要赏月。

《长安玩月诗序》载:"秋之于时,后夏先冬;八月于秋,季始孟终;十五之夜,又月之中。稽于天道,则寒暑均,取于月数,则蟾魄圆。"也就是说,八月十五在秋季八月中间,故曰:"中秋"。有唐以来,以中秋赏月为主题的诗不少。唐代诗人王建,《和元郎中从八月十二至十五夜玩月五首》中写道:"月似圆来色渐凝,玉盆盛水欲侵棱。夜深尽放家人睡,直到天明不炷灯。"徐凝的诗云:"皎皎秋月八月圆,嫦娥端正桂枝鲜;一年无似如今夜,十二峰前看不眠。"明清以后,每逢中秋,一轮圆月东升时,人们便在自家庭院里、楼台上,摆出月饼、柚子、石榴、芋头、核桃、花生、西瓜等果品,边赏月、边畅谈,待到皓月当空,分而食之,甜甜美美,其乐融融。

故乡,通常指个人出生的地方。65年前,我出生在福建莆田,但我赏月的"历史"比我的年龄短多了。莆田地多田少,因"盛产地瓜",而被人戏称"地瓜当粮草"。其实,上个世纪五六十年代,许多人常常连地瓜都吃不饱、没得吃。我上小学时,不止一次是饿着肚子去学校的。在故乡,民间自做的月饼好像吃过,但却不曾赏过月。可想而知,在吃了上顿没下顿,家徒四壁还漏风的生存环境下,谁有那个心情和雅兴去赏月?正因此,后来才举家移民闽北山区。既是为了响应政府号召,也是为了改变生存环境。那时的闽北,交通不便、田多人少,吃饱肚子基本没有问题。

"仓廪实而知礼节,衣食足而知荣辱。"同样道理,食不果腹,度日如年,包括文人墨客在内,怕也未必有心思赏月呀。我少年时代,平时也好,过节也罢,最期盼的不是"好玩的",而是"好吃的"。赏月也一样。记忆中,直到成家立业、日子殷实之后,这才萌生了赏月的兴趣。而赏月真正成为一种"习惯",是步入中年阶段才养成的。每逢中秋,赏月是必不可少的"程序"之一。皓月当空,遐思泉涌。李白的"举头望明月,低头思故乡"、"举杯邀明月,对影成三人",苏轼的"明月几时有?把酒问青天"等诗句就会在耳边回响,往年过中秋一些难忘细节,就会在眼前再现。

六年前,女婿吴庆年有位学生在呼和浩特发展,事业有成、家庭美满,三番五次邀请我们前去观光做客。盛情难却,2012年,中秋、国庆连在一起,与今年一样,有八天长假。我和老伴便随女儿女婿,从厦门直飞呼和浩特。先前了解,在呼市,东河广场、如意广场、敕勒川公园等,都是赏月的理想之地。可是,因为中秋晚宴,耗费较长时间,加上人生地不熟,我们饭后便直接回到了宾馆。呼和浩特市,不是一般的平原,而是地势比较平坦的高原。虽然,市区海拔1040米,好在晴空万里,且我们所住的客房,楼层较高,视野开阔,我便在一个靠东的窗户前,透过玻璃,一心赏月。给我留下最大的印象是:因为,呼市离天"比较近",所以,月亮显得"比较大"。

去年在庐山,陪岳父岳母过中秋。酒香菜美,食欲大增。酒足饭饱后,夫人"打扫战场",似醉非醉的我,独自一人,迫不及待到楼下小坪上准备赏月。庐山柏树路,农业银行宿舍,屋后(东面)便是海拔1200米的"大月山"。受其遮挡,月亮迟迟升不起来。俗话说,心急吃不了热豆腐。我越是心急,月亮升得越慢。当一轮明月从大月山的树梢上缓缓"亮相"时,我发现,庐山的天幕,如一块洗的干干净净、熨的平平整整的巨幅蓝布,月亮在群星的拱卫下,点缀在蓝色天幕上,笑眯眯、喜滋滋把银色光芒慷慨地洒向人间。

宿舍正前方,是位于牯牛岭脊背间、倚靠东西两谷高处的"月照松林"。庐山·沐月——是国内十大赏月胜地之一。这里盘岩悬露,纵横迭置,嶙峋怪异,周边一带,全是挺拔的松树,松涛汹涌,翠影婆娑,宛如整装待发的天兵;石壁上,维新四公子之一、陈寅恪之父陈三立所题的"虎守松门"、"松涛虎啸"等石刻,平添了几分神秘色彩。这是我当年在庐山工作时,留下的印象。柏树路与"月照松林"中间只隔着"东谷",距离不过三四里,但老夫毕竟过了"浪漫"的年龄,所以,只在原地放飞思绪,为在那里赏月的情侣们祝福。

中秋,明月高照,万家团圆。家与国,不分割。成龙先生在《国家》中唱道:"一玉口中国,一瓦顶成家。都说国很大,其实一个家。一心装满国,一手撑起家。家是最小国,国是千万家……"而《说句心里话》《兵恋》等不同歌曲中,都有句相同的歌词:"有国才有家。"都说,家是心灵的港湾。军人出身的我感悟，只有坚固的国防、富强的国家、和谐的社会，城乡居民，才有安稳的家，才会心情愉悦。心情好了，无论在哪里过中秋，都一样的美好；生活好了，不管在何处赏月，都一样的开心。反之，假如战火纷飞、亲人流离失所，纵然杜甫再世，怕也不会觉得"故乡"与"他乡"之月，有什么明显区别，或者更大更圆更亮的。

（原载 2017 年 10 月 3 日香港《文汇报》副刊）

敬畏影子

想起做这篇短文,"由头"源自墨尔本。

活了大半辈子,不曾出过国门。己亥秋末,应朋友之邀,欣然报名参加"2019澳新千人游"。最后一个晚上,入住坐落于格林维尔(Greenvale)占地170英亩原生态农庄中的墨尔本艾特肯酒店(Aitken Hill)。

虽然,该酒店距离墨尔本中央商务区(CBD)只有30分钟车程,从酒店到墨尔本国际机场仅8km远。可是,进入农庄区,有种"山重水复疑无路"的感觉。放眼望去,除了房子和道路,便是绿树与碧草,还有欢快奔跑的野兔,团友们个个眉开眼笑。也难怪,包括我在内,从来不曾见过活蹦乱跳的野兔。

夜幕初降,在酒店周边漫步时,几只憨态可掬的袋鼠闯进我们的视野,连蹦带跳,似在欢迎我们。次日清晨,我从一楼客房"后门"出来,迈上几步缓坡,就是大片草地。初升的旭日,慷慨地为我投下修长且清晰的影子。想到几个小时后,就要飞回祖国了,顿觉心旷神怡、身心愉悦。那一刻,独自行动的我,不是顾影自怜,而是望影兴奋。于是,举起手机,以远处的树木与房屋为背景,对着自己的影子连拍了两张照片。

我关注影子,早在青少年时代。适逢"文革",无书可读。小小年纪的我,只好跟着父辈下田劳动。那时,农村真穷,农民真苦,集体劳动,谁都不得迟到早退。没有手表,更没有手机等可以显示时间的器物。影子,成了判断时间的最佳"参照物"。比如,当人正常迈步可以踩到自己影子头部时,差不多已是正午时分,就可以准备收工了。之后几十年，我对影子习以为常、不曾留意。

　　近年来，发现有人拿影子论理说事，引起我对影子的兴趣和思考。当代知名杂文家宋志坚先生有句名言："不为早晚的影子特别长而沾沾自喜，不为中午的影子特别短而耿耿于怀。"寥寥数语，颇有哲理。尽人皆知，影子的长短，是阳光照射时的高度和角度不同造成的。但凡常人，既不会因为影子长，就显得高大；也不会因为影子短，就变得矮小。所以，完全不必在意影子的长与短。而在国内文学界知名度颇高的余秋雨先生，既是著名文人学者，也是"青歌赛"颇受非议的评委。面对外界种种非议，一次他在接受央视《面对面》节目主持人王志采访时说："人没有非议是不真实的，非议就像人的影子，人越高，影子就越长。"

　　在我看来，宋先生与余先生的说法，都不无道理。但是比较起来，我更赞赏宋先生的观点。而对余先生的高论，则是"半信半疑"的。前半句，即，"人不被非议是不真实的"，我相信。正所谓，人非圣贤孰能无过。后半句，即，"非议就如人的影子，人越高，影子就越长"，我质疑。把非议的多寡与人的身高"划等号"，多少带有"自圆其说"的成分。古往今来，的确有的人"人越高，影子越长"。比如，秦始皇嬴政，统一了中国，虽功高盖世，但过也不少。长期以来，一提起嬴政，一个野蛮冲动、猜忌多疑、刚愎暴戾、冷血无情暴君的形象立马显现在人们眼前。《史记．秦始皇本纪》中有这样几句评价："秦王怀贪鄙之心，行自奋之智，不信功臣，不亲士民，废王道，立私权，禁文书而酷刑法，先诈力而后仁义，以暴虐为天下始。"

　　然而，有的人很伟大，却很少有非议。比如，人民的好总理周恩来。非但深受国人的拥戴，而且受到世人的尊敬。1976年1月8日，周恩来逝世时，设在美国纽约的联合国总部门前的联合国旗降了半旗。这是非常罕见的事，自1945年联合国成立以来，世界上有许多国家的元首先后去世，联合国从来不曾为谁下过半旗。因而，一些国家有点"不平"了。时任联合国秘书长瓦尔德海姆，在联合国大厦门前台阶上发表了不到一分钟的演讲："为了悼念周恩来，联合国下半旗，这是我决定的，原因有二：一是，中国是一个文明古国，金银财宝多得不计其数，人民币多得我们数不过来。可是周总理却没有一分钱存款。二是，中国有10亿人口，占世界入口的四分之一，周总理却没有一个孩子。你们任何国家的元首，如果能做到其中一条，在他逝世之日，总部将照样为他降半旗。"说完，他转身就走，广场上外交官个个哑口无言。随后，响起雷鸣般的掌声。

影子不像知识、财富等等，有的人多，有的人少；某些人有，某些人无。影子，不论是帝王将相，亦或是贩夫走卒，每个人都有。而且，在同一时间、同一地点，都会发生同样的变化。诚然，影子与身高，绝对成正比。可是，非议与影子，并不成比例。按照余秋雨的说法，人越高大，影子越长，非议自然也就越多，这是在所难免、天经地义的。倘若信奉这个说辞，在潜意识中就会自觉不自觉地放松对自己的要求。长此以往，信马由缰，不是越轨，也要失足。

有成语曰，立竿见影、如影随形。正因此，南宋著名理学家、律吕学家蔡元定有言："独行不愧影，独寝不愧衾。"这话的意思是，一个人即便单独行事、独自行走，也不能愧对自己的影子；一个人纵然独自就寝，也不要愧对身上的被子。比喻做人做事要举止端庄、光明磊落，严于律己、问心无愧。

法治社会，利剑高悬；从严治党，监督常在。然而，天衣有缝，百密一疏。虽道是，人在做天在看，但老天也有因疲劳而"打盹"的时候。何况是人。再完善的制度，再严密的监督，难免有覆盖不到的角落，总会有监督缺位的时候，倘若心存侥幸、掩耳盗铃，目无法纪、为所欲为，别人一时可能不知道，影子却什么都知道。虽然，影子没有眼睛。但任何人的任何举动，就算苍天一时没看见，影子都看得一清二楚。从这个角度讲，人生在世，既要敬畏人民，也要敬畏自己；既要敬畏他人，也要敬畏影子。

（原载2019年12月3日《福州晚报》副刊、
《杂文月刊》2020年第2期）

库克船长小屋前的联想

库克船长,是英国航海家詹姆斯·库克的"昵称"。在此之前,我只对发现新大陆的意大利探险家、航海家哥伦布略有所知。己亥秋末,前往澳大利亚旅游,有幸在墨尔本"认识"了库克。

那天上午,在墨尔本市区游览,江苏籍华人导游小徐女士,第一站把我们引领到费兹洛依公园。库克船长的小屋,就静静耸立在公园一隅。公园里,不时可见不同性别、不同年龄的当地人,若无其事、旁若无人在享受"阳光浴"。他们或三五成群,坐而论道;或成双成对,谈情说爱;或独自一人,安然静卧。男的穿一条短裤,女的比基尼裹身。团友中有人疑问:气温十几二十度,他们怎么就不怕感冒?我却想,这些"老外"们真会享受生活。小屋前,来自世界各地的游客络绎不绝。出于保护需要,游客不得进入屋内,只能在小屋外观看、拍照。在摄影行家、"团友"谢德海先生的指点下,我站在小屋前约十米处供游客拍照的排椅上,拍了一张小屋的"全景式"照片,小屋右后侧,立着一尊略大于1:1的詹姆斯·库克雕像。我注意到,不时有来自不同国家的游客,穿上公园管理者"特制"的不同服装,与库克雕像合影留念。小屋左侧,立着一根旗杆,旗杆顶端垂着一面国旗。

库克船长小屋,是卓越的英国航海家库克船长的故居,也是墨尔本唯一一座真正意义上建于18世纪的建筑,立身于墨尔本市中心的费兹洛依公园。占地65公顷的费兹洛依公园,是墨尔本市区5大花园之一,碧草青青、绿树葱葱,花香阵阵、鸟语啾啾,带着浓郁英伦乡村浪漫色彩。公园内,最具魅力的,是一个以各种花卉闻名的西班牙风格温室,以及库克船长小屋。这幢可爱迷你、名副其实的小屋，造型简朴，工艺粗糙，斜顶铺瓦、砖砌墙面，暗黑的褐色，透出古老的沧桑，小屋正面中央墙壁上，爬满了绿色植物（不知是否爬山虎）。

1728年，詹姆斯·库克就出生在英国约克夏郡的这座小屋里。导游告诉我们，面前这幢其貌不扬的小屋，并非墨尔本的"原住民"，而是漂洋过海、远道而来的"老移民"。在它身上，烙有澳大利亚的历史印记——1934年，墨尔本建市100周年大庆之际，澳洲知名的实业家拉塞尔爵士出资800英镑，将库克船长在英国的故居买下，作为礼物送给墨尔本市民。用心良苦的人们，把这座小屋细心分解拆开，给每一块建材编上序号，装进253个箱子里，总重量达150吨，由英国海运到墨尔本。之后，再对号入座，按照原样，组建而成。

原来，这座小屋与它的主人库克一样，有着一段传奇的历史。詹姆斯·库克，生于1728年10月27日（旧制儒略历），是英国皇家海军军官、航海家、探险家和制图师。1755年，库克加入皇家海军后，参与过七年战争。后来，又在魁北克围城战役期间，协助绘制圣劳伦斯河河口大部份地区的地图。战后，于1760年代，为纽芬兰岛制作了多张精细的地图。库克绘制地图的才能，获得海军部和皇家学会的青睐，促成他在1766年被委任为奋进号（HMS Endeavour）司令，并首度出海，前往太平洋探索。

库克曾经三度出海远航太平洋地区，带领船员成为首批登陆澳洲东岸和夏威夷群岛的欧洲人，创下首次有欧洲船只环绕新西兰航行的纪录。在长达数千公里的航程中，深入过不少地球上未曾为西方所知晓的地带。通过运用测经仪，库克为新西兰与夏威夷之间的太平洋岛屿绘制大量地图，地图的精确度和涵盖面，皆为前人所不能及。在探索旅途中，库克还为不少新发现的岛屿和事物命名，大部份经他绘制的岛屿和海岸线地图，都是首次出现于西方的地图集和航海图集内。时势造英雄。在历次的航海旅程中，他展现出航海技术、测量和绘图技术、逆境自强能力与危机领导能力等多方面的才华。1779年2月14日，库克和他的船员在第三次探索太平洋期间，因夏威夷岛民产生误会，发生打斗，遇害身亡。

后人亲切的称其为"库克船长"（Captain Cook）。

离开库克船长小屋，在前往下一个景点途中，我余兴未尽，感慨良多，且自然而然联想起与下西洋紧密关联的郑和（1371—1433）。郑和下西洋是明代永乐、宣德年间的一场海上远航活动。首次航行始于永乐三年（1405），末次航行告终于宣德八年（1433）。近三十年间，先后达七次。因使团正使由郑和担任，且船队航行至婆罗洲以西洋面（即明代所谓"西洋"），故而史称"郑和下西洋"。据史料记载，15世纪初叶的马六甲王国，由于受到外部的侵扰而求助于中国明王朝。因而，郑和下西洋，还肩负着"和平使者"的使命。在那里，他的船队帮助肃清海盗，促其解决与相邻国家间的不和与冲突。郑和第一次下西洋，自苏州刘家河泛海至福建，再从福建五虎门扬帆启航，中经占城、马六甲，然后遍历各国，同群岛之上的主要国家和印度洋沿岸，以及阿拉伯、波斯、东非沿海诸国通商和好。

在郑和七次下西洋航行中，航迹远至西太平洋和印度洋，先后拜访了30多个国家和地区。其中，包括爪哇、苏门答腊、苏禄、彭亨、真腊、古里、暹罗、榜葛剌、阿丹、天方、左法尔、忽鲁谟斯、木骨都束等地。迄今已知，最远到达东非、红海。史实表明，郑和下西洋是中国古代规模最大、船只和海员最多、历时最久的海上航行，也是15世纪末欧洲的地理大发现航行以前世界历史上规模最大的一系列海上探险。有人在评价郑和下西洋历史意义时认为：郑和下西洋揭开了世界大航海时代的序幕；郑和下西洋尝试建立和平和谐的国际社会秩序；郑和下西洋是一场播撒文化理念的"香料之旅"；郑和下西洋体现了热爱和平、睦邻友好、自强不息的中华民族优良传统。正因此，在《辞海》中，不单有郑和下西洋有的文字介绍，还配有郑和的简笔画。

从时间顺序看，郑和下西洋较之库克探索太平洋早了360多年。郑和在中国，可谓家喻户晓。库克生前，虽然不曾与中国发生过联系，但他死后，却在间接为中国"服务"——1970年，澳大利亚成立了一所以詹姆斯·库克冠名的大学——詹姆斯·库克大学（James Cook University，简称JCU）。该大学，既是澳大利亚顶尖的国立研究型大学之一，也是昆士兰第二古老的大学，还是英联邦高校协会（Association of Commonwealth Universities）会员，在环境和生态研究领域，具有世界领先地位。据我所知，两年前，即2017年，集美大学诚毅学院就与澳大利亚詹姆斯·库克大学新加坡校区签署战略合作协议。迄今为止，与该"校区"合作的，还有中国其他多所高校。从这个角度讲，可谓是詹姆斯·库克身后对包括中国在内的人类社会的贡献。

离开墨尔本十多天时间了，我的思绪不时飞到库克船长小屋前，心中顿有所悟：不论是古代人，抑或是现代人；不管是中国人，或者是外国人，只要做过一些对人类发展、对社会进步有重大贡献或积极意义的事，人们就会怀念他，历史就会记住他。

（原载2019年12月28日香港《文汇报》）

且与时间来赛跑

1月23日上午,中共中央总书记、国家主席、中央军委主席习近平,在2020年春节团拜会上发表讲话,代表党中央、国务院,向全国各族人民,向香港特别行政区同胞、澳门特别行政区同胞、台湾同胞和海外侨胞拜年。习近平在讲话中强调,时间不等人!历史不等人!时间属于奋进者!历史属于奋进者!为了实现中华民族伟大复兴的中国梦,我们必须同时间赛跑、同历史并进。当晚收看央视这条新闻,听了总书记的这段讲话,我心中生出一股"不用扬鞭自奋蹄"的紧迫感。

"高堂明镜悲白发,朝如青丝暮成雪。"春节前夕,接到堂妹张玲雄从上海打来的电话,说是通过福建省作家协会,得到我的联系方式。我猛然想起,1979年初,我第一次请假回闽北山区探望父母。春节过后,陪父亲前往上海金山寻亲访友,在浦南重镇朱泾父亲堂哥家里住了几天。依依惜别时,父亲和我各留下一张黑白照片。当年,还戴红领巾的堂妹,业已到龄退休。建立微信后,有心的堂妹很快发来父亲和我的照片。照片中,父亲脸带微笑,白须齐胸;我身着军装,跨着骏马,不算英俊,却也青春。四十多年,恍如昨日。父亲早已作古,我也成了满头白发的老汉。人生短暂。正如李白所言,早晨(青少年)还是满头黑发,到了晚上(老年)就满头白雪了。真是"青春少年样样红,可是太匆匆"啊!

光阴荏苒,岁月如梭。新年伊始,万象更新。步入鼠年的长廊,不同职业、不同年龄、不同身份的人群,都有不同的愿望——工人的愿望是,安全生产,多做贡献;农民的愿望是,风调雨顺、五谷丰登;商人的愿望是,生意兴隆、财源广进;学生的愿望是,学习进步、金榜题名;

军人的愿望是，巩固国防、保卫和平；青年人的愿望是，事业有成、爱情甜蜜；老年人的愿望是，身体健康、益寿延年；老百姓的愿望是，富我国家、强我中华；领导者的愿望是，凝心聚力、斩关夺隘……实现这些愿望，都得争分夺秒，都要与时间赛跑。"时间属于奋进者！历史属于奋进者！"从这个角度讲，与时间赛跑，是智者的人生态度。

与时间赛跑，有助充实人生。人生世上，之所以有这样那样的差异，比如，有的人虚度年华，有的人建功立业；有的人很是空虚，有的人颇为充实。究其原因，既与用心读书的多少有关，也与业余爱好的雅俗有关。归根到底，造成这些差异最直接的原因——是对待时间的态度、消费时间的理念。古人云，一寸光阴一寸金，寸金难买寸光阴。八百多年前，宋代理学家朱熹与恩师刘勉之的爱女刘清四喜结连理，为了不因新婚蜜月耽误学业，特意写下的一首自勉诗："少年易老学难成，一寸光阴不可轻。未觉池塘春草梦，阶前梧叶已秋声。"天道酬勤。浪费时间的人，可能一无所获；惜时如金的人，可望收获金子。国外有这样一句谚语：走在前面的人有望捡到金子，走在后面的人只能捡到脚印。乐与时间赛跑的人，即便不能捡到金子，也会远离空虚，人生得以充实。

与时间赛跑，有助事业发达。时间，是无情的，一去不复还。时间，是公平的，对谁都一样。事物都是相对的，公平也不例外。唯有时间，在芸芸众生面前是绝对公平的。一年365天，一天24个小时，不论是帝王将相，抑或是贩夫走卒；不论是对穷人，或者是对富人，一分钟不会多，一秒钟不会少。可是，在平等的时间面前，人们的成就与收获，却大不一样，甚或大相径庭。其所以然，撇开种种客观因素不论，主观上与消费时间的态度不一样密切相关。"鲁迅是在文化战线上，代表全民族的大多数，向着敌人冲锋陷阵的最正确、最勇敢、最坚决、最忠实、最热忱的空前的民族英雄。"被毛泽东誉为"五最"的"民族英雄"鲁迅先生，不但著作等身，而且作品漂洋过海、广为流传。既得益于他超凡的文学素养，更得益于他明智的时间观念。鲁迅先生有句名言：哪里有天才，我只不过是把别人喝咖啡的功夫都用在写作上。

与时间赛跑，有助梦想成真。古往今来，但凡梦想成真、青史留名者，都有一个共同"特性"，那就是一生珍惜光阴。欣逢盛世国运昌。举国上下，你追我赶争创奇迹；岭南塞北，一派繁荣尽显生机。一个充满挑战和希望的新时代，正展现在我们面前，等待我们去谱写新篇章、创造新辉煌。新时代，属于每一个人。每一个人，都是新时代的见证者、开创者、建设者。从这个角度讲，生活中的你我他，都应当努力拼搏，惜时如金，乐与时间赛跑，做到像珍爱生命一样珍惜时光。1963年1月9日，毛泽东主席在《满江红〈和郭沫若同志〉》中写道："多少事，从来急；天地转，光阴迫。一万年太久，只争朝夕。"征程漫漫，岁月匆匆，容不得人们有半点懈怠。1959年8月24日，老一辈革命家董必武写下《题赠〈中学生〉》一诗，表达他对青少年的殷殷期盼。诗云："逆水行舟用力撑，一篙松劲退千寻。古云此日足可惜，吾辈更应惜秒阴。"读书学习是这样，圆梦奋斗也是这样。

"岁月不居，时节如流。"习近平总书记在2019年新年贺词开篇中引用这句古语，在表达时光飞逝的同时，鼓励全国人民以只争朝夕的劲头，继续把中华民族伟大复兴中国梦推向前进。民谚曰，天上不会掉馅饼。2020年，我国将全面建成小康社会，实现第一个百年奋斗目标。目标就是方向，梦想就在前方。常言道，机不可失，时不再来。机遇与时间，是成就大业的重要前提。每个人都有自己的追求与梦想，唯有努力奋斗，才能梦想成真。只要我们把个人的追求与国家的目标、把个人的梦想与美丽的中国梦联系在一起，善于珍惜时间，乐与时间赛跑，惜时如金，争分夺秒，就一定能够积少成多，在圆满实现中国梦的奋斗历程中，贡献聪明才干，成就人生梦想。

（原载2020年2月2日香港《文汇报》）

庚子"抗疫"载史册

天有不测风云。庚子年初,正值炎黄子孙欢度传统的新春佳节之际,一场悄然发生的新型冠状病毒疫情,牵动着亿万中华儿女的心。这次疫情具有时间短、传播快,来势凶、魔力强等特点。短短十来天,波及全中国。与十多年前的"非典"一样,这是一场没有硝烟的人民战争;这是一场应对考验的突发事件……

疫情发生以来,习近平总书记高度重视,多次召开会议、多次听取汇报、作出重要指示。1月25日,农历正月初一,中共中央政治局召开常务委员会会议,专门听取新型冠状病毒感染的肺炎疫情防控工作汇报,对疫情防控特别是患者治疗工作进行再研究、再部署、再动员。习近平主持会议并发表重要讲话,重申"把人民群众生命安全和身体健康放在第一位"之时,增加了一个重要要求——"把疫情防控工作作为当前最重要的工作来抓",强调了一份重要信念——"一定能打赢疫情防控阻击战"。会议作出一个重要决定——党中央成立应对疫情工作领导小组,在中央政治局常务委员会领导下开展工作。与此同时,党中央向湖北等疫情严重地区派出指导组,推动有关地方全面加强防控一线工作。1月27日,农历正月初三,受习近平总书记委托,中共中央政治局常委、国务院总理、中央应对新型冠状病毒感染肺炎疫情工作领导小组组长李克强来到武汉,考察指导疫情防控工作,看望慰问患者和奋战在一线的医护人员。

疫情如同"试金石"。当这次突如其来的疫情爆发后,全党一条心,全国一盘棋。地方在行动,军队在行动;机关在行动,企业在行动;各界人士在行动，党员干部在行动。各级党组织，广大党员干部，一呼百应，义无反顾，用实际行动，为党旗添光彩，给人民做后盾。连日来，在严峻的斗争实践面前，一声声铿锵有力的誓言，一页页摁满手印的请战书，一张张党旗之下的合影，赢得了无数网友的点赞与祝福。这是党员干部冲锋在前的最好注解，这是党员干部一心为民的真情流露，这是"不忘初心、牢记使命"主题教育成果的生动展示。

他们当中，有人挺身而出，危难时刻，奋勇争先。武汉市直机关各级党员干部冲在前面，奋战在防控疫情的第一线。江夏区税务局征收管理科老党员黄晓光，得知抗疫前线缺少口罩等物资后，与朋友一起采购了16000只医用外科口罩。除夕之夜，这位有着20年军龄的转业军人穿着防护服，开车将口罩送到一线医护人员手中。为救治新型冠状病毒感染的肺炎患者，解决现有医疗资源不足的问题，武汉决定兴建火神山医院。面对这一几乎不可能完成的任务，中建三局按照国务院国资委党委的统一部署，组织大批党员干部逆行向汉，打响了一场疫情遭遇战。大年初一，中建三局火神山医院项目举办党员突击队授旗仪式。"坚决完成建设任务，为抗击疫情做出贡献！"在党员突击队授旗仪式上，中建三局火神山项目经理张正林带着128名工人党员在党旗下宣誓，组建党员突击队，将不忘初心、牢记使命，发挥党员模范带头作用，勇担重任，确保按时保质保量完成任务。人们欣喜地看到，武汉蔡甸火神山医院，千张病床，十天建成！

他们当中，有人自告奋勇，为了大家，忘却自家。厦门市中山医院重症医学科共产党员黄清河，主动退掉回家的车票、放弃回家陪伴病重的父亲，走向了抗击疫情的一线。大年初二下午，在出征驰援武汉的厦门医疗队中，厦门市海沧医院肿瘤内科副主任冯水土说："我是一名党员医生，哪里需要我们，我们就去哪里。""我是共产党员，我的专业也适合，请求前往武汉。"1月24日，山东省立医院内科ICU副主任任宏生，刚接到医院通知，便立马主动请缨投身抗击疫情的最前线，成为山东省立医院首批驰援抗击新型冠状病毒肺炎第一线的医疗队成员之一。"报名时没想到和家人说一声，后来跟我爱人说，我首先是一名党员，要起到模范带头作用。"为应对新型冠状病毒爆发，武汉选择了自我隔离。家住汉阳区晴川街华园小区的老党员刘荣生主动请缨、勇敢"逆行"，协助小区疫情防控，每天忙得不可开交。

……　……

纵观古今，横看中外，不同地域、不同类型的瘟疫时有发生。比如鼠疫，是人类历史上最致命的瘟疫之一——被称为"黑死病"的鼠疫大瘟疫，从1347至1353年，席卷整个欧洲，夺走了2500万欧洲人的性命；又如天花，是最古老也是死亡率最高的传染病之一，传染性强，病情重，没有患过天花或没有接种过天花疫苗的人，均能被感染，主要表现为严重的病毒血症，染病后死亡率高。1507年前后，天花被一个患病的黑人奴隶带到美洲，从此开始在美洲大地肆虐；再如霍乱，曾是"最可怕瘟疫之一"，波及全世界造成了惨重的人口损失。在十九世纪，霍乱死亡率可达百分之五十，霍乱的流行造成了大量人口减少。历史记载，上世纪八十年代前的百年间，世界共爆发7次霍乱大流行，造成的损失难以计算。根据世界卫生组织公布的材料，在1961—1992年第7次霍乱大流行的32年内，全世界共计发现了280多万人发病，发病人数最多的是亚洲。

曾几何时，中国也饱受"疫害"。一九五八年七月一日，毛泽东主席读了六月三十日《人民日报》关于江西省余江县消灭了血吸虫病的报导后，激动不已，彻夜难眠，感慨和热忱化作两首七律。其中《送瘟神》首联、颔联写道："绿水青山枉自多，华佗无奈小虫何！千村薜荔人遗矢，万户萧疏鬼唱歌。"诗人回顾过去，描述了瘟神给中国带来的无穷灾难。抒发了领袖诗人的悲愤心情：祖国的南方，向来以鱼米之乡著称，这里山青水绿、风景秀丽。可是，一个小小的血吸虫竟使大好河山萧杀黯淡，就连华佗这样的名医奈之不何。寄寓了诗人多么深厚的感情，又饱含了人民大众多么深重的苦楚！颔联中的"千村""万户"，极言受灾地域之广，受灾人数之多；旧中国到处是人的地狱，鬼的天堂！只有人民的领袖，才会这样关心人民的疾苦；只有共产党的领导，才能消灭连神医华佗都奈何不了的"小虫"。

沧海横流，方显英雄本色。大难俨如大考，历史必将记住，有中国共产党的坚强领导，有全国人民的同心协力，只要我们贯彻落实习总书记的重要指示精神，殚精竭虑、恪尽职守，真正做到"守土有责、守土担责、守土尽责"，充分发挥各级党组织的战斗堡垒作用和广大党员的先锋模范作用，动员并凝聚起广大人民群众的力量，联防联控，群策群力，群防群治，就一定能够降伏猖獗的"疫魔"，把该死的"病毒"埋没在惊涛汹涌的汪洋大海中，取得像抗击非典一样的最后胜利。我们完全有理由相信，庚子"抗疫"壮举，注定载入史册。

（原载2020年2月8日香港《文汇报》）

战"疫"见证医者仁心

医者仁心，意为做医生的人，应当具有仁爱的正义之心。"古今欲行医于天下者，先治其身，欲治其身者，先正其心；欲正其心者，先诚其意，精其术。此可谓医者仁心。"古往今来，国人对于医生这一职业，是十分尊敬的。华佗、扁鹊、孙思邈等神医的名字与故事，更是在民间广为流传。

比如，扁鹊（公元前407-310年），本名秦越人，春秋战国时期名医，渤海郡鄚（今河北沧州市任丘市）人。医生之责，治病救人，走到哪里就为那里带去安康，如同翩翩飞翔的喜鹊，飞到哪里就给那里带来喜讯。因此，古人把那些医术高明的医生称为扁鹊。秦越人曾居住在中丘（内丘）蓬鹊山（蓬山、鹊山的通称）九仙洞（又名秦越人洞），从师于长桑君，尽传其医术禁方，饮以山巅"上池"（石盆）之水，修得高超医术。在长期医疗实践中，秦越人刻苦钻研，努力总结前人经验，大胆创新，遂成为一个学识渊博、医术高明的医生。他走南闯北，真心实意为人民解除疾病之苦，获得百姓的由衷崇敬和真心欢迎。于是，人们便尊敬他为"扁鹊"。

医生，是人类健康的保护神。新中国成立后，在毛泽东主席"救死扶伤，实行革命的人道主义"题词的感召下，一代又一代的医务工作者中，先进典型，层出不穷。如，北京协和医院第一位中国籍妇产科主任及首届中国科学院唯一的女学部委员、医学家、中国妇产科的主要开拓者之一的林巧稚大夫，用一生践行医者仁心，被人们尊称为"万婴之母""生命天使""中国医学圣母"。近些年来，收看央视播出的《寻找最美乡村医生大型公益活动》颁奖典礼，每每令我心生感动、眼含热泪。

近一个月来，收看抗击疫情电视新闻，更是感动的我和家人泪目。正在进行的这场没有硝烟战争中的大量事实表明，我们的绝大多数医务工作者，医德高尚，仁心可见。春节前夕，武汉抗击疫情战斗打响以来，各地医护人员，义无反顾，踊跃驰援。2月17日，国务院联防联控机制新闻发布会介绍，全国有29个省（自治区、直辖市）包括新疆生产建设兵团和军队系统共已派出3万余名医务人员支援武汉、支援湖北，其中，有1.1万重症专业医务人员负责重症的救治工作，已经接近全国重症医务人员资源的10%。迄今为止，治愈出院的患者已超过1万人，除湖北以外的全国情况，新诊断的病例数实现13天连续下降。国家卫生健康委新闻发言人米锋，在会上介绍，世界卫生组织专家抵京连夜开会，他们对中国医务人员的忘我精神表示敬佩。

武汉、湖北，加上其他省市，全国战斗中抗疫第一线的医务人员，数以十万计。他们身为医者，明知此战有风险，却为大家忘自家。他们每个人心中，都有一个崇高的信念；他们每个人身上，都有一段感人的故事。2月8日，传统的元宵节。当无数人阖家团圆、欢度佳节时，当晚20时57分，复旦大学附属华山医院院长在科主任微信群里发出一条召集令："明天需要210人左右驰援武汉！考验华山的时候到了！"不到1分钟，感染科陈澍教授第一个报名，接着是消化科、抗生素研究所……短短45分钟时间内，报名人数超过210人；90分钟，214人名单出炉！其中，"90后"占比一半以上，最年轻的26岁。次日一早，即将出征的姑娘们排起长队，集体剪去长发！大男孩则把头剃成"卤蛋"整装待发。

类似的例子，举不胜举。2月12日11时许，武汉火神山医院重症医学二科44岁的护士、来自云南曲靖的吴亚玲，悄悄走出工作区，在员工通道一个靠窗角落里，联通家人的微信视频。她泪流满面，朝着千里之外家的方向，跟着视频里的亲人们一起，隔空深鞠三个躬，向母亲的遗体作最后告别。

疫情俨如敌情。大敌当前，严阵以待。84岁的钟南山，告诉全国人民,"无特殊情况,不要去武汉",而他自己,却第一时间去了武汉。淮河医院重症医学科主任王勇,2000年做过心脏支架手术,明知奔赴抗击新型冠状病毒肺炎的第一线工作强度大,毅然积极报名,大年初二一大早,与河南大学淮河医院、河南大学第一附属医院的首批52名医护人员一道启程赶赴湖北。上海市六医院金山分院呼吸内科副主任医师徐浩,在除夕夜接到出征的"召集令",来不及和家人一一告别,便离开即将临产的妻子,匆匆踏上了驰援武汉之路。事实上,支援湖北的医护人员中,几乎都是主动报名、踊跃参战的。

如同"子弹不长眼"一样,除了苦和累,他们一个个都在顶着被感染的风险中工作。尤其是那些负责重症救治的医务人员,他们每一个人都是在离死神最近的岗位上战斗。他们为保护普通患者和民众,不惜以自己的生命为代价。他们当中,有的人因奋战在一线染病去世,有的人因为劳累过度而倒下。2月14日,在国新办就疫情防控最新进展特别是关爱医务人员举措举行发布会上,国家卫生健康委副主任曾益新表示,截止到2月11日,全国在为新冠肺炎患者提供诊治服务的422家医疗机构中,已有3019名医务人员感染了新型冠状病毒,已确诊医务人员感染新冠肺炎1716例,占全国确诊病例的3.8%;有6位医务人员不幸逝世。其中包括在抗疫一线10天9夜超负荷工作,因公殉职的湖南衡山县的90后医生宋英杰,以及在一线连续奋战了18天,因突发疾病抢救无效不幸逝世、享年51岁的南京市中医院副院长徐辉。

由此想起在当年抗击非典中牺牲的李晓红与叶欣。2003年4月16日,武警北京总队医院内二科主治医师李晓红在救治"非典"患者战斗中,连续奋战6天,被病毒感染后光荣殉职,年仅28岁。是年5月1日,被中组部追授"全国优秀共产党员"称号。2003年3月24日凌晨,广东省中医院二沙分院护士长叶欣,因抢救非典型肺炎病人而不幸染病,光荣殉职,终年46岁。被评为100位新中国成立以来感动中国人物之一;2019年9月25日,被追授"最美奋斗者"荣誉称号。

事实胜于雄辩。抗击疫情这场没有硝烟的战争打响以来,为了抗击疫情,为了战胜病魔,在初心和使命的召唤下,一批批白衣天使,毫不犹豫选择了战斗，选择了使命。他们义无反顾冲上战场、来到前线；他们忠于职守，用生命守护生命，成为无硝烟战场上的勇士。但愿经历了这次抗击新冠的特殊考验，人们再也不要只见树木不见森林，而要理性对待广大医务工作者。人上一百，形形色色。在当今庞大的医疗队伍中，的确有少数医风不正、医德缺失的"白衣狼"，但他们当中的绝大多数人，都怀有一颗难能可贵的医者仁心，值得全社会的关心和尊重。

（原载 2020 年 2 月 29 日香港《文汇报》）

听杨成武将军讲故事

近日，从网上看到一个《百战将星杨成武——纪念开国上将杨成武诞辰105周年》视频，唤起我对那年"八一"建军节在江西省庐山人民武装部聆听将军讲传统往事的回忆。

发生于1927年8月1日的江西南昌起义，是中国共产党独立建设武装力量的开始，也是中国共产党联合国民党左派，打响了武装反抗国民党反动派的第一枪，开始以武装斗争的形式反对国民政府的历史标志。

1933年7月11日，中华苏维埃共和国临时中央政府，根据中央革命军事委员会的建议，决定把8月1日定为中国工农红军成立纪念日。1949年6月15日，中国人民革命军事委员会发布命令，以"八一"二字，作为中国人民解放军军旗和军徽的主要标志。中华人民共和国成立后，遂将这个纪念日改称为"中国人民解放军建军节"。

岁月如梭，光阴似水。从炮火纷飞的战争年代，到巩固国防的和平时期，中国人民解放军走过了90多个血与火洗礼的春秋。青年时代，我在部队度过了13个建军节。每一个建军节都留下一些美好的记忆。其中一个，尤为难忘。迄今为止，每每回味起来，一种和老前辈近距离接触，与老将军面对面倾听的亲切感、幸福感，便情不自禁地涌上心头。那是中国人民解放军第51个建军节。

1978年7月31日晚，庐山人武部领导接到从原福州军区庐山"五一疗养院"打来的电话：明天上午8点，杨成武副总长前来看望你们。"五一疗养院"位于牯岭东谷，与位于西谷的庐山人武部，距离约3公里，不是上坡，便是下坡。这天早上不到8点，还是单身汉的我，坐在人武部门口石板上猜测，首长一定乘坐高级轿车，八面威风、大驾光临。孰料，我错了！不到8点半，杨副总长在江西省军区张力雄政委、福州军区炮兵政治委员沈仲文等的陪同下，身穿白色短袖衬衣，下着军裤，脚穿黑色松紧口布鞋，迈着矫健的步伐，满面红光，精神焕发地出现在我们面前。

穿过不大的院子，来到武装部办公楼二楼会议室。杨副总长一番嘘寒问暖之后说，今天，是中国人民解放军建军51周年纪念日，我们今天来和同志们一起过八一。随即，他兴致勃勃，从八一南昌起义，下长汀、龙岩，上井岗山，回师福建，转战湘赣，五次反"围剿"；从二万五千里长征，八年抗战，解放战争，讲到抗美援朝，中越边境自卫反击战、珍宝岛自卫反击战，以及当前的国情、军情等，妙语连珠，侃侃而谈，不用讲稿，不需修饰。在我听来，他的言谈就是从记忆深处源源不断流淌出来的珍贵史料。

当谈到1935年5月29日飞夺泸定桥时，杨副总长放缓了语速：飞夺泸定桥，是中国工农红军长征中的一场战役。我们这个团（红一军团第二师第四团，黄开湘任团长、杨成武任政委）一昼一天行军240里，打了3个仗，架了2座桥，吃了一餐粥，靠什么？就靠毛主席的英明领导、毛泽东思想的巨大威力，靠指战员们的勇敢战斗，不怕牺牲的革命精神！接着，他用许多壮烈往事和亲身经历，热情歌颂毛主席的丰功伟绩、建军路线的伟大胜利，赞颂辅佐毛主席指挥，为我军的成长建立了卓越功勋的周恩来总理、朱德委员长、叶剑英副主席、邓小平副主席等老一辈无产阶级革命家。批判历次左右倾机会主义路线妄图分裂、破坏我军建设的滔天罪行。

期间，他不无气愤地说，分裂主义路线头子张国焘，为了达到分裂红军的罪恶目的，公然打电报，企图谋害毛主席和党中央。幸亏这份电报被叶剑英同志收到，他立即骑马奔走几十里，把情况告诉了主席，才化险为夷。叶副主席的这一果敢行动为保卫毛主席、党中央，保卫长征的胜利，做出了巨大的贡献。他稍做停顿后说，《突破乌江》这部影片，就是红军先遣团在突破乌江战斗中的真实写照。可是，"四人帮"硬是给它扣上"为老家伙树碑立传"的帽子,把它打入冷宫。

一个多小时过去了,将军连水都没顾上喝,额上沁出细细的汗珠。只见他扳着指头,讲起我党历次路线斗争史。每次斗争的焦点、错误路线的实质及其代表人物,都讲得一清二楚。最后,将军向我们宣传新时期的总任务和新长征的新含义。他指着桌上的西瓜,略有所思地说,今天大家一坐下就有西瓜吃,可是在长征的时候,听都没听过什么叫西瓜。就是现在战士们穿的衬衣,也是到了抗战末期,才知道有这种衣物的。那时,我们没有根据地,物质供给无保障,有时几天都吃不上饭,有的同志饿得发抖,不少同志没有倒在敌人的枪林弹雨中,却在饥饿和疾病中牺牲了。过草地时,官兵晚上都是背靠背席地而睡,第二天早上,每个连队总有几个同志起不来——为革命献出了宝贵的生命。那时的生活,是千难万苦的;那时的斗争,是残酷无情的……

说到这里,杨副总长放缓语速、加重语气:今天,我们有960万平方公里的领土,有9亿勤劳勇敢的人民,有党中央的英明领导,又有一定的基础和条件,一定能够克服种种困难,达到新长征的目的。到那时,我们不侵略人家,还要支持第三世界的斗争。最后,他用亲切的口吻说:"希望同志们在新长征中做到两点:第一,要紧跟党中央,在新长征中立新功;第二,不要掉队,不当逃兵。你们说是吗?"同志们异口同声地回答:"是!"将军听罢,欣慰地笑了……

一个多小时过去,将军连一口茶都顾不上喝,额头上沁出细细的汗珠。只见他板着指头,讲起我党历次路线斗争史。最后,杨成武将军向我们宣传新时期的总任务和新长征的新含义。他指着桌上的西瓜,略有所思地说,今天大家一坐下来就有西瓜吃,可是在长征的时候,听都没听过什么叫西瓜。就是现在战士们穿的衬衣,也是到了抗战末期,才知道有这种衣服的。那时,我们没有根据地,物质供给没保障,有时几天都吃不上饭,有的同志饿得发抖。不少同志,没有倒在敌人的枪林弹雨中,却被饥饿或疾病夺去了宝贵生命。过草地时,官兵们晚上都是背靠背席地而睡,第二天早上,每个连队总有几个同志起不来——为革命献出自己年轻的生命。当年,生活是千难万苦的,斗争是残酷无情的!

说到这里，杨副总长话锋一转，加重了语气：今天，我们辽阔的领土，有9亿勤劳勇敢的人民，有党中央的正确领导，又有一定的基础和条件，一定能够克服种种困难，达到新长征的目的。到那时，我们不但不侵略人家，还要支持第三世界的斗争。最后，他用亲切的口吻说："希望同志们在新长征中做到两点：第一，要紧跟党中央，在新长征中立新功；第二，不要掉队，不要当逃兵。你们说是吗？"同志们异口同声地回答："是！"杨副总长一个半小时的讲话，在一片热烈的掌声中结束了。我们却久久沉浸在幸福和沉思之中……

那个建军节，我不仅"零距离"一睹名扬天下杨成武将军的风采，而且受到了一次难忘的革命传统和理想信念教育。这是多么难得的"精神美餐"呀！可惜，当时一心只想着尽我所能做好记录，却没想到用部里那部"海鸥"相机拍几张珍贵照片。几十年过去了，从部队到地方，从庐山到九江，从江西到福建，先后七八次搬家，丢弃的东西不少，唯独那个记录杨成武将军讲传统的笔记本，至今我还保存着……

（原载2019年7月26日《中国纪检监察报》）

威镇海门戚继光

戚继光（1528—1588），山东登州（治今蓬莱）人，字符敬，号南塘，晚号孟诸，明朝名将、民族英雄、杰出的军事家。十四世纪初叶，日本进入南北朝分裂时期，诸侯割据，争权夺利，互相攻战。战败的一些南朝封建主，便组织武士、商人和浪人到中国沿海地区进行武装走私和抢劫烧杀的海盗活动，历史上称之为"倭寇"。在戚继光身上，刻有一段荣耀的抗倭历史。

崇武古城，地处福建省泉州市沿海突出部、泉州湾和湄州湾之间、惠安县东南24公里的崇武半岛南端，濒临台湾海峡，亦称"莲岛"。公元前2000多年，这里已有先民聚居。明洪武二十年（1387）建城，是明政府为抗击倭患在万里海疆修筑的60多座城堡中仍保存完好的一座。既是中国现存最完整的丁字型石砌古城，也是中国海防史上一处较为完整的史迹。1988年被国务院列为第三批国家重点文物保护单位，为福建省首批"国防教育基地"，泉州市首批"爱国主义教育基地"。

那天，我们一家由女婿驾车到崇武住一夜、走一回。古城不大，特色不小。单是特色独具的人文景观，就有关帝庙、惠女园、寓言园、儿童乐园、十二生肖园、水浒人物园，以及取"不论白猫黑猫，抓住老鼠就是好猫"之意的黑猫、白猫大型石雕等。每个景点，都别出心裁；每座石雕，都匠心独具。可我印象最深、兴趣最浓的，是戚继光雕像和"威镇海门"石碑。史料记载，崇武建城之前，经历元末兵乱，只剩下10户人家。建城之后，即抽漳州十县壮丁1304名戍此防倭，又从安徽等省调来千户、百户、镇抚等十几名官员，其中不少人随带家眷入籍定居，故有"百家姓，万人丁"之称。在崇武古城滨海，立着一座 2 米多高石碑——"威镇海门"。它，既是几百年来崇武军民凭借坚固石城，历经血与火的洗礼，用生命谱就可歌可泣战斗篇章的缩写，也是对民族英雄戚继光十余年在东南沿海抗击倭寇、荡平倭患，使东南沿海恢复和平稳定壮举的褒奖。

崇武古城，东、北为大岞山两峰夹峙，西、南被两道弧形海湾所怀抱，像一条长龙，蜿蜒横卧在波涛汹涌的东海之滨。有史以来，崇武百姓世代在这里繁衍生息、安居乐业。孰料，天有不测风云——六百多年前，突遭横祸，倭寇在夜幕掩护下登陆崇武，杀人放火，尸横片野；民众财产，悉数抢光。为了抵御倭寇，明洪武二十年，修建崇武海防城。该城全用白色花岗条石砌筑而成，形成较为完整的军事防御体系，折射出沿海人民抗倭的决心，蕴含着崇武人民不凡的智慧。

乱世出英雄。嘉靖三十四年（1555），出身将家的戚继光被调往浙江都司佥事，并担任参将一职，他招募农民、矿工，编练新军，史称"戚家军"，乃抗倭主力。嘉靖四十年，在台州大胜。孰料，狗改不了吃屎。无恶不作、为害浙江的倭寇，在戚家军打击下屡吃败仗后，便转移目标，把魔爪伸向福建。于是，福建沿海成了倭患重灾区。至嘉靖四十一年，"北自福建福宁沿海，南至漳、泉，千里萧条，尽为贼窟"。在这种严酷形势下，福建巡抚游震得上疏朝廷，请求派浙兵援闽。明世宗遂下旨胡宗宪，令戚继光出兵福建。是年七月二十一日，戚继光率 6000 名戚家军及督府中军都司戴冲霄的 1600 人离浙赴闽。面对总人数远多于己部的倭寇，戚家军英勇杀敌、屡战屡胜。八月八日，戚继光击鼓，戚家军借退潮负草填泥，数组鸳鸯，大破横屿岛（今福建福安南），捣毁倭寇屯聚三年的老巢。短短半年时间，连续取得横屿、林墩、平海卫三次大捷。

嘉靖四十二年，贼心不死的倭寇，又从日本本土和各地纠集 3 万余人，分乘数十艘船舰，再次对福建进行大规模的入侵和骚扰。他们选择兵力薄弱的仙游作为突破口，用 2 万兵力分别在东、西、南、北四门外结成四座营垒，采取层层围攻的办法，企图占据县城后再向四周扩张。戚继光奉命再援福建，并升任总兵。在敌众我寡的形势下，戚继光决定先取守势，并派兵一部进入仙游，帮助守军固守城池，以牵制和消耗敌人兵力。

由于连续作战，外加士兵多有水土不服而病倒，为了迎接新的战斗，戚家军选择崇武城作为练兵基地，将中军台设在南门外的莲花石上，一方面作短期休整，一方面加紧练兵，并组织人力重修城防——在东、南、北三面城墙上加筑了烽火台、瞭望台，以及安放铳炮的虚台等，并在高7米、长2456米的城墙内侧，修砌宽4米的跑马道二至三层，城墙之上有墙碟1304个、箭窗1300个、窝铺26座，临海建有一座灯塔，使古城防御体系更为完善。戚继光还富有创造性的在城墙上修建进可攻退可守、极具特色的军事工程，为荡平侵闽倭寇奠定了基础。十年倭乱平定后，崇武成了东南沿海重镇。

在参观过程中，军人出身的我，特别留心观察古城的地形地貌。但见崇武三面临海，西连陆地，地势婉蜒起伏，夹在湄州湾与泉州湾之间，往北与莆田的南日、湄州互为犄角，往南与晋江的永宁、祥芝遥相呼应，东临台湾海峡，近海遍布岛屿与礁石，地形复杂，易守难攻，是个战略位置十分显著的国防要塞。无怪乎，历来为兵家必争之地。我还注意到，这里从城墙，到街巷；从寺庙，到民居，都是清一色的石头墙。当我踏着久经岁月洗礼的石阶，缓缓走上城墙，面对大海眺望时，顿有所悟：石头，是古城的灵魂；石头，是古城的屏障。有句成语叫"固若金汤"，用它来形容崇武古城墙，丝毫不夸张。1938年5月17日，日本侵略者战舰炮轰崇武时，在城墙上炸出一个"大伤疤"，城墙却巍然不动、安然无恙。在该"伤疤"上方，写有"炮击处"三个红色大字。站在"炮击处"前我在想，倘若戚继光英灵有知，一定会为自己当年修建的坚固城墙而欣慰的。

几百年来，古城人民凭借这道屏障，历经血与火的洗礼，用勇气与智慧、鲜血和生命，谱写出一曲曲可歌可泣的战斗诗篇。有道是，邪不压正。经过多年奋战，倭患终得解除。崇武人民由衷爱戴戚继光这位赤胆忠心的民族英雄，自发为他树碑立传、建庙设祠。现今在崇武城南门外海滨，矗立着一尊全身披挂、严阵以待、高达9米的戚继光雕像。雕像左手握剑,右手捋须,一副注视大海,气定神闲,任凭风吹雨打,我自岿然不动的气概,表现了戚继光荡平倭寇保卫海疆的坚定决心,表达了崇武人对民族英雄深厚的怀念之情。在不大的"雕像广场"上,不时有游客拍照留念。

崇武古城,有屯兵文化、海洋文化、石雕文化、惠女文化等丰沛的历史积淀和多元文化。行走在贯古连今的道路上,心中顿生一种穿越时空的幻觉;漫步防御城墙内侧,还可以看到抗击倭寇的大炮;站在当年硝烟弥漫的古城墙上,眺望远方海天一色的美景,我心潮澎湃、感慨万千,历史的沉重感油然而生,更增加了对戚继光抗击倭寇、威镇海门壮举的崇敬之情。

(原载《炎黄纵横》2020年第3期)

董奉，杏林佳话的"主角"

如果把成语"杏林佳话"演绎成一出戏，则庐山是舞台，董奉是主角。

董奉（220—280），字君异，侯官（今福建长乐）人。医术高明，与南阳张机、谯郡华佗齐名，并称"建安三神医"，晚年到豫章（今江西）庐山隐居，施医济世，开创了生态和谐、药食同源的杏林园。己亥之夏的一天上午，重返庐山探亲避暑的我，独自一人专程前往座落在风景秀丽的芦林湖畔庐山博物馆参观。但见"名人与庐山"展厅《前言》中，有这样一段文字："自西汉以来，尤其东晋之后，庐山的奇秀风光，为世人所向往，历代名人纷至沓来，在庐山留下了许多名胜古迹、诗词歌赋、摩崖石刻、故事传说……我们在跨越二千年的历史长河中，撷取二十一位代表人物，供观众品读。"我注意到，在这些代表人物中，"福建老乡"董奉，名列"第二"，排在首次将"庐山"载入《史记》的司马迁之后。

肉体之身，难免染病。人一旦染病，就得看医生。从这个角度讲，医生是人们身体健康的"保护神"。因此，人们为了表达对医生的感激之情，常常会赠送一块"杏林春暖"之类的匾额或锦旗；如若称赞医界后起之秀，往往谓之曰"杏林新秀"；称颂德高望众的医家，则誉之为"誉满杏林"。医家与"杏林"，本是风马牛不相及的，人们之所以把二者联系起来，甚至以"杏林"作为医界的代名词，都与发生在董奉身上的一段历史佳话有关。

董奉，是三国时期吴国的一位杰出医学家。他精通医理、医术精湛，不仅善于治疗常见病、多发病，而且对危重病人的抢救与治疗，往往也能收到意想不到的疗效。久而久之，声名远扬。老百姓因此十分敬重他，甚至把他视为"仙人"。就连大诗人李白、唐朝著名诗人、画家王维，都对董奉赞誉有加。这是从"名人与庐山"展厅中，在介绍董奉的展版上发现的。李白的《送二季之江东》写道："云峰出远海，帆影挂清川。禹穴藏书地，匡山种杏田。此行俱有适，迟尔早归旋。"王维的《送张舍人佐江州同薛璩十韵》诗云："香炉远峰幽，石镜澄湖泻。董奉杏成林，陶潜菊盈把。范蠡常好之，庐山我心也。"

"生命至重，有贵千金。"但凡常人，无不热爱生命、珍惜生命。千百年来，民间流传着孙思邈、刘完素等多个"一针救二命"的故事版本。殊不知，董奉也有起死回生的本领。据《三国志·士燮传》注引，交州刺史士燮得恶疾昏死已三日之久，仙人董奉用自制药丸一粒塞入士燮口中并灌入少许水，捧其头摇消之，食顷，昏死的士燮便神奇般地张开眼睛，手脚也能动弹了，"颜色渐复，半日能起坐，四日复能语，遂复常。"一个"已死"之人，只用一粒药丸，就把他从死神手里拉了回来，恢复正常。董奉医术之高明，由此可见一般。

古往今来，有的人一旦在某方面造诣比别人深、本事比别人大，往往自鸣得意、自我膨胀，不是高高在上，便是处处摆谱。就连少数医术好的医生，也爱端架子，在危难病人面前，不见"烧香"不"显灵"。医术高明、医德高尚的董奉则不然。尽管医名大振，求治者接踵而至，但难能可贵的是，他始终一如既往，坚持为人治病不收财礼，只要求治好一个轻病人，种杏树一株；治好一个重病人，种杏树五株。年复一年，他的房前屋后，杏树成林，生机勃勃，郁郁葱葱，胜似佳境。每当春天到来，繁花似锦，春色满园。待到金秋时节，硕果累累，百里飘香。董奉安民告示：欲购杏者，每一器谷，易一器杏，自行取去，不必通报。于是，每年以杏换得大量粮食，除去自给之外，全部用于救助那些老弱病贫、无依无靠的患者。就这样，口口相传，人人敬佩。了解他的人，都称他为"董林杏仙"。"杏林佳话"，由此而生。

董奉的大名与杏林故事，九江的相关史料中都有记载。明嘉靖《九江府志》卷三中，就有关于"莲花峰董奉杏林"的记载。莲花峰，位于庐山旅游区中区。因山顶有若干小峰攒簇，如同一瓣瓣莲萼，故而得名。《浔阳志·董奉太乙观》，也有"董奉居庐山大中祥符观"的表述。九江，古时有寻阳与浔阳之称。《寻阳记》中有："杏在此岭上，有树百株，今犹称董先生杏林"的表述。

民心是杆秤。行医济世的董奉，用言行与举止，赢得了百姓的普遍敬仰。因此，闻名遐迩，颂声载道。可是，自古人生谁无死。神医董奉，也不例外。吴天纪四年（280年），董奉不幸逝世。庐山一带的百姓，在董奉羽化后，于杏林中设立祭坛，祭祀这位仁慈名医。不仅如此，知恩图报的人们，还在董奉隐居处修建了杏坛、真人坛、报仙坛等，以纪念这位精诚大医。天长日久，杏林一词渐渐成为医家的"代名词"——人们则喜欢用"杏林春满""杏林佳话""誉满杏林"之类的词语，赞美象董奉一样医术高明、道德高尚的医生。

董奉虽然客死他乡，但家乡的人们非但没有忘记他，而且将福州长乐的一座山命名为董奉山。董奉山，原名福山，唐李吉甫《元和郡县志》说，福州是"因州西北有福山，故名"。清乾隆《福州府志》按语则说："福山，今名董峰山，属长乐县。"正所谓，金杯银杯，不如百姓口碑。随着"杏林佳话"的流传，今人还在董奉的老家，开辟了董奉山国家森林公园、百福公园，并在福州市长乐区古槐镇龙田村与雁堂村交界处，建起一座仿后汉三国时代风格的董奉草堂。草堂四周遍植杏树，使身临其境的人们，能够感受"杏林春暖"千古佳话的意境与韵味。

北宋江陵府公安县人、著名学者张景的《题董真人》诗云："桃花漫说武陵源，误杀刘郎不得仙。争似莲花峰下客，栽成红杏上青天。"其中，"莲花峰下客"，说的便是董奉"栽杏成仙"的故事。据九江的战友介绍，今江西九江董氏原行医处仍有杏林。据说，董奉不单医术高明，而且勇于为民除害。当年，江西江河溪涧里多有巨蟒出现，经常危害人畜安全，董奉便设法杀之。《庐山志》卷七记载："浔阳城东门通大桥，常有蛟，为百姓害，董奉治之，少日见一蛟死浮出。"另外，《庐山志》还记载了这样一件事：董奉在江西行医期间，有一县官女儿得了怪病，医疗无效，后请董奉救治，果然手到病除……

今年是董奉诞辰1800周年。俗话说，"救人一命，胜造七级浮屠。"董奉一生，救了无数生命，按照这一说法推论，不知造了多少浮屠。正因如此，他离开人世漫漫1740年，后人依然记得他、深切缅怀他。可以断言，由他而衍生的杏林佳话，必将口口相传、历久弥新、代代流芳、永世传扬。

（原载2020年3月7日香港《文汇报》）

父亲压在箱底的荣誉

我和父亲一起生活、朝夕相处的时间，满打满算，不过十余年。高中毕业那年，参军入伍以后，如同放飞的鸟儿，除了探亲，很少回到父母身边。1993年2月16日，83岁的父亲因为"交通意外"，匆忙而安详地离开了我们。26年来，每每凝望父亲那白须齐胸、面带微笑的遗像，仿佛他还活着一般。

在我印象中，父亲没有什么超凡脱俗之处。可是，在平凡的背后，也曾有过殊荣。父亲出生在地处长江三角洲地区，位于沪、浙交界处的上海浦南重镇——朱泾。1947年，参加了中国人民解放军。在一次战斗中，右小腿不幸负伤，韧带被子弹打断。1952年，身为排级干部、残疾军人的他，从华东荣军学校复员时，本可回上海安置，为了遵守婚前之约，毅然来到母亲的家乡——福建莆田当农民。不少村里人都说，"老张真傻，放着大上海不回，偏要到穷乡下来。"而父亲却不知后悔、不改初衷。1965年，父亲带头响应福建省政府"支援山区建设"的号召，举家从莆田沿海，移民闽北一个山高水长、交通不便的小山村——建阳县黄坑公社鹅峰大队。"文革"期间，一些不习惯山区生活的移民，举家"回流"到原籍，父亲却像阵地上的哨兵一样，一直坚守到生命的最后一刻。不论是在莆田，抑或是在建阳，头尾几十年，父亲从不曾提出过分配工作的要求，始终安心在农村。一边积极参加生产队的各种劳动，努力支撑着连老鼠都不愿光顾的家；一边默默无闻、无怨无悔的消耗着自己，续写着平凡。

父亲去世后，我们在整理他的遗物时，从箱底发现一本用褪色红布包裹着、印制于1953年的《福建省烈属、军属、革命残废军人、复员军人模范及拥军优属模范代表会议代表模范事迹汇辑》。其中第73页，有父亲的事迹介绍："张涌良，男，四十三岁，在部队期间，先后立过一等功二次，三等功四次，并在工作上、学习上，都受过上级的表扬与奖励。复员回乡后，不居功，不骄傲……"奇怪的是，父亲好像全然忘了这些。

父亲不恋城市、热爱农村，不当干部、甘做农民。当年，从荣军学校转到农村不久，很快完成了"角色"转换，且什么农活都会干、都能干；而为了服务乡亲，他用薄铁皮外加小木棒制作"锉子"，义务替乡亲们补雨鞋、补车胎……。上世纪六十年代，上有年迈的外婆，下有我们几个年龄不等，不懂世事的儿子，母亲又长期疾病缠身，家庭生活真个是贫困交加。

上个世纪五六十年代，国家物资匮乏，我家极度贫困。我们兄弟几个，常常饿着肚子上学。勤劳善良的母亲，年轻时因为下田劳动，被蚂蟥叮咬感染后，导致下肢溃疡（俗称"老烂脚"），溃疡面积，大如巴掌；终日流脓，苦不堪言。依稀记得，母亲多次嚷嚷着："把这条该死的腿锯掉！"因为无钱医治，长年累月只能用一角三分钱一包的"磺胺结晶"外敷。有时，连"磺胺结晶"都没钱买，只好加大剂量，多服几粒"止痛片"镇痛……一些知情的邻居，不止一次劝告父亲："你是有功之臣，去找找政府吧。"可父亲总是一笑了之，从不曾拿功劳做资本，向政府开口，向组织伸手，硬是挺直腰杆，顽强地支撑着那个连老鼠都不愿光顾的家，直到他的生命画上句号。

父亲心地善良，总是从一些小事上关心帮助别人。在那本业已发黄的《模范事迹汇辑》中，还有这样一段文字："他回乡后，将领回的补助粮20担及人民币30万元，大都用于农副业生产，剩余的410斤大米借给7户贫困户，不取利息。在发动群众修理公路中，上级发下的工资，他都发给了民工，自己尽义务不取一文。"父亲的这种精神始终不变。上个世纪六十年代末，我们移居的建阳县黄坑公社鹅峰大队，迎来了几位福州"知青"。那时，我家生活依旧比较困难。但父亲还是经常把自己种的青菜，真心诚意地送给非亲非故的"知青"们。几十年过去了，有的"知青"至今还记着我父母当年对他们的关心和帮助。

父亲生性乐观，尤喜爱吹口琴。我听的最多的，是他吹的《白毛女》。父亲文化程度不高，但字还写得挺好。我在部队提干后，定期给父母寄点生活费。每每收到一笔汇款，父亲都会用粉笔在他卧室的墙板上记下来。父亲临终前，既没有吟诵过诸如："青山处处埋忠骨，何须马革裹尸还"之类的名句，也没有提出过"叶落归根"这样的要求，他就安眠在闽北山区一个普通山村的一座普通山头上。

都说，父母是孩子的"第一任老师"。可是，父亲从来没有拿大道理教育我们。但父亲脚踏实地、不事张扬、甘于清贫的行为举止，让我懂得了什么叫自强不息、艰苦奋斗，什么是积极进取、乐观向上。几十年来，从部队到地方，从基层到机关，不论在哪个岗位上，我都积极学习、努力工作，先后立过一次三等功，多次被评为优秀共产党员、优秀党务工作者。这些，与父亲的荣誉比较起来，实在微不足道。因此，我把它们全都放进书橱，不张扬，不骄满，不懈怠。从一名农家子弟，成长为处级干部后，身份变了，地位变了，但老老实实做人，勤勤恳恳做事的作风，始终没有改变。退休6年来，我坚持"做一个闲人、读一些闲书、写一点闲文"，用正能量作品奉献社会、服务读者。这些，都与父亲的影响不无关系。

父亲离世的时候，虽然没有留下一分钱外债，却也没有留下一丁点遗产。可是，他那助人为乐的精神、自强不息的品德、居功不傲的品格，正是留给子孙后代可贵的"精神财富"！

（原载2019年2月15日《中国纪检监察报》、《中国共产党新闻网》等多家媒体第一时间转载）

在劳动中绽放美丽

唐代诗人李绅写过两首《悯农》诗："春种一粒粟,秋收万颗子。四海无闲田,农夫犹饿死。""锄禾日当午,汗滴禾下土。谁知盘中餐,粒粒皆辛苦。"可谓家喻户晓,妇孺皆知。是啊,劳动是平凡的,但平凡孕育着伟大。人世间的美好梦想,只有通过诚实劳动才能实现;生命里的隐约辉煌,只有通过辛勤劳动才能铸就。

"中国梦,幸福梦,富强梦,实现梦想靠劳动;中国梦,你的梦,我的梦,共同筑起中国梦。汗水洒田野,飞船遨苍穹。高桥通天堑,深海潜蛟龙。那里有我们勤劳的身影,那里有我们创新的劳动。"这是歌曲《劳动托起中国梦》中的几句唱词。

"五一"将至,说到劳动,我自然而然想起了故乡春耕的情景。插秧,闽北人叫栽禾。在我的记忆中,那不是一般的劳动,而是另类艺术表演——在肥沃的水田间,画上绿色"五线谱"。那种辛苦中夹带的快乐,用汗水浇出的美妙,只有亲历者,才能体味到。五线谱,是迄今为止世界上通用的记谱法,在五根等距离的平行横线上标以不同时值的音符及其他记号来记载音乐。最早的发源地是希腊,它的历史要比简谱早得多。五线谱通常是"直"的,但在艺术创作等其他形式上,表现多是"弯"的。

栽禾与锄禾,一字之差,大相径庭。锄禾,弯着腰,弓着背,不单费力,而且累人。其实,栽禾较之锄禾,辛苦程度,要大得多。南宋诗人杨万里的《插秧歌》可以左证:"笠是兜鍪蓑是甲,雨从头上湿到胛。唤渠朝餐歇半霎,低头折腰只不答。"

栽禾，我的出生地莆田称之为布田。虽然汉语辞书中，找不到布田这个词，但在古代汉语中，"布"有陈列、展开、分散到各处的意思。而"田"，指的是耕种的田地。布田，便是借用"布"和"田"的相关词义，来指代将秧苗展开、陈列（栽插）到水田里的农活。

布田之前，要先拉好秧绳，类似于在水田中"画跑道"。用棕绳或尼龙绳编织而成的秧绳，既结实又不怕水浸泡。每根秧绳长度都在数十米，够得上从田的这一端拉到那一端，且既要拉紧，又要拉直。一条条秧绳，按照一定宽度间隔拉好，并用一头削尖的竹片固定后，"秧手"们便有说有笑下到田里，有章有法同时开"布"——弯下腰身，两脚平跨，左手持一把秧苗，右手迅捷地分出一小撮秧苗，如鸡啄米一般，快速插进田里去。一边插，一边退。这样，插下田的秧苗，就不会被脚踩到。

后来，移居闽北山区，跟着大人干一些力所能及的农活。男劳力，一天记12个工分，我最初劳动一天只得2.5分。那时，水田里的水蛭，俗称蚂蟥很多，下田劳动，难免被其叮咬。第一次劳动，便遭到蚂蟥"偷袭"——紧紧吸附在我那瘦细的小腿上。发现之后，我快步跑到田埂上，连跳带跺，无济于事。是父亲伸出援手，才把该死的家伙从我脚上"剥离"，吓得我差点哭出声来……再后来，随着年龄的增长，我开始学着干些其他农活。记忆最深，最具美感的——是栽禾。闽北素有"栽禾师傅割禾人"之说。意思是，栽禾是技术活儿，割禾是简单劳动。

万事开头难。栽禾也一样。"领栽"者，通常是技术高超、经验丰富的"师傅"。如果是方块田，从中间开始，向两边拓展；倘若是梯田，便顺田就势，随着田形的变化而变化，或弧形，或"S"形，领头者顺着田埂一路栽去，其他人在一侧跟进。当一丘田"栽"满后，放眼望去，那些可爱的禾苗，既像树木的"年轮"，又似绿色的"五线谱"——间隔均匀、线条流畅，弯曲自如、颇为美观。

随着农业机械化的普及，昔日那种"贴地式"的"栽禾"，已被自动插秧机取代了。而我，也早已离开农村了，但每每回忆起当年"栽禾"的情景，那绿色的"五线谱"，仿佛又展现在眼前。一股蕴含劳动之美的情感，就会从心中油然而生。

　　劳动，没有高低贵贱之分。不论何种劳动，都是在播种，不是播种希望，就是播种成功。任何一项劳动，都是在创造，不是创造物质财富，便是创造精神财富。但凡劳动，都是构成纷繁复杂的社会体系，保障社会系统有序运转不可或缺的；都是光荣而崇高、伟大而美丽的。治病救人是劳动，传道授业也是劳动；修桥铺路是劳动，保家卫国也是劳动；脚踏沃土是劳动，铁锤响叮当也是劳动；送"嫦娥"上九天是劳动，为他人做"嫁衣"也是劳动……劳动，既可以奉献社会，又能够美丽生活。

　　"必须牢固树立劳动最光荣、劳动最崇高、劳动最伟大、劳动最美丽的观念，让全体人民进一步焕发劳动热情、释放创造潜能，通过劳动创造更加美好的生活。"这是习近平总书记对劳动的价值与意义的高度概括、真心赞誉。

　　劳动之美，是人们在劳动中折射出来的美。劳动之美，是社会之美的最基本的内容。这种裹着辛苦的美，可以使人们自由、自觉的创造活动，以及才能、智慧、品格、意志、情感等可贵本质，得以最充分、最直接、最集中地体现在生产劳动之中。

　　有人说，生活总是在艰苦辛劳中绽放美丽。劳动之美，是汗水浸染过的秋实；劳动之美，是岁月滋润过的春花；劳动之美，是精益求精的工匠精神；劳动之美，是创造奇迹的雄心壮志。为了建成全面小康社会，为了早日实现美丽的中国梦，为了实现"两个一百年"奋斗目标，但凡具备劳动技能和条件的人们，纵然甘于淡泊、不与百花争春色，也要尽自己之所能，在辛勤的劳动中，施展才干；在平凡的劳动中，谱写光荣；在快乐的劳动中，绽放美丽。

（2020年5月1日《中国纪检监察报》
发表时题为《劳动之美》）

李纲，英灵千古镇湖山

李纲（1083－1140），字伯纪，号梁溪，谥忠定，抗金名臣；祖籍福建邵武，祖父一代迁居江苏无锡；宋代著名的政治家、军事家、文学家，抗金民族英雄、南宋开朝宰相。在中国历史上，李纲是位命运多舛、矢志不渝的人物——出将入相，六次被贬，却从未动摇过赤诚的爱国心。《宋史·李纲传》称其为"南渡第一名臣"。

今年，是李纲逝世880周年。"五一"这天，我专程前往铁城邵武，敬谒这位民族英雄。车到邵武，心无旁骛的我，直奔位于富屯溪畔的熙春公园。依山傍水、风景秀美的熙春公园内，不单有多处风景名胜，而且有宋、元、明、清几个不同朝代的古建筑遗址。天公作美，阳光灿灿，暖意融融，虽然疫情警报尚未完全解除，但已有三三两两的人们，或戴着口罩，或身着夏装，悠哉悠哉的在公园里，尽情嬉戏，纵情漫步。一心想着李纲的我，急匆匆向"目标"走去。从公园入口处，顺着流水潺潺、波光粼粼的富屯溪上行三四分钟，李纲雕像就出现在眼前。抵近观察，但见立身公园中央草坪上的"李纲"，留着一撮短须，左手抚剑，右手贴背，目视前方，微微翘首，好一副雄心勃勃、威风凛凛的儒将神态，基座上刻有"民族英雄李纲"六个隶书大字。我在李纲雕像前行过注目礼，从不同距离、不同角度拍下几张照片后，马不停蹄赶往李纲纪念馆。

李纲纪念馆，位于邵武市区李纲路。连同问路耽搁，步行不过十来分钟就到达目的地。纪念馆原名李忠定公祠，全称"丞相太师忠定李公祠"。据史料记载，南宋淳熙十三年（1186），朱熹在邵武讲学时，力倡修建李纲祠,并亲自撰写建祠碑记,题匾"一世伟人",书联"至策大猷,奠宗社于三朝;孤忠伟节,垂法戒于万代"。该祠始建在军学讲堂之东,之后几度易址;清康熙二十二年(1683),复建于今址。清乾隆、道光年间及民国时期,曾数度修葺,占地面积1800平方米。祠内尚存宋高宗、宋徽宗御笔手书匾额,明学士王直、柯潜撰重建碑记2方。

1983年,当地有关部门将李纲祠收归国有,重加修葺,辟为李纲纪念馆,前国防部长张爱萍先生为之题额。纪念馆设有四个展室,展出内容按照李纲生平事迹,分为少年时代、出将入相、抗金业绩和遗迹几大部分。我注意到,馆内展品中主要有:李纲生平事略、著作《梁溪集》、李氏族谱、李纲手迹等有关文物。新塑了李纲坐像和半身像,添建了碑廊等。整个布局错落有致,古朴典雅,内容丰富,陈列有致,表现形式图文并茂,既有沙盘、漆画,还有兵器模型等,给观众以直观、生动的视觉。置身其间,人们在探访这位历史名臣传奇人生的同时,还可以近距离感知其不竭的精神力量……

大观二年(1108),年轻的李纲参加贡生考试,名列榜首,任真州(今江苏仪征)司法参军。政和二年(1112)中进士,任镇江学府教授。三年后,升为监察御史兼权殿中侍御史。秉性刚直的李纲,以言事忤权贵,被降职为员外郎。这是他的第一次中伤。从此之后,他就一直生活在沉浮与升迁的交替中。李纲一生历事宋徽宗、宋钦宗、宋高宗三朝,身处民族危机空前严重的时代,多次为民请命,直言进谏,却先后六次被贬。从京城到湖南、湖北、江西、福建、云南,最后到了当时的荒凉之地——海南。可是,他的爱国之心始终不改。政和八年(1118)4月,被起用为太常少卿、国史编修。

李纲改变不了宋朝衰微的走势,宋朝却拿捏着李纲个人的命运。宣和元年(1119),京师发大水,人民流离失所。官员置若罔闻,唯独李纲为民请愿,上了《论水灾疏》,冒死陈述灾情,并提出六项治防水患、赈救灾民的建议。因触痛了朝廷,宋徽宗十分恼怒,以"所论不当"为由,将他贬至福建沙县当一名管库小官。这是他第二次中伤。李纲是历史上少有的、敢说真话的宰相。抗金卫国伴随李纲的一生。北宋、南宋之交，面对金国入侵，朝廷分为两大阵营，一派主战，一派主和，李纲是主战派代表。在抗击金国的斗争中，由李纲组织的汴京保卫战尤为后人称道。靖康元年（1126），金兵大举南下，包围京都汴梁，朝野陷入一片混乱之中。这时，李纲挺身而出，坚决主张抗金保京："祖宗疆土，当以死守，不可以尺寸与人"。徽、钦二帝权衡再三，采纳了李纲的意见，并任命他为京城防御使之职。李纲身先士卒，带领将士浴血鏖战，终于击退金兵，取得了汴京保卫战的最后胜利。可是，投降派仍然推行卖国政策，罢免李纲。不久，金兵再次南下，汴梁沦陷，徽钦被掳，北宋灭亡。第二年，南宋王朝建立，高宗即位，又起用李纲，拜他为相。李纲锐意改革，充实国库，整军北伐，欲力挽狂澜之既倒，但由于投降派的反对排挤，他在朝仅七十多天就被罢相，放逐鄂州。

建炎三年（1129），金兵袭击扬州，宋高宗南逃。直到这时，宋高宗才认识到"同心戮力""以存国家"的重要，遂将被贬到海南的李纲赦还。建炎四年（1130），李纲回邵武居住，后到福州，受银光禄大夫职。这期间，建州（今福建建瓯）范汝为率农民起义，朝廷派韩世忠前去镇压。建州被攻占后，韩世忠认为建州人依附范汝为，"欲尽诛之"。心系百姓的李纲得知此事后，星夜赶到建州，劝阻韩世忠："建民无辜，何全诛杀？"李纲的建议，拯救了建州数十万百姓。感恩的建瓯百姓尊李纲为"芝城之父"，并立祠塑像祀奉。绍兴五年（1135），李纲被授江南西路安抚制置大使，兼知洪州（今南昌）。当时洪州灾民遍地，他开仓赈济灾民，将他们从死亡线上拉回。绍兴八年（1138）正月，李纲回福州居住。

是年三月，秦桧为相，专主议和。李纲虽被排斥在朝廷之外，但他心中念念不忘国家大事，密切注视着主和派向金人求和的勾当。他上书宋高宗，详陈利害，认为宋土宇尚广，民心物力还可有为，坚决反对与金议和。宋高宗虽加赞扬："大臣当如此也！"却于绍兴九年（1139）正月与金签订屈辱的"绍兴和议"，向金称臣纳贡。不久，宋高宗又任李纲为荆湖南路安抚使兼知潭州。李纲对朝廷与金议和，耿耿于怀，愤愤不平，便称疾力辞，拒不受命。绍兴十年（1140），李纲抱恨逝于福州，终年 58 岁。

诗言志。绍兴二年（1132），谪居的李纲虽疲惫不堪，却不忘抗金报国，想着社稷，念着众生。于是慨然写下托物言志的《病牛》："耕犁千亩实千箱，力尽筋疲谁复伤？但得众生皆得饱，不辞羸病卧残阳。"李纲身处大宋江山摇摇欲坠的年代，倘若没有人站出来力挽狂澜，则"靖康之耻"势必就会再度重演。李纲虽然没能改变宋朝的历史，但他刚正不阿、一心为民的精神却始终激励着后人。历史，是最公正的"裁判"。纵观李纲一生，正如民族英雄林则徐所赞："进退一身关社稷，英灵千古镇湖山。"

（原载 2020 年 5 月 12 日香港《文汇报》副刊）

柳永纪念馆中的慨叹

柳永，原名三变，字景庄，后改名柳永，字耆卿。崇安（今福建武夷山）人，北宋著名词人，婉约派代表人物。咸平五年（1002），柳永离开家乡，流寓杭州、苏州，沉醉于听歌买笑的浪漫生活中。大中祥符元年（1008），柳永进京参加科举，屡试不中，遂一心填词。景祐元年（1034），柳永"大器晚成"，历任睦州团练推官、余杭县令、晓峰盐碱、泗州判官等职，以屯田员外郎致仕，故世称"柳屯田"。柳永是第一位对宋词进行全面革新的词人，对宋词的发展产生了深远影响。

叶落归根，是中国人的传统理念。柳永，也不例外。他离开武夷山后，虽然一去不复返，但对家乡的思念，却一直萦绕在心间。在《八声甘州》中，柳永以泪代墨写道："不忍登高临远，望故乡渺邈，归思难收！"爱乡之切，思乡之痛，尽在字里行间！而最终，却客死他乡，留下悠悠遗恨。值得庆幸的是，历史没有忘记他，家乡人民怀念他。武夷山市继 2001 年建成一座颇具规模的柳永纪念馆后，2009 年 6 月，又建成"柳园"，精选柳词 50 首，由当代书法家书写后，镌刻在形态各异的巨石上。

柳永纪念馆，是座仿宋四合院式的三层楼阁，坐落在九曲溪一曲北岸环境清静优美的大王峰下、武夷宫旁，遥对丹霞峻拔、苍松环簇的幔亭峰。大王峰海拔 530 米，又称纱帽岩、天柱峰，因上丰下敛、气势磅礴，且山形如宦者纱帽，独具王者威仪而得名。那天，应朋友之邀，到武夷山小聚，借机到柳永纪念馆参观了一回。风格朴实素雅，极富乡土气息的柳永纪念馆，由原中顾委委员、中央组织部常务副部长李锐先生题写馆名。走进坐南朝北的纪念馆大院,一块大卧石上刻着毛泽东主席手书的巨幅柳词——《望海潮》。史料记载,1957年4月7日下午,毛泽东在专机上鸟瞰古越大地,眺望远方,钱塘江入海处,白浪滔滔,犹如万马奔腾。毛主席触景生情,兴致盎然。龙飞凤舞地写下了柳永的《望海潮》词一首。如今,毛泽东的这幅手迹,珍藏在中央档案馆里。

欣赏了《望海潮》石刻,我继续在院内转悠。但见在北面草坪一侧,矗立着一尊略大于1∶1的柳永全身铜像。铜像右手握书,左手靠背撑扇,儒巾布袍,神态安详,面朝幔亭峰和大王峰,似在行吟他赞颂"幔亭招宴"等神仙传说的游仙词《巫山一段云》。铜像不远处,是约两米高的"柳永墓冢抔土还乡碑",上面刻着简明扼要的碑文:"公元二〇〇四年九月,值武夷山柳永纪念馆新馆落成之际,柳永仙冢抔土自镇江北固山分移至此。千载游子今朝还乡,一代词宗魂归故里。"读着这篇碑文,望着柳永塑像,不知怎的,心里悄然涌起一股难以言状的感觉。

纪念馆一楼,有东西两个展厅。东厢展厅展示"柳永生平",分为书香门第、幸福童年、蹉跎的青壮年岁月、失意官场、颠沛流离、苦吟成名、《乐章》传世、美哉柳词、好评如潮、毛泽东论柳词、千古乐章传后世、开展柳词研究、弘扬武夷文化等八个部分,23块展版以大量的图片和简练的文字,展示柳永一生和柳词的重大影响,以及后世对柳词的高度评价。西厢为"柳词书画"厅,展示有关柳永的书画30余幅。两展厅的展柜、展橱中,陈列着古今中外与柳词相关的书籍、画卷,有《碧鸡漫志》《宋元名家词》《能改斋漫录》《清明上河图》《毛泽东手书历代诗词墨宝》等。

柳永纪念馆给我留下深刻印象的,还有几处吸人眼球、催人浮想的景致。其一是"执手相看泪眼"的石雕,一男一女(当是柳永与歌女)两尊雕像,对面而立,双手轻搭,男的含情脉脉望着对方,女的向左微低着头,一副情绵绵、羞答答的模样。如此造型,匠心独具,真个是"无声胜有声"。其二是"柳词墙",在纪念馆一面外墙上,布满字体大小不一、排列错落有致的《雨霖铃》《迷神引》《夜半乐·冻云黯淡天气》等几首柳永代表作"浮雕"。其三是一座小戏台,台前立柱上刻着由柳词拓展的一副对联："三秋桂子钱塘岸，十里荷花西子湖。"戏台上，两个妙龄女子正在专心致志的表演，其中一个身体前倾、低头抚琴，一个双目平视、轻弹琵琶，戏台另一侧，站着一位手捧茶水、亭亭玉立的侍女。很显然，这是在再现歌女演唱柳词的情景。

　　柳永的一生，既是传奇的，也是悲剧的。年轻时，他逍遥自在，虽文采风流，却在科举上屡屡受挫。柳永第二次落榜时，被皇上诏书批评"属辞浮糜"。于是，他愤而写下《鹤冲天·黄金榜上》。在这首词里，柳永不仅自封"白衣卿相"，而且把功名说成"浮名"。惹得皇帝老儿勃然大怒。结果，因为这首词，他的仕途被判了"死刑"。然而，坏事有时会变好事。正是因为仕途被"堵死"了，他的文学创作之门便"大开"了。运交华盖的柳永，尽显词人才气，新词佳曲如山泉喷涌——叹沧海桑田，歌峰峦叠嶂，颂美姬佳人，抒羁旅愁肠，咏患难挚情……情缘笔跃，墨随才舞，豪放洒脱、任性飞扬。连东坡先生也有点底气不足地问玉堂幕士："我词何如柳七？"而宋代词人叶梦得则在《避暑录话》中写道："凡有井水处，即能歌柳词。"

　　纵观柳永一生，总体是有幸的。千百年来，有人体悟他"多情自古伤离别，更那堪、冷落清秋节"的愁苦悲情；有人感念他的"衣带渐宽终不悔，为伊消得人憔悴"的至深情怀。《蝶恋花·伫倚危楼风细细》中的这两句词，其原意是说，人虽然消瘦了，衣带日渐宽松，却始终不后悔，为了心中所爱，情愿一身憔悴。后来被引申为为了理想与事业，全身心投入，而无怨无悔。2014年9月9日，"教师节"的前一天，习近平总书记在北京师范大学与师生代表座谈时指出，各级党委和政府都要关心广大老师特别是生活工作有困难的老师，努力为他们排忧解难。同时希望，老师要有"衣带渐宽终不悔，为伊消得人憔悴"的精神，兢兢业业做好工作。

　　历史有时也会开玩笑。有说柳永生于约984年，死于约1053年的；有说柳永约987年至约1053年的；有说柳永死于嘉祐五年（1060）的。因为没有准确记载，1980年8月，上海辞书出版社出版的《辞海》第1289页，在近200字的柳永词条中，没有提及他的生卒年月。可见，柳永生于何时、死于哪年，成了一个"无解之迷"。这对于他而言，无疑是个小小的遗憾。但正如著名学者、作家、《人民日报》副总编辑梁衡先生所评论的那样："人生在世，天地公心，人各其志，人各其才，人各其时，人各其用，无大无小，贵贱无分。只要其心不死，不得其用，时不我失，有助于民，就能名垂后世，就不算虚度生命。这就是为什么历史记住了秦皇汉武，也同样记住了柳永。"是呀，青史留名，此生足矣！对柳词念念不忘的后人，谁不知道柳永对宋词发展的贡献呢？

（原载 2020 年 5 月 19 日香港《文汇报》）

孝文化的推手郭居敬

百善孝为先。孝道，通常指子女对父母应尽的义务，包括尊敬、关爱、赡养老人，为父母长辈养老送终等等。千百年来，孝道成为中国社会维系家庭关系的道德准则，是中华民族的传统美德。孝道文化，早在西周时期就已经基本形成。到了宋代，我国的儒学伦理得到较大的发展，孝道成为儒家士子行为的基本准则，在历史上起到了较大的推动作用。孝道文化是儒家文化的精髓，是中华优秀传统文化的核心内容之一。孝文化所以能够融进中华儿女的血液、印在炎黄子孙的心间，郭居敬功不可没。

郭居敬（？－1354），字仪祖，福建尤溪县广平村（今大田县广平镇）人，既是中华孝典《二十四孝》的编撰者，也是孝文化的强力助推者。史料记载，郭居敬，笃学好吟咏，着有《百香诗》。性笃孝，事亲左右，承顺得其欢心。既没，哀有过而与礼称。尝摭虞舜而下二十四孝行之概，序而为诗，用训童蒙。时虞集欧、阳玄诸名公，欲荐于朝，敬力辞不就。因喻子弟曰："昔周公有戎狄之膺，孔子严夷夏之防。吾既不能挽江河以洗腥膻，奈何受其富贵哉？"因而，终身隐居小村，以"处士"称。其所居，号秀才湾焉。

那天，我和集美区的几位文友，应邀参加在三明市大田县广平镇万宅村银杏公园举行的"中国梦·乡村美"音舞诗会暨第四届"大田·集美"山海诗会。期间，在与三明市文联主席黄莱生先生闲聊时，得知《二十四孝》作者郭居敬故里，就在附近的广平村。机不可失，下午特意前去看看。到达广平，下得车后，但见公路西侧卧着一块形似玉兔的巨石上，朝东一面刻着"郭居敬故里"几个红色大字。"巨石"后下方不远处，便是"居敬书院"。

陪同参观的大田县文联主席颜全飙先生告诉我，居敬书院原名"明教堂"，是郭居敬当年"授训童蒙"，传播孝道的场所。这里，培育出一批又一批孝子忠士。单是载入历代《大田县志》的"广平孝贤"就有10人之多，他们大都曾先后在这里受过启蒙教育。近年来，当地更有众多"孝老爱亲"道德模范，受到各级政府、有关部门的表彰。为了纪念郭居敬，也为了弘扬孝文化，2017年4月，广平镇政府筹集资金重修"明教堂"，并更名为"居敬书院"。重修之后的居敬书院，再现当年郭居敬授训童蒙的场景，现已成为中华优秀传统文化教育的理想阵地。边听边走，步入书院，但见面积不大的大厅正上方，挂着一块"百孝善为先"的匾额，其下是"明教堂"，东西两面墙上，除了二十四孝图解，还挂着"院规""院训"，以及孔子语录："夫孝德之本也"等。

说郭居敬是孝文化的强力助推者，是恰如其分，毫不夸张的。中华孝道文化，在传承的历史过程中，有一部普及型经典读本，亦即元代郭居敬编录的《全相二十四孝诗选》。该书实为一本历代二十四个不同身份、不同环境、不同举止孝子行孝的故事集。由于后来的印本大都配以图画，故又称《二十四孝图》。为中国古代宣扬儒家思想及孝道文化的通俗读物。郭居敬之对孝文化的贡献，是将中国流传深远的、虞舜以下至宋代3300多年间，孝子孝行的故事进行筛选增删，配以图画和五言绝句，编成《全相二十四孝诗选》。书中故事通俗易懂、情节感人，诗句朗朗上口、便于记忆，十分适合儿童和普通百姓阅读。该书刊行后，得到广泛流传，成了元明清以来儿童的启蒙教材。"奇文共欣赏，疑义相与析。"这本广受欢迎的宣扬中华文化精神核心的经典，很快漂洋过海、不翼而飞，传播到日本、朝鲜、韩国、新加坡、越南等周边国家，成为其国民"孝"行教育的教材。由此可见，郭居敬当是一位影响世界文化的历史名人。

《全相二十四孝诗选》中的孝子和孝行，具有广泛的代表性，囊括了元以前所有朝代。24位孝子的身份，既有帝王将相、达官贵人，也有儒士学子、平民百姓；孝子的年龄，既有老年人、成年人，也有少年、幼童。广泛的"代表性"，为各界人士、各样人等树立了孝行榜样——只要有心，每一个人都能从中找到自己效仿的榜样。故事短小精练，每则五六十字，既好懂，又易记。比如，第一个故事：《孝感动天》是这样写的："虞舜，瞽瞍之子。性至孝。父顽，母嚚，弟象傲。舜耕于历山，有象为之耕，鸟为之耘。其孝感如此。帝尧闻之，事以九男，妻以二女，遂以天下让焉。"文前除有插图外，还配以郭居敬的诗做点题："队队春耕象，纷纷耘草禽。嗣尧登宝位，孝感动天心。"这个典故，讲述了舜被继母、弟弟和生父虐待与迫害后，始终孝敬父母与友爱兄弟。当舜被赶出家门在历山过着自耕自食的生活时，因为孝行感动天地，大象用鼻子来帮忙犁地，鸟儿用利爪帮助除草，尧还把治理天下的帝位禅让给了他。鉴于郭居敬对孝文化的传播、推广功不可没，在他去世后，彼时管辖大田广平的尤溪县，把他录入《孝友传》，祀为"乡贤"。

如同科学没有国界一样，孝道也没有国界。因而，《全相二十四孝诗选》，成为在全球各国广受欢迎的孝道通俗读物。毫无疑问，今天也好，未来也罢，传承和弘扬孝文化，有利于培养公民健全人格，构建和谐家庭，创建和谐社会。"以孝道，促和谐"，将有力推进在全社会培育和践行社会主义核心价值观，使孝敬父母、崇尚孝道、善待生命、回报社会的品德蔚然成风。随着中国人口老龄化的加剧，在全社会弘扬"孝道文化"，具有较之过去更为重要、更为迫切的意义。

尊老、爱老、敬老、助老是中华民族的优良传统。换句话说，孝道是我们中华民族的传统道德精髓，古往今来，一直影响着炎黄子孙的品行。诚然，孝道文化与其他传统文化一样，需要批判的继承。一代伟人毛泽东对传统文化的态度，一向是一分为二的。一方面，批判地继承，是毛泽东对传统文化的基本立场。他明确说过，"学习我们的历史遗产，用马克思主义的方法给以批判的总结，是我们学习的另一任务。"另一方面，毛泽东十分赞成把传统文化延续下去。他强调指出："今天的中国是历史的中国的一个发展。我们是马克思主义的历史主义者，我们不应当割断历史。从孔夫子到孙中山，我们应当给以总结，承继这一份珍贵的遗产。"

鲁迅先生当年除了对《二十四孝图》中"哭竹求笋""卧冰求鲤"表示质疑外,还语气坚定的写道:"其中最使我不解,甚至于发生反感的,是'老莱娱亲'和'郭巨埋儿'两件事。"我很赞同鲁迅先生的观点。但以为,我们不能用今人的眼光看待古人、不能用今天的标准衡量古人。虽然《二十四孝图》中有些许"糟粕",我们不能因此就全盘否定其"精华"。换言之,用辩证的眼光看问题,说郭居敬是孝文化的强力推手,一点也不过分。

(原载 2020 年 6 月 2 日香港《文汇报》)

百年沧桑余庆桥

桥，是架在水上或空中，便于通行的建筑物。中国是桥的故乡，自古就有"桥的国度"之称，发端于隋，兴盛于宋。遍布神州大地的桥，编织成四通八达的交通网络，连接着祖国的四面八方。中国古代桥梁的建筑艺术，不少是世界桥梁史上的创举，充分显示了中国古代劳动人民的非凡智慧。屹立于福建省武夷山市郊的余庆桥，便是其中的佼佼者之一。

南门街，是武夷山市老城区唯一一条旧貌尚存的老街。历经百年沧桑、生死劫难的余庆桥，就静静横卧在南门街南端的崇阳溪上。那天，我与王光荣、刘申文等几位好友结伴，前往武夷山观光游览。机会难得，我坚持要去看看余庆桥。下午三点多钟，我们从武夷宫出发，穿过颇为热闹的市区，七弯八绕来到南门街路口，小车拐进不足3米宽的单行道。两边商铺林立，纵然谨慎驾驶，还是行进缓慢。为了赢得时间，干脆下车步行。几分钟后，来到余庆桥桥头。顺着台阶望去，余庆桥高高在上。我没有急于上桥，而是先到桥下拍照。校友季红和另一位女教师，站在桥上，凭栏招手，脑海里顿时浮现出美国电影《廊桥遗梦》的镜头。走上桥面，发现美轮美奂的余庆桥，与周边环境协调和谐、相得益彰：平视四周，如画景色尽收眼底；俯瞰桥下，清波荡漾奔流不息；仰望头顶，或粗或细，或长或短的木构件，层层叠叠，错落有致，令人叹为观止。触景生情，心中敬意顿生、浮想联翩……

余庆桥，建于清光绪十三年（1887），是我国现存廊桥中，既极为罕见，又极具历史价值的一座古廊桥。2006年，跻身"全国重点文物保护单位"。余庆桥的问世,得益于一个仁者孝子。据民国《崇安县新志》记载:"(崇安)南郊阻大河,行者病涉,敬熙秉母命,以三万金创余庆、垂裕二桥,雄伟为闽北冠。"敬熙,即崇安(今武夷山市)人朱敬熙(1852—1917),清朝附生(指初考入府、州、县学,而无廪膳可领的生员),著名缙绅,田产居全县之首。因捐金,遂援例为农部郎中。后以花翎二品衔改道员,候补浙江。他乐于做好事办善事,曾资助修复景贤书院和武夷精舍,而他以朱熹裔孙的名义,重修朱熹创建的五夫"社仓",迄今仍保存完好。

朱敬熙是个大孝子。当年,为了给母亲献寿、给乡亲造福,他出资三万银元,在古城南郊崇阳溪的溪中洲(师姑洲,又名沙古洲)处,修建余庆、垂裕二桥。建成后的姐妹桥,成为闽赣古道上辉煌的交通巨构,不单是造福一方的民生工程,而且是百姓心中的慈善丰碑,往来商旅对素有"闽邦邹鲁"与"金崇安"之称的古城,未临城池,仰止起敬。抗日战争时期,垂裕桥毁于火灾,文革期间,桥墩亦毁;余庆桥历经百年沧桑,得以独存,尤为珍贵。她见证了崇安清朝、民国与共和国的风云,定格了武夷山一个豪门望族的曾经辉煌,浓缩了武夷山一段惨烈嬗变的近代历史。

闽北最长木拱廊桥之一的余庆桥,是闽北廊桥中名副其实的巅峰之作,雄姿不俗,气势不凡,其蕴涵的文物价值,备受专家学者的推崇和点赞。我国桥梁泰斗茅以升,曾有这样的评价:"这座桥的独特和重要之处是它的叠梁拱,这是北宋发明的一种建筑形式,而这种方式技术要求严、造价高,因此这座三拱桥极具价值,有'古化石'的意义,是很古老概念的现代遗存,非常珍贵。虽仅百年历史,却情系千载文明。"著名建筑学者杨廷宝教授,考察了余庆桥后说:"象这样的桥梁全国已经少见,有历史价值,应给予保护。"专家赞誉和呼吁,得到政府重视,1982年,拨款4万余元,对余庆桥进行修葺。

余庆桥,西北—东南走向,长79米,宽6.7米,拱高8.6米;桥上建有长廊,中间条石铺设走道,两侧铺砌鹅卵石。这座两台、两墩、三孔的伸臂斜撑木石结构虹梁拱形厝桥,集宏伟、古雅、庄重于一体,极具工程美、艺术美与人文美等审美价值。在工程科学美上，该桥是北宋张择端"清明上河图"中木构虹拱桥梁的再现，偌大一座桥，不用一钉一铆，全靠榫卯连接，令人叹为观止。

110多年前，余庆、垂裕二桥，同时建造，同样结构，且垂裕桥更长一些。如此浩大的工程，所耗木材与石料，均以上万立方计。凭栏远眺，我在想，如果说所用上好杉木，在林区武夷山尚不为难，八座桥台及桥墩，所用的巨量花岗岩石材，来自何处，如何运输？两座廊桥的台与墩，均由青褐色花岗岩精工雕砌而成。其中大的条石，每块重逾三吨。据悉，崇安城区方圆10千米，并无这类石材矿源。当年的崇溪上游，陆路为不能行车舆的鸟道，水路为急浅石攻舟的小溪，如此大块头、大数量的石材，怎样搬运，不得而知。无怪乎，至今仍是当地百姓街谈巷议的谜团。而该桥利用木结构斜撑悬臂分解传递受力原理制成虹形拱梁，以石板卵石作为桥面压镇以抗风抗震，用亭式长廊黛瓦披覆以防雨防腐等设计，则有极高的工艺技术和科研价值，在世界桥梁史上，有着显著的地位，倍受专家学者称赞。

在建筑艺术美上，余庆桥是江南风雨廊桥的经典，由长廊、中亭、门楼、虹拱、缓坡桥台、船形桥墩完美组合而成，不但有"增一分嫌长，减一分嫌短"之说，而且巧妙地体现了和谐对称的传统审美意识，匠心独具，令人叫绝。我注意到，余庆桥主体为西北—东南走向，而其东台坡道，却忽折向正东，呈现苍龙摆尾之形。她在保持传统建筑对称美的同时，打破绝对匀称的俗套，推陈出新的创意，俨如"画龙点睛"，使该桥静中有动，活灵活现起来。除此之外，余庆桥虽体量宏大，仍注重细节，不乏精雕细刻的艺术展示。如，四座台墩上的巨大鸟首，极具文化匠心与艺术魅力。它雉喙凤眼，昂首雄立于台墩的迎水面上，船形的墩体，自然而然成为该鸟的身躯。据说，这是一种叫鸢的水鸟，朱熹有"鸢飞月窟地，鱼跃水中天"联句。将每座台墩设计雕琢成鸢的形象，既寄托了"鸢飞月窟地"的高远情怀，又寄托了该桥骑在水鸟背上，能够"水涨桥高"，不惧怕洪魔的祈愿。可见，余庆桥不仅仅是一座古代交通工程，还是一座深涵民俗传统底蕴的建筑艺术巨构。无愧于世界桥梁建筑形式"活化石"的名分。

　　举世无双的余庆桥，是武夷山世界文化遗产的组成部分，她见证了武夷山的岁月沧桑与辉煌历史。孰料，天有不测风云。2011年5月28日，余庆桥因为失火，导致桥面木构部分轰然坍塌，给人留下无尽惋惜。所幸桥墩等基础部分，没有受到重创。2014年7月20日，余庆桥修复工程正式启动，按照"修旧如旧、恢复原貌"的原则，精心组织，用心修复。经过近两年紧锣密鼓的施工，2016年4月26日，修复工程圆满竣工。那天，徜徉在这座劫后新生的百岁"老桥"上，我有一种时光倒流的感觉，恨不能穿越时空隧道，去向智慧的先贤们致敬。

（原载2020年6月9日香港《文汇报》）

千里遥祝黄鹤楼

近日,从朋友圈上看到《人民日报》在《今天,发条微信一起点亮武汉》标题下,发布9幅武汉主要景观图片。欣赏时,只需在图片上轻轻点击一下,原本黑白的图片就慢慢亮起来。其中,第一幅便是"黄鹤楼公园",所配文字为:"武汉好久不见"。图中,黄鹤楼在蓝天、绿树的映衬下,巍峨端庄、流光溢彩,随即唤起我对黄鹤楼的绵绵遐思。

黄鹤楼,立身于湖北省武汉市长江南岸、海拔61.7米的武昌蛇山之巅,濒临万里长江,是武汉市标志性建筑、国家5A级旅游景区,"江南三大名楼"之一,自古享有"天下江山第一楼"和"天下绝景"之称。黄鹤楼与晴川阁、古琴台并称"武汉三大名胜"。一个外省人,有机会三番五次登临黄鹤楼的,为数一定不多,我是其中一个。

初登黄鹤楼,是33年前。一天,身为现役军官的我,奉命随政委林清廷出差,从九江乘坐"东方红1号"轮至汉口。机不可失,办完公务,前去登临黄鹤楼。那时年轻,有的是力气,缺的是阅历。当我大气不喘登上黄鹤楼顶层转悠一圈后,除了视野开阔、天地壮观外,并无更多感想或感慨。最近一次,是2016年12月,全国杂文学会联谊会第三十届年会暨全国首届鲁迅杂文奖颁奖仪式在汉口举行。会后,东道主精心安排与会者前往黄鹤楼等几个主要景点游览观光。这次,别有一番收获。中间三次登临黄鹤楼,得益于那年在武汉"帮工"。

2013年,刚刚从设区市党委机关退休的我,抵挡不住《楚天消防》杂志社主编陆运良先生的热情邀请,从福建来到湖北,具体负责"总编办"工作,社里为我在梅苑小区选租了一套位于三楼、两室一厅的房子,彼时湖北省消防总队地址在武昌区付家坡紫阳东路，与梅苑小区只一路之隔。90年代初建成的梅苑小区，是武昌示范小区。这里环境优良，人与自然和谐相处。楼下一片梅花，凌寒竞相开，香气扑鼻来。更有情趣的是，每天一大早，窗外绿树上，就有鸟儿来"聚会"，他们或一唱一和，或一问一答，不是喳喳刺耳，而是啾啾悦耳，躺在床上欣赏，令人心旷神怡……。因为人地两生，老伴不很适应。虽然只待了一年，先后随《楚天消防》的编辑记者集体活动、陪远道而来的福建朋友，以及前来看望我们的女儿女婿三次登上黄鹤楼，每次都有不同的收获和感悟。

黄鹤楼，始建于三国时期吴黄武二年（公元223年），传说是为了军事目的——方便嘹望而修建的。孙权为实现"以武治国而昌"筑城为守，"武昌"之名，由此而来。三国时期，该楼是夏口城一角瞭望守戍的"军事楼"。晋灭东吴后，三国归于一统，黄鹤楼随着江夏城地发展，逐步演变成为官商行旅"游必于是""宴必于是"的观赏楼。古往今来，历代文人墨客但凡来到武汉，皆以一登黄鹤楼为快，并留下不少脍炙人口的诗篇，使得黄鹤楼不翼而飞、闻名遐迩。"昔人已乘黄鹤去，此地空余黄鹤楼。黄鹤一去不复返，白云千载空悠悠。晴川历历汉阳树，芳草萋萋鹦鹉洲。日暮乡关何处是？烟波江上使人愁。"这是唐代诗人崔颢的《黄鹤楼》诗。继崔颢之后，李白在此写下《黄鹤楼送孟浩然之广陵》："故人西辞黄鹤楼，烟花三月下扬州。孤帆远影碧空尽，唯见长江天际流。"孟浩然则对江酹酒："昔登江上黄鹤楼，遥看江中鹦鹉洲。"登上黄鹤楼，远望鹦鹉洲，陶然在水一方，是一种可望不可及的朦胧美；而泊船洲渚，孤月高照，则可贴近历史，触摸黄鹤楼过往伤痛的寂寞美。

毛泽东对武汉情有独钟。1927年2月，毛泽东偕夫人杨开慧登黄鹤楼，写下《菩萨蛮·黄鹤楼》："茫茫九派流中国，沉沉一线穿南北。烟雨莽苍苍，龟蛇锁大江。黄鹤知何去？剩有游人处。把酒酹滔滔，心潮逐浪高！"是年3月，毛泽东在武昌创办了中央农民运动讲习所，让中国农民看到了希望，为革命培养了大批优秀干部。史料记载，建国后毛泽东到过武汉40多次。1953年2月，毛泽东第一次来到解放后的武汉。重登黄鹤楼，被市民包围，令山水欢腾。1956年6月，毛泽东在《水调歌头·游泳》中写下的"一桥飞架南北，天堑变通途"，正是对武汉长江大桥沟通中国南北交通这一重要作用的真情写照。武汉长江大桥作为中国第一个五年计划主要成就，大桥图案入选1962年4月发行的第三套人民币，成为新中国国家建设的重要标志；2013年5月3日，武汉长江大桥成为第七批全国重点文物保护单位；2016年9月，入选"首批中国20世纪建筑遗产"名录。

殊不知，黄鹤楼命运多舛，打从拔地而起之后，曾多次遭遇火烧而损毁，仅在明清两代，就被毁7次，重建和维修了10次。"国运昌则楼运盛。"1981年10月，以清代"同治楼"为原型设计的黄鹤楼重建工程破土动工。再生后的黄鹤楼，楼高5层，总高度51.4米，建筑面积3219平方米。屋面用10多万块橘黄色琉璃瓦覆盖构建而成；楼内由72根圆柱支撑；外部有60个翘角翼舒凌空，四望如一，古朴典雅，巍峨壮观。登上黄鹤楼，极目楚天，一派欣欣向荣、生机勃勃的景象；站在不同的楼层，从不同的方向俯瞰，展现在眼前的，是格局不同的画卷。放眼望去，长江之水，汹涌澎湃、滚滚向前；耸立龟山的湖北电视塔，与黄鹤楼隔江相望、遥相呼应；京广铁路的列车，从楼下的长江大桥呼啸而过，载着今天，驶向明天；载着过去，驶向未来，令人心旷神怡、浮想联翩。

黄鹤楼主楼周围还建有白云阁、象宝塔、碑廊、山门等建筑。整个建筑具有独特的民族风格，散发出中国传统文化的精气神。在我眼里，"万里长江第一桥"和"天下江山第一楼"浑然一体，相得益彰，彼此呼应，相映成辉。细品黄鹤楼，宛如一位老当益壮的历史证人，历经风雨沧桑，浓缩兴衰往事。任凭悠悠岁月，我自默默傲立。可谓是，千年黄鹤楼，一部兴衰史。

庚子年初，新冠肺炎疫情来势汹汹。得益于党中央的坚强领导、科学决策，得益于全中国勇敢应对、协同作战，国内疫情已得到较好控制。经过两个多月的坚守，武汉正式"解封"，江城迎来"重启"。4月8日零时，随着第一辆小客车顺利出城，武汉市解除离汉通道管控措施，有序恢复对外交通。想当年，武汉植物园的郁金香、东湖樱花园的樱花、牡丹园的牡丹、湖北博物馆的文物，以及武汉几座长江大桥、楚河汉街、光谷广场等等，都给我留下深刻印象，而古典与现代有机交融、诗化与美意兼而有之的建筑艺术精品——黄鹤楼，则成了本人此生抹之不去的记忆。看今朝，经历了庚子新冠疫情的洗礼，武汉城一定会更坚强；见证了今次战疫的胜利，黄鹤楼必将更坚定。千里之外的我，借鼓浪屿之波，为武汉城纵情歌唱；请日光岩举杯，为黄鹤楼真心祝福！

（原载2020年4月28日《福州晚报》）

考亭书院怀古

朱熹一生创办的最后一所书院——考亭书院，为朱熹晚年定居讲学终老之地，位于距市区2.5千米的福建南平建阳区考亭村。朱熹（1130—1200），字符晦，一字仲晦，号晦翁、紫阳，谥"文"，世称文公。

朱熹是宋代著名的思想家、教育家，是孔子、孟子以来最杰出的儒学大师。宋绍熙三年（1192），朱熹秉承父亲朱松"考亭溪山清邃，可以卜居"的遗愿，迁居考亭，创建沧洲精舍。宋淳佑四年（1244），宋理宗诏改沧洲精舍为考亭书院，并御书匾额。朱熹晚年在考亭书院著书立说，讲学授徒，还在这里完成了《孟子要略》《仪礼经解》《太极通书义》《楚辞集注》等，并对《四书章句集注》做了最后的修订，成为科举考试的程序，其思想在元、明、清三朝，一直是官方哲学，不仅对中华民族的思想文化产生极其重大的影响，还不断向外传播，对海外特别是对东南亚国家的政治、经济和文化发展，都发挥着积极的作用。朱熹门人众多，英才辈出，承前启后，形成了以朱熹学为核心、被认为是理学正宗的"考亭学派"，又称"闽学""朱学"。考亭书院因此享有"闽学之源，理学之巅"的盛誉。

岁月更迭，刀风剑雨。当年的考亭书院，仅存一座书院牌坊。明嘉靖十年（1531），巡按福建监察御史蒋诏及巡建宁道佥事张俭所立的考亭书院牌坊，高约10米，宽约8.6米，为四柱三间五牌楼结构。枋柱间，雕刻有雄狮、麒麟、飞凤、仙鹤等瑞兽祥禽，以及仙居道士等人物形象。石坊造型古朴、器宇轩昂。1966年，西门电站建成蓄水，牌坊下半部被库水淹没。1983年，建阳文物部门将其上移至玉尺山下。

政声人去后。"朱子故里"的后人们，对朱熹及其书院念念不忘、时时牵挂。五年前，考亭书院项目破土动工。一期规划面积60亩，建筑面积9200平方米。建筑项目以朱熹祭祀纪念为核心，朱熹文化展示交流为依托，朱熹国学文化教育弘扬为目的。依托自然地形条件，结合现存牌坊位置，进行科学合理的布局设计，主要建筑包括集成殿、道源堂、庆云楼、清邃阁、燕居堂、碑廊等，于2019年9月顺利建成。

初夏的一天上午，我兴致勃勃，特意前往考亭书院参观游览。下了6路公交车，先是来到考亭书院正前方的"观书园"游览。占地面积10万平米的观书园，与考亭书院一路之隔，遥相呼应，相得益彰，其纵轴为考亭书院中轴线的延伸。在入口处中央位置，一块横卧的巨石上，刻着"观书园"三个繁体红色大字，两侧几堵矮墙上，刻有朱熹《劝学诗》："少年易老学难成，一寸光阴不可轻。未觉池塘春草梦，阶前梧叶已秋声。""读书，始读未知有疑。其次则渐渐有疑，中则节节是疑。过了这一番后，疑渐渐解，以至融会贯通，都无所疑，方始是学"等朱熹语录，还镶嵌几通古人勤奋读书故事的浮雕，如，匡衡"凿壁借光"、高凤"流麦不顾"、孙康"映雪读书"，以及孙敬"头悬梁"、苏秦"锥刺股"等。观书园内还有"三园""一心"。即：劝学园、博学园、明理园；立身观书园中心位置的映心天台，造型为一本打开的图书，一股清水从书的下端潺潺流过，映射了朱熹《观书有感》一诗中的"半亩方塘"。在我眼里，它流出的不是水，仿佛是知识一般。

从观书园折回，穿过有着近500年历史的考亭书院牌坊，如同穿过时空隧道，依稀看到当年朱熹谆谆讲学的情景。带着万千思绪、联翩浮想，走向书院仪门。买过门票，进入其间，立定身，抬望眼，但见"集成殿"高高在上，直挂云端，气势不凡。经向保安咨询，得知从下到上，一共有158级台阶。当攀至中途平台时，发现左右两边十余米处，对称建有两座四边形亭子。兴致勃勃，抵近欣赏。但见右边的"春日亭"四根亭柱上，分别挂着《春日》的四句诗：胜日寻芳泗水滨，无边光景一时新。等闲识得东风面，万紫千红总是春。左边"秋月亭"亭柱上，则挂着朱熹《秋日》诗句：一雨生凉杜若洲，月波微漾绿溪流，茅檐归去无尘土，淡薄闲花绕舍秋。"亭子不大，创意挺好。"我喃喃自语，默默攀登。

最先来到庄严肃穆、祭祀朱熹的大殿——集成殿。殿名取自康熙帝评价朱熹"集大成而绪千百年绝传之学，开愚蒙而立亿万世一定之规"中的"集大成"。进入面积约350平方米的大厅内，最先进入眼帘的，是面对大门的朱熹坐像，左右两侧是从祀蔡元定、黄干、刘爚、真德秀四人的站立塑像。殿内高悬着康熙四十四年（1705），康熙帝为建阳朱熹祠所题的"大儒世泽"匾，以及"诚意正心阐邹鲁之实学，主敬穷理绍濂洛之真传"楹联。

主祀朱熹，世人仰慕。四位从祀，同样不凡。蔡元定（1135—1198），字季通，号西山，谥"文节"，建阳人。南宋理学家、律学家，精通天文、地理、历数之说，是朱熹最得力的学术助手；刘爚（1144—1216），字晦伯，号云庄居士，谥"文简"，建阳人，南宋理学家，与弟刘炳同受业于朱熹。他任国子司业时，奏请宁宗降诏罢道学之禁，又请宁宗诏谕朱熹《四书章句集注》于太学作为法定的教科书，诏颁朱熹《白鹿洞书院揭示》于太学作为学规；真德秀（1178—1235），字景元，号西山，谥"文忠"，浦城人，南宋理学家。庆元五年（1199）进士，官至参知政事，是朱熹的再传弟子。他以经筵侍读的身份，向理宗皇帝推介朱熹学说，《宋史》评价为"党禁既开，而正学遂明于天下后世，多其（真德秀）力也；黄榦（1152—1221），字直卿，号勉斋，谥"文肃"，南宋理学家、教育家，朱熹的高足兼女婿。朱熹临终时给其留下"吾道之托在此"的手书。朱熹去世后，黄榦高度评价朱熹"绍道统，立人极，为万世宗师"，确立朱熹的道统地位，被《宋史·道学传》列为"朱氏门人"的第一人。

集成殿之后是道原堂。二者之间，是一个由青石板铺面的方形祭祀广场，广场左右两边碑廊上，分别刻着成为南宋以后理学家基本纲领一部分的八个条目大字："格物""致知""诚意""正心""修身""齐家""治国""平天下"。道原堂，曾称明伦堂，是朱熹讲学之所。朱熹在考亭书院讲学时，确立道统，祭祀先圣先贤。道原堂重现朱熹讲学场景，摆着几张课桌，悬挂先圣先师画像。主祀孔子，从祀颜子、曾子、子思子、孟子，并称"颜曾思孟"四圣。

…… ……

重新修建的考亭书院，落成时间未满一年，已成为福建省委党校、福建省行政学院"现场教学点"，以及集美大学文学院"教学实践基地"。5月30日，2020年中国社科教育国际工商管理博士班开班仪式在考亭书院举行，全体学员参加了朱子祭祀礼。800多年前考亭书院的前身沧洲精舍，规模多大，不得而知，但可以肯定，无论是布局，抑或是建筑，远不如今天的宏伟气派。单是这一点，朱熹及其"考亭学派"古贤们，倘若是九泉有知，定会由衷高兴、备受感动的。

（原载2020年6月16日香港《文汇报》副刊）

邂逅完璧楼

完璧归赵的典故，很多人都略有所知。可是，不少人却未必知道，迄今还有一座400多岁、栉风沐雨、依然傲立的完璧楼。在此之前，我也一样。

那次，我们全家与叶建辉夫妻等几位朋友一道从集美出发，驱车前往位于漳州市漳浦县前亭镇江口村的漳州火山岛国家级地质公园游览。中午在镇上一家餐馆，点了老蛏、黄翅鱼等几道菜。品尝过风味美食，时间还很充裕，有人提出前去几十千米外的赵家堡参观。因是新增"项目"，对赵家堡一无所知的我，只好随大流，盲目跟着走。心里不抱奢望，路上昏昏欲睡。不成想，抵达目的地，在导游的引领下，走进赵家堡，眼界为之一开，精神为之一振——不单有许多新收获，而且与完璧楼不期而遇。

依山傍海的漳浦县，古时为防海盗山贼，乡间多倚险筑城，同族聚居城内，一旦遇到险情，凭城抵御外侮。据悉，在全县二百多公里海岸线上，筑有52座古城堡寨。其中，最负盛名的，首推初建于宋祥兴二年（1279）、扩建于明万历二十八年（1600）、素有"五里三城"之称的赵家堡。赵家堡又称赵家城，坐落在漳浦县湖西乡硕高山西北麓，是南宋之末，一支流落漳浦的皇族后裔隐居处。当年，南宋消亡后，宋皇族闽冲郡王、宋太祖赵匡胤之弟赵匡美的第十世孙赵若和等，逃至漳浦避难隐居。明万历年间，其第十世孙赵范在这里建堡。后来，赵范之子赵义又加以扩建。

仿北宋京城汴京式样建造的赵家堡，从立意，到设计；从布局，到建筑，可谓两宋故都的缩影。城堡内外，两道城墙。外城是条石砌之基的三合土墙，墙高6米、宽2米，周长1082米，筑有东西南北四个城门。城中部，主要建筑有5座仿南宋临安皇宫修建的府第，五进并列，共有150间房，俗称"官厅"。府内连环20个天井，在府第前的石砌广场上，既有高竖石旗杆的进士坊，又立有"修竹"、"父子大夫"石坊。广场前的园林中，不单有荷池亭榭，还有内外鱼池。横跨池中、按"清明上河图"仿制的微型石拱桥，名曰"汴派桥"，桥上建有一座六角凉亭。园中，还有一座高6米的实心石砌7级聚佛宝塔，塔壁上刻有20尊浮雕佛像。

参观过程中，我很感兴趣的还有，在赵家府第花园中，保存完好的"悟石"、"墨池"、"巢云"、"禹碑"、"岣嵝碑"、"建城碑记"等勒石题刻。赵家堡古建筑群内，居住的百户人家、数百名赵氏后裔，迄今仍沿袭着赵氏祖先的习俗，洋溢着一派宋代汴京市井生活气息，使之成为一座极具研究宋代历史、建筑、民俗、民风价值的古城堡，已被列为省级文物保护单位。赵家堡城墙上，用糯米、红糖和沙土拌和，经过半个月的发酵之后，夯筑而成的"三合土"墙垛，几可与水泥一比坚固——历经400多年风雨洗礼，如今依旧岿然不动。我注意到，城墙之上，一丛丛茂盛的野草，在微风吹拂下，轻轻摇摆，优哉游哉，折射出岁月的沧桑与厚重的乡愁。

赵家堡的主体建筑完璧楼，高13.6米，周长88米，占地484平方米，整座大楼用花岗岩条石砌成台基，以三合土为墙，结构为三层生土方楼。第一层分成10间，第二层分成9间，第三层不分间，为四合大通廊。既雄奇，又坚固的完璧楼，给人一种庄严、凝重，且富有神秘色彩的感觉。据说，是我国南方保存完好、历史悠久的一幢纪年土楼。

完璧楼，除了取"完璧归赵"之意外，背后还蕴藏着一则苍凉、辛酸、曲折的历史故事。德祐二年，南宋亡。在福建宋之遗臣遂拥立益王赵昰，年号景炎。景炎三年四月，赵昰卒，卫王昺继位，改元祥兴。祥兴二年（1279），元将张弘范，攻陷广东崖山，丞相陆秀夫背着年仅9岁的帝昺投海殉国。伴驾至崖山的赵宋王族"闽冲郡王"赵若和，在侍臣黄材、许达甫等人的护卫下，以16艘战船夺港而出，谋往福州，再举图复。不料天公作祟，在东南海上位于小担岛与镇海角之间的浯屿小岛遭遇飓风，导致12艘船不幸沉没，无奈之下折向漳浦浦西登陆。因元军搜查甚紧，遂隐赵姓改姓黄，先后匿居银坑、积美等地。明洪武十八年（1385），明御史朱鉴在审理一起漳浦黄氏"同姓结婚"案中，查阅族谱玉牒，确知被告黄惠官，乃赵若和的后裔，遂奏请朝廷，予以复姓。明隆庆五年（1571），赵若和的第十世孙赵范考中进士，历任磁州知府、户部郎中等职，万历二十八年致仕后，因"遭剧寇凌侮，决意卜庐入山"，便在今湖西乡硕高山下建楼筑堡，聚族而居。史料表明，历代王朝覆灭后，随着改朝换代，灭国王族建楼筑堡、聚族而居，且恢宏壮观，传之数百载，赵家堡可谓独一无二。由此推论，赵氏家族之所以将这座民居瑰宝取名"完璧楼"，既有隐寓"完璧归赵"之意，还有寄托"慎终追远"之思。

那天，在完璧楼前，我一边轻轻移步，一边细细观察，但见外墙除了少量"伤痕"，其余基本保存完好。慢慢的，完璧楼幻化成一位岁月老人，墙体上那一道道清晰可见的"夯痕"，恰似爬在它额头上的"皱纹"。凝视着楼门上镌刻的"完璧楼"三个大字，我仿佛听到了这位老人的诉说，从它的来龙去脉，到它的过往殊荣。完璧楼，从功能上看，不只是一般建筑，而是一座军事堡垒，具有强大的防御能力。当年，倭寇横行，赵氏族人聚居地屡遭侵扰，便建起这座堡垒，藉此抗击倭寇。完璧楼的建筑，真真匠心独具、用心良苦：楼的平面呈正方形，楼体四壁均开有外小内大的楔形窗口，便于观察敌情，或向外投射标枪弓箭；楼下小院中间的天井一角，修有一个平时用来排水、战时可潜出城外的暗道。二楼设有一间密室，可供楼堡的主人贮藏重要物品或者进行秘密活动；三楼是没有隔墙的大通间，供家族中的壮丁们晚上站岗以应对突发事件。

从史料上分析，完璧楼是赵家堡抗击倭寇的重要"功臣"，尤其在明崇祯初年，近千名倭寇从海上登陆入侵犯赵家堡，赵范、赵义父子率百姓据城坚守，并凭借完璧楼的地下暗道，一边获得粮食支持，一边派人前往漳州府求援。倭寇连攻十日，无可奈何，军心涣散，漳州府援兵抵达后，赵氏父子大开城门，率领百姓与官军连手大败倭寇。时至今日，在完璧楼东门，还留有火烧痕迹。据说，那是当年倭寇围城时纵火焚烧留下的。

  如今，完成历史使命的完璧楼，已辟为"宋史陈列馆"，陈列着赵氏宗族代代相传保存至今的宋代十八位皇帝肖像，以及有关宋史、文物数据和古今名人书画。一番参观下来，我心想，完璧楼也好，赵家堡也罢，既是先贤智慧的结晶，也是特定历史的产物。保护好这些古老建筑，等同于保护一页历史。有人说：世界上没有永远的皇族，但可以有永远的赵家堡。这话不无一定道理。而一个重要的前提是，离不开一代又一代人们的珍惜与呵护。

（原载 2020 年 7 月 18 日香港《文汇报》副刊）

连长的叮咛

上个世纪七十年代中期，我实现了多年愿望，穿上令人羡慕的绿军装，从武夷山下，来到浔阳江畔，结束了为期一个多月紧张且艰苦的新兵集训，我和其他十几位福建、江西、山东籍新兵一道，欢天喜地来到九江军分区独立营一连（原为606部队61分队，后改成32734部队81分队）成为该连普通一兵。

几位连队领导，都是江西"老表"。连长徐冬苟，江西丰城人，块头大嗓门大不说，架势也不小。我私下里给他的"素描"是——五大三粗，是个擅长摸爬滚打、冲冲杀杀的基层军事干部。

身为"新兵蛋子"的我，很长一段时间，除了本班战友，以及几位同年兵，接触稍多一点的，是排长和副指导员。对连长、指导员等，则是敬而远之，尤其是徐连长。

大概是为连队出了几期"黑板报"，在原福州军区《前线报》上发表了几篇"豆腐块"，加上学习认真、训练刻苦、表现积极的缘故吧，这年年底，老兵退伍前夕，连队决定让我接任文书工作。年度工作总结，便成了我要提交的第一份"答卷"。那时，不知道"电脑"、"空调"为何物。我先是花了几天时间，加班加点、绞尽脑汁写出初稿，经指导员等连队领导修改后，再用复写纸在玻璃板上，逐句逐字誊写出来。

有人说，北方的冬天，冻地不冻人；南方的冬天，冻人不冻地。还有人说，北方的冷是冻肉，南方的冷是冻骨。地处长江中游南岸的九江，冬天即便不下雪，也是冷风嗖嗖、寒风咧咧，吹在脸上，俨如"刀刮"；钻进身上，如泼"冰水"。因此，部队驻地虽在江南，却按照江北的标准，配发绒帽、棉鞋、棉衣、棉裤等。

我们的营房，是当年日军侵入九江时建造的，水泥地，水泥墙；单层结构，玻璃窗户。由于缺少取暖设备，夜间室内室外气温相差无几。虽身披军大衣、脚穿厚棉鞋，浑身上下还是冷飕飕的。一天晚上，为了完成总结的"扫尾"任务，"熄灯号"吹过很久了，我独自一人，还在队部加班。

"嘭、嘭、嘭！"这么迟了，谁敲门呀？我边猜测边去开门，原来是徐连长。我条件反射一般，两腿并拢，标准立正："报告连长，我正在赶写总结。完成了，再休息。"连长径直走到我的案前，俯下身子，瞄了几眼，语气缓缓地说："嗯，书法不错，柔中有刚。"连长顿了顿接着说，"夜间气温低，不要着凉了。这是我刚烧的开水，你睡前泡泡脚暖暖身子。"说罢把开水瓶往桌上一放，转身离去了。我顿时呆住了：连长原来也有"另一面"——粗中有细、外冷内热！随即，感激、兴奋、惭愧等几种不同心情，同时涌上心头，连长的形象也在心中亲切了起来。

孰料，两三个月后"内热"的连长，却向我当头泼了一盆"冷水"。那是1976年4月初的一天晚上，连队党支部召开党员大会，会议主要议题之一，是研究发展新党员。

"张桂辉同志入伍一年多来，学习认真、训练刻苦、工作积极、上进心强……我同意桂辉同志加入中国共产党。"当讨论到我的时候，身为党支部副书记的徐连长，先是简要表明自己的态度，继而话锋一转，"但是，我对小张有一点意见——工作不够认真、作风不够严谨……"

事情的"缘由"是这样的：当年，军队战备之弦绷得较紧。除了炊事班，全连官兵不单人人配有真枪实弹，而且连队还储存有部分备用弹药，日常由文书负责保管。我在接交时，老文书先一箱一箱，再一盒一盒，最后清点散装弹，几个数字乘的乘加的加，便得出库存子弹总数。移交人、监交人、接交人分别在移交册上签字后，移交工作就算顺利完成了。

老兵离队后的一个星期天上午，我把自己"关进"弹药室，独自一人整理弹药，既是熟悉"家底"，又是重新"盘点"。结果发现，一只弹药箱内两个铁皮盒中的一盒，已被打开过，而移交时是按整箱计数的。细加清点，发现"7.62"步枪子弹少了近百发。

《走向打靶场》中唱道："走向打靶场，高唱打靶歌，豪情壮志震山河。子弹是战士的铁拳头，钢枪是战士的粗胳膊……"想想看，不明不白少了许多"铁拳头"，就算不上纲上线，也绝非一件小事。我的第一反应，是赶紧如实汇报。分别挨了连长、指导员的严厉批评，原以为这事就算过去了。孰料，事隔数月，在全体党员面前，连长又把它"抖"了出来，不单让我感到难过，而且觉得脸上无光。

不成想，次日晚上，连长主动找我谈心。他开导我放下思想包袱，认真吸取教训，并循循善诱：你刚入伍，来日方长。今后无论在什么岗位上，不管做什么工作，都不能有半点的马虎。你要知道，认真既是工作的基本要求，也是事业成功的重要前提……

铁打的营盘，流水的兵。1977年6月，我"提干"离开了与战友们朝夕相处两年半的连队。后来，连长也提拔到县武装部任职；再后来，我从九江调回了福建，连长则转业去了丰城煤矿。从此与连长失去了联系，但他对我的叮咛，成了我最可贵的"礼物"，始终珍藏在心上，并常常用来对照检查自己。时间长了，认真，成了我的行为习惯：几十年间，无论在部队，还是到地方；不论搞宣传，抑或做党务，即便不能做到一丝不苟，也绝不敷衍了事、得过且过。

时光如水。转眼45年过去了，徐连长的叮咛，像一记警钟，常常在耳边回响，提醒着我，不论是对待工作，抑或是对待创作，都认认真真、踏踏实实。得益于此，从一个农家子弟，成长为处级干部；从一名业余作者，加入了中国作协……回首过去，我很清楚，点点成功、小小进步，都是在"认真"基础之上取得的！

（原载2020年7月28日《福建日报》）

后 记

岁月如梭，人生易老。检视我的人生活动轨迹，从小小少年，到苍苍白发，主要是在福建——江西——福建之间运行。

1947年，我的父亲张湧良，从上海南下福建；1952年复员留在福建；次年，我出生在母亲的故乡莆田；1974年底，我从建阳参军入伍，在浔阳江头服役；1990年初，偕妻带女回到福建工作。对福建有特殊感情，想到写点宣传福建好山好水、点赞福建历史人物的作品。

态度决定一切。态度不同，结果迥异。任何文学作品的创作，都与情感、技巧、态度密切相关。尤其是态度，直接左右乃至决定着作品的品质。换言之，文学作品的生命力，与作家的态度成正比。

常言道，慢工出细活。其他生产是这样，文艺创作也是这样。曾经，作家高产，是很自豪、很光荣、很令人羡慕的。然而，不知始于何时，"高产作家"悄然掉价了。也难怪，当下某些作家，关注的不是作品品质，而是带来的经济效益。于是，变创作为码字。

我的创作技巧，还有待提高，但我的创作态度是严谨的。几十年来，我始终本着"对得起媒体、对得起读者、对得起自己"的理念创作，每一篇作品，无论长短，都要打印出来，一而再，再而三，反复修改后，才放心地发给媒体。

创作的滋味是苦的，创作的过程是难的。我很认同"不经一番寒彻骨，怎得梅花扑鼻香"之词，只有那些耐得住寂寞、吃得了苦头，自觉坚持呕心沥血、精益求精创作态度的作家，才可能成为名副其实的作家，才可望生产出有生命力的作品。我曾经说过，只要坚持不懈、笔耕不辍，不能提高身价，可以提升素质；不能超越他人，可以超越自己。现在回过头来看，基本实现了这个愿望。至于作品的"生命力"如何，时间自然会"下结论"的。但有一点自己可以"做主"，将会一如既往朝着这方向继续努力、笔耕不辍。

旅美作家陈愉庆说："不同时期的诗，都是生命的年轮。阅尽世间百态，尝遍人生百味，将它们揉在一起，绞成丝、织成锦，就是让人热泪盈盈或心如明月的诗篇。"文以载道。诗歌如此，其他文体也不例外。但凡用心创作的作品，都是宝贵生命的年轮。我之所以乐此不疲，笔耕不辍，一不图名，二不图利，只图多画几道生命的"年轮"，为时代、为家乡多发几声"心语"

天有不测风云。鼠年年初，一场悄然发生的新型冠状病毒疫情，牵动着亿万中华儿女的心。与十多年前的"非典"一样，这是一场没有硝烟的人民战争；这是一场应对考验的突发事件，我很快写出《庚子"抗疫"载史册》一文，在2020年2月8日香港《文汇报》副刊发表。纵观中国，横看世界，同样的疫情，大不一样的结局，我的"评判"，我的"论点"，丝毫不过分，一点不夸张。

倾注嘉庚先生心血的集美学村，已成为集美乃至厦门的一张熠熠生辉的名片。五年来，我断断续续发表了几十篇宣传厦门、讴歌集美的作品。2016年，第14号台风"莫兰蒂"，给厦门带来了巨大损失。天灾降临，厦门政府科学组织、厦门人民顽强抗击，为灾后重建家园交出了一份让人满意的答卷，我创作了《"莫兰蒂"见证厦门人》，很快在香港《文汇报》发表；2019年，是集美解放70周年，我创作的《礼敬集美解放纪念碑》，用朴实的语言，将日新月异的集美介绍给广大读者：在我眼里，集美新城，高楼林立，已然成为岛外一个人口聚居区；集美学村，活力四射，继续传承着陈嘉庚先生的教育理想，倾力发挥着文化教育重镇的积极作用……。该文在上海《党史信息报·镜周刊》发表后，引起读者关注。

"谁言寸草心，报得三春晖。"本书是我的第十部作品集，我之所以要热情满满出版它，既不为名，也不为利，只为报答集美这个"新家"、福建这块"福地"。

限于个人知识面,本书部分篇章中,所涉人与史的表述与观点,难免有瑕疵与偏颇,不当之处,祈望方家批评指正。

张桂辉

2020 年 8 月 1 日,夏都庐山